姜白石詞編年箋校

〔宋〕姜夔　著

夏承燾　箋校

上海古籍出版社

圖書在版編目(CIP)數據

姜白石詞編年箋校 /（宋）姜夔著；夏承燾箋校. —上海：上海古籍出版社，2020.5（2023.2重印）
（中國古典文學叢書）
ISBN 978-7-5325-9540-2

Ⅰ.①姜…　Ⅱ.①姜… ②夏…　Ⅲ.①宋詞-注釋　Ⅳ.①I222.844

中國版本圖書館 CIP 數據核字(2020)第 056372 號

中國古典文學叢書
姜白石詞編年箋校
〔宋〕姜　夔　著
夏承燾　箋校
上海古籍出版社出版發行
（上海市閔行區號景路159弄1-5號A座5F　郵政編碼201101）
（1）網址：www.guji.com.cn
（2）E-mail：guji1@guji.com.cn
（3）易文網網址：www.ewen.co
上海展强印刷有限公司印刷
開本 850×1168　1/32　印張 14.625　插頁 7　字數 246,000
2020 年 5 月第 2 版　2023 年 2 月第 3 次印刷
印數：2,551—3,650
ISBN 978-7-5325-9540-2
I・3467　定價：62.00 元
如有質量問題，請與承印公司聯繫
電話：021-66366565

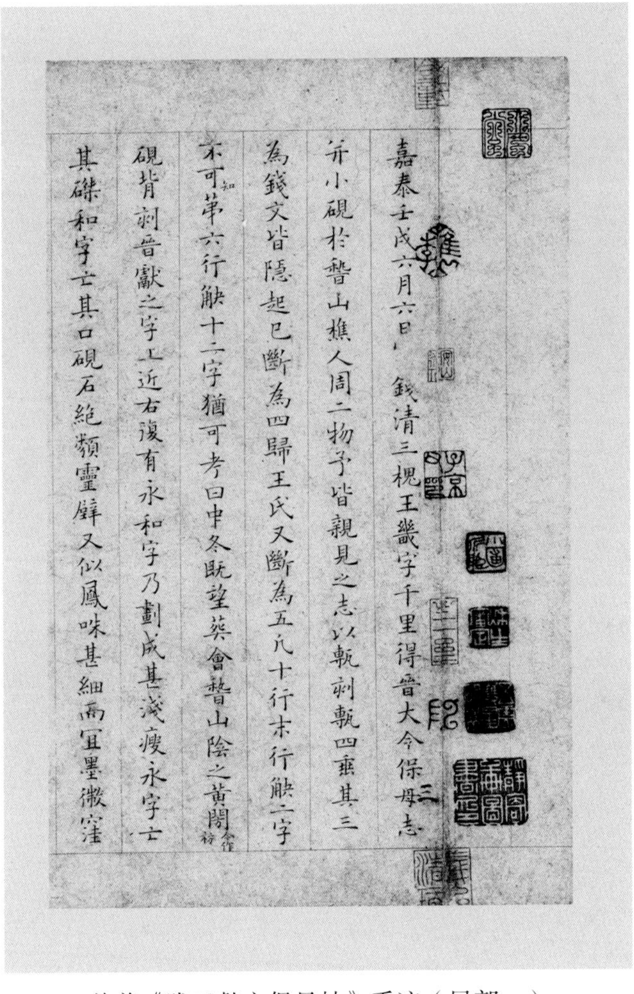

姜夔《跋王獻之保母帖》手迹（局部一）

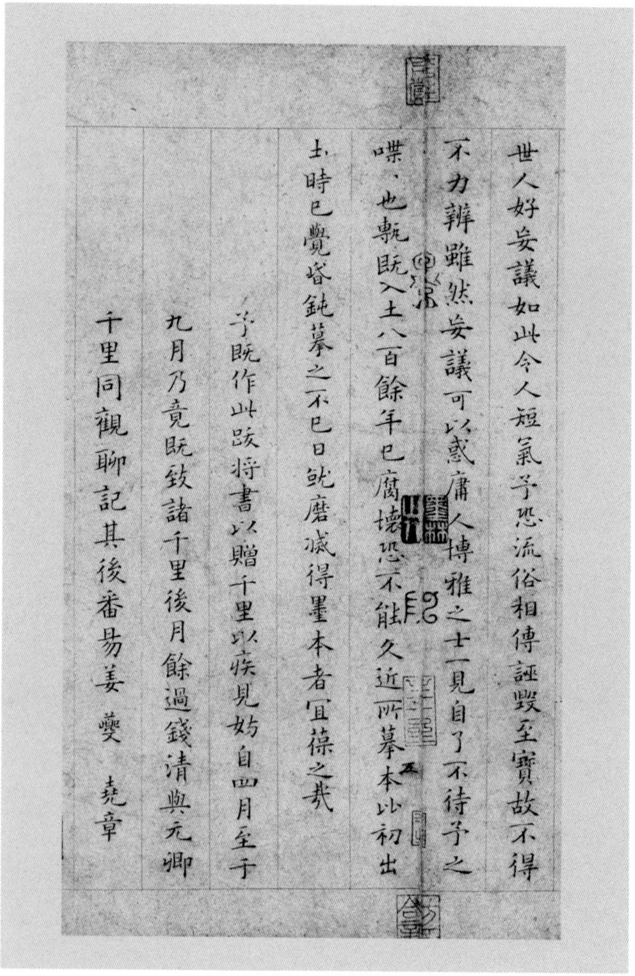
世人好妄議如此令人短氣予恐流俗相傳誣毀至寶故不得
不力辯雖然妄議可以惑庸人博雅之士一見自了不待予之
喋喋也甎既入土八百餘年已腐壞恐不能久近所摹本比初出
土時已覺昏鈍摹之不已日就磨滅得墨本者宜葆之哉
予既作此跋將書以贈千里以疾見妨自四月至于
九月乃竟既致諸千里後月餘過錢清與元卿
千里同觀聊記其後番昜姜夔堯章

姜夔《跋王獻之保母帖》手迹（局部二）

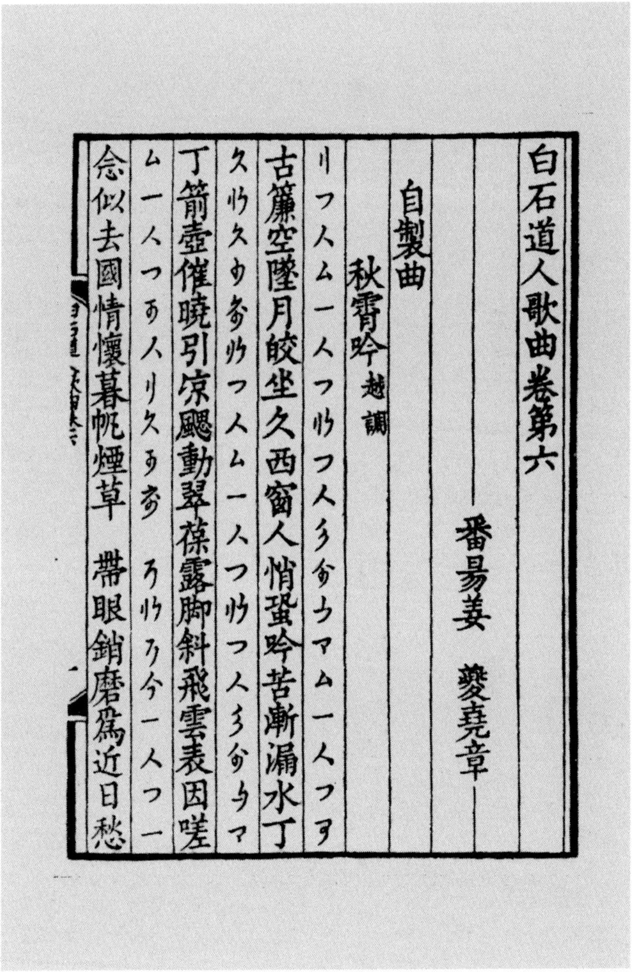

白石道人歌曲卷第六

番昜姜　夔堯章

自製曲

秋宵吟 越調

古簾空墜月皎坐久西窗人悄蛩吟苦漸漏水丁

丁箭壺催曉引涼颸動翠葆露脚斜飛雲表因嗟

念似去國情懷暮帆煙草　帶眼銷磨爲近日愁

清張奕樞刊本《白石道人歌曲》書影

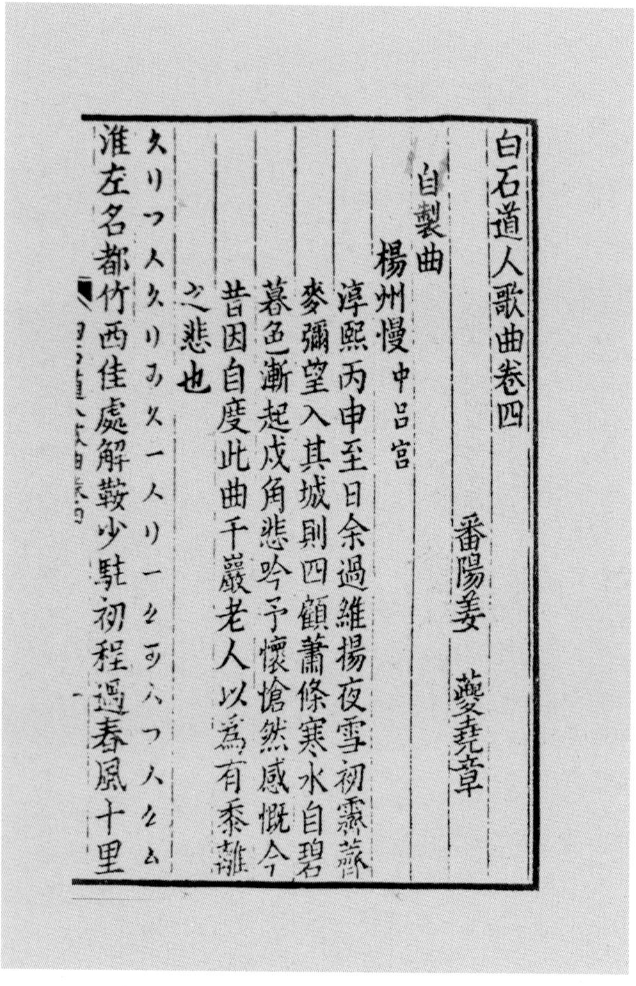
白石道人歌曲卷四

番陽姜　夔堯章

自製曲

楊州慢　中呂宮

淳熙丙申至日余過維揚夜雪初霽薺麥彌望入其城則四顧蕭條寒水自碧暮色漸起戍角悲吟予懷愴然感慨今昔因自度此曲千巖老人以爲有黍離之悲也

淮左名都竹西佳處解鞍少駐初程過春風十里

清陸鍾輝刊本《白石道人歌曲》書影

再版説明

夏承燾(一九〇〇——一九八六),字瞿禪,晚號瞿髯,浙江温州人。畢生致力於詞學研究和教學,先後在之江大學、浙江大學、杭州大學任教,是現代詞學的開拓者和奠基人,於詞人譜牒之學及聲律研究成果尤爲卓著。

《姜白石詞編年箋校》是夏承燾詞學研究的代表作。一九五六年,夏先生與上海古籍出版社的前身古典文學出版社聯繫此書的出版。幾經往返商榷,一九五八年改定書稿,由剛從古典文學出版社改組成立的中華書局上海編輯所刊行。一九六〇、一九六一、一九八一年迭經修訂增補,一九八二年收入《中國古典文學叢書》,是上海古籍出版社此套叢書最早的品種之一。

此書斷印已久。爲滿足讀者多年來對單行本《姜白石詞編年箋校》的需求,經多方努力,我社與夏承燾先生的著作權繼承人再度續約,重新推出叢書之經典版本。

本次再版,除改正顯見的排印錯誤、依叢書規範略調整版式外,在内容及體例上一仍其舊，以期充分展現一代詞宗夏承燾先生在姜白石研究中的求索，以及數代前輩編輯的用心。

上海古籍出版社
二〇一九年五月

總目

予爲白石詞叢考數種，頗歷年歲，尚不能自信，兹寫詞論、詞箋、輯傳、版本考、行實考爲此編，以求教通學。友人陳思、吴徵鑄兩先生曩于姜詞各有箋疏之作（陳著白石道人歌曲疏證，刊于遼海叢書；吴著白石詞小箋，載金陵學報），二十年前，皆嘗通函討論，其爲予書作先路之導者，兹各著明，不敢攘善。姜詞刊本以朱氏彊村叢書出于江炳炎手鈔本者爲最上（江炳炎又名江灤。徐行恭先生藏竹里校書圖有其題名），兹據以爲主，校以張奕樞、陸鍾輝兩刊本，宋明選本如花庵、草窗、花草粹編諸書，偶亦采擇及之。近見袁克文所藏厲樊榭手録白石道人歌曲一册，予疑其是馬氏小玲瓏山館傳録厲氏鈔本。其書與朱、張、陸三家同出于樓儼（敬思）所藏本，雖非厲氏手筆，亦有較三家本更近宋刻真面者，爰爲一一補校，俾世知宋刻元鈔之遺裔，實有四家。至若旁譜宫律之學，予另有校律諸編，此不具録。

一九六〇年十一月，承燾記。

論姜白石的詞風（代序）

姜白石名夔，鄱陽人。父噩，任湖北漢陽縣知縣。白石幼年隨宦，往來漢陽二十來年。在湖南遇見福建老詩人蕭德藻（千巖），德藻賞識他的詩，把姪女嫁給他，帶他寓居浙江湖州。因此，白石三四十歲以後便長住杭州。宋寧宗慶元三年（一一九七），他作大樂議及琴瑟考古圖上政府，五年，又上聖宋鐃歌十二章，得到「免解」的待遇，與試進士，但仍不及第。寧宗嘉定年間（一二二〇左右）卒于杭州，年六十餘歲。在南宋作家裏，他比陸游、范成大、楊萬里、尤袤少三十來歲，比辛棄疾少十來歲，與葉適、劉過諸人同年輩。

白石一生不曾仕宦，他除了賣字之外，大都是依靠他人的周濟過活的（他的友人陳造有詩贈他說：「姜郎未仕不求田，倚賴生涯九萬箋。稛載珠璣肯分我？北關當有合肥船。」又說：「念君聚百指，一飽仰臺餽。」）。他所依靠的人：在湖南、湖州是蕭德藻；來往蘇州時，是名詩人范成大；相依最久的是寓居杭州時的張鑑（平甫）。張鑑是南宋大將張俊的後裔，有莊園在無錫，曾經要割贈良田供養白石,這時白石四五十。

南宋中葉是江湖游士很盛的時代。他們拿文字作干謁的工具,如宋謙父一見賈似道,得楮幣二十萬,造起闊房子(見方回瀛奎律髓);因此有許多落魄文人依靠做游士過活,白石就是其中之一;不過,他并不是像宋謙父之流的人。

白石一生經歷南宋高、孝、光、寧四個朝代,在他二十至五十歲那一階段,正是宋金講和的時候,偏安小朝廷在這三十年「承平」日子裏,朝野荒嬉,置國耻國仇于度外。白石二三十歲時數度客游揚州、合肥等處,江、淮之間在那時已是邊區,衔離戰役之後,這一帶地方生産凋敝,風物荒涼,曾經引起這位少年詩人「徘徊望神州,沉歎英雄寡」(昔游詩)的感慨,揚州慢、淒涼犯一類詞也頗有「禾黍之悲」(揚州慢詞序)。但三四十歲南歸之後,他的行迹便不出太湖流域附近了。他經常往來的蘇、杭范成大、張鎡兩家,都有園林之勝、聲妓之娛。紹熙二年(一一九一)他從合肥歸訪成大,在他家裏賞雪看梅,製成暗香、疏影兩首自度曲,成大贈他一個歌妓;紹熙五年(一一九四)張鑑帶一隊穿柳黄色的家妓同他觀梅于西湖孤山,他作一首鶯聲繞紅樓詞,和國工吹笛:在這種生活環境裏,使他久長地脱離現實,從而决定了他的作品不可能有豐富的現實意義,只會走上研辭練句、選聲揣色的道路,這便是北宋末年周邦彦的道路。

白石存詞共有八十多首,依它的内容來分:感慨時事、抒寫身世之感的像揚州慢、玲瓏四犯等有十四五首;山水紀游、節序詠懷的像點絳唇、鷓鴣天等,交游酬贈的像石湖仙、蓦山溪等各有十三四首；懷念合肥妓女的却有十八九首（白石二十多歲在合肥戀一琵琶妓，別後二十多年，仍是懷念不忘。詳見拙作白石行實考）；其餘二三十首都是詠物之作（詠梅花的有十七首），算是他作品中分量最多的一類。後來高觀國、史達祖、周密諸人，各愛好姜詞，也各以詠物擅場。又白石詠梅有「昭君不慣胡沙遠，但暗憶江南江北」之句，詠蟋蟀有「候館迎秋，離宮吊月，別有傷心無數」之句，宋末遺民爲了避忌諱，便多用詠物詞寄託故國滄桑之感（不滿民族壓迫，而又不敢正視現實，這是他們的階級意識）。白石這派詞也就因此廣泛地被傳誦仿效起來，它的影响一直下逮六七百年的清代浙派詞。朱彝尊説「詞至南宋始極其工，姜堯章氏最爲傑出」（朱氏詞綜發凡），又説「詞莫善於姜夔」（黑蝶齋詩餘序），于是造成清代初年「家白石而户玉田（張炎）」的風氣。我們看清代幾百年之中，白石詞集的刻本寫本多至三四十種，算是唐宋人詞集版本最多的一家，這可見當時學習姜詞的盛況。白石詞所以會有這麼大的影響，它的主要原因，是由于各個時期裏和他同類型的封建文人特別多（從宋末的張炎到清初的朱彝尊、厲鶚等等都是）；他們都依據自己的思想感情有選擇地來學習、摹仿姜詞。其次，由于姜詞在藝術技巧上，有其獨特的成就，可以爲後來者借鑑以抒寫和他同類型的思想感情。所以我們論宋詞發展史，不能忽視他對後來的影響，在分析他的思想感情之外，還須對他的藝術成就作較全面的研究。

白石作品，在文學史上的評價是詞比詩高；我現在論他的詞，却要先從他的詩説起；我以爲若瞭解他的詩風轉變的經過，是會更容易瞭解他的詞的成就的。

白石少年就有詩名，二十多歲蕭德藻介紹他去見詩壇老宿楊萬里；萬里期望他作「尤（袤）蕭（德藻）范（成大）陸（游）四詩翁」的後起。白石是江西人，對當時盛行的江西派詩，曾下一番工夫；但後來對江西派的看法有了轉變。四十多歲時，過無錫訪老詩人尤袤，尤袤問他作詩學那一家，他答：「三薰三沐師黃太史氏（黄庭堅）；居數年，一語噤不敢吐，始悟學即病，顧不若無所學之爲得，雖黃詩亦偃然高閣矣。」（詩集自敘）晚年寫定詩集時，自敘心得說：「作詩求與古人合，不若求與古人異；求與古人異，不若不求與古人合而不能不合，不求與古人異而不能不異。」（同上）也是指學黃詩而言的。

白石早年從黃詩入手，中年要擺脱黃詩，自求獨造，提出蘇軾所説「不能不爲」一句話作爲寫詩的最高境地（同上）。這個轉變固然由于他多年創作的體驗，也和那時文壇的整個趨勢有關。在北宋末葉風靡一時的江西派詩，到了白石那時，已經流弊叢生，招致了很多人的不滿。尤袤對白石評論蕭、楊、范、陸四家詩説：「是皆自出機軸，亶有可觀者，又奚以江西爲？」（同上）楊萬里也時常有類似的話（見他的荆溪集自序等文）；葉適攻擊江西更甚于其他諸人（見其所作徐斯遠文集序）：三家都是白石的長輩交游，自然會影響他對黃詩的看法。

南宋詩人要修改江西派的，大都主張上窺唐詩；楊萬里自序荆溪集和他所作雙桂老人詩集後序，都有此主張。白石作自述，説「内翰梁公愛其詩似唐人」，今觀白石的近體詩，尤其是絶句，很明顯是從江西派裏出來走向唐人的。白石詩裏時常提起自號天隨子的晚唐詩人陸龜蒙：

詩集下　除夜自石湖歸苕溪：「三生定是陸天隨，又向吴松作客歸。」

又　三高祠：「沉思只羡天隨子，蓑笠寒江過一生。」

詞集三　點絳唇，丁未過吴松作：「第四橋邊，擬共天隨住。」

這些詩詞都是他三十多歲來往蘇州、杭州、湖州時的作品，那時他初識楊萬里。後來作自述，記萬里稱讚他：「文無所不工，甚似陸天隨。」大概就在這個時候（淳熙十四年，他以蕭德藻的介紹，見萬里于杭州，那時他約三十三四歲）。

陸龜蒙的詩在從前是不大有人表章的，第一個激賞他的人是楊萬里。我們看萬里讀笠澤叢書（龜蒙詩文集）三絶句：

笠澤詩名千載香，一回一讀斷人腸。晚唐異味同誰賞，近日詩人輕晚唐。

松江縣尹送圖經，中有唐詩喜不勝。看到燈青仍火冷，雙眸如割脚如冰。

拈着唐詩廢晚餐，旁人笑我病如癲。世間尤物言西子，西子何曾直一錢。

這真可說是「讚不容口」了。這三首詩是萬里淳熙年間在杭州寫的（編在朝天續集第二十九卷），正是他初識白石的時候。我們因此知道：萬里所以拿龜蒙比白石，由于他自己那時正激賞龜蒙詩，這和他要以唐詩修正江西派這個主張是有關係的。（白石此後有些作品，好像是有意學龜蒙的。紹熙二年——識萬里後的第四年——作「除夜自石湖歸苕溪」十首寄萬里，萬里回信稱讚它說：「十詩有裁雲縫月之妙思，敲金戛玉之奇聲。」那就是很像龜蒙的絕句詩。他如湖上寓居雜詠十四首，頗近龜蒙的自遣詩三十絕；昔游詩裏寫洞庭湖的五古，也像龜蒙和皮日休的三十首太湖詩。）

白石四十多歲還考不上進士，一生飄泊江湖；龜蒙也終老布衣，自號「江湖散人」，二人身世遭際頗相似，其脫離現實的生活也很相似，龜蒙所隱居的吳江，又是白石來往蘇、杭屢經之地。有此生活因素，加之楊萬里對他的嘉奬，和當時由江西派上窺唐詩的文學趨勢，于是形成了白石的詩風：饒有縹渺風神而缺少現實内容。

我在這裏詳述白石的詩風，目的是爲便于下文説他的詞風。詞是他全部創作裏主要的部分，我們要更仔細地來分析它。

我們說，白石的詩風是從江西派出來走向晚唐的，他的詞正復相似，也是出入于江西和晚唐的，是要用江西派詩來匡救晚唐温（庭筠）、韋（莊）北宋柳（永）、周（邦彥）的詞風的。

白石詞和周邦彥並稱「周、姜」；邦彥詞上承温、韋、柳、秦，這派詞到了白石那時，大都軟媚無力，恰好和那槎枒乾枯的江西末流詩作對照。指出江西派的流弊，拿晚唐詩來修改它的是楊萬里；拿江西詩風入詞的是姜白石。

當時人不滿江西派詩，並不是否定了黄(庭堅)、陳(師道、與義)諸作家，只是不滿學錯了黄、陳詩的人們，不滿他們只會摹擬黄、陳的外表(當時江西作家吕本中也説江西學者「失山谷之旨」，見他與曾茶山論詩書)。楊萬里對學者説學江西之法，以調味爲比：「酸鹹異和，山海異珍，而調腼之妙出乎一手也；似與不似，求之可也，遺之亦可也。」(西江宗派詩序)又以飲茶爲比：「至于茶也，人病其苦也，然苦味未既而不勝其甘……三百篇之後，此味絶矣，惟晚唐諸子差近之。」(劉良佐詩稿序)他要體味江西和晚唐的嘘息相通的消息，調腼晚唐諸子和黄、陳諸家爲一體。楊萬里所希望在詩裏達到的境地，姜白石却在他的詞裏達到了。試舉一端作例：

晚唐以來温、韋一派詞，内容十之八九是宫體和戀情，它的色澤格調十九是綺麗婉弱的，不如此便被視爲「别調」；這風氣牢籠幾百年，兩宋名家，只有少數例外。白石寫了不少合肥戀情詞，却都運用比較清剛的筆調，像：

> 淮南皓月冷千山，冥冥歸去無人管。(踏莎行)
>
> 金陵路，鶯吟燕舞，算潮水知人最苦。滿汀芳草不成歸，日暮，更移舟向甚處？(杏花天影)
>
> 閲人多矣，誰得似長亭樹；樹若有情時，不會得青青如此！(長亭怨慢)

舊游在否，想如今翠凋紅落。漫寫羊裙，等新雁來時繫着。怕匆匆不肯寄與，誤後約。（淒涼犯）

這些詞用健筆寫柔情，正是合江西派的黄、陳詩和温、韋詞爲一體。沈義父作樂府指迷，評白石「清勁知音，亦未免有生硬處」，以「生硬」不滿白石，就由于他以温、韋、柳、周的尺度衡量白石，並且不瞭解白石詞與江西詩的關係。

又，五代北宋人多以中晚唐詩的辭彙入詞，賀鑄所謂「筆端驅使李賀李商隱」。後來周邦彦多用六朝小賦和盛唐詩，漸有變化，但還是因多創少。只有白石用辭多是自創自鑄，如「數峰清苦，商略黄昏雨」、「冷香飛上詩句」等，意境格局和北宋詞人不盡同，分明也出于江西詩法。白石一方面用中晚唐詩修改江西派，另一方面又用江西詩修改晚唐北宋詞，以修辭這一端來説：他從用唐詩成語辭彙走向用宋詩的造句鑄辭，也是他的詞風特徵之一。

關于白石的詞風，南宋末年張炎著詞源，拈出「清空」兩字作爲它的總評，並且爲它下一個比喻：「野雲孤飛，去留無迹。」這對後來評判白石詞影響很大。我在這裏提出一些不同的看法。張炎説：

詞要清空，不要質實；清空則古雅峭拔，質實則凝澀晦昧。姜白石詞如野雲孤飛，去留無迹；吴夢窗詞如七寶樓臺，眩人眼目，碎拆下來，不成片段：此清空、質實之説。……白石詞如疏影、暗香、揚州慢、一萼紅、琵琶仙、探春、八歸、澹黄柳等曲，不惟清空，又且騷雅，讀之使人神觀飛越。

張炎拿「質實」和「清空」作對比，並用「古雅峭拔」四個字來解釋「清空」，其實這只是張炎自己作詞的標準，是他自己「一生受用」的話頭，（張炎的學生陸輔之著詞旨，述張炎的話：「『清空』二字，亦一生受用不盡。」）是不能概括白石詞風的。白石没有留下論詞的著作，但是他所著的詩説却也可作他的詞論讀（清代謝章鋌賭棋山莊詞話已有此説法）。詩説裏主張：詩要「有氣象、韵度」，要「沉着痛快」，要「深遠清苦」，我們若拿這些標準來讀白石詞，都有可以相通之處。又我們讀他的慶宫春「雙槳蓴波，一蓑松雨」，滿江紅「仙姥來時，正一望千頃翠瀾」，念奴嬌「鬧紅一舸，記來時嘗與鴛鴦爲侶」，琵琶仙「雙槳來時，有人似舊曲桃根桃葉」諸首，知道它既不是温、韋一派，而又與蘇、辛不同，也明顯地可以看出，它原不像沈義父所説的「生硬」，也决不是張炎的「清空」之説所能包括。

五代北宋的婉約一派詞，到了南宋的吴文英，漸由密麗而流爲晦澀。張炎由于不滿文英而服膺白石，所以拈出「清空」二字作爲作詞的最高標準，這本來是他補偏救弊的説法；但是如果以爲這二字可概括白石詞風，那就偏而不全了。

清代從朱彝尊以後，有人甚至推尊白石詞是「三百篇之苗裔」（王昶春融堂集），「猶詩家之有杜少陵」（宋翔鳳樂府餘論），那是完全不符實際的過譽；我們看北宋末年暴發了尖銳的民族矛盾，詞壇上陸續出現了許多進步作家和許多反映這個大時代現實的作品，蘇、辛一派詞，于是聲光大耀。作家的生活遭遇各不相同，我們原不應對他們作一致的要求；但文學作品反映現實程度的深淺廣狹，是估定這作家成就高下的主要標準；若以這點意義論，白石詞的地位無疑是不及辛棄疾的。這由于他對生活、對政治的態度和辛棄疾一班人有很大的距離，他一生從來没有要求自己施展其才力以改變當時的現實。他的揚州慢、淒涼犯各詞，雖然對現實有一定程度的反映，但所反映的主要不是當時的鬭争内容，它的絶大部分只是用洗鍊的語言，低沉的聲調來寫他冷僻幽獨的個人心情：

高樹晚蟬，説西風消息。（惜紅衣）

西窗又吹暗雨，爲誰頻斷續，相和砧杵。（齊天樂）

這是他被傳誦的名句，也就是代表他的作品風格和生活心情的名句。

宋室南渡的時候，北方貴族官僚避亂到江南的，大都没有勞動謀生的能力，在仕途上没出路的，便以「道人」、「雅士」的態度寄生游食；他們的遭遇和生活很近似于南北朝時代的南渡士流，顏之推家訓所斥責的不事生産、不懂吏治的游惰文人，正是南宋江湖游士的前身（白石自述：范成大稱贊他「翰墨人品皆似晉、宋之雅士」，恰可説明這點）。在他們隊伍裏雖然也偶有些人敢于揭發現實的醜惡，使權貴們視爲「口吻可畏」，但「道人」、「雅士」的姜白石却不屬于這一流。這種逃避現實的態度表現在文學上，自然只會寫「晉宋雅士」那套放懷山水，怡情歌酒的作品。宋詞在從蘇軾到辛棄疾這一階段中，出現了幾位正視現實的作家，把詞從温、韋的末流頹風裏，從脂粉氣和笙簫細響中，提向有陽光有鞺鞳笳鼓聲的境界；但是到了白石，又逐漸走向下坡，變成爲西風殘蟬、暗雨冷蛩的氣息。由于這個文學傾向的發展，也由于南宋末年士氣的頽落，到了王沂孫、張炎諸人的作品裏，便只有像螢火、孤雁那樣的光焰和聲調，白石這一派詞也就自然走向没落之途了（王有詠螢詞，張有孤雁詞）。

末了，談談白石詞的樂律：

白石不但是詩家、詞家、書法家，又是南宋著名的音樂家；我們研究他的詞，不可不注意它的音樂性。因爲在南宋詞裏，這是他的特徵之一。

白石集裏今存有十七首自注工尺旁譜的詞，這是七八百年前流傳下來唯一的宋代詞樂文獻，它在我國音樂史上有重大的價值。我們要研究他的詞樂，須先瞭解他選調製腔的幾種方法：

一種是截取唐代法曲、大曲的一部分而成的，像他的霓裳中序第一，就是截取法曲商調霓裳的中序第一段；

一種是取各宫調之律合成一首宫商相犯的曲子，叫做「犯調」，像淒涼犯；

一種是從當時樂工演奏的曲子裏譯出譜來，像醉吟商小品，是他從金陵琵琶工「求得品弦法譯成」的；

一種是改變舊譜的聲韵來製新腔，像平韵滿江紅，是因爲舊調押仄韵不協律，故改作平韵。徵招是因爲北宋大晟府的舊曲音節駁雜，故用正宫齊天樂足成新曲；

一種是用琴曲作詞調，像側商調的古怨；

一種是他人作譜他來填詞的，像玉梅令本范成大家所製。

以上六種方法，都是先有譜而後有詞的；其另一種則是白石自己創製新譜，是先成文辭而後製譜的，就是他詞集裏的「自度曲」、「自製曲」。他在自製曲長亭怨慢小序裏説：

予頗喜自製曲，初率意爲長短句，然後協以律，故前後闋多不同。

他的「自製曲」、「自度曲」二卷，共有揚州慢、長亭怨慢、淡黄柳、石湖仙等十二首，都是他自製的新腔。他説「初率意爲長短句」、「前後闋多不同」，可見他這些詞是以内容情感爲主，和其他詞人依調死填，因樂造文，因文造情者不同。所以我們讀他的詞，大都舒卷自如，如所欲言，没有受音樂牽制的痕迹；像前文引過的長亭怨慢上片：

閲人多矣，誰得似長亭樹；樹若有情時，不會得青青如此！

同詞過變：

日暮、望高城不見，只見亂山無數。韋郎去也，怎忘得玉環分付：「第一是早早歸來，怕紅萼無人爲主！」

在這短短幾行裏，就用了許多虚字和領頭短句，像「矣」、「若」、「也」，和「只見」、「誰得似」、「不會得」、「怎忘得」、「第一是」等，這也是他和按譜填詞者不同之處，所以能做到宛轉相生的地步。

這裏牽涉到一個問題：白石這類先「率意爲長短句」的詞，是否也嚴辨文字的四聲和陰陽上去？換句話説，就是他的詞的音樂聲調和文字聲調的契合程度究竟怎樣？我們知道，從温庭筠到柳永、周邦彦諸人填詞，已逐漸嚴分字聲。白石是精于樂律的作家，他究竟怎樣對待詞裏字聲的問題呢？

我們看他的滿江紅小序：

> 滿江紅舊調用仄韻，多不協律，如末句云「無心撲」三字，歌者將「心」字融入去聲，方諧音律。予欲以平韻爲之，久不能成。

後來他把它改押平韻，「末句云『聞佩環』，則協律矣」。爲了一個字的平聲去聲之異，改動全首的韻脚，他無疑是十分重視字聲的。但是我們細檢他的自度各曲，又不完全如此，舉秋宵吟、疏影、翠樓吟三首爲例：

秋宵吟是「雙拽頭」體，全詞三段，前面兩小段的字句完全相對（現存的白石歌曲各刻本，都誤合前面兩小段爲一段），旁譜工尺也完全相對；但按其四聲，除兩結「箭壺催曉」、「暮帆煙草」二句外，其餘不盡相同。

疏影和翠樓吟，在自度曲中是上下片相對句子最多的兩首（疏影一首，上片「枝上」以下，和下片「飛近」以下，字句全同；翠樓吟一首，上片「漢酺」以下，和下片「與君」以下，也完全相同），而四聲相同的只有少數字句。疏影上片「無言自倚」是平平仄仄，對下片「早與安排」，是仄仄平平，平仄且不相同。

由此可見白石詞的字聲，有守有不守，因爲他深明樂律，所以能辨識其必須守的和可守可不守的地方（元人説曲裏的「務頭」，一支曲裏須嚴守陰陽四聲的，只有少數的字句；宋詞音律大抵也是如此）。有人也許認爲他是詞樂專家，必定很重視格律聲調，因之把他和一般盲填死腔的作家等量齊觀，而忽略他一部分詞以情感爲主「先率意爲長短句」的作法，這是不對的，所以我在這裏特爲舉例指出。

總之：姜白石是一個封建社會的文人，他大半生生活在南宋小朝廷向敵人委曲求全的時代，他依人過活的身世，使他不敢表示鮮明的愛憎；狹小的生活圈子，又不可能深透地認識社會現實，于是「仗酒祓清愁，花銷英氣」（白石翠樓吟句），就成爲他排遣精神苦悶的唯一方法；表現在文學上的努力，也只會有藝術技巧的追求。江西派已不能滿足于時代要求，但他對它却是積習難忘；陸龜蒙的生活態度又恰和他的心情相契合，于是江西和晚唐的詩風便間雜出現在他的作品裏。

由于階級意識和實際生活的局限，使他的文學在當時不可能屬于代表社會反抗勢力的一面。南宋末年，民族矛盾成爲當時最主要的矛盾，宋詞在那時放射了它最後一次的光芒；那時的作家像文天祥、劉辰翁、劉將孫等人是屬于辛棄疾一派的，王沂孫、張炎諸人是屬于白石一派的；雖然後人對文、劉諸家的作品不及王、張諸家熟悉，但是就它的思想内容論，足以代表那個時期進步傾向的宋詞的，無可懷疑是辛派而不是姜派了。

不過，在南宋詞壇上，白石詞的影響，還是不應忽視的。白石在婉約和豪放兩派之外，另樹「清剛」一幟，以江西詩瘦硬之筆救周邦彦一派的軟媚，又以晚唐詩的綿邈風神救蘇辛派粗獷的流弊。這樣就吸引了一部分作家。我們看宋末柴望自序涼州鼓吹（即秋堂詩餘）有云：「詞起於唐而盛於宋，宋作尤莫盛於宣、靖間，美成、伯可各自堂奥，俱號作者；近世姜白石一洗而更之，暗香、疏影等作，當别家數也。大抵詞以雋永委婉爲尚，組織塗澤次之，呼嘷叫嘯抑末也。惟白石詞登高眺遠，慨然感今悼往之趣，悠然託物寄興之思，殆與古西河、桂枝香同風致，視青樓歌紅窗曲萬萬矣。故余不敢望靖康家數，白石衣鉢或彷彿焉，故以鼓吹名，亦以自況云爾。」柴氏于「組織塗澤」、「呼嘷叫嘯」之外，特别拈出白石的「雋永委婉」；雖然以「雋永委婉」四字概括白石詞風，未盡確切，但宋季詞壇確有此一派。後來朱彝尊作黑蝶齋詩餘序説：「詞莫善于姜夔，宗之者張輯、盧祖皐、史達祖、吴文英、蔣捷、王沂孫、張炎、周密、陳允平、張翥、楊基，皆具夔之一體。」可見這派的聲氣不小（吴文英不應屬姜派，由于朱氏誤以吴詞中之姜石帚當白石，故有此説）。所以我説，白石在蘇辛、周吴兩派之外，的確自成一個派系。

白石詞風在辛、周兩派之間，無疑更近于周邦彦。宋末詞家承周與承姜，各有分屬：如吴文英是周的嫡派，張炎屬于白石，而周密則在白石、吴文英之間（他選絶妙好詞録白石、文英兩家作品都多至十餘首可見）。我們論周、姜兩家的影響利弊，也不能混同。注重研辭練句，過分講究技巧，是兩家共同的傾向。但因重視音律而犧牲内容，因塗飾辭藻而隱晦了作品的意義，則周派的流弊大于姜派。南宋黄昇作花庵詞選説「白石詞極精妙，不減清真樂府，其間高處有美成所不能及」（美成是邦彦字，清真是他的詞集名）。這批評是對的。至于白石在音樂史、書藝史和文學批評史上的地位和貢獻，以及他的樂學、書藝等等對其詞風之影響，都還需要有專著研究，本文戔戔，不復旁涉了。

一九五六年九月初稿，一九六〇年一月重改于杭州西溪。

輯傳

姜夔字堯章，鄱陽人（本集）。九真姜氏，本出天水（清姜虬緑編姜忠肅祠堂本白石集附九真姜氏世系表）。夔之七世祖泮，宋初教授饒州，乃遷江西（世系表）。父噩，紹興三十年進士，以新喻丞知漢陽縣（世系表。清嚴杰擬南宋姜夔傳），卒於官（姜虬緑白石道人詩詞年譜）。夔孩幼隨宦，往來沔、鄂幾二十年（本集）。淳熙間客湖南，識閩清蕭德藻（本集。拙作姜白石繫年）。德藻工詩，與楊萬里、范成大、陸游、尤袤齊名（楊萬里誠齋集。烏程縣志）。既遇夔，自謂四十年作詩，始得此友（宋周密齊東野語載白石自述）。以其兄之子妻之（宋陳振孫直齋書録解題。宋張鎡南湖集），携之同寓湖州。永嘉潘檉字之曰白石道人，以所居鄰苕溪之白石洞天也（本集。參拙作白石行實考之行迹考）。

夔少以詞名，能自製曲，初率意爲長短句，然後協以律（本集）。嘗以楊萬里介，謁范成大於蘇州（誠齋集）。成大以爲翰墨人品皆似晉、宋之雅士（齊東野語白石自述）。授簡徵新聲，爲作暗香、疏影二曲，音節清婉（本集）。成大贈以家妓小紅，大雪載歸過垂虹橋，賦詩有「小紅低唱我吹簫」

句（元陸友硯北雜志）。萬里嘗稱其文無不工，甚似陸龜蒙。夔來往蘇、杭間，亦頗以龜蒙自擬（本集。行實考）。並時名流若樓鑰、葉適、京鏜、謝深甫，皆折節與交；朱熹愛其深于禮樂，辛棄疾深服其長短句（齊東野語白石自述）。

時南渡已六七十載，樂典久墜，士夫多欲講古制以補遺軼。夔于寧宗慶元三年進大樂議及琴瑟考古圖于朝，論當時樂器、樂曲、歌詩之失。略謂：紹興大樂，多用大晟所造樂器，金石絲竹匏土未必相應；四金之音未必應黄鍾。樂曲知以七律爲一調，而未知度曲之義；知以一律配一字，而未知永言之旨；以平、入配重濁，以上、去配輕清，奏之多不諧協；琴瑟鮮知改弦退柱上下相生之妙，又往往考擊失宜。歌詩則一句而鐘四擊，一字而竽四吹，未協古人槁木貫珠之意；樂工同奏則動手不均，迭奏則發聲不屬。其所倡議者五事：一謂雅俗樂高下不一，宜正權衡度量，以爲作樂器之凖；二謂古樂止用十二宫，古人於十二宫又特重黄鍾一宫而已（若鄭譯之八十四調，出於蘇祇婆之琵琶；惟瀛府、獻仙音謂之法曲，即唐之法曲也。凡有催、衮者，皆胡曲耳，法曲無是也），大樂當用十二宫，勿雜胡部。其他三事，則議登歌當與奏樂相合也，議夕牲饗神諸詩歌可删繁也，議作鼓吹曲以歌祖宗功德也。書奏，詔付太常（宋史樂志）。時嫉其能，不獲盡所議（明徐獻忠吴興掌故）。五年，又上聖宋鐃歌十二章（本集）。詔免解與試禮部，不第（書録解題），以布衣終。

夔氣貌若不勝衣，家無立錐，而一飯未嘗無食客；圖書翰墨之藏，汗牛充棟（宋陳郁藏一話腴）。張炎比其詞爲「野雲孤飛，去留無迹」（詞源）；黄昇謂其高處，周邦彦所不能及（絶妙詞選）。

其精通樂紀亦如邦彦，今存有旁譜之詞十七首。爲詩初學黄庭堅，而不從江西派出，並不求與楊、范、蕭、尤諸家合（詩集自序）；一以精思獨造，自拔於宋人之外（清人四庫全書提要）。所爲詩説，多精至之論，嚴羽之前，無與比也（清王士禛漁洋詩話）。亦精賞鑑，工翰墨，辨别法帖，察入苗髮，較黄伯思、王厚之爲優（清朱彝尊曝書亭集），趙孟堅稱爲書家申韓（硯北雜志）。習蘭亭廿餘年（白石蘭亭序跋），晚得筆法于單煒（白石保母志跋）。其遺迹猶有存者。

著書可考者十二種。今存詩集、詩説、歌曲、續書譜、絳帖平等（參拙作白石行實考之著述考）。京鏜嘗稱其駢儷之文（齊東野語白石自述），則無一篇傳矣。

張俊之孫曾有名鑑字平甫者居杭州，夔中歲以後，依之十年（齊東野語白石自述）。鑑卒，旅食浙東、嘉興、金陵間（本集。宋吴潛履齋詩餘。宋蘇泂泠然齋集）。卒于西湖（履齋詩餘），年約六十餘（參拙作白石行實考之生卒考）。貧不能殯，吴潛諸人助之葬于錢唐門外西馬塍（履齋詩餘。硯北雜志）。子二：瓊，太廟齋郎（世系表）；瑛，嘉禾郡簽判（嚴杰擬傳）。

自來爲白石傳者，各地志之外，共得十首：已佚者有宋張輯作小傳，見齊東野語；未見者有清鄭文焯補傳，見其清真集録要自序；存者明張羽一首，清詁經精舍文集卷五嚴杰、徐養源、養灝、張鑑、徐熊飛、何起瀛六首，陸心源宋史翼一首。羽，潯陽人而寓吴興，洪武初，徵授太常寺丞，有静居集（明史），其爲白石傳，蓋居吴興時詮次白石八世孫福四所輯遺事爲之。考福四編白石集在洪武十年，去白石之卒已百餘年，故羽傳事實，不出本集及慶元會要、齊東野語、硯北雜志、藏一話腴四書。其未諦者三事：一記遇衡山異人得詩説；二叙晚年辭張巖辟官；三謂議大樂不合，由遇謝深甫子無殊禮。予皆已辨之於遺事考。嚴杰、徐養源、張鑑諸人，皆詁經精舍生，徐、張各傳惟迻録宋史樂志及詞集論詞律各文，無足議者。嚴傳流行最廣，亦最多謬誤，如：沿四庫提要之誤，以元人蕭𣂏當蕭德藻；謂秦檜當國時，隱居不出，高宗賜書建閣（徐熊飛擬傳同）；謂嘗館西湖水磨方氏（何起瀛擬傳同）；皆顯乖事實。至以泮爲八世祖，父噩登紹興庚午第，猶誤之細者。江西通志諸書皆據以爲傳，陸氏宋史翼，亦仍之無所匡改，而又誤其免解年代。予爲此文，凡已辨于行實考者，概不復贅，猶有訂補，俟之異日。一九五〇年，承燾。

白石詞編年目

卷三　合肥、金陵、蘇州詞十三首

卷六 不編年十二首，序次依陶鈔

〔附〕 陶宗儀鈔本目録

張奕樞、陸鍾輝兩刊本及江炳炎鈔本（即朱孝臧彊村叢書底本）皆出于陶鈔，兹列陶鈔目于此。陸本改併卷數，與張、江兩本不同者，加注目下。（厲鶚鈔本無目録）

白石道人歌曲目録

卷之一（陸本各卷皆無「之」字）
皇朝鐃歌鼓吹曲十四首（陸本「皇朝」作「聖宋」。並列十四首子目）
琴曲一首（陸本移于越九歌後）
卷之二（陸本併鐃歌鼓吹曲、越九歌、琴曲爲一卷）
越九歌十首
帝舜　王禹

卷之三（陸本作卷二）

令

卷之四（陸本作卷三）

姜白石詞編年箋校卷一

宋孝宗淳熙三年丙申 公元一一七六年

揚州慢 中吕宫

淳熙丙申至日，予過維揚。夜雪初霽，薺麥彌望。入其城則四顧蕭條，寒水自碧。暮色漸起，戍角悲吟。予懷愴然，感慨今昔，因自度此曲。千巖老人以爲有黍離之悲也。

淮左名都，竹西佳處，解鞍少駐初程。過春風十里，盡薺麥青青。自胡馬窺江去後，廢池喬木，猶厭言兵。漸黄昏，清角吹寒，都在空城。　杜郎俊賞，算而今重到須驚。縱豆蔻詞工，青樓夢好，難賦深情。二十四橋仍在，波心蕩冷月無聲。念橋邊紅藥，年年知爲誰生。

【箋】

〔中呂宮〕此白石自度曲，注宮調并填旁譜。張炎詞源（上）：「夾鍾宮俗名中呂宮」，是爲夾鍾一均之宮。以後凡闕宮調聲律者，別詳于白石歌曲校律。

〔淳熙丙申〕宋孝宗淳熙三年。白石詞明著甲子者始此，時白石二十餘歲，前此一年客漢陽，此時沿江東下過揚州。參予作白石行實考之行迹考。

〔千巖老人〕蕭德藻字東夫，福建閩清人，晚年居湖州，愛其地弁山千巖競秀，自號千巖老人，著書名千巖擇稿。見烏程縣志（二十二）。以姪女妻白石，參行實考之交游考。案白石淳熙十三年丙午始從德藻游，在作此詞後之十年；此詞小序末句，蓋後來所增。白石詞序多此例，翠樓吟、滿江紅、淒涼犯皆是。

〔黍離之悲〕南宋人詞寫揚州兵後殘破景象者：趙希邁八聲甘州竹西懷古：「寒雲飛萬里，一番秋，一番攪離懷。向隋隄躍馬，前時柳色，今度蒿萊。錦纜殘香在否？枉被白鷗猜。千古揚州夢，一覺庭槐。歌吹竹西難問，拚菊邊醉着，吟寄天涯。任紅樓蹤迹，茅屋染蒼苔。幾傷心橋東片月，趁夜潮流恨入秦淮。潮回處，引西風恨，又渡江來。」李好古八聲甘州揚州下片：「遊子憑闌淒斷，百年故國，飛鳥斜陽。恨當時食肉，一擲封疆。骨冷英雄何在，望荒煙殘戍觸悲涼。無言處，西樓畫角，風轉牙檣。」劉克莊沁園春維揚作上片：「遼鶴重來，不見繁華，只見凋殘。甚都無人誦，何郎詩句；也無人報，書記平安。閭里俱非，江山略是，縱有高樓莫倚欄。沈吟處，但螢飛草際，雁起蘆間。」李、劉兩家皆在白石之後，并録供參證。案史：孝宗乾道六年，江淮東路農田荒蕪四十萬畝以上，即白石作此詞之前五六年也。

〔淮左〕淮揚一帶，宋置淮東路，亦稱淮左。

〔竹西〕杜牧題禪智寺詩：「誰知竹西路，歌吹是揚州。」

〔胡馬窺江〕高宗建炎三年，金人初犯揚州，宋無名氏有建炎維揚遺録一卷，記劫掠情狀甚詳，時在白石作此詞前四十餘年。其後紹興三十一年、隆興二年，淮南皆嘗被侵，則在作此詞前十餘年。

〔二十四橋〕沈括補筆談（三）：「揚州在唐時最爲富盛，舊城南北十五里一百一十步，東西七里三十步，可紀者有二十四橋。」註謂存者有南橋、小市橋、廣濟橋、開明橋、通泗橋、萬歲橋、山光橋。是北宋時僅存七橋。白石謂「二十四橋仍在」，蓋非紀實。李斗揚州畫舫録卷十五謂「廿四橋即吴家磚橋，一名紅藥橋，在熙春臺後，跨西門街東西兩岸」。是以爲一橋，與唐詩「玉人何處教吹簫」句不合矣。（梁章鉅浪迹叢談謂是一橋而有「二十四橋」題名榜。見茅以昇「名橋談往」引。）

〔橋邊紅藥〕陳思白石道人歌曲疏證（五）（遼海叢書本，以下簡稱陳疏）引一統志：「揚州府開明橋，在甘泉縣東北，舊傳橋左右春月芍藥花市甚盛。」揚州芍藥，參後側犯詞箋。

【校】

〔少駐〕汲古閣鈔本絶妙好詞（以下簡稱「明鈔」）「少」作「小」。

〔喬木〕明鈔絶妙好詞「喬」作「高」。

〔空城〕張奕樞本（以後簡稱「張本」）「空」作「江」。

〔清角吹寒句〕此句依文義當斷于「寒」字，鄭文焯校本有「角藥兩字考音」一條，謂「漸黄昏清角」句，對下片「念橋邊紅藥」，應斷于「角」字。又謂「角」、「藥」二字旁譜「𠃑」皆是「打」字，宜用入聲。承燾案：宋元人填此調者，如李萊老「歎如今杜郎還見，應賦悲春」，趙以夫「斂羣芳清麗精神，初付揚州」，皆作上七下四句法。餘如天下同文羅志可一首，歷代詩餘吴元可一首亦然。合鄭説者僅陽春白雪卷七鄭覺齋「甚中天月色，被風吹夢南州」一首，云「宜用入聲」，他家亦不盡然。或謂下片結當依此句，以「邊」、「年」爲斷。然白石自謂自度曲前後闋不同，似不必上下一致。

淳熙十三年丙午　公元一一八六年

一萼紅

丙午人日，予客長沙别駕之觀政堂。堂下曲沼，沼西負古垣，有盧橘幽篁，一徑深曲；穿徑而南，官梅數十株，如椒如菽，或紅破白露，枝影扶疏。著屐蒼苔細石間，野興横生，亟命駕登定王臺，亂湘流入麓山。湘雲低昂，湘波容與，興盡悲來，醉吟成調。

古城陰，有官梅幾許，紅萼未宜簪。池面冰膠，墻腰雪老，雲意還又沈沈。翠藤共閒穿徑竹，漸笑語驚起卧沙禽。野老林泉，故王臺榭，呼喚登臨。南去北來何事？蕩湘雲楚水，目極傷心。朱户黏雞，金盤簇燕，空歎時序侵尋！記曾共西樓雅集，想垂楊還嫋萬絲金。待得歸鞍到時，只怕春深。

【箋】

〔丙午〕孝宗淳熙十三年。此客長沙游岳麓山詞。此年秋有「客山陽」之浣溪沙，明年春有「金陵江上感夢」之踏莎行，皆爲合肥情遇作。集中懷念合肥各詞，多託興梅柳，此詞以梅起柳結，序云「興盡悲來」，詞云「待得歸鞍到時，只怕春深」，疑亦爲合肥人作。詳在予作白石合肥詞事考。

〔長沙别駕〕蕭德藻淳熙十二年乙巳，任湖北參議，見楊萬里誠齋集（一一三）淳熙薦士録；白石本年秋，與德藻子姪和父、裕父、時父等泛湘江，見湘月詞序；本年冬，隨德藻往湖州，見探春慢序；據此合推，本年客長沙當依德藻。德藻此時殆自湖北參議移任湖南通判。别駕，宋代通判之别稱。

〔定王臺〕在長沙縣東。漢長沙定王發既之國，築臺以望母。

〔麓山〕一名嶽麓山，在長沙縣西南，隔湘江六里，蓋衡山之足，故以麓爲名。

【校】

此調叶平韵者始見于白石集。樂府雅詞有北宋無名氏仄韵一首，只首三句與此詞不同，其上片結云「未教一萼紅開鮮蕊」，詞譜（三十五）謂調名由此。然則，白石此詞殆改仄爲平，與其平韵滿江紅同例。

〔垂楊〕厲鶚鈔本（以下簡稱「厲鈔」）、花庵詞選、絶妙好詞「楊」並作「柳」。案「想垂楊還裊萬絲金」句，對上片「漸笑語驚起卧沙禽」，「楊」對「語」字，似應作「柳」。

〔歸鞍〕明鈔絶妙好詞「鞍」作「鞭」。

霓裳中序第一

丙午歲，留長沙，登祝融，因得其祠神之曲，曰黄帝鹽、蘇合香。又于樂工故書中得商調霓裳曲十八闋，皆虚譜無辭。按沈氏樂律「霓裳道調」，此乃商調；樂天詩云「散序六闋」，此特兩闋。未知孰是？然音節閑雅，不類今曲。予不暇盡作，作中序一闋傳于世。予方羈遊，感此古音，不自知其辭之怨抑也。

亭皋正望極，亂落江蓮歸未得，多病却無氣力。況紈扇漸疏，羅衣初索。流光過隙，歎杏梁雙燕如客。人何在？一簾淡月，彷彿照顔色。　幽寂，亂蛩吟壁，動庾信清愁似織。沈思年少浪迹，笛裏關山，柳下坊陌。墜紅無信息，漫暗水涓涓溜碧。漂零久，而今何意，醉卧酒壚側！

【箋】

〔祝融〕衡山七十二峰之最高者。

〔黄帝鹽〕沈括夢溪筆談（五）：「唐之杖鼓，本謂之兩杖鼓，兩頭皆用杖。（節）頃王師南征，得黄帝鹽於交趾，乃杖鼓曲也。」吴曾能改齋漫録（五）駁此説，謂張芸叟南遷録載其以元豐中至衡山中謁嶽祠得之，蓋不知南嶽舊有此曲也。洪邁容齋續筆（七）云：「今南嶽獻神樂曲有黄帝鹽，而俗傳爲黄帝炎。」陳田夫南嶽總勝集（上）叙嶽祠條亦云：「獻迎神曲：五福降中天。三獻：蘇合香、皇帝炎、四朵子。」（亦見吴曾引南遷録）足見南嶽舊有此曲，可爲姜詞小序作證。又案南卓羯鼓録，兩杖鼓出羯中，又名羯鼓。是此曲乃羯鼓遺曲。今羯鼓録不載，或在徵、羽調中；羯鼓録不載徵、羽二部調，以與胡部相同也。

〔蘇合香〕羯鼓録載此曲屬太蔟宫；段安節樂府雜録屬軟舞曲。日本所傳唐樂，大曲共四曲，中有蘇合香，今猶傳其帖數拍數；見源光圀大日本史禮樂志。

〔樂工故書中得商調霓裳曲〕王灼碧雞漫志（三）載宋代霓裳遺曲有三：一引夢溪筆談（五）：

「蒲中逍遥樓楣上有唐人横書類梵字，相傳是霓裳譜，莫知是非。」二引嘉祐雜志：「同州樂工翻河中黄幡綽霓裳譜，鈞容樂工士守程以爲非是，（鈞容，唐代教坊班名，見碧雞漫志一。）則依法曲造成。」三謂：「普州府守山東人王平，詞學華贍，自言得夷則商霓裳羽衣譜，取陳鴻白樂天長恨歌傳並樂天寄元微之霓裳羽衣曲歌，又雜取唐人小詩長句及明皇太真事，終以微之連昌宫詞，補綴成曲，刻板流傳。曲十二段，起第四遍、第五遍、第六遍、攧、入破、虚催、衮、實催、衮、歇拍、殺衮，音律節奏，與白氏歌注大異。」案漫志謂同州樂工譜及士守程譜當時即不傳。方成培香研居詞麈（三）謂白石詞屬商調，疑即王平之所遺（詞麈「王平羽衣譜」條）。然白石詞序謂「虚譜無辭」，「散序兩闋」，與平譜皆不合，其不出平譜甚明。據齊東野語（十）混成集條，謂修内司所刊混成集，巨帙百餘，古今歌詞之譜，靡不具備，載霓裳一曲，凡三十六段：「嘗聞紫霞翁云：幼日隨其祖郡王曲宴禁中，太后令内人歌之，凡用三十六人，每番六人，奏音極高妙。」此亦宋代霓裳譜事。王國維唐宋大曲考，謂「每遍二段則三十六段即十八遍」，與白石序合。白石所謂樂工故書，不知即混成集否？惜其書明後散佚，今存於王驥德曲律中者，止四五十字，無從考驗矣。（另有説云：混成集有修内司刊本，當時不難得，未必白石登祝融始能見之，疑非一書。）周密武林舊事（七），記淳熙九年八月十五日，駕過德壽宫賞月：「太上（高宗）召小劉貴妃獨吹白玉笙霓裳中序。」曾覿進壺中天慢云：「玉手瑶笙，一時同色，小按霓裳疊。天津橋上，有人偷記新闋。」此事在白石作此詞之前四年，是其時宫廷中已流傳霓裳中序，不知與白石得於南嶽祠中者有何異同。曾覿詞云「新闋」，殆亦當時新製也。

〔沈氏樂律，霓裳道調〕沈括夢溪筆談（五）樂律（一）論霓裳羽衣曲：「（節）或謂今燕部有獻仙音曲乃其遺聲，然霓裳本謂之道調法曲，今獻仙音乃小石調耳，未知孰是。」白石引沈氏樂律指此（宋史藝文志，有沈括樂律一卷，當即筆談所載）。案碧雞漫志（三）：「（節）按明皇改婆羅門曲爲霓裳羽衣，屬黄鍾商，時號越調，即今之越調是也。白樂天嵩陽觀夜奏霓裳詩云：『開元道曲自淒涼，況近秋天調自商。』又知其爲黄鍾商無疑。（節）予謂筆談知獻仙音非是，乃指爲道調法曲，則無所著見。」葛立方韵語陽秋（十五）亦引樂天此詩，證霓裳用商調，與王説同。又徐鉉徐文公集（五），又聽霓裳羽衣曲送陳君詩，亦云「清商一曲遠人行」，是霓裳本商調而非道調。沈括誤記，漫志、陽秋已駁正之，白石偶失考耳（王灼紹興間人，葛書成於隆興初，皆在白石前）。又案：姜譜用「凡」字住，乃夷則商；明皇所製黄鍾商，即南宋之無射商越調，雖同名「商調」，而實是二調。白石所據樂工故書之霓裳曲，出唐文宗時馮定改本抑李後主詳定本，今不可考矣（馮、李定本亦見漫志）。

〔散序六闋〕白居易和元微之霓裳羽衣歌：「散序六奏未動衣，陽臺宿雲慵不飛。」碧雞漫志（三）：「霓裳第一至第六疊無拍者，皆散序故也。」詞源（下）：「法曲散序無拍，至歌頭始拍。」陳寅恪長恨歌箋證云：「今日本樂曲有『清海波』者，據云即霓裳散序之遺音，未知然否也。」

〔音節閒雅，不類今曲〕詞源（下）：「法曲有散序、歌頭，音聲近古，大曲所不及。」唐書禮樂志：「隋有法曲，其音清而近雅。」白石謂霓裳音雅，由是法曲故也。（又唐宋人好以笙吹霓裳曲，前條引武林舊事小劉妃獨吹白玉笙霓裳中序外，白居易卧聽法曲霓裳詩云：「金磬玉笙調已久，牙牀角枕睡常遲。」秋夜安國觀聞笙詩云：「月露滿庭人寂寂，霓裳一曲在高樓。」其宜于叶笙，殆亦由其「音節閒雅」。）

〔予不暇盡作〕碧雞漫志(三)：「後世就大曲製詞者，類從簡省，而弦管家亦不肯從首至尾吹彈。」宋人詞調，摘法曲大曲之一段而成者，有徵招調中腔、鈿帶長中腔、氐州第一、法曲第二、薄媚摘遍、泛清波摘遍、水調歌頭、六州歌頭、齊天樂、萬年歡、夢行雲等，白石此調，亦其一也。

〔作中序一闋〕霓裳全曲分三大段：（一）散序，六遍；（二）中序，遍數不詳；（三）破，十二遍。白石詞名「中序第一」，知中序不止一遍，是全曲至少有二十遍。唐書樂志、碧雞漫志謂霓裳十二遍，夢溪筆談(五)謂十疊，皆誤。白居易霓裳羽衣歌「繁音急節十二遍」自注云：「霓裳破凡十二遍而終」，明云「破」凡十二遍，非謂全曲僅此數也。（周汝昌先生有文辨此，見「承教録」。）

白居易霓裳羽衣歌注：「散序六遍無拍，故不舞也。中序始有拍，亦名拍序。」王國維唐宋大曲考謂「中序」即「歌頭」，其説曰：「唐以前中序即『排遍』；宋之『排遍』亦稱『歌頭』。如水調歌頭，即新水調之排遍起也。」案此雖指大曲言，然詞源謂「大曲片數與法曲相上下」。證以白居易詩注「中序始有拍」之説，王説殆可信。

此詞箋參「承教録」羅蕉園説。

【校】

〔散序六闋〕厲鈔脱「序」字。

〔江蓮〕歷代詩餘、欽定詞譜「江」作「紅」。

〔却無〕欽定詞譜「却」作「怯」，誤。

湘月

長溪楊聲伯典長沙檝櫂，居瀕湘江，窗間所見，如燕公、郭熙畫圖，卧起幽適。丙午七月既望，聲伯約予與趙景魯、景望、蕭和父、裕父、時父、恭父，大舟浮湘，放乎中流，山水空寒，煙月交映，凄然其爲秋也。坐客皆小冠練服，或彈琴，或浩歌，或自酌，或援筆搜句。予度此曲，即念奴嬌之鬲指聲也，於雙調中吹之。鬲指亦謂之「過腔」，見晁無咎集，凡能吹竹者便能過腔也。

五湖舊約，問經年底事，長負清景。暝入西山，漸喚我一葉夷猶乘興。倦網都收，歸禽時度，月上汀洲冷。中流容與，畫橈不點清鏡。　誰解喚起湘靈，煙鬟霧鬢，理哀弦鴻陣。玉麈談玄，歎坐客多少風流名勝。暗柳蕭蕭，飛星冉冉，夜久知秋信。鱸魚應好，舊家樂事誰省。

【箋】此與蕭氏兄弟泛湘江作，白石此時蓋依蕭德藻居。

〔長溪楊聲伯〕長溪，福建縣名，在今霞浦縣南。楊聲伯未詳。南宋長溪名人有楊惇禮、楊興宗、楊楫，聲伯當其族人，見陳疏（六）。吴徵鑄白石道人詞小箋（以後簡稱「吴箋」）引萬姓統譜，謂：「楊楫與長溪人楊復皆受業于朱熹，楫嘗官湖南提刑，二楊者雖未必即聲伯，或亦與白石有故也。」

〔燕公〕宋代畫家燕姓者二人：燕文貴，宋端拱中吴興人，精於山水，不師古人，自成一家，稱曰「燕家景致」。見劉道醇宋朝名畫録。又，燕肅，益都人，官至禮部侍郎，工山水寒林，宋史及夏文彦圖繪寶鑑（三）有傳。王安石臨川集（十）有題燕肅侍郎山水圖詩云：「燕公侍書燕王府，王求一筆終不與。」蘇軾東坡集跋蒲傳正燕公山水，亦謂燕肅。

〔郭熙〕河陽温縣人，爲御畫院藝學，善山水寒林。見宣和畫譜。

〔蕭和父、裕父、時父、恭父〕皆蕭德藻子姪，白石妻黨。參交游考。

〔即念奴嬌之鬲指聲也，於雙調中吹之〕方成培香研居詞麈（二）解鬲指義云：「蓋念奴嬌本大石調，即太蔟商，雙調爲仲吕商，律雖異而同是商音，故其腔可過。太蔟當用『四』字住，仲吕當用『上』字住，簫管『上』『四』字中間只鬲一孔，笛『四』『上』兩孔相聯，只在鬲指之間。又此調畢曲，當用『一』字『尺』字，亦鬲指之間，故曰『隔指聲』也，『能吹竹便能過腔』，正此之謂。所以欲過腔者，必緣起韵及兩結字眼用『四』字不諧，配以『上』字聲方諧婉，故不得不過耳。」戈載七家詞選、陳澧聲律通考（十）、凌廷堪梅邊吹笛譜（一）皆用方説。張文虎校姜詞，初據碧雞漫志「念奴嬌有轉入道調宫，又轉入高工（當作宫）大石」之説，以解「過腔」；後著舒藝室餘筆，亦改從方説。周之琦心日齋詞録(上)謂：「今之吹笛者，六孔並用，即成北曲，隔第一孔第五孔吹之，便成南曲，隔指過腔，義或如是。」此附會之談，殆由未見方氏書。夏敬觀詞調溯源曰：「大石調與雙調，譜字止『一』、『凡』、『勾』與『下一』、『下凡』、『上』三字不同，『一』與『下一』，『凡』與『下凡』，在管色止輕重吹之分；『勾』與『上』則在譜字中相連。沈筆談謂『上』字近蕤賓；蕤賓本配『勾』字，而云『上』字近蕤賓，則絲弦中『上』與『勾』極相近，推之管色，當亦如是。至明代則竟將『勾』字删去，蓋以管色中已有『尖上』，『勾』字即『低尺』，而管色中已有『低尺』，亦非無理。總之，以有定之笛孔，配絲弦之譜字，終難準一，故笛中可以有過腔之法。白石所謂『凡能吹竹者便能過腔』，已説明是簫笛；若譜入絲弦中，則仍是大石調，故曰『於雙調中吹之』。」此足補方説。冒廣生校白石歌曲，謂：「陳元龍白石詞選此調住小石，小石即雅樂之仲吕商，用『尺』字住，白石用雙調吹之，雙調即夾鍾商，用『上』字住，仲吕與夾鍾隔一律，『上』與『尺』則隔一指，故云『鬲指聲』。自來無明此理者。」案張孝祥于湖詞念奴嬌明注大石調，南北曲亦入大石調，此調無作小石者。陳元龍詞選乃僞書，不足信(予别有考)，冒氏據之爲説，誤也。戈載謂此調仲吕商，亦誤爲小石，馮登府已辯之，見杜文瀾憩園詞話(二)。

〔鬲指亦謂之「過腔」，見晁無咎集〕晁氏琴趣外篇(一)消息注云：「自過腔，即越調永遇樂。」舒藝室餘筆初稿云：「晁氏不云過入何調，依此鬲指推之，則過入高大石也。」夏敬觀曰：「白石引晁集，證明此法北宋時已有。」此詞箋參「承教録」羅蔗園説。

【校】

〔鬲指〕「鬲」即「隔」字，白石玉梅令序「鬲河有圃曰范村」，法曲獻仙音「樹鬲離宫」，永遇樂「雲鬲迷樓」，陸鍾輝本（以下簡稱陸本）除玉梅令外皆作「鬲」，他三本皆作「隔」。

〔練服〕陸本「練」作「練」，厲鈔同。鄭文焯白石詞校稿，引類篇，禰衡著練巾，後漢書衡傳作疏巾，徐鉉詩「好風輕透白練衣」，趙以夫詞「蕭然竹枕練衾」，皆讀平聲，以訂陸本之誤。承燾案：劉克莊賀新郎有「練衣紈扇」句，周密采緑吟序有「短葛練巾」句，草窗韵語泛舟三匯詩序有「幅巾練衣」句，皆作「練」，鄭説是。

清波引

予久客古沔，滄浪之煙雨，鸚鵡之草樹，頭陀、黄鶴之偉觀，郎官、大别之幽處，無一日不在心目間；勝友二三，極意吟賞。揭來湘浦，歲晚淒然，步繞園梅，摛筆以賦。

冷雲迷浦，倩誰唤玉妃起舞。歲華如許，野梅弄眉嫵。屐齒印蒼蘚，漸爲尋花來去。自隨秋雁南來，望江國，渺何處。　新詩漫與，好風景長是暗度。故人知否，抱幽恨難語。何時共漁艇，莫負滄浪煙雨。況有清夜啼猿，怨人良苦。

【箋】

此首與八歸、小重山令皆客湘時作，而無甲子。案白石此年秋返山陽，見浣溪沙序；冬隨蕭德藻往湖州，見探春慢序；三詞當皆此前之作。茲附繫于此。陳思白石道人年譜（以後簡稱「陳譜」）定爲淳熙十一年甲辰作，未允。

〔久客古沔〕古沔即湖北漢陽。陸游渭南文集卷四十七，入蜀記：「唐沔州治漢陽縣。」白石姊嫁漢陽，幼依姊居，中去復來幾二十年。見探春慢序。

〔滄浪〕即漢水，見文選張衡南都賦「流滄浪而爲隍」注。

〔鸚鵡〕入蜀記：「離鄂州，便風挂帆，沿鸚鵡洲南行，洲上有茂林、神祠，遠望如小山。洲蓋禰正平被殺處，故太白詩云：『至今芳洲上，蘭蕙不敢生。』」洲在漢陽縣西南大江中。

〔頭陀〕寺名，在漢口西北。入蜀記：「寺在州城之東隅石城山，（節）李太白江夏贈韋南陵詩云『頭陀雲外多僧氣』，正謂此寺也。黄魯直亦云：『頭陀全盛時，宫殿梯空，級藏殿後。』」

〔黄鶴〕入蜀記：「登石鏡亭訪黄鶴樓故址，石鏡亭者石城山一隅，正枕大江，其西與漢陽相對，止隔一水。（節）黄鶴樓舊傳費禕飛昇於此，後忽乘黄鶴來歸，故以名樓，號爲天下絶景。（節）今樓已廢，故址不可復存，問老吏，云在石鏡亭、南樓之間，正對鸚鵡洲，猶可想見其地。」今樓址在武昌縣西漢陽門内黄鶴山上。

〔郎官〕湖名，在漢陽城東南隅。李白集（二十）有泛沔州城南郎官湖詩：「郎官愛此水，因號郎官湖。」「郎官」謂尚書郎張謂也。

〔大別〕詩集春日書懷：「垂楊大別寺。」入蜀記：「漢陽負山帶江，其南小山有僧寺者，大別山也，又有小別，謂之二別云。」清一統志：「太平興國寺在漢陽縣北大別山，唐建，舊名大別寺。」大別山即今龜山。

〔勝友二三〕白石在沔交游，有鄭仁舉、辛泌、楊大昌、姚剛中、單煒、蔡迨。皆詳後探春慢及交游考。春日書懷第三：「家巷有石友，合并不待呼。瘦藤倚花樹，花片藉玉壺。云云。」即叙客沔吟賞勝游。

【校】

〔漫與〕舒藝室餘筆〔三〕：「前齊天樂『漫』作『謾』，見杜詩。」花庵詞選作「謾」。朱本齊天樂亦作「漫」。

八歸

湘中送胡德華

芳蓮墜粉，疏桐吹綠，庭院暗雨乍歇。無端抱影銷魂處，還見篠墻螢暗，蘚階蛩切。送客重尋西去路，問水面琵琶誰撥。最可惜一片江山，總付與啼鴂。長恨相從未款，而今何事，又對西風離別。渚寒煙淡，櫂移人遠，縹緲行舟如葉。想文君望久，倚竹愁生步羅襪。歸來後，翠尊雙飲，下了珠簾，玲瓏閒看月。

【箋】

參前首清波引箋。

〔胡德華〕未詳。

【校】

〔誰撥〕厲鈔「撥」作「摘」。

小重山令

賦潭州紅梅

人繞湘皋月墜時，斜横花樹小，浸愁漪。一春幽事有誰知？東風冷，香遠茜裙歸。

鷗去昔遊非，遥憐花可可，夢依依。九疑雲杳斷魂啼，相思血，都沁緑筠枝。

【箋】此詠潭州種之紅梅，詞中「相思」字，用湘妃九疑事以切湘中，然與本年懷人各詞互參，似亦念別之作；茲繫于此。

〔潭州紅梅〕潭州即長沙。范成大梅譜：「紅梅標格是梅，而繁密則如杏。其種來自閩、湘，有『福州紅』、『潭州紅』、『邵武紅』等號。」樓鑰攻媿集（九）謝潘端叔惠紅梅序：「潘端叔惠紅梅一本，全體皆梅也，香亦如之，但色紅耳。來自湖湘，非他種比，自此當稱爲紅江梅以別之。王文公、蘇文忠、石曼卿諸公有紅梅詩，意其未見此種也。」據此，此種殆始盛于南宋。

【校】

〔小重山令〕絶妙好詞無「令」字。厲鈔「令」字作小字旁注。

〔斜橫〕絶妙好詞作「斜橫」，明鈔作「橫斜」。

〔花樹〕絶妙好詞箋「樹」作「自」，清吟堂本絶妙好詞同。

眉嫵　一名百宜嬌

戲張仲遠

看垂楊連苑，杜若侵沙，愁損未歸眼。信馬青樓去，重簾下、娉婷人妙飛燕。翠尊共款，聽豔歌、郎意先感。便携手、月地雲階裏，愛良夜微暖。無限風流疏散，有暗藏弓履，偷寄香翰。明日聞津鼓，湘江上、催人還解春纜。亂紅萬點，悵斷魂、煙水遥遠。又争似相携，乘一舸，鎮長見。

【箋】

〔張仲遠〕陳鵠耆舊續聞：「姜堯章嘗寓吴興張仲遠家，仲遠屢外出，其室人知書，賓客通問，必先窺來札。性頗妬。堯章戲作百宜嬌詞以遺仲遠云：（詞略）。仲遠歸，竟莫能辨，則受其爪損面，至不能外出云。」（此據絶妙好詞箋（二）引，今知不足齋本陳書無此條。）吴箋：「張綱華陽長短句，有念奴嬌『次韵張仲遠，是日醉甚逃席』一闋。案張綱卒於乾道二年，其年輩與白石不相及，仲遠恐另是一人。」詁經精舍文集（五）徐養灝擬白石傳，以仲遠爲張平甫，誤。又，據詞「湘江上」句，當是淳熙十三年客湘中時作。絶妙好詞箋引耆舊續聞，録自沈雄古今詞話，多不知所出，疑非續聞佚文，不可信。

【校】

〔一名百宜嬌〕案此詞與吕渭老聖求詞之百宜嬌句律不同。注語當是後人依耆舊續聞增入。

〔張仲遠〕陸本無「張」字。

〔侵沙〕花庵詞選、歷代詩餘、欽定詞譜「侵」皆作「吹」。張本「沙」作「紗」，鄭文焯校：「『沙』

『紗』古同，詞中當以『紗』爲窗。周官『素沙』，『沙』同『紗』。」案杜若生于芳洲，故云「侵沙」，此點懷人時令，與窗紗無涉，鄭説迂曲。周汝昌曰：沙指沙洲，蘇詩自注「吴人謂水中地可田者曰沙」，即洲義。

浣溪沙

予女須家沔之山陽，左白湖，右雲夢；春水方生，浸數千里，冬寒沙露，衰草入雲。丙午之秋，予與安甥或蕩舟採菱，或舉火罝兔，或觀魚簺下；山行野吟，自適其適；憑虚悵望，因賦是闋。

著酒行行滿袂風，草枯霜鶻落晴空。銷魂都在夕陽中。　恨入四弦人欲老，夢尋千驛意難通。當時何似莫匆匆。

【箋】

此客漢陽游觀之詞，而實爲懷合肥人作；其人善琵琶，故有「恨入四弦」句。序與詞似不相應，低徊往復之情不欲明言也。參合肥詞事考。

〔女須〕詩集，春日書懷：「九真何蒼蒼，乃在清漢尾。衡茅依草木，念遠獨伯姊。」九真山在漢陽西南。白石父官漢陽，姊因嫁焉。見下首探春慢序。

〔山陽〕漢川村名，見詩集昔游詩自注。漢川屬漢陽，村在九真山之陽，故名。

〔白湖〕漢陽府志：「太白湖一名九真湖，周二百餘里。」

〔雲夢〕即沔陽西北古雲杜。漢陽府志：「雲杜故城在沔陽州西北。」水經注：「沔水又東南過江夏縣東，夏水從西來注之，即堵口也。」禹貢所謂「雲土夢作乂」，故縣取名焉。

【校】

〔憑虚〕張本、厲鈔「憑」作「馮」。

〔是闋〕陸本「是」作「此」。

〔都在〕張本「都」作「多」。

〔恨入〕張本「恨」作「悵」。

探春慢

予自孩幼從先人宦于古沔，女須因嫁焉。中去復來幾二十年，豈惟姊弟之愛，沔之父老兒女子亦莫不予愛也。丙午冬，千巖老人約予過苕霅，歲晚乘濤載雪而下，顧念依依，殆不能去。作此曲别鄭次臯、辛克清、姚剛中諸君。

衰草愁煙，亂鴉送日，風沙回旋平野。拂雪金鞭，欺寒茸帽，還記章臺走馬。誰念漂零久，漫贏得幽懷難寫。故人清沔相逢，小窗閒共情話。長恨離多會少，重訪問竹西，珠淚盈把。雁磧波平，漁汀人散，老去不堪遊冶。無奈苕溪月，又照我扁舟東下。甚日歸來，梅花零亂春夜。

【箋】

〔中去復來幾二十年〕白石隨宦漢陽，在孝宗隆興初（見姜虬緑白石道人詩詞年譜，以下簡稱「姜譜」），下數至此年淳熙丙午，共二十餘年；此云「幾二十年」者，以實居其地年月計。此年隨蕭德藻東行，集中遂無復漢陽行迹。

〔千巖老人約予過苕霅〕苕溪在湖州烏程縣南，以多蘆葦名。霅溪在烏程東南，合四水爲一溪，「霅」者四水激射之聲也。見太平寰宇記。蕭德藻紹興間登第，初調烏程令，遂家焉。見直齋書録解題。此時自湖湘罷官，挈白石同歸。參行實考。

〔鄭次臯辛克清姚剛中〕皆沔鄂交游，見詩集，參交游考。

【校】

〔茸帽〕張本「茸」作「葺」，誤。

〔波平〕花庵詞選「波」作「沙」。

〔照我〕張本、厲鈔及花庵詞選、花草粹編、歷代詩餘、欽定詞譜「照」皆作「喚」。

〔零亂〕張本、厲鈔「亂」作「落」。案「零亂」對上片「閒共」皆平去聲，作「落」當誤。花庵、粹編作「亂零」，尤非。

翠樓吟 雙調

淳熙丙午冬，武昌安遠樓成，與劉去非諸友落之，度曲見志。予去武昌十年，故人有泊舟鸚鵡洲者，聞小姬歌此詞，問之，頗能道其事，還吴爲予言之；興懷昔游，且傷今之離索也。

月冷龍沙，塵清虎落，今年漢酺初賜。新翻胡部曲，聽氈幕元戎歌吹。層樓高峙，看檻曲縈紅，簷牙飛翠。人姝麗，粉香吹下，夜寒風細。　此地，宜有詞仙，擁素雲黄鶴，與君遊戲。玉梯凝望久，歎芳草萋萋千里。天涯情味，仗酒祓清愁，花銷英氣。西山外，晚來還捲、一簾秋霽。

【箋】

此離漢陽赴湖州，道經武昌作。

〔武昌安遠樓〕吴箋：「明一統志：『武昌南樓有二：一在府城黄鵠山頂，名白雲樓；一在武昌縣，今縣城樓是也。』」案黄鵠山在武昌西南，一名黄鶴山，白石詞中有「擁素雲黄鶴」一語，則所指當即是白雲樓也。意武昌南樓宋時或别名安遠。案劉過龍洲詞（下）唐多令詞：有「二十年重過南樓」句，又名南樓令，而題云「安遠樓小集」。又，黄昇花庵詞選（四）有李居厚水調歌頭「武昌南樓落成，次王漕韵」，殆與白石此詞同時作。

〔劉去非〕劉過唐多令序云：「安遠樓小集，侑觴歌板之姬黄其姓者，乞詞于龍洲道人，爲賦此唐多令。同柳阜之、劉去非、石民瞻、周嘉仲、陳孟參、孟容。時八月五日也。」吴箋：「案龍洲詩集卷一，有『紅酒歌贈京西漕劉郎中立義』，其名字宦迹與去非相近，或即此人也。」

〔漢酺〕是年正月庚辰，高宗八十壽，犒賜内外諸軍共一百六十萬緡。見宋史孝宗紀。

【校】

〔雙調〕張本「雙」作「霎」，應作「𩄍」。

〔劉去非〕厲鈔無「劉」字。

〔萋萋〕張本、厲鈔作「淒」，誤。

〔花銷〕花庵詞選、花草粹編、歷代詩餘「銷」皆作「嬌」，誤。

【附録】

趙聞禮陽春白雪（七）有譚在庵宣子玲瓏四犯一首，序云：「重過南樓，用白石體賦。」謂依白石玲瓏四犯之句律，非謂用此首詞體也。

姜白石詞編年箋校卷二

淳熙十四年丁未 公元一一八七年

踏莎行

自沔東來，丁未元日，至金陵，江上感夢而作。

燕燕輕盈，鶯鶯嬌軟，分明又向華胥見。夜長争得薄情知？春初早被相思染。　別後書辭，別時針綫，離魂暗逐郎行遠。淮南皓月冷千山，冥冥歸去無人管。

【箋】此詞明云「淮南」，爲懷合肥人作無疑。琵琶仙云「有人似舊曲桃根桃葉」，解連環云「爲大喬能撥春風，小喬妙移箏，雁啼秋水」。此亦云「燕燕鶯鶯」，其人或是勾闌中姊妹。參合肥詞事考。

杏花天影

丙午之冬，發沔口，丁未正月二日，道金陵，北望淮楚，風日清淑，小舟挂席，容與波上。

緑絲低拂鴛鴦浦，想桃葉當時唤渡。又將愁眼與春風，待去，倚蘭橈更少駐。

金陵路、鶯吟燕儛，算潮水知人最苦。滿汀芳草不成歸，日暮，更移舟向甚處？

【箋】

此金陵道中懷合肥之作，故序云「北望淮楚」，與前首踏莎行同意。

〔沔口〕漢水入江處。

【校】

〔杏花天影〕張本、陸本有「影」字，朱本無，而目録有「影」字，兹據補。考此詞句律，比杏花天只多「待去」、「日暮」二短句；亦猶白石自度曲淒涼犯名瑞鶴仙影，與瑞鶴仙大同小異。依舊調作新腔，命名曰「影」，殆始于歐陽修六一詞之賀聖朝影、虞美人影。殆謂不盡相合，略存其影耶？

〔燕儛〕張本、陸本作「舞」。

惜紅衣

吳興號水晶宫，荷花盛麗。陳簡齋云：「今年何以報君恩，一路荷花相送到青墩。」亦可見矣。丁未之夏，予遊千巖，數往來紅香中，自度此曲，以無射宫歌之。

簟枕邀涼，琴書换日，睡餘無力。細灑冰泉，并刀破甘碧。墻頭唤酒，誰問訊城南詩客。岑寂，高柳晚蟬，説西風消息。　虹梁水陌，魚浪吹香，紅衣半狼藉。維舟試望，故國眇天北。可惜渚邊沙外，不共美人遊歷。問甚時同賦，三十六陂秋色。

【箋】

〔吳興號水晶宫〕吳曾能改齋漫録（八）：「（節）楊濮守湖州，賦詩云：『溪上玉樓樓上月，清光合作水晶宫。』其後遂以湖州爲水晶宫。（節）」無名氏豹隱紀談（説郛卷七引）載林子中賀滕元發得湖州云：「欲識玉皇仙案吏，水晶宫主謫仙人。」程大昌文簡公詞水調歌頭序：「水晶宫之名，天下知之，而此邦圖志元不能主名其所，某嘗思之：苕霅水清可鑑，屋邑之影入焉，而甍棟丹堊，悉能透現本象，有如水玉。故善爲言者得以裒撮其美而曰：此其宫蓋水晶爲之，如騷人之謂寶闕珠宫，正其類也。（節）」

〔陳簡齋云二句〕陳與義無住詞虞美人序：「予甲寅歲，自春官出守湖州，秋杪道中，荷花無復存者。乙卯歲，自瑣闥以病得請奉祠，卜居青墩鎮。立秋後三日，行舟之前後如朝霞相映，望之不斷也。以長短句記之。」詞云：「扁舟三日秋塘路，平度荷花去。病夫因病得來遊，更值滿川微雨洗新秋。去年長恨拏舟晚，空見殘荷滿。今年何以報君恩，一路繁花相送到青墩。」

〔青墩〕正德崇德志：「陳與義宅在青墩廣福院後芙蓉浦上，宋陳與義紹興乙卯自瑣闥請祠，讀書僧閣，自稱簡齋居士。及秋召拜。不一年，免去，復來居此。至元中，趙子昂榜其室曰簡齋讀書處。」無住詞有玉樓春「青墩僧舍作」。案：宋史本傳稱與義在紹興四年甲寅、五年乙卯兩知湖州，與嘉泰吳興志及繫年要録不符。

〔千巖〕在湖州弁山。弘治湖州府志：「卞山在烏程縣西北十八里。」

〔三十六陂〕王安石題西太乙宮壁詩：「楊柳鳴蜩緑暗，荷花落日紅酣。三十六陂烟水，白頭想見江南。」姜詞用此，蓋虚辭非實地。（寰宇志所載「中牟縣圃田澤爲陂三十六」，及輿地紀勝所載揚州三十六陂，皆與此無涉。）康與之洞仙歌云：「波渺渺，三十六陂烟雨。」王沂孫水龍吟云：「三十六陂烟雨，舊淒涼向誰堪訴。」白石念奴嬌亦有「三十六陂人未到」之句，皆詠荷詞也。

【校】

〔惜紅衣〕陸本調下有「無射宮」三字注。

〔荷花〕陸本二「花」字皆作「華」。

〔青墩〕張本「墩」作「燉」，誤。

〔簟枕〕厲鈔、清吟堂本絶妙好詞、絶妙好詞箋、詞旨、欽定詞譜皆作「枕簟」。明鈔絶妙好詞作「簟枕」。

〔問訊〕詞旨「訊」作「信」，誤。

〔高柳〕厲鈔、陸本、花庵詞選、詞旨「柳」皆作「樹」。

〔説西風〕明鈔絶妙好詞「説」作「報」。

〔狼藉〕張本、陸本、絶妙好詞「藉」作「籍」，二字通用。

〔故國〕絶妙好詞明鈔本「國」作「園」，清吟堂本同，注云：「一作『國』。」

〔眇天北〕絶妙好詞箋「眇」作「渺」。

〔渚邊〕陸本、張本、厲鈔「渚」作「柳」。

石湖仙　越調

壽石湖居士

松江煙浦，是千古三高，遊衍佳處。須信石湖仙，似鴟夷翩然引去。浮雲安在，我自愛、緑香紅舞。容與，看世間幾度今古。盧溝舊曾駐馬，爲黄花閒吟秀句。見説胡兒，也學綸巾攲雨。玉友金蕉，玉人金縷，緩移箏柱。聞好語，明年定在槐府。

【箋】

詞無甲子，白石淳熙十四年初識成大，紹熙四年成大卒，詞當作于此五六年間。陳譜定爲淳熙十六年作，嫌無顯據。白石訪成大，兩見于集，一在淳熙十四年之春，一在紹熙二年之冬（參年表），與此詞時令皆不合，惟淳熙十四年冬有過吴松點絳唇詞，或其年嘗在蘇州作此。周汝昌先生見告：成大生于六月初四，其吴船録卷上自記：「六月己巳朔，壬申泊青城山，始生之辰也。」此詞「緑香紅舞」寫荷花，與時令合。又成大罷官後嘗以淳熙十五年起知福州，詞云「聞好語，明年定在槐府」，或其時已傳起用消息。據此，詞當作于淳熙十四年之夏。案周説甚是，兹據之編年。

〔三高〕龔明之中吴紀聞（三）「三高亭」條：「越上將軍范蠡、江東步兵張翰、贈右補闕陸龜蒙，各有畫像在吴江鱸鄉亭。東坡嘗有吴江三賢畫像詩。後易其名曰『三高』，且更爲塑像。臞庵主人王文孺獻其地雪灘，因遷之。今在長橋之北，與垂虹亭相望，石湖居士爲之記。」花庵詞選：范至能「詩文超越，三高祠記，天下之人誦之」。

〔似鴟夷〕齊東野語（十）：「乾道壬辰三月上巳，周益公以春官去國，過吴，范公招飲園中，夜分題壁云：『吴台越壘，距門才十里，而陸沈於荒煙蔓草者且七百年，紫薇舍人始創别墅，登臨得要，甲於東南。豈鴟夷子成功於此，扁舟去之，天閟絶景，須苗裔之賢者，然後亨其樂耶。』」鄭校引此，謂「此白石以鴟夷喻范功成身退之微旨，非亡本也」。按齊東野語（十六）樓鑰讀三高祠記詩亦有「前身陶朱今董狐，襟抱磊落吞江湖」句。又石湖詞念奴嬌過變：「家世回首滄洲，煙波漁釣，有鴟夷仙迹。」又三登樂過變：「況五湖元有，扁舟祖武。」亦以鴟夷自比。

〔盧溝二句〕范成大乾道六年使金，見宋史（三八六）本傳、孝宗紀（二）及鶴林玉露（四）、桯史諸書。鄭文焯絶妙好詞校録：「案石湖水調歌頭燕山九日作有『無限太行紫翠，相伴過盧溝』之句，又『黄花爲我一笑，不管鬢霜羞』。石帚壽石湖詞，實即演贊其詞中旨要，足徵前賢文不虛綺也。」

〔見説胡兒二句〕宋史范傳：「金迓使者慕成大名，至求巾幘效之。」鄭文焯校：「陸刻『雨』誤作『羽』，戈選又改『胡』爲『吴』，謬甚。考石湖集有盧溝燕賓館二詩，自注『對菊把酒』，故有『雪滿西山把菊看』之句。又有『蹋鴟巾』一首，注云：『接送伴田彦皋，愛予巾裹求其樣，指所戴蹋鴟巾有愧色。』故有句云『雨中折角君何愛』，即用郭林宗折角墊雨故事。白石詞即承用石湖詩意。後有詩悼石湖云：『尚留巾墊角，胡虜有知音。』正可爲此詞佳證。戈順卿、陸淳川輩乃疏闇至此，可謂胸馳臆斷已。」（案周輝北轅録，載歸德府男子無貴賤，所頂巾謂之「蹋鴟」。）

【校】

〔似鴟夷〕花庵詞選「似」作「侶」，或「侶」之誤。

〔欹雨〕陸本、厲鈔「雨」作「羽」，誤。參詞箋引鄭文焯校語。花庵詞選亦作「雨」。鄭文焯絶妙好詞校録又謂綸巾欹羽是用孔明事，應作羽，與此説不同。用綸巾則應作羽。

【附録】

元松陵陸子敬，居分湖之北，有軒曰「舊時月色」，見白石集評論補遺引東維子集；吴中顧氏有舊時月色亭，見蛾術詞選暗香詞；海鹽趙公範亦有舊時月色軒，見杭州府志引始豐類稿。

道光初，吴門詞人于石湖建祠，祀白石及吴夢窗、張玉田，陳兆元用白石石湖仙韵賦詞代引，見丁紹儀聽秋聲館詞話（二），戈載翠薇花館詞（十一）。

點絳唇

丁未冬過吴松作

燕雁無心，太湖西畔隨雲去。數峰清苦，商略黄昏雨。　第四橋邊，擬共天隨住。今何許，憑闌懷古，殘柳參差舞。

【箋】

〔丁未冬過吴松〕此年春，白石嘗以楊萬里介往蘇州見范成大，此詞或冬間自湖州再往，道經吴松作。

〔吴松〕陳疏引吴地記：「松江一名松陵，又名笠澤。（節）松，容也，容裔之貌。」即今吴江。

〔第四橋〕乾隆蘇州府志（二十）：「甘泉橋一名第四橋，以泉品居第四也。」鄭文焯絶妙好詞校録：「宋詞凡用四橋，大半皆謂吴江城外之甘泉橋。俗以爲西湖六橋之第四橋，誤矣。蘇州志：甘泉橋舊名第四橋。白石詞『第四橋邊，擬共天隨住』，陸魯望固吴人也。李廣翁（演）摸魚兒賦太湖云『又是西風，四橋疏柳』，題屬太湖，是四橋不屬西湖可證。」劉仙倫招山樂章金縷曲過吴江亦云：「依舊四橋風景在，爲問坡仙何處。」

〔天隨〕唐陸龜蒙自號天隨子。吴郡圖經續志（下）：「陸龜蒙宅在松江上甫里。」齊東野語（十二）載白石自叙：「待制楊公以爲于文無所不工，甚似陸天隨。」楊公謂萬里也。白石詩集（下）三高祠：「沉思只羨天隨子，蓑笠寒江過一生。」除夜自石湖歸苕霅：「三生定是陸天隨，又向吴松作客歸。」皆以龜蒙自比。參行實考。

【校】

〔過吴松作〕花庵詞選無「作」字。

〔橋邊〕厲鈔作「橋頭」。

淳熙十六年己酉 公元一一八九年

夜行船

己酉歲，寓吳興，同田幾道尋梅北山沈氏圃，載雪而歸。

略彴横溪人不度，聽流澌、佩環無數。屋角垂枝，船頭生影，算唯有春知處。回首江南天欲暮，折寒香倩誰傳語。玉笛無聲，詩人有句，花休道輕分付。

【箋】

〔田幾道〕未詳。詩集(下)有寄田郎一首，不知即其人否。

〔北山沈氏圃〕吴興宋時有南北沈尚書二園，北沈乃沈賓王尚書園，正依城北奉勝門外，號北村，又名自足，見癸辛雜識前集。葉適水心先生文集(十)有北村記，蓋葉氏同時人。姜虬緑年譜謂北山即蒼弁。姜鈔白石集有虬緑白石洞天在苕溪考三條，謂蒼弁小玲瓏，一名沈家白石洞，後人省其稱直名「沈家」。此詞所謂北山沈氏圃，不知是北村抑沈家？

【校】

〔流澌〕張本「澌」作「嘶」，誤。

浣溪沙

己酉歲客吴興，收燈夜闔户無聊，俞商卿呼之共出，因記所見。

春點疏梅雨後枝，翦燈心事峭寒時，市橋携手步遲遲。　蜜炬來時人更好，玉笙吹徹夜何其。東風落靨不成歸。

【箋】

〔收燈夜〕孟元老東京夢華録：「至（正月）十九日收燈。」吴自牧夢粱録：「至十六夜收燈。」此當指正月十六夜，南宋風習也。

〔俞商卿〕俞灝字商卿，世居杭，父徙烏程，晚年築室西湖九里松，有青松居士集。參交游考。

【校】

〔共出〕陸本、張本、厲鈔「共」皆作「不」。鄭文焯校：「若云『不出』，則末由『記所見』。」

琵琶仙

吴都賦云「户藏煙浦，家具畫船」，唯吴興爲然，春遊之盛，西湖未能過也。

己酉歲，予與蕭時父載酒南郭，感遇成歌。

雙槳來時，有人似、舊曲桃根桃葉。歌扇輕約飛花，蛾眉正奇絶。春漸遠，汀洲自綠，更添了、幾聲啼鴂。十里揚州，三生杜牧，前事休説。又還是、宫燭分煙，奈愁裏匆匆換時節。都把一襟芳思，與空階榆莢。千萬縷、藏鴉細柳，爲玉尊、起舞回雪。想見西出陽關，故人初别。

【箋】此湖州冶游，悵觸合肥舊事之作，「桃根桃葉」比其人姊妹。合肥人善琵琶，解連環有「大喬能撥春風」句，浣溪沙有「恨入四弦」句，可知此調名「琵琶仙」之故（此調始見于白石集，詞律十六、詞譜廿八皆謂是其自創）。又，合肥情事與柳有關，紹熙二年辛亥作醉吟商小品，全首詠柳，其時正别合肥之年，其調亦琵琶曲：以此互證，知此詞下片檃括唐人詠柳三詩，蓋非泛辭。（「宫燭分煙」用韓翃，「空階榆莢」用韓愈，「西出陽關」用王維。）參合肥詞事考。

〔吴都賦云「户藏烟浦，家具畫船」〕顧廣圻云：「此唐文粹李庾西都賦文，作吴都賦，誤。李賦云：『其近也方塘含春，曲沼澄秋。户閉烟浦，家藏畫舟。』白石作『具』『藏』，兩字均誤。又誤『舟』爲『船』，致失原韵。且移唐之西都於吴都，地理尤錯。」見思適齋集（十五）姜白石集跋。

〔春遊之盛二句〕蘇洞泠然齋集（六）苕溪雜興四首之二云：「美人樓上曉梳頭，人映清波波映樓。來往行舟看不足，此中風景勝揚州。」可略見湖州宋時游衍盛況。

〔蕭時父〕見前湘月箋及交游考。

〔三生杜牧〕端木埰曰：「黄庭堅詩：『春風十里珠簾捲，髣髴三生杜牧之。』詞中用『三生杜牧』，本此。」

【校】

〔宫燭〕陸本「宫」作「官」，誤。此用唐詩「漢宫傳燭」句。

〔分煙〕清吟堂本絶妙好詞作「生煙」，誤。

〔都把〕張本「都」作「多」。

鷓鴣天

己酉之秋，苕溪記所見。

京洛風流絶代人，因何風絮落溪津。籠鞵淺出鴉頭韈，知是淩波縹緲身。　紅乍笑，緑長嚬，與誰同度可憐春。鴛鴦獨宿何曾慣，化作西樓一縷雲。

念奴嬌

予客武陵，湖北憲治在焉。古城野水，喬木參天，予與二三友日蕩舟其間，薄荷花而飲，意象幽閒，不類人境。秋水且涸，荷葉出地尋丈，因列坐其下，上不見日，清風徐來，緑雲自動，間于疏處窺見遊人畫船，亦一樂也。朅來吴興，數得相羊荷花中。又夜泛西湖，光景奇絶；故以此句寫之。

鬧紅一舸，記來時嘗與鴛鴦爲侣。三十六陂人未到，水佩風裳無數。翠葉吹涼，玉容銷酒，更灑菰蒲雨。嫣然摇動，冷香飛上詩句。日暮青蓋亭亭，情人不見，争忍凌波去。只恐舞衣寒易落，愁入西風南浦。高柳垂陰，老魚吹浪，留我花間住。田田多少，幾回沙際歸路。

【箋】

〔武陵〕今湖南常德，宋名朗州武陵郡。

〔湖北憲治在焉〕姜虬緑白石道人詩詞年譜：「考千巖老人曾參議湖北，公客武陵，殆客蕭邸耶。」案楊萬里誠齋集（一一三）淳熙薦士録，蕭德藻千巖爲湖北參議在淳熙十二年乙巳。陳思白石道人年譜謂白石於丁未、己酉之間始往來臨安、吴興，定此詞爲己酉年到臨安游西湖之作。若然，則此詞小序前段所述乃追憶作詞前十二三年之事。兹姑依其説，附繫吴興詞後。

〔三十六陂〕見前惜紅衣注。

【校】

〔意象〕周密澄懷録（下）引此序，無「象」字。

〔幽閒〕同上引「閒」作「闃」。

〔荷葉〕同上引「葉」作「花」。

〔嘗與〕張本、厲鈔「嘗」作「常」，花庵詞選、絶妙好詞作「長」。

〔吹涼〕詞旨引作「垂香」，厲鈔作「招涼」。

〔銷酒〕詞旨「銷」作「消」。

【附録】

康與之順庵樂府洞仙歌詠荷花云：「若耶溪路，別岸花無數。欲斂嬌紅向人語。與緑荷相倚，恨回首西風，波淼淼，三十六陂煙雨。　新妝明照水，汀渚生香，不嫁東風被誰誤。遣踟躕，騷客意，千里綿綿，仙浪遠，何處淩波微步。想南浦潮生畫橈歸，正月曉風清，斷腸凝佇。」與白石此詞措辭意度皆相近。

姜白石詞編年箋校卷三

光宗紹熙二年辛亥 公元一一九一年

浣溪沙

辛亥正月二十四日，發合肥。

釵燕籠雲晚不忺，擬將裙帶繫郎船，别離滋味又今年。　楊柳夜寒猶自舞，鴛鴦風急不成眠，些兒閒事莫縈牽。

【箋】此合肥惜别之作。白石情詞明著時地與事緣者，此首最早（此前丙午客山陽作浣溪沙，猶隱約其詞），時白石年將四十。初遇當在淳熙丙申、丙午間，至此蓋十餘載矣。參合肥詞事考。

滿江紅

滿江紅舊調用仄韻，多不協律；如末句云「無心撲」三字，歌者將「心」字融入去聲，方諧音律。予欲以平韻爲之，久不能成。因泛巢湖，聞遠岸簫鼓聲，問之舟師，云：「居人爲此湖神姥壽也。」予因祝曰：「得一席風徑至居巢，當以平韻滿江紅爲迎送神曲。」言訖，風與筆俱駛，頃刻而成。末句云「聞佩環」，則協律矣。書以緑牋，沈于白浪，辛亥正月晦也。是歲六月，復過祠下，因刻之柱間。有客來自居巢云：「土人祠姥，輒能歌此詞。」按曹操至濡須口，孫權遺操書曰：「春水方生，公宜速去。」操曰「孫權不欺孤」，乃徹軍還。濡須口與東關相近，江湖水之所出入；予意春水方生，必有司之者，故歸其功于姥云。

仙姥來時，正一望千頃翠瀾。旌旗共亂雲俱下，依約前山。命駕羣龍金作軛，相從諸娣玉爲冠。廟中列坐如夫人者十三人。向夜深、風定悄無人，聞佩環。　神奇處，君試看。奠淮右，阻江南。遣六丁雷電，別守東關。却笑英雄無好手，一篙春水走曹瞞。又怎知、人在小紅樓，簾影間。

【箋】

〔無心撲〕周邦彦滿江紅「晝日移陰」一首：「最苦是蝴蝶滿園飛，無心撲。」見毛刻片玉詞（下）。白石謂「心」字當作去聲，然宋人作此調無有作去聲者。（趙師俠坦庵詞「烟浪連天」一首，後結「無杜字」。師俠汴人，此「杜」字殆陽上作去。）張爾田曰：「『撲』字須唱平聲，則『心』字不能不融入去聲；若作上聲，便與平混。然此但指滿江紅一調而言，未必通用於他調，以宋詞四聲之説依調而定，有當嚴，有可通融，非一律也。」（張先生函告）繆大年曰：此本入聲韵，「撲」字何以「須唱平聲」，張説疑不可信。又云：「影」字字書多上去兩讀。

〔融入去聲〕宋人歌詞，有融字法。夢溪筆談（五）：「古之善歌者有語，謂當使『聲中無字，字中有聲』。（節）如宫聲字而曲合用商聲，則能轉宫爲商歌之。此『字中有聲』也。」朱熹謂「宫商角徵羽固是就喉舌唇齒上分，不知道喉舌唇齒上亦各有箇宫商角徵羽」。案古人用宫商五音，其義不一：六朝以來相沿以宫商角徵羽爲平上去入聲調之名；唐人字母家又以宫商角徵羽爲喉舌唇齒九音之名；朱熹之説所以創通兩者，以爲名各有當。夢溪筆談所用宫商，則指平上去入四聲而言，與喉舌九音無涉，宋詞「融字」，正謂此耳。

〔以平韵爲之〕宋元人明音律者，每改舊腔：如陳允平日湖漁唱改絳都春、永遇樂上聲爲平，改三犯渡江雲平聲爲入；元黄子行蓬甕詞改小重山平韵爲入；白石此詞則改入爲平。詞源（下）謂「平聲字可爲上入」，故得互改。賀鑄改憶秦娥爲平韵，葉夢得石林詞、張元幹蘆川詞及日湖漁唱，皆有平韻念奴嬌。憶秦娥、念奴嬌亦當用入韻者也。劉毓盤詞史第一章云：「梁武帝江南弄，起三句皆用平韻，惟游女曲、朝雲曲二首用入韻。沈約朝雲曲同，收四句皆換平韻，惟采蓮曲一首換入韻。六憶詩通用平韻，惟第三首用入韻。後人填小令若憶秦娥，慢詞若滿江紅，可用平入聲改叶者即本此。」凌廷堪梅邊吹笛譜（下）湘月序：「宜興萬氏專以四聲論詞，畏其嚴者多詆之，瀘州先著尤甚，以爲宋詞宮調必有秘傳，不在乎四聲。今案姜夔白石集滿江紅云：『末句「無心撲」，歌者將「心」字融入去聲，方諧音律。』徵招云：『正宮齊天樂慢前兩拍是徵調，故足成之。』及考徵招起二句，平仄與齊天樂吻合。又宋史樂志載白石大樂議云：『七音之協四聲，各有自然之理。』王灼碧雞漫志：楊柳（枝）舊詞，起頭有側字平字之別。然則，宋人皆以四聲定宮調，而萬氏之説與古暗合也。先著妄人，寧足哂乎。（節）」此詞箋參「承教録」羅蔗園説。

〔巢湖〕在合肥縣東南六十里。「巢」或作「剿」，音子了切，亦名焦湖。見太平寰宇記。

〔湖神姥〕輿地紀勝（四十五）：巢湖聖姥廟在城左廂明教台上。曹元忠淩波詞滿江紅序：「考神姥當本淮南王書『歷陽之郡，一夕成湖』事。故方輿勝覽云：『姥山在巢湖中。湖陷，姥升此山。有廟。』羅隱詩亦云『借問邑人沉水事，已經秦漢幾千年』也。（節）」

〔濡須〕輿地紀勝（四十五）郡國志曰：「濡須水自巢湖出，謂之馬尾溝，有偃月塢。」

〔按曹操至濡須口六句〕三國志吴書吴主傳，建安十八年注引吴歷：「曹公出濡須，（節）權爲箋與曹公説：『春水方生，公宜速去。』別紙言：『足下不死，孤不得安。』曹公語諸將曰：『孫權不欺孤。』乃徹軍還。」方輿勝覽載宋龔相濡須塢詩：「南北安危限兩關，迅流一去幾時還。淒涼千古干戈地，春水方生鷗自閒。」亦用此事。

【校】

〔舊調〕張本「調」作「詞」。

〔因泛〕張本、厲鈔「泛」作「汎」。

〔一席〕劉克莊後村先生大全集（一八七）詩話續集「席」作「夕」。

〔俱駛〕張本、陸本「駛」作「駃」，誤。

〔共亂雲〕後村詩話「共」作「與」，欽定詞譜同。絶妙好詞箋引後村詩話作「擁」。

淡黃柳　正平調近

客居合肥南城赤闌橋之西，巷陌淒涼，與江左異，唯柳色夾道，依依可憐。因度此闋，以紓客懷。

空城曉角，吹入垂楊陌。馬上單衣寒惻惻。看盡鵝黃嫩緑，都是江南舊相識。　正岑寂，明朝又寒食。强携酒、小橋宅。怕梨花落盡成秋色。燕燕飛來，問春何在，唯有池塘自碧。

【箋】

此詞應移本卷之首，列浣溪沙辛亥正月發合肥之前。客合肥不始于辛亥也。

〔赤闌橋〕詩集（下）送范仲訥往合肥：「我家曾住赤欄橋，鄰里相過不寂寥。君若到時秋已半，西風門巷柳蕭蕭。」

〔小橋宅〕鄭文焯校：「『橋』陸本作『喬』，非是。此所謂『小橋』者，即題叙所云『赤闌橋之西』客居處也，故云『小橋宅』，若作『小喬』，則不得其解已。絶妙好詞亦作『橋』，可證。」案：鄭説非；解連環亦有「大喬」、「小喬」句，張本正作「橋」。三國志周瑜傳，大小橋皆從「木」。喬姓本作「橋」，見戴埴鼠璞「姓從人省」條，及莊季裕雞肋編（下）「朱希亮與喬世賢相謔」條。宋翔鳳過庭録（十二）亦謂三國志橋公、大小橋之「橋」不當作「喬」。是姜詞作「橋」不誤也。且詞云「强携酒小橋宅」，其非自己寓居之赤闌橋甚明。此小橋蓋謂合肥情侶也。

【校】

〔正岑寂〕花庵詞選、花草粹編及明鈔絶妙好詞，此三字皆屬上片，誤。

〔小橋宅〕陸本「橋」作「喬」，非。花庵詞選、絶妙好詞、張本、厲鈔皆作「橋」。

長亭怨慢 中吕宫

予頗喜自製曲，初率意爲長短句，然後協以律，故前後闋多不同。桓大司馬云：「昔年種柳，依依漢南；今看摇落，悽愴江潭；樹猶如此，人何以堪！」此語予深愛之。

漸吹盡、枝頭香絮，是處人家，緑深門户。遠浦縈回，暮帆零亂向何許。閱人多矣，誰得似長亭樹。樹若有情時，不會得青青如此。日暮，望高城不見，只見亂山無數。韋郎去也，怎忘得玉環分付：「第一是早早歸來，怕紅萼無人爲主！」算空有并刀，難翦離愁千縷。

【箋】

此亦合肥惜别之詞，序引枯樹賦云云，故亂以他辭也。

詞無甲子，陳疏（五）定爲「辛亥春自合肥東歸憶别所作」，兹從之。

〔桓大司馬云　七句〕案此用桓温事，其文則出庾信枯樹賦，白石逕以爲桓語，四庫全書白石詞集提要及吴衡照蓮子居詞話已辨之。

〔望高城　句〕青泥蓮花記引唐歐陽詹贈太原妓詩：「驅馬漸覺遠，回頭長路塵。高城已不見，況復城中人。」此詞用詹詩，亦惜别之一證。

〔玉環〕此用韋臯與玉簫女事，韋臯臨别以玉指環遺玉簫。天籟本改「環」作「簫」。史達祖玉樓春詞亦云：「算玉簫猶逢韋郎。」

【校】

〔日暮〕花庵詞選、花草粹編此二字屬上片，非。

〔算空有〕陸本「空」作「只」，蓋草書形近致誤。鄭文焯校張本：「案集中江梅引亦作『算空有』，是其習用者。」

醉吟商小品

石湖老人謂予云：「琵琶有四曲，今不傳矣，曰濩索（一曰濩弦）梁州、轉關緑腰、醉吟商湖渭州、歷弦薄媚也。」予每念之。辛亥之夏，予謁楊廷秀丈於金陵邸中，遇琵琶工解作醉吟商湖渭州，因求得品弦法，譯成此譜，實雙聲耳。

又正是春歸，細柳暗黃千縷，暮鴉啼處。夢逐金鞍去。一點芳心休訴，琵琶解語。

【箋】

此詞作於別合肥之年，用琵琶曲調，又全首以柳起興，疑亦懷人之作。

〔醉吟商小品〕張文虎舒藝室餘筆（三）：「吳坰五總志：『馬氏南平王時，有王姓者善琵琶，忽夢異人傳之數曲，仙家紫雲之流亞也。』又云：『此譜請元昆（製叙）（二字據元書補）刊石於甲寅之方。與世人異者，有獨指泛清商、醉吟商、鳳鳴羽、聖應羽之類。』案：如姜序，不過舊譜失傳，偶得之於老樂工耳，吴説近於妖妄。」按北夢瑣言載黔南節度使王保義女善彈琵琶，夢美人授曲，内有醉吟商一調云云。與吴書所述稍異。小品爲宋詞之一體。王驥德曲律（四）「樂府渾成集」條，載林鍾商目云：「品有大品、小品。」

〔石湖老人〕范成大居蘇州之石湖，有石湖詩集。楊萬里有送姜堯章謁石湖先生詩。白石見范，蓋由楊介。成大淳熙間請病歸石湖，見石湖詩集。

〔琵琶有四曲〕石湖詩集（三十一）有「復作韵記昨日坐中劇談及趙家琵琶之妙，呈正之提刑二絶」，自注云：「正之云：『轉關六么、濩索梁州、歷弦薄媚、醉吟商胡渭州，此四曲承平時專入琵琶，今不復有能傳者。』」案石湖集此詩編在庚戌「秋夕不能佳眠」之下，是琵琶四曲，石湖去年庚戌聞之王正之，今年轉告白石也。

〔濩索梁州、轉關緑腰、醉吟商湖渭州、歷弦薄媚〕梁州（即涼州）、緑腰（亦作六么或録要）、胡渭州、薄媚，皆唐宋大曲，此翻入琵琶調者。東坡集與蔡景繁書云：「家有胡琴婢，在朐山臨海石室中作濩索梁州，凛然有冰車鐵馬之聲。」傅幹注坡詞云：「胡琴，琵琶也。」高麗史樂志，新雁過粧樓詞云：「變新聲自成濩索，還共聽一曲奏梁州。」知宋時盛傳此曲。曲洧舊聞（五）：「（節）樂志又云：『涼州者，本西涼所獻也，其聲本宫調，有大遍、小遍。正元初，樂工康崑崙寓其聲於琵琶，奏于玉宸殿，因號玉宸宮調。』予嘗聞琵琶中作轉弦薄媚者，乃云是玉宸宮調也。」是寓梁州於琵琶，始於康崑崙，疑四曲皆創於唐人。　五總志、北夢瑣言所記五代時事，殆不足信。「濩索」、「轉關」、「歷弦」之義，不可盡解，蔡寬夫詩話謂「濩索取其音節繁雄，轉關取其聲調諧婉」，亦不明晰。至謂：「近時樂家多爲新聲，惟大曲不敢增損，弦索家守之尤嚴。」訓「護」爲「守」，尤近望文生義。蘇軾減字木蘭花詞：「轉關、濩索，春水流弦霜入撥。」「濩」作「鑊」，知「濩索」是聯綿字；吳潛謁金門：「獨上小樓閒濩索，雲垂天四角。」亦其證。葉夢得避暑録話（二）引歐陽修詩，謂「琵琶以撥重爲難，猶琴之用指深，故本色有轢弦、濩索之稱」，然否亦不能定也。

〔予謁楊廷秀丈於金陵邸中〕廷秀，楊萬里字。　案宋史傳及誠齋集，萬里去年（紹熙元年）出爲江東轉運副使，明年（紹熙三年）知贛州不赴。石湖詩集（三十三）謝江東漕楊廷秀秘監送江東集云：「短夢相尋白下門。」是楊今年在金陵爲江東漕也。白石詩集有送朝天集歸誠齋時在金陵，亦此時作。誠齋集送姜堯章謁石湖先生云：「吾友夔陵蕭太守，逢人説項不離口；袖詩東來謁老夫，慚無高價索璠璵。」淳熙十四年白石初見萬里，蓋以蕭德藻介，本年乃再見于金陵。

〔遇琵琶工解作醉吟商湖渭州〕五總志：「余先友田不伐，得音律三昧，能度醉吟商應聖羽，其聲清越，不可名狀。不伐死矣，恨此曲不傳。」案不伐即田爲，曾爲大晟府製撰官，見碧雞漫志。是北宋末年尚有人能歌醉吟商。　又楊无咎逃禪詞解連環云：「怎得斜攙檀槽，看小品吟商，玉纖推却。」无咎，高宗時人，是琵琶調醉吟商小品，南宋時猶流行。

宋史樂志載宋初教坊所奏十八調四十大（原作「六」，據王國維改）曲，其林鍾商三曲，有胡渭州。太平廣記（一四〇）引廣神異録：「天寶中，樂人及閭巷好唱胡渭州，以回紇爲破。」是胡渭州乃唐時民間胡曲小調。（另有説云：胡渭州曲名見教坊記，天寶中西凉節度使蓋嘉運所進，見宋上交近事會元，樂府詩集尚有二首。）

〔實雙聲耳〕此詞不注宮調，戴長庚律話（中）、陳澧聲律通考（十）、張文虎舒藝室餘筆（三），皆疑爲雙調。案詞源「夾鍾商俗名雙調，住『上』字」，驗旁譜用字，是雙調無疑。周密記天基聖節排當樂次，有雙聲調玉簫聲一曲，似宋時雙調又名「雙聲調」。此詞箋參「承教録」羅蔗園説。

【校】

〔湖渭州〕欽定詞譜「湖」作「胡」，是。應據正。各本皆作「湖」，蓋清初人避嫌改。

〔一曰濩弦〕厲鈔無此四字注。

〔歷弦〕欽定詞譜「弦」作「統」，誤。

〔雙聲〕欽定詞譜「聲」下有「調」字。

〔啼處〕張本「處」下空一格，分作二片。

摸魚兒

辛亥秋期，予寓合肥，小雨初霽，偃卧窗下，心事悠然；起與趙君猷露坐月飲，戲吟此曲，蓋欲一洗鈿合金釵之塵。他日野處見之，甚爲予擊節也。

向秋來、漸疏班扇，雨聲時過金井。堂虛已放新涼入，湘竹最宜欹枕。閒記省，又還是、斜河舊約今再整。天風夜冷，自織錦人歸，乘槎客去，此意有誰領。空贏得今古三星炯炯，銀波相望千頃。柳州老矣猶兒戲，瓜果爲伊三請。雲路迥，漫説道、年年野鵲曾並影。無人與問，但濁酒相呼，疏簾自捲，微月照清飲。

【箋】

〔趙君猷〕未詳。

〔野處〕洪邁號。按吴榮光名人年譜，邁本年歸鄱陽。此序末二句後來所增。

【校】

〔班扇〕厲鈔「班」作「斑」，誤，此用班婕好事。

〔三星〕鄭文焯校：「『三星』見『跂彼織女』詩疏。唐竇常七夕詩：『露盤花水望三星。』」宋人七夕詞常用「三星」，或改爲「雙星」，誤。

淒涼犯

合肥巷陌皆種柳，秋風夕起騷騷然；予客居闔户，時聞馬嘶，出城四顧，則荒煙野草，不勝淒黯，乃著此解；琴有淒涼調，假以爲名。凡曲言犯者，謂以宮犯商、商犯宮之類，如道調宮「上」字住，雙調亦「上」字住，所住字同，故道調曲中犯雙調，或于雙調曲中犯道調，其他准此。唐人樂書云：「犯有正、旁、偏、側；宮犯宮爲正，宮犯商爲旁，宮犯角爲偏，宮犯羽爲側。」此説非也。十二宮所住字各不同，不容相犯；十二宮特可犯商、角、羽耳。予歸行都，以此曲示國工田正德，使以啞觱栗角吹之，其韵極美。亦曰瑞鶴仙影。

緑楊巷陌秋風起，邊城一片離索。馬嘶漸遠，人歸甚處，戍樓吹角。情懷正惡，更衰草寒煙淡薄。似當時、將軍部曲，迤邐度沙漠。追念西湖上，小舫携歌，晚花行樂。舊遊在否，想如今、翠凋紅落。漫寫羊裙，等新雁來時繫著。怕匆匆、不肯寄與誤後約。

【箋】

此合肥詞，無甲子，依姜虬緑年譜編此年。序末五語，蓋後來所增。

〔凡曲言犯者〕陳暘樂書：「樂府諸曲，故不用犯聲，唐自天后末年，劍氣入渾脱，始爲犯聲。劍氣宮調，渾脱角調。」張端義貴耳集：「自宣政間，周美成、柳耆卿出，自製樂章，有曰『側犯』、『尾犯』、『花犯』、『玲瓏四犯』。」（説郛〔八〕引）詞源（下）亦云：「崇寧立大晟府，命周美成諸人討論古音，審定古調，（節）而美成諸人又復增慢曲、引、近，或移宮換羽爲三犯、四犯之曲。」「犯曲」蓋盛於北宋末。

「犯曲」如今西樂所謂「轉調」，如本宮調爲黄鍾均宮音，並無大吕、蕤賓二律在内，今忽奏大、夾、仲、蕤、夷、無、應七律，則轉入大吕均宮調矣。如此由甲轉乙，又由乙回甲，所以增樂調之變化。

〔住字〕即夢溪筆談所謂「殺聲」，詞源所謂「結聲」，蔡元定律吕新書、熊朋來瑟譜所謂「畢曲」。其二十八調殺聲用某字，即某字調也。

結聲、住字，爲一調基音。王光祈中國音樂史曰：「辨調元不能專憑結聲，然結聲終是一大標記，吾人考察樂譜究爲何調，第一應先看結尾是何音，第二看該音在全篇樂中是否佔重要位置（是否出現次數較他音爲多，且多是重要音符；或多在拍中、『板』上，或分配詩詞重要字面上，或常在句尾），並較其他各音符爲長；如該項結尾之音，同時復佔譜中重要位置，則必爲基音無疑，即可斷定是何調。反之，結尾一音在譜中不佔重要位置，其調必屬沈括所謂『偏』、『旁』、『寄』各殺。」

〔故道調曲中犯雙調〕舒藝室餘筆（三）：「所謂道調曲中犯雙調，或於雙調中犯道調；雙調是夾鍾之商，道調是仲吕之宮，夾鍾用『一』、『上』、『尺』、『工』、『下凡』、『四』、『合』、『六』、『五』、『高五』，仲宮用『上』、『尺』、『工』、『凡』、『合』、『四』、『一』、『六』、『五』，而皆住聲於『上』字；所不同者，惟『凡』與『下凡』耳，故可相犯。」

〔十二宮所住字不同，不容相犯，十二宮特可犯商、角、羽耳〕十二宮謂黄鍾宮、大吕宮至無射宮、應鍾宮。云「十二宮所住字不同」者，如黄鍾宮住「合」字，大吕宮住「下四」，無射宮住「下凡」，應鍾宮住「凡」字，無一相同者。住字不同則不能相犯。「十二宮特可犯商、角、羽」者，如黄鍾宮可犯無射商、夷則角、夾鍾羽，四者同住「合」字；又如林鍾宮可犯仲吕商、夾鍾角、無射羽，四者同住「尺」字。餘可類推。凌廷堪燕樂考原(一)解此未諦。此詞箋參「承教録」羅蔗園説。

〔田正德〕周密武林舊事(四)乾淳教坊樂部，觱篥色，德壽宮有田正德，注云：「教坊大使。」又見同節「拍板」條下。案宋趙昇朝野類要(一)「教坊」條：紹興末，臺臣王十朋上章，省罷東西兩教坊，化成殿鈞容班，後有名伶達妓，皆留充壽德宮使臣，自餘多隸臨安府衙前樂。田氏名隸德壽宮，必當時名樂工也。

〔啞觱栗角〕童斐中樂尋原(上)：「觱栗今訛爲『喇叭』，蓋誤倒其名，而侈口呼之也。(節)啞觱栗即今頭管，其製：以竹爲管，而無笳式之增音器；軟蘆爲哨，長寸餘，音圓而和，下於笛而高於簫。姜白石作淒涼犯曲云云，想宋時協曲不用笛而用啞觱栗也。」案詞源(下)音譜條：「惟慢曲、引、近則不同，名曰小唱，須得聲字清圓，以啞篳篥合之，其音甚正，簫則弗及也。」是宋人歌慢曲、引、近用啞觱栗。陳暘樂書稱爲「頭管」，以其音爲衆樂之首，故名。(花蕊夫人宮詞：「御製新翻曲子成，六宮初唱未知名，盡將觱栗來抄譜，先按君王玉笛聲。」是五代時亦用觱栗協曲。)

〔其韻極美〕沈義父樂府指迷：「詞腔謂之『均』，『均』即『韻』也。」楊纘作詞五要：「第一要擇腔，腔不韵則不美。」此非押韵之韵。

〔亦曰瑞鶴仙影〕舒藝室餘筆（三）：「此與瑞鶴仙句調亦大同小異。」歷代詩餘（五十四）作「瑞鶴仙引」，誤。此猶杏花天影與杏花天句調差同也。

〔邊城〕南宋之淮北，已爲敵境，故視淮南爲極邊。王之道相山集（十五）有出合肥北門二首云：「淮水東來没踝無，只今南北斷修塗；東風却與人心別，布暖吹生遍八區。」「斷垣甃石新修壘，折戟埋沙舊戰場；闃闃凋零煨燼裏，春風生草没牛羊。」之道南宋初人，二詩寫合肥彼時兵後殘破已如此。齊東野語（五）「端平入洛」條，記端平元年全子才合淮西之兵赴汴，自合肥渡壽州抵蒙城一帶，「沿途茂林長草，白骨相望，虻蠅撲面，杳無人踪」。此則在白石之後。可見南宋百餘年間淮河流域荒涼景況。録之爲此詞參證。

【校】

〔淒涼犯〕陸本及花庵詞選，調下有「仙呂調犯商調」六字小注，他本皆無，當是陸據花庵補入。「商」應作「雙」，説在校律。

〔雙調曲中〕張本「雙」作「夏」。

〔犯有正旁偏側〕厲鈔「正」下羨一「正」字。

〔宮犯羽爲側〕陸本此句下羨一「宮」字。

〔啞觱栗角〕陸本無「角」字。

〔秋風〕花庵詞選「秋」作「西」。

〔漫寫〕花庵詞選「漫」作「謾」。

秋宵吟　越調

古簾空，墜月皎。坐久西窗人悄。蛩吟苦，漸漏水丁丁，箭壺催曉。引涼颸，動翠葆，露脚斜飛雲表。因嗟念、似去國情懷，暮帆煙草。　帶眼銷磨，爲近日愁多頓老。衛娘何在，宋玉歸來，兩地暗縈繞。摇落江楓早，嫩約無憑，幽夢又杳。但盈盈、淚灑單衣，今夕何夕恨未了！

【箋】

此詞「衛娘」、「宋玉」句與前首摸魚兒「織錦人歸，乘槎客去」之語合。白石以紹熙二年夏間往金陵，秋間返合肥，時令亦合。據「衛娘」、「織錦」句，其時所眷者殆已離肥他去，故白石此年之後遂無合肥蹤迹。此二詞當同時作，兹連繫于此。

陳譜以曲用越調，定爲紹熙四年在越中作，非。

【校】

此是雙拽頭調，「引涼颸」句上應空一格，另作一片，説在校律。

〔宵〕張本作「霄」，誤。
〔漏水〕花庵詞選「水」作「永」，誤。
〔暮帆煙草〕厲鈔作「暮煙衰草」，花庵「帆」作「晚」，皆誤。

點絳唇

金谷人歸，緑楊低掃吹笙道。數聲啼鳥，也學相思調。　月落潮生，掇送劉郎老。淮南好，甚時重到？陌上生春草。

【箋】

陳思年譜定此首及解連環，爲本年秋期後再自合肥東歸時惜别之作。兹從之。

解連環

玉鞭重倚，却沈吟未上，又縈離思。爲大喬能撥春風，小喬妙移箏，雁啼秋水。柳怯雲鬆，更何必、十分梳洗。道「郎携羽扇，那日鬲簾，半面曾記」。　西窗夜涼雨霽，歎幽歡未足，何事輕棄！問後約、空指薔薇，算如此溪山，甚時重至？水驛燈昏，又見在、曲屏近底。念唯有夜來皓月，照伊自睡。

【箋】

此別合肥詞，茲依陳譜編年。「大喬」、「小喬」句與踏莎行之「燕燕、鶯鶯」，琵琶仙之「桃根、桃葉」合證，知是姊妹二人。

【校】

〔玉鞭〕花庵詞選、歷代詩餘「鞭」皆作「鞍」。

〔大喬〕〔小喬〕張本二「喬」皆作「橋」，是。

〔移箏〕舒藝室餘筆(三)：「案『移』乃『搊』字之訛。」案白石石湖仙云「緩移箏柱」，馮延巳鵲踏枝云「誰把鈿箏移玉柱」，「移箏」不誤。詞綜改作「携」，亦非。

〔近底〕朱孝臧校花庵詞選「近」下注「平聲」二字。祠堂本白石詞亦然。又，鶯聲繞紅樓結句「近前舞絲絲」，各本「近」亦注「平聲」，詞譜(三十四)以爲可疑。案宋人柳永、周邦彥以次填解連環調，此字皆用平聲字。足見白石嚴于字聲。

玉梅令　高平調

石湖家自製此聲，未有語實之，命予作。石湖宅南，鬲河有圃曰范村，梅開雪落，竹院深静，而石湖畏寒不出，故戲及之。

疏疏雪片，散入溪南苑，春寒鎖、舊家亭館。有玉梅幾樹，背立怨東風，高花未吐，暗香已遠。公來領略，梅花能勸，花長好、願公更健。便揉春爲酒，翦雪作新詩，拚一日、繞花千轉。

【箋】

〔石湖家自製此聲，未有語實之，命予作〕白石製詞，有裁截舊調者，如霓裳中序第一等是；有先率意爲長短句，然後協之以律者，如長亭怨慢是；有採各宫調之律，合成一調，宫商相犯者，如淒涼犯是；有改舊調之韵腔及其宫調者，如滿江紅、湘月是；有譯舊曲爲新譜者，如醉吟商小品是；有他人製腔，己實以詞者，如此詞是。

〔范村〕范成大梅譜自序：「余於石湖玉雪坡既有梅數百本，比年又於舍南買王氏僦舍七十楹，盡拆除之，治爲范村。以其地三分之一與梅。吴下栽梅特盛，其品不一，今始盡得之，隨所得爲之譜，以遺好事者。」

〔石湖畏寒不出〕石湖詩集，是年有范村雪後五律，雪後苦寒七絶諸詩。案石湖淳熙十年癸卯秋冬之間，以病風眩，請閑歸吴，見石湖集。

【校】

詞譜（十五）依詞緯本，删上片「高花未吐」之「高」字，以對下片之「拚一日」，又于下片「梅花能勸」句「梅」下增「下」字，對上片「散入溪南苑」句。詞律（五）亦云：「『高』字恐贅，蓋自『春寒』以下，前後同也。」案白石自謂自度曲「前後闋多不同」，見長亭怨慢序；詞緯臆改，不可從。此首宋元詞中，無他首可校。

〔領略〕陸本、張本、厲鈔皆作「領客」，花庵詞選作「領略」；案「領客」較長。石湖畏寒不出，故云「花能領客」；白石漢宮春亦云「臨皋領客」。是用杜詩「故人能領客，携酒重相看」。

暗香　仙呂宮

辛亥之冬，予載雪詣石湖。止既月，授簡索句，且徵新聲。作此兩曲，石湖把玩不已，使工妓隸習之，音節諧婉，乃名之曰暗香、疏影。

舊時月色，算幾番照我，梅邊吹笛。喚起玉人，不管清寒與攀摘。何遜而今漸老，都忘却春風詞筆。但怪得竹外疏花，香冷入瑤席。江國，正寂寂。歎寄與路遥，夜雪初積。翠尊易泣，紅萼無言耿相憶。長記曾携手處，千樹壓西湖寒碧。又片片、吹盡也，幾時見得。

疏影

苔枝綴玉，有翠禽小小，枝上同宿。客裏相逢，籬角黄昏，無言自倚修竹。昭君不慣胡沙遠，但暗憶、江南江北。想佩環、月夜歸來，化作此花幽獨。猶記深宫舊事，那人正睡裏，飛近蛾緑。莫似春風，不管盈盈，早與安排金屋。還教一片隨波去，又却怨、玉龍哀曲。等恁時、重覓幽香，已入小窗横幅。

【箋】

硯北雜志（下）：「小紅，順陽公青衣也，有色藝。順陽公之請老，姜堯章詣之。一日，授簡徵新聲，堯章製暗香、疏影兩曲。公使二妓肄習之，音節清婉。姜堯章歸吴興，公尋以小紅贈之。其夕大雪，過垂虹賦詩曰：『自琢新詞韻最嬌，小紅低唱我吹簫。曲終過盡松陵路，回首烟波十四橋。』」順陽公謂范成大也。

此詞以有「昭君胡沙」語，前人皆謂指徽、欽、后妃。張惠言詞選謂「以二帝之憤發之」，鄧廷楨雙硯齋詞話謂「乃爲北庭後宫言之」。鄭文焯曰：「考唐王建塞上詠梅詩曰：『天山路邊一株梅，年年花發黄雲下。昭君已没漢使回，前後征人誰繫馬。』白石詞意當本此。」（案許昂霄詞綜偶評引胡銓詠梅，亦有「春風自識明妃面」句。）近劉永濟氏以南燼紀聞載徽宗北行道中聞笳笛作眼兒媚詞，有「春夢繞胡沙，向晚不堪回首，坡頭吹徹梅花」之句，謂即白石昭君云云之由來；此又前人所未及者。然靖康之亂距白石爲此詞時已六七十年，謂專爲此作，殆不可信。此猶今人詠物忽無故闌入六十年前光緒庚子八國聯軍之事，豈非可詫。若謂石湖嘗使金國，故詞涉徽欽，亦不甚切事理。若謂白石感慨，泛指南宋時局，則未嘗不可。予又疑白石此詞亦與合肥別情有關：如「歎寄與路遥」、「紅萼無言耿相憶」、「早與安排金屋」等句，皆可作懷人體會。又二詞作于辛亥之冬，正其最後別合肥之年（時所眷者已離合肥他去，參前秋宵吟箋）；范成大贈以小紅，似亦爲慰其合肥別情。以此互參，寓意可見。惟二詞爲應成大之折簡索句，不專爲懷人而作，不似江梅引、踏莎行諸闋之屬辭明顯耳。餘詳合肥詞事考及姜白石繫年。（劉克莊沁園春「夢中作梅詞」有「湘娥凝望」、「明妃遠嫁」語，高觀國金人捧露盤詠梅花有「楚宮間」、「驪歌幾叠，至今愁思怯陽關」句，題曰「夢中作」，調用金人捧露盤，似寄託后妃北行事，然不應以此説白石詞。）

張惠言詞選又謂「首章言己嘗有用世之志，今老無能，但望之石湖也」。案石湖此時六十六歲，已宦成身退，白石實少于石湖二十餘歲，張説誤。蔣敦復芬陀利室詞話謂指南北議和事，亦嫌無徵據。汪瑔作旅譚，謂爲徽宗女柔福作。（宋史公主傳：開封尼静善者，内人言其貌似柔福。韓世忠送至行在，封福國長公主，適永州防禦使高世榮。其後内人從顯仁太后歸，言其妄，静善遂伏誅。瑣碎録言其非僞，韋太后惡其言虜中隱事，故急命誅之耳。葉紹翁四朝聞見録二集柔福帝姬條亦云：「或謂太后與柔福俱處北方，恐其訐己，故文之似僞。」）「昭君」四句，言其自金逃歸；「深宮舊事」六句，言其封公主適高世榮；「一片隨波」二句，言爲韋后誅死；至暗香「翠尊易泣」四句，則就高世榮追憶曩歡言之。其説甚新，其無可徵信，亦同前説。

樓敬思洗硯齋集，有此兩詞書後二篇，録在卷末，可參閱。

【校】

明鈔本、清吟堂本絶妙好詞兩首調名下皆有「梅」字題。絶妙好詞疏影調名下有「仲吕宫」三字，明鈔無。

〔工妓隸習之〕花庵詞選、硯北雜志改「工」作「二」，未諦。「工妓相傳」見魏書禮志。硯北雜志「隸」作「肄」，是。

〔名之〕張本、厲鈔、花庵詞選「名」作「命」。北京圖書館所藏名賢法帖卷九載白石手迹此詞後題：「此詞名疏影慢，與前篇同時作。」

〔攀摘〕許增校：「『不管清寒與攀摘』，别本作『折』，吴毅夫次韵亦用『折』字。」案：張、陸、厲三本、花庵詞選、絶妙好詞及陳允平、邵亨貞和作皆作「摘」，吴潛作「折」，或劉自昭録示偶誤（見吴詞序）。許增所見不知何本。舊鈔本跋（在陶宗儀二跋後，或亦陶作）：「『攀摘』他本作『攀折』，誤也。」

〔香冷〕清吟堂本絶妙好詞有校注云：「全芳備祖『香』下有『暗』字。」

〔易泣〕鄭文焯絶妙好詞校録：「清吟堂刻絶妙好詞，石帚暗香『翠尊易泣』，注云：『泣』當作『竭』，不詳所出，近時坊刻遂改作『竭』。按嘉泰本是『泣』字，當從之。黄孝邁湘春夜月『空尊易泣』，此可爲石帚作『泣』之證。」案洪正治刻姜詞作「竭」，周邦彦浪淘沙慢云「翠尊未竭」，殆其所據；然陳允平日湖漁唱、邵亨貞蛾術詞選和此首皆作「泣」，知宋本是「泣」無疑。道光刊本絶妙好詞箋亦誤作「竭」。

〔疏影〕花庵詞選、絶妙好詞此調下皆注「仙吕宫」三字。

〔胡沙〕許增校：歷代詩餘、欽定詞譜「胡」皆作「龍」。清人避嫌改。

〔月夜〕絶妙好詞箋「夜」作「下」。名賢法帖卷九、白石手迹同。明鈔絶妙好詞「夜」誤作「庭」，當本作「夜」。

〔飛近〕名賢法帖卷九、白石手迹「近」作「上」。

〔重覓〕陸本、厲鈔「重」作「再」。

姜白石詞編年箋校卷四

紹熙四年癸丑 公元一一九三年

水龍吟

黄慶長夜泛鑑湖，有懷歸之曲，課予和之。

夜深客子移舟處，兩兩沙禽驚起。紅衣入槳，青燈摇浪，微涼意思。把酒臨風，不思歸去，有如此水。況茂陵遊倦，長干望久，芳心事，簫聲裏。　屈指歸期尚未，鵲南飛、有人應喜。畫闌桂子，留香小待，提携影底。我已情多，十年幽夢，略曾如此。甚謝郎也恨飄零，解道月明千里？

【箋】

〔黄慶長〕未詳。

〔鑑湖〕在紹興城南三里，原名鏡湖，以宋諱改。

玲瓏四犯

越中歲暮，聞簫鼓感懷。

疊鼓夜寒，垂燈春淺，匆匆時事如許！倦遊歡意少，俛仰悲今古。江淹又吟恨賦，記當時、送君南浦。萬里乾坤，百年身世，唯有此情苦。揚州柳垂官路，有輕盈換馬，端正窺户。酒醒明月下，夢逐潮聲去。文章信美知何用，漫赢得天涯羈旅。教説與，春來要、尋花伴侣。

【校】

〔玲瓏四犯〕陸本調下有「此曲雙調，世别有大石調一曲」十二字。絶妙好詞箋(二)調下注「黄鍾商」三字，清吟堂本絶妙好詞同。

〔换馬〕花草粹編(十)、明鈔絶妙好詞「换」皆作「唤」。絶妙好詞箋作「换」。

〔赢〕張作「嬴」，誤。

〔教説與〕陽春白雪(七)有譚宣子此調「重過南樓，用白石體賦」一首，末句云：「離别苦，那堪聽敲窗凍雨。」知白石此句「與」字是韵。

紹熙五年甲寅 公元一一九四年

鶯聲繞紅樓

甲寅春，平甫與予自越來吴，携家妓觀梅于孤山之西村，命國工吹笛，妓皆以柳黄爲衣。

十畝梅花作雪飛，冷香下、携手多時。兩年不到斷橋西，長笛爲予吹。　人妒垂楊緑，春風爲染作仙衣。垂楊却又妒腰肢，近（平聲）前舞絲絲。

【箋】

此調前人未填，詞律、詞譜皆未收，江炳炎批本白石詞疑爲白石自度。案陳耀文花草粹編（五），載宋徽宗金蓮繞鳳樓一首，用仄韵而腔調相似，詳在白石歌曲校律。冒廣生疑此爲白石自度之犯調曲，謂凡調名至五字者，皆是犯調曲，不知信否？

〔平甫〕張鑑字，張俊之孫，張鎡功父之弟。　白石自述謂與平甫「十年相處，情甚骨肉」。　參交游考。

〔孤山之西村〕周密武林舊事（五）孤山路：「西陵橋又名西泠橋，又名西村。」白石歌曲别集卜算子梅花八詠注：「西村在孤山後，梅皆阜陵時所種。」

【校】

〔近前〕各本「近」字下皆注「平聲」二字。舒藝室餘筆〔三〕：「案『近』有上去二音，無平聲，此音疑誤。」案花庵詞選白石解連環「曲屏近底」句，「近」字下亦注「平聲」。

角招　黄鍾角

甲寅春，予與俞商卿燕遊西湖，觀梅于孤山之西村，玉雪照映，吹香薄人。已而商卿歸吴興，予獨來，則山横春煙，新柳被水，遊人容與飛花中，悵然有懷，作此寄之。商卿善歌聲，稍以儒雅緣飾；予每自度曲，吟洞簫，商卿輒歌而和之，極有山林縹緲之思。今予離憂，商卿一行作吏，殆無復此樂矣。

爲春瘦，何堪更、繞西湖盡是垂柳。自看煙外岫，記得與君，湖上携手。君歸未久，早亂落香紅千畝。一葉淩波縹緲，過三十六離宫，遣遊人回首。　猶有，畫船障袖，青樓倚扇，相映人争秀。翠翹光欲溜，愛着宫黄，而今時候。傷春似舊，蕩一點、春心如酒。寫入吴絲自奏，問誰識、曲中心，花前友。

【箋】

〔角招〕蔡絛鐵圍山叢談：「時燕樂告備，因作徵招、角招，有曲名黃河清、壽星明者，極韶美，次膺作一詞云云。」白石徵招序云：「徵招、角招者，政和間大晟府嘗製數十曲。」今案晁次膺閑齋琴趣(六)有並蒂芙蓉、壽星明、黃河清、舜韶新諸首，即徵調曲。據此，數十曲統于二招，則二招非詞調之名可知。白石此二詞與醉吟商小品，皆以宮商五音爲調名，唐宋詞中所罕見也。參「承教録」羅蔗園說。

繆大年曰：「孟子在齊聞徵招、角招，二招即韶之樂也。不曰『韶』而曰『招』者，此齊人語。春秋『渝平』，公羊作『輸平』；『浮來』，公羊作『包來』；『防』，公羊作『邴』。濁音之字，公羊齊讀皆成清音，『韶』入齊而爲『招』，其例同也。」案「招」又通作「磬」。

蔣禮鴻曰：「太平寰宇記『道州風俗』條：『俗尚韶歌，因舜二妃泣望瀟湘，風俗號曰湘夫人，又云湘君，遂作此辭，由來久矣。』大晟二招之名或本於此。觀晁次膺舜韶新之名，其因舊名以製新曲可見。」

〔俞商卿〕俞灝字商卿，白石湖州、杭州交游，參交游考及前浣溪沙箋。

〔西村〕見前鶯聲繞紅樓箋。

〔商卿一行作吏〕案咸淳臨安志：俞灝紹熙四年登第。

【校】

〔燕遊〕周密澄懷録引此序，無「燕」字。

〔吹香〕澄懷録「吹」作「水」，張本作「吥」。舒藝室餘筆（三）：「案史晨後碑『吹』作『欠』，故訛爲『吹』，然疑『吹』乃『冷』字誤也。」周汝昌曰，王安石詩：「隔屋吹香并是梅。」李商隱詩：「桂花吹斷月中香。」吹香自通。

〔容與〕厲鈔「容」誤作「客」。

〔作此〕澄懷録「此」作「辭」。

〔吟洞簫〕舒藝室餘筆（三）：「此『吟』當爲『吹』。」

〔輒〕厲鈔作「轍」，誤。

〔繞西湖〕舒藝室餘筆（三）：「汪曰楨云『西』字衍。」朱孝臧校：「按宋趙以夫、元邵亨貞俱有是調，是句俱作九字，此缺一旁譜，『西』字疑衍。」案：趙詞此句作「苔枝上翦成萬點冰蕚」，邵詞作「東風外畫闌倚遍寒峭」，皆是三、六句法，以上下片旁譜校之，上片「湖盡」至「外岫」十字，與下片「相映」至「欲溜」十字全同。「西」字誤衍無疑。丘彊齋疑「是」字衍，恐非。

〔花前友〕陸本、厲鈔「友」作「後」。舒藝室餘筆初稿謂應依陸本作「後」，「作『友』大謬」。刊餘筆時，旋删去此校。鄭文焯校張本，主當作「友」，謂「此結處蓋用對句例」。繆大年曰：「廣韵『東』下云『舜七友有東不訾』，元刊簡本作『舜之後』，亦誤『友』爲『後』，由『後』字草書與『友』形近也。」案此詞作「友」較長。

寧宗慶元二年丙辰 公元一一九六年

鷓鴣天

予與張平甫自南昌同遊西山玉隆宫，止宿而返，蓋乙卯三月十四日也。是日即平甫初度，因買酒茅舍，並坐古楓下；古楓，旌陽在時物也，旌陽嘗以草屨懸其上，土人謂屨爲屩，因名曰挂屩楓。蒼山四圍，平野盡緑，隔澗野花紅白，照影可喜，使人採擷，以藤糾纏著楓上；少焉，月出大於黄金盆，逸興横生，遂成痛飲，午夜乃寢。明年平甫初度，欲治舟往封禺松竹間，念此遊之不可再也，歌以壽之。

曾共君侯歷聘來，去年今日踏莓苔。旌陽宅裏疏疏磬，挂屩楓前草草杯。呼煮酒，摘青梅，今年官事莫裴徊。移家徑入藍田縣，急急船頭打鼓催。

【箋】〔張平甫〕張鑑，見前鶯聲繞紅樓箋。

〔西山〕輿地紀勝（廿六）隆興府：西山在新建西，高二千丈，周三百里。寰宇記云：又名南昌山。

〔玉隆宫〕輿地紀勝（廿六）玉隆觀：「在新建縣界，舊名游帷觀。（節）國朝祥符中改賜玉隆觀額。」

〔旌陽〕能改齋漫録（十）「許旌陽作鐵柱鎮蛟」條：「晋許真君爲旌陽令，時江西有蛟爲害，旌陽與其徒吴猛仗劍殺蛟，遂作大鐵柱鎮壓其處。今豫章有鐵柱觀，而柱猶存也。」豫章古今記藝術部：「許真君遜，字敬之，南昌人。晉永和二年八月十五日，合家仙去。其宅今游帷觀是也。」

〔封禺〕談鑰嘉泰吴興志（四）：「武康有封山、禺山。」太平寰宇記：防風山先名封禺山。弘治湖州志：禺山本禹十二代孫帝禺所居。

〔君侯〕陳譜：「平甫曾宰山陰，故稱君侯。」

〔移家句〕王維有輞川藍田别業，此以比平甫封禺别業。又杜甫去矣行：「未試囊中餐玉法，明朝且入藍田山。」仇注引後魏書，李預居長安，采訪藍田玉，爲屑食之。案詞序，時平甫初度，此或兼用杜詩爲引年之祝。

【校】

〔謂屨〕陸本「謂」作「以」。

阮郎歸

爲張平甫壽，是日同宿湖西定香寺。

紅雲低壓碧玻瓈，惺憁花上啼。靜看樓角拂長枝，朝寒吹翠眉。　休涉筆，且裁詩，年年風絮時。繡衣夜半草符移，月中雙槳歸。

【箋】

此調二首。陳譜編前首爲慶元三年三月十四日作，後首爲慶元四年作。姜虬綠年譜則疑二首皆此年作。兹從姜譜。平甫生日在春間，故列齊天樂前。

〔湖西定香寺〕武林舊事(五)西湖三隄路：「旌德觀元係定香寺。」西湖志(十)：「旌德觀在蘇隄映波橋。」西湖遊覽志：「觀本定香寺。」

〔繡衣二句〕謂官令禁深夜游湖。漢書：「暴勝之衣繡衣杖斧，逐捕泰山瑯琊盜。」

又

旌陽宫殿昔裴徊，一壇雲葉垂。與君閒看壁間題：夜涼笙鶴期。　茅店酒，壽君時，老楓臨路歧。年年强健得追隨，名山遊遍歸。

【箋】

〔旌陽〕見前二首鷓鴣天注。

齊天樂　黄鍾宫

丙辰歲，與張功父會飲張達可之堂，聞屋壁間蟋蟀有聲，功父約予同賦，以授歌者；功父先成，辭甚美；予裴徊茉莉花間，仰見秋月，頓起幽思，尋亦得此。蟋蟀中都呼爲促織，善鬥，好事者或以三、二十萬錢致一枚，鏤象齒爲樓觀以貯之。

庾郎先自吟愁賦，淒淒更聞私語。露濕銅鋪，苔侵石井，都是曾聽伊處。哀音似訴，正思婦無眠，起尋機杼。曲曲屏山，夜涼獨自甚情緒。　西窗又吹暗雨。爲誰頻斷續，相和砧杵。候館迎秋，離宮吊月，别有傷心無數。豳詩漫與，笑籬落呼燈，世間兒女。寫入琴絲，一聲聲更苦。宣政間，有士大夫製蟋蟀吟。

【箋】

〔齊天樂〕名賢法帖卷九、白石手迹此詞名「齊天樂慢」。

〔張功父〕張鎡字功父，張俊孫，有南湖集。參交游考。

〔張達可〕張鎡舊字時可，見楊萬里誠齋集（廿一），達可與時可連名，或其昆季也。

〔功父先成，辭甚美〕南湖詩餘滿庭芳促織兒云：「月洗高梧，露溥幽草，寶釵樓外秋深。土花沿翠，螢火墜墻陰。静聽寒聲斷續，微韵轉淒咽悲沈。争求侣，殷勤勸織，促破曉機心。兒時曾記得，呼燈灌穴，斂步隨音。任滿身花影，猶自追尋。携向華堂戲鬥，亭台小，籠巧妝金。今休説，從渠床下，涼夜伴孤吟。」

〔中都〕猶言都内，謂杭州行在。

〔爲樓觀以貯之〕王仁裕開元天寶遺事：「每秋時，宮中妃妾皆以小金籠閉蟋蟀置枕函畔，夜聽其聲。民間争效之。」張鎡詞「籠巧粧金」句用此。鄭校引宋顧文薦負暄雜録「禽蟲善鬥」條：「鬥蟲亦起于天寶間。長安富人鏤象牙爲籠而畜之。以萬金之資，付之一喙，其來遠矣。」（見説郛十八）吴箋引西湖老人繁勝録：「促織盛出，都民好養，或用銀絲爲籠，或作樓臺爲籠，（節）鄉民争捉入城貨賣，鬥赢三兩個，便望賣一兩貫錢，若生得大更會鬥，便有一兩銀賣。每日如此，九月盡天寒方休。」

〔庾郎愁賦〕今本庾子山集無愁賦，前人謂白石此句杜撰。案王若虚滹南遺老集（三十四）文辨，謂「嘗讀庾氏詩賦，類不足觀，而愁賦尤狂易可怪」。又劉辰翁須溪詞蘭陵王送春亦云：「更江令恨別，庾信愁賦。」似宋金人所見庾集實有愁賦。（頃錢鍾書先生見告：愁賦見葉廷珪海録碎事卷九下愁樂門。宋代王安石、黄庭堅、韓駒、薛季宣皆嘗引此文。周邦彦片玉集（五）宴清都陳注亦引。）

【校】

〔黄鍾宫〕張本、厲鈔無此三字注。

〔以授〕厲鈔「授」作「援」，誤。

〔三二〕陸本作「二三」。

〔先自〕陽春白雪「先」字下注「去聲」二字。

〔哀音〕此三句十三字，名賢法帖卷九、白石手迹作「寒聲未住，歎機杼暫停，倚床思婦」。殆初稿也。

〔候館〕張本「候」作「侯」，誤。

〔豳詩〕明鈔絶妙好詞「豳」作「幽」，誤。

〔漫與〕張本、陸本「漫」作「謾」。「與」，許增校：「舊鈔本作『譜』。」歷代詩餘作「舉」，皆誤。

慶宫春

紹熙辛亥除夕，予别石湖歸吴興，雪後夜過垂虹，嘗賦詩云：「笠澤茫茫雁影微，玉峰重疊護雲衣；長橋寂寞春寒夜，只有詩人一舸歸。」後五年冬，復與俞商卿、張平甫、銛朴翁自封禺同載詣梁溪，道經吴松，山寒天迥，雲浪四合，中夕相呼步垂虹，星斗下垂，錯雜漁火，朔吹凛凛，卮酒不能支，朴翁以衾自纏，猶相與行吟，因賦此闋，蓋過旬塗稿乃定；朴翁咎予無益，然意所躭不能自已也。平甫、商卿、朴翁皆工于詩，所出奇詭，予亦强追逐之；此行既歸，各得五十餘解。

雙槳蓴波，一蓑松雨，暮愁漸滿空闊。呼我盟鷗，翩翩欲下，背人還過木末。那回歸去，蕩雲雪、孤舟夜發。傷心重見，依約眉山，黛痕低壓。　采香徑裏春寒，老子婆娑，自歌誰答。垂虹西望，飄然引去，此興平生難遏。酒醒波遠，政凝想、明璫素襪。如今安在，唯有闌干，伴人一霎。

【箋】

〔垂虹〕吴郡圖經續志（中）：「吴江利往橋，慶曆八年，縣尉王廷堅所建也。東西千餘尺，用木萬計，縈以修闌，甃以淨甓。前臨具區，橫截松陵。河光海氣，蕩漾一色。乃三吳之絶景也。（節）橋有亭曰垂虹。蘇子美嘗有詩云：『長橋跨空古未有，大亭壓浪勢亦豪。』非虛語也。」

〔笠澤〕名勝志：太湖，「禹貢謂之震澤，周禮謂之具區，左傳謂之笠澤，其實一也」。吳郡圖經續志（中）：「松江一名笠澤。」自太湖分流也。

〔只有詩人一舸歸〕此詩集（下）除夜自石湖歸苕溪十首之一。詩集（下）雪中六解之四：「曾泛扁舟訪石湖，怳然坐我范寬圖。天寒遠挂一行雁，三十六峰生玉壺。」亦指此行。

〔俞商卿〕見前浣溪沙箋。

〔張平甫〕見前鶯聲繞紅樓箋。

〔銛朴翁〕葛天民字無懷，初爲僧，名義銛，字朴翁。山陰人，居西湖。參交游考。

〔各得五十餘解〕案白石詞可定爲此年冬作者，止此及江梅引、鬲溪梅令、浣溪紗五首，詩無可考。此云「各得五十餘解」，殆刪去十九。白石製一詞「過旬塗稾乃定」，而去取之嚴又如此。

周密浩然齋雅談（中）：「慶元丙辰冬，姜堯章與俞商卿、銛朴翁、張平甫自封禺同載詣梁溪，道過吳淞，既歸，各得詩詞若干解，鈔爲一卷，命之曰載雪録。其自叙云：『予自武康與商卿、朴翁同載詣南（當作「梁」）谿，道出苕霅、吳淞，天寒野迴，仰見雁鶩飛下玉鑑中，詩興橫發，嘲唫吟諷，造次出語便工。而朴翁尤敏不可敵，未浹日，得七十餘解，復有伽語小詞，隨事一笑。大要三人鼎立，朴翁似曹孟德，據詩社出奇無窮；商卿似江東，多奇秀英妙之士；獨予椎魯不武，雖自謂漢家子孫，然不敢與二豪抗也。』且云：此編向見之雪林李與甫，後歸之僧頤蒙，乃朴翁手書也。古律、絶句、贊、頌、偈、聯句、詞曲、紀夢凡一百五十三，多集中所無者。蕭介父題云：『亂雲連野水連空，只有沙鷗共數公。想得句成天亦喜，雪花迎櫂入吳中。』孫季蕃云：『詩字峥嶸照眼開，人隨塵劫挽難回。清苕載雪流寒碧，老我遍舟獨自來。』」此叙中無平甫，與詞題異。

〔采香徑〕蘇州府志（廿六）引范志：「采香徑在香山之旁，小溪也。吳王種香於香山，使美人泛舟於溪以采香。今自靈巖山望之，一水直如矢，故俗名箭涇。」據此，「徑」字當依陸本作「涇」。柳永樂章集（中）雙聲子：「夫差舊國，香徑没，徒有荒丘。」吳文英八聲甘州云：「箭徑酸風射眼。」則皆作「徑」仄聲。然「涇」本有平去二聲，依范志陸本作「涇」較長。案白石與文英詞皆借用其名，不指實地。

【校】

〔嘗賦〕厲鈔「嘗」作「當」，誤。

〔雲浪〕張本、陸本、厲鈔「雲」皆作「雪」。

〔采香徑〕陸本「徑」作「涇」，張本作「逕」。

【附録】

邵亨貞蛾術詞選（一）擬古十首之六，杏花天擬白石垂虹夜泊：「月明消却宮娃酒。聽吹笛清寒滿袖。向時雙槳載離愁，去後。幾春風，待問柳。　漫回首三江渡口。念西子如今在否。上方鐘動客船開，別久。寄新詩，興未有。」硯北雜志（下）：「近世以筆墨爲事者，無如姜堯章、趙子固，二公人品高，故所録皆絶俗。往余見張貫道畫圖，後有子固端平三年監新城商税日叙姜堯章慶宫春詞，愛其詞翰丰茸，故備載之。」

清沈濤建姜白石祠於垂虹橋，見朱羲和萬竹樓詞選酹江月詞。

此詞小序。周密收入澄懷録中。

江梅引

丙辰之冬，予留梁溪，將詣淮而不得，因夢思以述志。

人間離別易多時，見梅枝，忽相思。幾度小窗幽夢手同攜。今夜夢中無覓處，漫裴徊，寒侵被，尚未知。　濕紅恨墨淺封題，寶筝空，無雁飛。俊遊巷陌，算空有、古木斜暉。舊約扁舟，心事已成非。歌罷淮南春草賦，又萋萋。漂零客，淚滿衣。

【箋】

此憶合肥人作，白石紹熙二年辛亥别合肥，至此五年矣。詩集（下）送范仲訥往合肥第三首云：「小簾燈火屢題詩，回首青山失後期；未老劉郎定重到，煩君説與故人知。」可與此互參。

〔梁溪〕在無錫西門外，相傳以梁鴻居此得名。張鎡南湖集輯本（七）有題平甫弟梁溪莊園詩，是張鑑有莊園在無錫，白石此時蓋依鑑居。自述謂平甫欲贈錫山膏腴之田，或即此時。

【校】

〔淮而〕朱孝臧校張本：「而」當作「南」，倪鴻刊本作「南」。

鬲溪梅令

丙辰冬，自無錫歸，作此寓意。

好花不與殢香人，浪粼粼。又恐春風歸去緑成陰，玉鈿何處尋？　木蘭雙槳夢中雲，小横陳。漫向孤山山下覓盈盈，翠禽啼一春。

【箋】

〔寓意〕陳疏〔三〕：「案『寓意』即前江梅引所夢思者。」周汝昌云：與慶宮春合看爲更切。參「承教録」。

【校】

〔小横陳〕欽定詞譜、詞律「小」作「水」。

浣溪沙

丙辰臘，與俞商卿、銛朴翁同寓新安溪莊舍，得臘花韵甚，賦二首。

花裏春風未覺時，美人呵蕊綴横枝。鬲簾飛過蜜蜂兒。　書寄嶺頭封不到，影浮杯面誤人吹。寂寥惟有夜寒知。

又

翦翦寒花小更垂，阿瓊愁裏弄妝遲。東風燒燭夜深歸。　落蕊半黏釵上燕，露黄斜映鬢邊犀。老夫無味已多時。

【箋】

〔俞商卿銛朴翁〕皆見前浣溪沙箋。

〔新安溪莊舍〕陳疏(三)引一統志：「新安鎮在無錫縣東南三十里，元初置新安巡司。(節)東出吴門，此爲必經之地。」又：張鎡南湖集有離無錫夜入溪莊港口詩，及題平甫弟梁溪莊園詩。

〔臘花〕周紫芝竹坡詩話：「東南之有臘梅，蓋自近時始，余爲兒童時猶未之見。元祐間魯直諸公方有詩，前此未有賦此詩者。政和間李端叔在姑溪，元夕見之僧舍中，嘗作兩絶。其後篇云：『程氏園當尺五天，千金争賞凭朱欄。莫因今日家家有，便作尋常兩等看。』可以知前日之未嘗有也。」案張先已有漢宫春詠蠟梅詞，在元祐諸公之前。

【校】

〔莊舍〕張本脱「莊」字。

〔臘花〕厲鈔「臘」作「蠟」。鄭文焯校：「案『臘』當作『蠟』，此因上『臘』字並列成訛。詞中用『蜜蜂』烘托『蠟』字，用庾『嶺』暗切『梅』字，是詠梅可證。」又校下首：「結句用嚼蠟事甚新。」許增校：「『花』舊鈔本作『梅』。」陳疏〔三〕引范成大梅譜：「人言臘時開故以『臘』名，非也，爲色正如黄蠟耳。」

〔露黄〕陸本「黄」作「横」，誤。

浣溪沙

丙辰歲不盡五日，吴松作。

雁怯重雲不肯啼，畫船愁過石塘西，打頭風浪惡禁持。　春浦漸生迎櫂緑，小梅應長亞門枝。一年燈火要人歸。

【箋】

〔石塘〕陳疏〔三〕引一統志：蘇州府小長橋。方輿勝覽：小長橋在石塘，壘石爲之。

姜白石詞編年箋校卷五

慶元三年丁巳 公元一一九七年

鷓鴣天

丁巳元日

柏緑椒紅事事新，鬲籬燈影賀年人。三茅鐘動西窗曉，詩鬢無端又一春。　慵對客，緩開門，梅花閒伴老來身。嬌兒學作人間字，鬱壘神荼寫未真。

【箋】

〔三茅鐘〕咸淳臨安志（十三）行在所録：「寧壽觀在七寶山，本三茅堂。紹興中賜古器玩三種，（節）其二唐鐘，本唐澄清觀舊物，（節）禁中每聽鐘聲以爲寢興食息之節。」陸游渭南文集（十六）有行在寧壽觀碑。同書卷五二，縱筆詩：「三茅鐘殘窗欲明。」卷五三，天竺曉行詩：「三茆聽徹五更鐘。」

又

正月十一日觀燈

巷陌風光縱賞時，籠紗未出馬先嘶。白頭居士無呵殿，只有乘肩小女隨。花滿市，月侵衣，少年情事老來悲。沙河塘上春寒淺，看了遊人緩緩歸。

【箋】

〔縱賞〕孟元老東京夢華録（六）正月條：「向晚，貴家婦女縱賞關賭。」

〔籠紗〕〔呵殿〕吴自牧夢粱録（一）元宵：「公子王孫、五陵年少，更以紗籠喝道，將帶佳人美女，遍地游賞。」

〔乘肩小女〕武林舊事（二）元夕條：「都城自舊歲孟冬駕回，已有乘肩小女鼓吹舞綰者數十隊，以供貴邸豪家幕次之玩。」吴文英夢窗甲稿玉樓春元夕詞，有「乘肩争看小腰身」之句。周汝昌曰：「黄庭堅山谷内集卷六，陳留市隱詩：『乘肩嬌小女，邂逅此生同。』序記陳留一刀鑷工，惟有一女七歲，醉飽則簪花吹笛肩女而歸。白石詞用此，謂惟有小女兒在肩頭相隨爲伴。與武林舊事所云，字面偶同而已。」劉永濟曰：「白石實有意用武林舊事字面，以博語趣。自謂不似貴邸豪家携帶佳人美女，惟有乘肩小女相隨耳。」

〔沙河塘〕蘇軾望海樓晚景五絶之五：「沙河燈火照山紅，歌鼓喧呼笑語中。爲問少年心在否？角巾欹側鬢如蓬。」望海樓在杭州鳳凰山半宋府治中，故能見「海上濤頭一線來」。今杭州城東尚有貼沙河，在吴山、鳳凰山之東。唐書地理志謂「昔時潮水衝擊錢塘江岸，至于奔逸入城，勢莫能禦，故開沙河以決之。河有三，曰外沙、中沙、裏沙。」宋人詩詞記沙河燈火之盛，蓋江干估客舟楫可通闤闠之區，故多妓居也。又案東坡樂府虞美人云：「沙河塘裏燈初上，水調誰家唱。」花庵詞選（十）黄昇感皇恩云：「沙河塘上，落日繡簾争捲。」劉辰翁寶鼎現云：「還轉盼沙河多麗。」宋詩紀事（三九）引王庭珪初至行在詩云：「行盡沙河塘上路，夜深燈火識昇平。」武林舊事（二）載白石詩亦云：「沙河雲合無行處，惆悵來游路已迷。」皆足見宋時沙河之盛。

又

元夕不出

憶昨天街預賞時，柳慳梅小未教知。而今正是歡遊夕，却怕春寒自掩扉。　簾寂寂，月低低，舊情惟有絳都詞。芙蓉影暗三更後，臥聽鄰娃笑語歸。

【箋】

〔預賞〕陳疏（三）引武林舊事：元夕「禁中自去歲九月賞菊燈之後，迤邐試燈，謂之『預賞』。」案陳元靚歲時廣記（十二）：「景龍樓先賞，自十二月十五日便放燈，直至上元，謂之『預賞』，万俟雅言作雪明鳷鵲夜慢云云。」此蓋北宋汴都舊俗。

〔絳都詞〕丁仙現有絳都春詞「融和又報」一首，詠汴都燈夕，見草堂詩餘（下）。

〔芙蓉〕花燈。劍南詩稿（十四）燈夕有感：「芙蕖紅綠亦參差。」詳下首元夕有所夢箋。

【校】

〔憶昨〕張本、陸本、厲鈔「憶」皆作「一」。花庵詞選亦作「憶」。

〔天街〕張本作「堦」，誤。

又

元夕有所夢

肥水東流無盡期，當初不合種相思。夢中未比丹青見，暗裏忽驚山鳥啼。春未緑，鬢先絲，人間別久不成悲。誰教歲歲紅蓮夜，兩處沈吟各自知。

【箋】

白石懷人各詞，此首記時地最顯。時白石四十餘歲，距合肥初遇，已二十餘年矣。

〔肥水〕嘉慶一統志：源出合肥縣西南紫蓬山，北流三十里分爲二：其一東流經合肥入巢湖；其一西北流至壽州入淮。爾雅釋水：「歸異出同流肥。」

〔紅蓮〕謂燈，與前首芙蓉同。歐陽修六一詞，驀山溪元夕：「纖手染香羅，翦紅蓮滿城開遍。」郭應祥笑笑詞，好事近丁卯元夕：「不比舊家繁盛，有紅蓮千朵。」張鎡南湖詩餘，燭影摇紅燈夕玉照堂梅花盛開：「柳塘花院，萬朵紅蓮，一宵開了。」周邦彦解語花元宵：「露浥紅蓮，燈市花相射。」

又

十六夜出

輦路珠簾兩行垂，千枝銀燭舞僛僛。東風歷歷紅樓下，誰識三生杜牧之。歡正好，夜何其。明朝春過小桃枝。鼓聲漸遠遊人散，惆悵歸來有月知。

【箋】此懷合肥人詞，與前首同意。

【校】〔遊人〕陸本「遊」作「行」。

月下笛

與客攜壺，梅花過了，夜來風雨。幽禽自語。啄香心，度墻去。春衣都是柔荑翦，尚沾惹、殘茸半縷。悵玉鈿似掃，朱門深閉，再見無路。凝竚。曾遊處。但繫馬垂楊，認郎鸚鵡。揚州夢覺，彩雲飛過何許？多情須倩梁間燕，問吟袖、弓腰在否？怎知道、誤了人、年少自恁虚度。

【箋】此亦追念合肥人詞。陳譜定爲此年作，謂「上年秋，范仲訥往合肥，曾煩寄聲，是年冬留梁溪，將詣淮而不得，因夢述志，作江梅引，本年元夕又有所夢，作鷓鴣天；玩此詞『尚惹殘紅』、『再見無路』、『揚州夢覺』、『問吟袖弓腰在否』諸句，一往情深，前後輝映」。兹依其説，附繫于此。

【校】

〔都是〕張本「都」作「多」。

〔似掃〕張本「似」作「侶」，乃「侶」之誤。

〔認郎〕趙聞禮陽春白雪(二)「認」作「記」，誤。

〔彩雲〕陽春白雪「彩」上有「共」字。

〔梁間〕張本、厲鈔「間」作「上」，案此字對上片「萸」字，應用平聲「間」字。

喜遷鶯慢　太蔟宮

功父新第落成

玉珂朱組，又占了道人，林下真趣。窗户新成，青紅猶潤，雙燕爲君胥宇。秦淮貴人宅第，問誰記六朝歌舞。總付與，在柳橋花館，玲瓏深處。　居士，閒記取。高卧未成，且種松千樹。覓句堂深，寫經窗靜，他日任聽風雨。列仙更教誰做，一院雙成儔侶。世間住，且休將雞犬，雲中飛去。

【箋】

〔功父新第〕案張鎡居杭州北城之南湖，齊東野語稱其「園池聲妓服玩之麗甲天下」，其治宅年代可考者：淳熙十二年乙巳始爲玉照堂，紹熙五年甲寅成，見齊東野語（十五）玉照堂梅品條及癸辛雜誌後集；淳熙十四年丁未，始爲桂隱，慶元六年庚申成，見武林舊事（十）約齋桂隱百課；桂隱百課，備載桂隱堂館橋池之名，有寫經寮，在亦庵，與姜詞「寫經窗静」句合；又桂隱北園有蒼寒堂，注：「青松二百株。」南湖集（五）有蒼寒堂夢松及蒼寒堂詩，集（六）有懷參政范公因書桂隱近事奉寄二首亦云：「最是今年多偉迹，萬叢蘭四百株松。」與姜詞「種松」句合。此詞當是賀桂隱落成。陳譜定爲淳熙十四年丁未功甫始捨宅爲慧雲寺時作，非也。

嘉靖仁和志：張鎡之南湖，稱白洋池者是也。張既以園爲寺，今稱張家寺。舊碑猶存。成化杭州志：白洋池在梅家橋東，周三里。浙江通志山川一：「白洋池一名南湖。宋時張鎡功甫構園亭其上，號曰桂隱。後捨爲廣壽慧雲寺，俗呼張家寺。碑有鎡捨宅誓願文云『秀踞南湖之上，幽當北郭之鄰』是也。」

南湖集（七）有桂隱記詠四十五首。蝶戀花南湖云：「門外滄洲山色近，鷗鷺雙雙，惱亂行雲影。翠擁高筠陰滿徑，簾垂盡日林堂静。明月飛來烟欲暝，水面天心，兩個黄金鏡。慢颭輕摇風不定，漁歌欸乃誰同聽。」

〔居士〕張鎡自號約齋居士，見武林舊事（十）鎡作賞心樂事序。

〔一院雙成儔侶〕齊東野語（二十）張功甫豪侈條，記王簡卿嘗與功甫牡丹會，極稱其聲伎之盛。浩然齋雅談（中）亦記陸游會飲於南湖園，酒酣主人出小姬新桃者歌自製曲以侑尊。南湖集（十）有夢游仙詞題云：「小姬病起幡然有入道之志。」皆足與姜詞「雙成」之語相證。而史浩爲廣壽慧雲禪寺記，則稱其：「閒居遠聲色，薄滋味，終日矻矻攻爲詩文。自處不異布衣臞儒，人所難能。」南湖集（五）自詠詩亦有「紅裙遣去如僧榻」句，或其暮年生活耶。

【校】

〔太蔟宮〕各本皆無此三字注。

〔儔侶〕厲鈔「儔」作「伴」。

〔列仙二句〕舒藝室餘筆（二）：「此與前段『秦淮貴人宅第』句同而缺一字，或移下句首『做』字轄韻，不知此句本不須韻，文義又不通，而下句仍缺一字，雖宋人亦有六字句者，而與本詞前後又不合。」案詞譜（六）喜遷鶯下引此詞，「一院雙成儔侶」上多一「伴」字，以與上片「問誰記六朝歌舞」句相對，然與上文語意不相承，似不可從。

白石此調，實用康與之一百三字之體（僅上片襯一「問」字）。康詞過變「江南煙水瞑」，「南」字不叶；江漢作「丹陛，常注意」，用句中韻。白石作「居士，閒記取」，「士」字亦叶（「士」、「取」通叶，猶白石長亭怨慢「樹」、「此」相叶），其後史達祖作「蹤迹，漫記憶」，吳文英作「公子，留意處」，趙長卿作「歡笑，宜稱壽」，皆用此體。

寧宗嘉泰元年辛酉 公元一二〇一年

徵招

越中山水幽遠，予數上下西興、錢清間，襟抱清曠；越人善爲舟，卷篷方底，舟師行歌，徐徐曳之，如偃卧榻上，無動摇突兀勢，以故得盡情騁望。予欲家焉而未得，作徵招以寄興。徵招、角招者，政和間大晟府嘗製數十曲，音節駁矣。予嘗考唐田畸聲律要訣云：「徵與二變之調，咸非流美」，故自古少徵調曲也。徵爲去母調，如黄鍾之徵，以黄鍾爲母，不用黄鍾乃諧，故隋唐舊譜不用母聲。琴家無媒調、商調之類皆徵也，亦皆具母弦而不用。其説詳于予所作琴書。然黄鍾以林鍾爲徵，住聲於林鍾，若不用黄鍾聲，便自成林鍾宫矣；故大晟府徵調兼母聲，一句似黄鍾均，一句似林鍾均，所以當時有落韵之譏。予嘗使人吹而聽之，寄君聲於臣民事物之中，清者高而亢，濁者下而遺，萬寶常所謂「宫離而不附」者是已。因再三推尋唐譜并琴弦法而得其意：黄鍾徵雖不用母聲，亦不可多用變徵蕤賓、變宫應鍾聲；若不用黄鍾而用蕤賓、應鍾，即是林鍾宫矣；餘十一均徵調仿此，其法可謂善矣。然無清聲，只可施之琴瑟，難入燕樂；故燕樂闕徵調，不必補可也。此一曲乃予昔所製，因舊曲正宫齊天樂慢前兩拍是徵調，故足成之；雖兼用母聲，較大晟曲爲無病矣。此曲依晉史，名曰黄鍾下徵調，角招曰黄鍾清角調。

潮回却過西陵浦，扁舟僅容居士。去得幾何時，黍離離如此。客途今倦矣，漫贏得一襟詩思。記憶江南，落帆沙際，此行還是。迤邐，剡中山，重相見、依依故人情味。似怨不來遊，擁愁鬟十二。一丘聊復爾，也孤負幼輿高志。水葓晚，漠漠摇煙，奈未成歸計。

【箋】

此詞不注甲子。姜虬緑年譜定爲紹熙四年。然詞序謂「數上下西興、錢清間」。據絳帖平序，嘉泰元年曾入越，保母帖跋，亦謂嘉泰中曾至錢清。陳譜編嘉泰元年，是也。詞序又云「其説詳於予所作琴書」，「琴書」當指琴瑟考古圖，乃慶元三年作。亦此詞非紹熙四年作之證。

〔西興〕在蕭山縣西二十里，六朝時謂之西陵，吴越時以陵非吉語，改曰西興。

〔錢清〕錢清江在紹興西北四十五里，上流即浦陽江，以東漢太守劉寵受父老一錢而名，見一統志。

〔徵招〕「招」通作「韶」、「磬」，見前角招箋。賀鑄東山詞木蘭花云「徵韶新譜日邊來」，作「韶」。王光祈曰：「孟子所謂徵招、角招，即徵調之韶與角調之韶。」

〔政和間大晟府〕徽宗崇寧四年九月朔，以鑄鼎及新樂成，下詔賜新樂名大晟。宋代舊以禮樂掌於太常，至是專置大晟府官屬，爲制甚備。大觀三年八月，徽宗親製大晟樂志，命太中大夫劉昺編修樂書。宣和間，金人來攻，乃罷之。靖康二年，樂器、樂章、樂書，皆入於金。見宋史樂志（二十八）。

鄭校：「晁公武郡齋讀書志載大晟樂府雅樂圖一卷，注云：『皇朝政和中，建大晟樂府。』此敘亦云『政和間大晟嘗製數十曲』。惟玉田詞源則云：『崇寧初，建大晟樂府。』豈傳聞之世有異耶。」案：宋史樂志記建府年代，明作「崇寧四年」。又宋李攸宋朝事實（十四）樂律條，載大觀四年八月御製大晟樂記有云：「崇寧四年八月庚寅，按奏於崇政殿，（節）越九月，（節）乃賜名曰大晟，置府建官以司掌之。」是大晟府確建於崇寧，樂志及詞源説是。樂志載「政和三年，詔令大晟府刊行新徵、角二調曲譜之已經按試者」，是白石云「政和間」，蓋謂製徵角曲，非謂建府年代也。晁公武説誤。

〔嘗製數十曲，音節駁矣〕宋史樂志：「（節）宴樂本用唐調，樂器多夷部，亦唐律；徵、角二調，其均句隋唐間已亡。政和初，命大晟府改用大晟律，其聲下唐樂已兩律；然劉昺止用所謂中聲八寸七分琯爲之，又作匏、笙、塤、篪，皆入夷部。至于徵招、角招，終不得其本均，大率皆假之以見徵音；然其譜頗和美，故一時盛行于天下；然教坊樂工嫉之如讎。其後蔡攸復與教坊用事樂工附會，又上唐譜徵、角二聲，遂再命教坊制曲譜，既成，亦不克行而止。然政和徵招、角招，遂傳于世矣。」案閒齋琴趣外篇有黄河清慢、壽星明、並蒂芙蓉，即當時所補徵調曲也。

又閒齋琴趣外編目（六）「新填徵調曲」有聖壽齊天歌二首、中腔二首、踏歌二首、候新恩、醉桃源各一首，其詞今皆亡佚。

鄭校引宋史文苑傳：「劉詵字應伯，崇寧中，以通音律爲大晟府典樂。謂宋火德也，音尚徵，徵調不可闕。按古制旋十二宫以七聲，得正徵一調。云云。」宋史紀事本末正雅樂條：大觀二年二月，劉詵上徵聲，詔曰：「自唐以來，正聲全失，無徵、角之音，五聲不備，豈足以導和而化俗哉。可令大晟府同教坊依譜按習，仍增徵、角二譜，候熟習上來。」又進士彭几亦嘗上書請補徵調，見同前。

〔唐田畸聲律要訣〕鄭校：「晁公武郡齋讀書記樂類：『聲律要訣十卷，唐上黨郡司馬田疇撰。』此謂是田畸，未知孰是。疑偏旁『奇』『壽』以形近易訛。」案宋史藝文志、通志、文獻通考、崇文總目皆作田琦聲律要訣，與姜詞作「畸」者亦異。郡齋讀書記又誤「訣」作「談」，誤「畸」作「疇」。即是一書無疑。陸友仁硯北雜志作田畸，與姜詞同。田氏書已亡，白石引文未詳訖于何句，姑以「流美」以上二語屬之。

〔徵與二變，咸非流美〕馬端臨通考、陳暘樂書、沈括補筆談、蔡元定律呂新書，皆謂變宫、變徵非正聲，不可用爲調。詞麈（二）論樂無徵、角兩調之故云：「蔡元定謂二變不可用爲調，鄭世子又謂可用爲調，是皆未明其聲之不美耳。」案詞譜（二十三）保壽樂下，引周密天基聖節樂次：「再坐第六盞，觱栗獨吹商角調，筵前保壽樂。」商角調乃夷則閏，知宋時二變亦有用者，特甚少耳。

〔自古少徵調曲〕琵琶録：唐太宗朝，樂器内挑絲竹爲胡部，用宮、商、角、羽，並分平、上、去、入四聲，其徵音有其聲無其調。蔡絛鐵圍山叢談（二）：「（節）自魏、晉後至隋、唐，已失徵、角二調之均韵矣。」朱子大全集：「問：温公言本朝無徵音。朱子答曰：不特本朝，從來無那徵。（節）徽宗嘗令人硬去做，後來做得成，却是頭一聲是徵，尾後聲依舊不是，依舊走了。不知是如何。（節）」宋史樂志白石大樂議：「齊景公作徵招、角招之樂，師涓、師曠有清商、清角、清徵之操。漢、魏以來，燕樂或用之，雅樂未聞有以商、角、徵、羽爲調也；惟迎氣有五引而已。」以上皆謂古無徵調曲，惟陳澧聲律通考（一）駁白石大樂議云：「案姜氏之説誤也。（節）齊景公作徵招、角招，安知其非雅樂。至漢、魏以來，則晉書、宋書荀勖笛有正聲調、下徵調、清角調，其清角調自注云：『不合雅樂。』則下徵調固雅樂也，姜氏豈未之聞乎？且既云『雅樂未聞』，又云『惟迎氣有五引』，則更不能自守其説矣。」原注：「姜氏之説，蓋本于隋書音樂志牛宏等議無用商、角、徵、羽爲别調之法。（節）案宏等亦不能自守其説，隋書言宏不能精知音律，則其説固未可依據矣。」燕樂考原（六）亦引琵琶録説五弦及元稹五弦彈詩，以證唐人五弦之器有徵調。又引文獻通考樂類，宋太宗製五弦阮，亦有徵調，譏宣和時補作徵調，不知以此爲法，乃借宮弦爲之，實大晟府諸人之陋。

顧懷三補五代史藝文志聲樂類，有陳用拙撰補新徵音一卷，其書不傳。

〔徵爲去母調，如黄鍾之徵，以黄鍾爲母，不用黄鍾乃諧〕案自黄鍾律爲宮，下生林鍾爲徵，是黃鍾爲黃鍾徵之母，故云「黃鍾之徵，以黃鍾爲母」。但必「不用黃鍾乃諧」之故，今白石琴書已亡，無從索解。詞麈(一)解此云：「黃鍾以林鍾爲徵，當用『尺』字兼用『合』字，方是黃鍾徵；黃鍾下生林鍾爲徵，是黃鍾爲林鍾之母也。若不兼用『合』字，便全是林鍾宮，非復黃鍾之徵矣，豈非『去母調』乎。隋唐舊譜，正犯此病。」案依詞麈說，則黃鍾徵必不可去黃鍾「合」字，即不應作「去母調」，與白石説適相反矣。詞麈之意，以隋、唐舊譜不用母聲爲犯病，故謂大晟府徵調兼母聲爲「欲矯隋唐舊譜之失」，實誤解白石此文也。丘瓊齋曰：　詞麈之説誤。黃鍾之徵林鍾，黃鍾徵調以黃鍾爲均，以林鍾爲調，與林鍾宮調止差一律；一以黃鍾爲變徵，一以大吕爲變徵，餘悉同。若多用黃鍾(即母)，則類于黃鍾宮調，欲其不類，則惟去母。此黃鍾一律正是變徵聲，故云「不可多用變徵蕤賓」(案此以林鍾爲黃鍾，故以黃鍾爲蕤賓)。夫以黃鍾爲均，乃去黃鍾而不用，所用者止太、姑、蕤、林、南、應六律，又以林鍾爲宮，如此又無異於作林鍾宮調，故又云「即是林鍾宮矣」。此黃鍾徵調之所以難作也。然而既作徵調，雖云「去母」，終不能不用黃鍾，如姜譜起調即用「六」字，以下用「合」字、「六」字處凡十四見，甚至變徵「勾」字、變宮「凡」字亦十二見，此張嘯山所以有「不爲少矣」之説也。

(琴家無媒調)楊蔭瀏曰：「琴家所謂無媒調，其七弦定音爲慢三、六弦各一律，即是説七弦依次爲：

		合黃鍾宮	合林鍾宮
一弦	黃鍾	宮	(清角)……母

二弦	太蔟	商	徵
三弦	姑洗	角	羽
四弦	林鍾	徵	宮
五弦	南吕	羽	商
六弦	應鍾	變宮	角
七弦	太蔟	商	徵

若去母不用，則七弦中用到之六弦散聲，實際爲林鍾宮之五正聲，所以無媒調是林鍾宮調而不是黃鍾徵調。」

〔予所作琴書〕鄭校：「琴書今已失傳。」案：宋史樂志載白石七弦琴圖説，慶元會要載白石進琴瑟考古圖一卷，此云琴書，不知别有一書否。

〔黃鍾以林鍾爲徵，住聲于林鍾〕案詞源（上）：「黃鍾徵俗名『正黃鍾宮正徵』，住聲林鍾『尺』字。」「住聲」即「殺聲」。詞麈（二）謂：「此句人多不解，言每拍住聲處用『尺』字也。」丘彊齋曰：「詞中均拍所在，非必定用殺聲字，白石譜可按。殺聲指兩結而言。詞麈説太泥。」

〔若不用黃鍾聲，便自成林鍾宮矣，故大晟府徵調兼母聲，一句似黃鍾均，一句似林鍾均〕聲律通考（七）論徵調云：「（節）黃鍾爲宮，用黃、太、姑、蕤、林、南、應七律；林鍾爲宮，用林、南、應、大、太、姑、蕤七律；惟『黃』、『大』二律不同，餘六律皆同。故徵調若用黃鍾，則是黃鍾宮之均韵；

如不用黄鍾，則便自成林鍾宫也。假如一句黄、太、姑、林四律，則似黄鍾均之宫、商、角、徵四聲；又一句用太、姑、林、南四律，則黄鍾均之商、角、徵、羽四聲；而又似林鍾均之徵、羽、宫、商四聲也。（節）」丘瓊齋曰：「聲律通考説似是而非。律有定而聲無定，聲隨律轉，無論何調，俱以七聲成曲，能不出宫斯可矣。黄鍾均與林鍾均本差一字，即使黄鍾均之商、角、徵、羽聽成林鍾均之徵、羽、宫、商亦何害。凡母調與子調乃必然如此，非徒黄鍾與林鍾爲然。林鍾均之商、角、徵、羽何嘗非太蔟之徵、羽、宫、商哉。是故黄鍾爲林鍾之母調，林鍾又爲太蔟之母調，太蔟又爲大吕之母，南吕又爲姑洗之母，凡十二宫無不皆然，皆差一律。故云『徵爲去母』，言不論何宫作徵調，皆當去母，不僅林鍾當去黄鍾之母也，十二宫皆然。白石此調爲黄鍾徵，適然如此耳。」

〔落韻之譏〕崇寧初，大樂缺徵調，有獻議請補者，併以命教坊宴樂同爲之。大使丁仙現云：「音已久亡，非樂工所能爲，不可以意妄增，徒爲後人笑。」蔡京不聽，屢使度曲，皆辭不能，遂使他工爲之。踰旬獻數曲，即今黄河清之類，而聲終不諧，末音寄殺他調。京不通音律，但果于必爲，大喜，亟召衆工按試尚書省庭，使仙現在旁聽之。樂闋，京得色，問仙現「何如？」仙現環顧座中曰：「曲甚好，只是落韻。」坐客不覺失笑。見葉夢得避暑録話卷一。宋人以作詩出韻爲「落韻」，見詩人玉屑卷七引苕谿漁隱叢話：裴虔餘絶句「垂」、「歸」同叶條。

〔寄君聲於臣民事物之中〕樂記：「宫爲君，商爲臣，角爲人，徵爲事，羽爲物。」丘瓊齋曰：「黄鍾徵調以林鍾爲宫，『宫聲』應指林鍾。」

〔清者高而亢，濁者下而遺〕詞麈（一）：「以徵爲主，故清者高亢；不重黃鍾，故濁者下遺；此大晟欲矯舊譜之失，而不悟其失愈甚也。」

〔萬寶常所謂「宮離而不附」〕北史（九十）萬寶常傳附王令言事曰：「時樂人王令言，亦妙達音律。大業末，煬帝將幸江都，令言子常於户外彈琵琶，作翻調安公子曲，令言時卧室中，聞之，驚起（節）曰：汝愼無從行，帝必不返。子問其故。令言曰：『此曲宮聲往而不返；宮者，君也，吾所以知之。』帝竟被殺于江都。」碧雞漫志（四）、南部新書、教坊記、盧氏雜説（太平廣記〔二〇四〕引）皆略同。通典作煬帝征遼，教坊記作幸揚州，搢紳脞説及詩話總龜（四十）作令言聞水調河傳云：「但有去聲。」皆云王令言事。段安節樂府雜録但云「有樂工」，唐鄭綮開天傳信録記作寧王憲聞歌涼州曲曰：「音始于宮，（節）斯曲也，宮離而不屬，（節）臣恐一日有播遷之禍。」亦不云萬寶常。白石作寶常，殆偶誤也。（白石引書，時有訛誤。宋史樂志載其議樂：「謂古樂止用十二宮，鄭譯之八十四調出于蘇祇婆之琵琶。」聲律通考卷四駁之，謂其但據隋書音樂志鄭譯有八十四調，而未考萬寶常傳亦有八十四調。其誤記王令言事，或亦由未檢萬傳。）

〔亦不可多用變徵蕤賓、變宮應鍾聲〕黃鍾徵以蕤賓「勾」字爲變徵，應鍾「凡」字爲變宮。舒藝室餘筆（三）云：「案此調八用『合』字，七用『凡』字，五用『勾』，不爲少矣。」詞麈（一）則曰：「所謂不可多用者，指起調、過變、畢曲而言，非謂曲中七音贊助之處也。」

〔若不用黃鍾，而用蕤賓應鍾，即是林鍾宮矣〕案：林鍾均以黃鍾均之變徵蕤賓爲變宮，變宮應鍾爲角，用大呂爲變徵，而不用黃鍾。故黃鍾徵若多用蕤賓應鍾而不用黃鍾，即成林鍾宮矣。

此理本淺，詞麈(一)乃謂：「此音學分别毫芒處，(節)宋元樂家者流，亦尠明斯理。」其言殊過。

〔然無清聲，只可施之琴瑟，難入燕樂〕詞麈(一)：「無清聲者，不用『六』字，『上五』字，『下五』字，『緊五』字。不用此四字，則其聲淡泊，人不喜聽，故燕樂難用。」舒藝室餘筆(三)云：「此詞又屢用『六』、『五』。」

燕樂考原(六)徵調説：「琴之無射均，即徵調也。」又謂：「唐人樂器中有五弦彈者，實有徵調，見元稹、張祐詩，宋初尚存。大晟府諸人不之知，借琵琶爲之，致有落韵之譏，白石亦未嘗考也。」聲律通考(七)論徵調云：「凌氏此條，考據最爲精確矣。姜堯章云：『琴家無媒調、商調之類，皆徵也。』然則，琴亦有徵調；無徵調者惟琵琶耳。」

〔雖兼用母聲〕譜中有「合」字「六」字，皆黄鍾聲也。

〔依晉史名黄鍾下徵調〕馬融長笛賦：「反商下徵，每各異善。」李善注引沈約宋書曰：「下徵調法：林鍾爲宫，南吕爲商。注云：『第三孔也。本正聲黄鍾之羽，今爲下徵之商也。』」今案宋書樂書無此文，實見晉書律歷志，蓋荀勖笛制；其説曰：「黄鍾之笛，正聲應黄鍾，下徵應林鍾。(節)下徵調法：『(節)林鍾爲宫。』注云：『第四孔也，本正聲黄鍾之徵；徵清當在宫上；用笛之宜，倍令濁下；故曰下徵。下徵復爲宫者，記所謂五聲十二律還相爲宫』也。然則，正聲清，下徵爲濁也。」據此，是「下徵」者，即用黄鍾笛而以黄鍾下生林鍾之徵爲宫之謂也。冒廣生據陸鍾輝刊本，定此調住字是「勾」，謂：「『勾』之音下于『尺』而高于『上』，黄鍾徵住『尺』字，黄鍾變住『勾』字，故云下徵。」案：此結聲確是「尺」非「勾」，陸、朱兩本誤，張本是，上片結「是」字旁譜各本皆分明作「尺」可證。十七譜無上下片結聲不同之例。冒說不可信。丘瓊齋曰：「冒說非是，二十八調中絶無一調住聲于『勾』者，筆談故云：『惟蕤賓一律都無』也。」

〔黄鍾清角調〕晉書律歷志：「黄鍾清角之調，以姑洗爲宮，（原註：「即是笛體中翕聲，於正宮爲角，於下徵爲羽，清角之調乃以爲宮，而哨吹令清，故曰清角。惟得爲宛轉謠俗之曲，不合雅樂也。」）蕤賓爲商，林鍾爲角，南吕爲變徵，應鍾爲徵，黄鍾爲羽，太蔟爲變宮。」

聲律通考（三）：「姜堯章自製曲徵招角招序云：『依晉史名曰黄鍾下徵調，黄鍾清角調。』案姜氏之說非也。晉史之黄鍾下徵調者，用黄鍾笛而以林鍾之孔爲宮。黄鍾清角調者，用黄鍾笛而以體中姑洗爲宮也。姜氏徵招序云：『不可多用變徵蕤賓、變宮應鍾。』然則，姜氏之徵招以黄鍾爲宮，以蕤賓爲變徵，應鍾爲變宮，非晉史之黄鍾下徵調。以此推之，其角招亦非晉史之黄鍾清角調矣。姜氏實未解晉笛三調也。」（案：晉笛三調，謂黄鍾笛、大吕笛等十二笛，每笛有「正聲調」、「下徵調」、「清角調」也。詳見聲律通考，晉十二笛一笛三調考。）丘瓊齋曰：「蘭甫實誤會白石語，變徵蕤賓、變宮應鍾，樂家習慣如此說法。以林鍾爲宮，即以林鍾爲黄鍾，蘭甫自己亦有『琵琶弦第一聲皆爲黄鍾』之說，此即以各調首音爲黄鍾之意，縱非十分妥善，習慣往往如此，亦無大謬。」

此詞箋參「承教録」羅蔗園說。

〔剡中〕嘉泰會稽志：剡溪在嵊縣南一百五十步，剡山在嵊縣北一里。

【校】

〔卷篷〕張本、厲鈔「篷」作「蓬」，誤。

〔行歌〕張本「歌」誤「哥」。

〔咸非〕厲鈔「咸」誤「成」。

〔母弦〕張本「弦」作「弦」。

〔漫羸〕張本作「慢羸」，誤。

〔迤邐剡中山〕此句可作五字句讀，前人亦多如此；惟趙以夫作「天際絶人行」，張炎作「客裏可消憂」，「際」、「裏」皆作句中韻，以白石「邐」字叶韻也。

〔高志〕陸本、厲鈔「志」作「致」。

【附録】

白石謂徵爲「去母調」，不用黄鐘乃諧；然此詞旁譜實屢用「合」、「六」，此不可盡解。楊蔭瀏先生嘗與予論此，録其來書于後：

	黄	大	太	夾	姑	仲	蕤	林	夷	南	無	應	黄
（一）黄鐘宮	宮		商		角		變徵	徵		羽		變宮	宮
（二）林鐘宮		變徵	徵		羽		變宮	宮		商		角	

「依古來公認的常理言，黃鍾徵應用黃鍾宮所用之諸音。二者之異，僅在黃鍾宮結音在宮（黃鍾），而黃鍾徵結音在徵（林鍾）而已，所用同爲（一）中各音，並無相異。『去母』是説不通的。因去一母（黃鍾），則便成了（二）中各音，實際便成了林鍾宮。

徵聲之調，民間其實很多，例如老六板，用『工工四尺上』開頭，用『工尺上四合』作結；所用爲近代工尺譜法，其中『上尺工六五』爲正五音，上爲宮，六、合爲徵，故此曲即爲徵調。

但在古代律家之間，尤其在古琴律家之間，是有着兩種矛盾的不調存在。一種以黃鍾、仲呂等爲均名，一種以宮、商、角、徵、羽等來代替黃鍾、仲呂等作爲均名。用後一系統的人，他所謂徵調，實際就是林鍾宮調，所謂去母調。徵招小序中，白石初亦非議唐田畸聲律要訣『去母』之説，而謂『然黃鍾以林鍾爲徵，住聲於林鍾，若不用黃鍾聲，便自成林鍾宮矣。』此處他似反對『去母』之説的。但後來他又説，『黃鍾徵雖不用母聲』，則又似承認『去母』爲是。所以從白石的話中前後顯然矛盾一點看來，可見連他自己都很模糊。到了所作曲調中，則白石非但不避其母聲六，而且亦不避（不少用）變徵勾與變宮凡，又是一矛盾。文人論律，往往如此，明清兩代尤多；病在脱離音樂實際，而託之空談。白石亦是如此，不必重視。白石詞調伴奏用簫與管，根本不能如他所標均調旋宮而每音相合，所以他所定宮調與其實際所能唱能奏之音，未必真相符合。但白石確是工于作曲的，他若不用樂律理論勉强作裝飾，其所寫曲調本來不差；若過于相信他的音律理論，照他的理論去譯他的作品，則反而會産生許多不協和音程的關係，而毁了他的曲調。

所以我以爲白石是有音樂實踐的，所以工于作曲，但其理論並不能與其實踐相符；其理論前後矛盾和理論與曲調間的矛盾，確是有的。在二者發生矛盾時，我以爲應重視其曲調而修改其理論。」（以上楊函）

嘉泰二年壬戌 公元一二〇二年

驀山溪

題錢氏溪月

與鷗爲客，緑野留吟屐。兩行柳垂陰，是當日、仙翁手植。一亭寂寞，煙外帶愁橫。荷苒苒，展涼雲，横卧虹千尺。　才因老盡，秀句君休覓。萬緑正迷人，更愁入山陽夜笛。百年心事，惟有玉闌知。吟未了，放船回，月下空相憶。

【箋】

〔錢氏溪月〕陳譜引嘉慶松江府志：錢良臣字友魏，紹興二十四年進士。淳熙五年，繇給事中除端明殿學士，簽書樞密院，復除參知政事。九年罷政事，除資政殿學士。（節）光宗時卒。光緒華亭縣志：「宋雲間洞天，錢參政良臣園。在里仁坊内。宅居其旁，廣踰數里。至今指其坊猶稱錢家府云。（節）園有東岩堂、巫山十二峰、觀音岩、桃花洞（節）諸佳致。具見方岳錢府百詠。」案詩集錢參政園池詩，及錢氏溪月詞，皆詠雲間洞天也。細玩「緑野留吟屐」、「更愁入山陽夜笛」等句，白石於淳熙戊申、己酉間，不但受知於錢參，且嘗游斯園。良臣與石湖同歲同榜（見石湖詩集），受知之由，其由石湖歟？又「秀句君休覓」、「機雲韜世業」，則謂希武也。白石歌曲後題「刻於東岩之讀書堂」。東岩即雲間洞天之東岩堂。（節）岳珂桯史：「彭傳師名法，以恩科得官，依錢東岩之門。」則錢參又號東岩也。（已上皆陳譜説）希武蓋良臣之裔。鄭校謂即錢參政，非。吴箋引康熙松江府志，良臣淳熙五年爲參政，九年罷，十六年十一月卒。是姜詞刊成，良臣卒已十三年矣。

【校】

〔是當日〕花庵詞選「日」作「時」。案此對下片「入」字，仄聲，當作「日」。

〔更愁入〕張本「愁」作「秋」。

嘉泰三年癸亥 公元一二〇三年

漢宮春

次韻稼軒

雲曰歸歟，縱垂天曳曳，終反衡廬。揚州十年一夢，俛仰差殊。秦碑越殿，悔舊遊作計全疏。分付與高懷老尹，管弦絲竹寧無。知公愛山入剡，若南尋李白，問訊何如。年年雁飛波上，愁亦關予。臨臯領客，向月邊、携酒携鱸。今但借秋風一榻，公歌我亦能書。

【箋】

此和辛棄疾會稽秋風亭觀雨韻。棄疾以此年六月十一日起知紹興府兼浙東安撫使，十二月召赴行在。見會稽續志（二）安撫題名。此及下首蓬萊閣詞當皆本年作，丘崈和此詞題「癸亥中秋前二日」，可證。

此用棄疾韻，即擬其體。稼軒長短句（六）漢宮春會稽秋風亭觀雨原詞云：「亭上秋風，記去年嫋嫋，曾到吾廬。山河舉目雖異，風景非殊。功成者去，覺團扇便與人疏。吹不斷、斜陽依舊，茫茫禹迹都無。　千古茂陵詞在，甚風流章句，解擬相如。只今木落江冷，眇眇愁予。故人書報，莫因循忘却蓴鱸。誰念我新涼燈火，一編太史公書。

寶慶會稽續志：「秋風亭在觀風堂側。」丘崈和詞云「選勝卧龍東畔」，是在卧龍山之東。

〔公歌我亦能書〕陶九成書史會要：「姜堯章書法，迥脱脂粉，一洗塵俗，有如山人隱者，難登廟堂。」硯北雜志（上）：「宋人書習鍾法者五人：黄長睿伯思、雒陽朱敦儒希真、李處權巽伯、姜夔堯章、趙孟堅子固。」又（下）：「趙子固目姜堯章爲書家申韓。」

【附録】

同時和棄疾此詞者有張鎡、丘崈二首，見張之南湖詩餘及丘之文定公詞。張詞：稼軒帥浙東，作秋風亭成，以長短句寄余，欲和久之，偶霜晴，小樓登眺，因次來韵，代書奉酬：「城畔芙蓉，愛吹晴映水，光照園廬。清霜乍彫岸柳，風景偏殊。登樓念遠，望越山青補林疏。人正在秋風亭上，高情遠解知無。　江南久無豪氣，看規恢意概，當代誰如。乾坤盡歸妙用，何處非予。騎鯨浪海，更那須采菊思鱸。應會得文章事業，從來不在詩書。」丘詞和辛幼安秋風亭韵，癸亥中秋前二日：「聞説瓢泉，占煙霏空翠，中著精廬。旁連吹臺燕榭，人境清殊。猶疑未足，稱主人胸次恢疏。天自與相攸佳處，除今禹會應無。　選勝卧龍東畔，望蓬萊對起，巖壑屏如。秋風夜涼弄笛，明月邀予。三英笑粲，更吴天不隔蓴鱸。新度曲，銀鈎照眼，争看阿素工書。」

又　次韻稼軒蓬萊閣

一顧傾吴，苧蘿人不見，煙杳重湖。當時事如對弈，此亦天乎。大夫仙去，笑人間、千古須臾。有倦客扁舟夜泛，猶疑水鳥相呼。　秦山對樓自緑，怕越王故壘，時下樵蘇。只今倚闌一笑，然則非歟。小叢解唱，倩松風、爲我吹竽。更坐待千巖月落，城頭眇眇啼烏。

【箋】

稼軒長短句〔六〕漢宮春會稽蓬萊閣懷古：「秦望山頭，看亂雲急雨，倒立江湖。不知雲者爲雨，雨者雲乎。長空萬里，被西風變滅須臾。回首聽月明天籟，人間萬竅號呼。　誰向若耶溪上，倩美人西去，麋鹿姑蘇。至今故國，人望一舸歸歟。歲云莫矣，問何不鼓瑟吹竽。君不見王亭謝館，冷烟寒樹啼烏。」

〔蓬萊閣〕寶慶會稽續志：在州治設廳後卧龍山下，吴越王錢鏐建。名以蓬萊，蓋取元稹之詩。

〔一顧傾吴〕辛詞换頭詠西施事，此和其意。

〔大夫仙去〕嘉泰會稽志：臥龍山舊名種山，越大夫種所葬處。吴文英夢窗乙稿有高陽臺過種山，即越文種墓。

〔秦山〕秦望山在（越）州城正南，爲羣峰之傑，秦始皇登之以望南海。見水經注。

〔越王故壘〕浙江通志：越王臺在臥龍山之西。

〔小叢解唱〕用盛小叢事，乃越中故實。碧雞漫志（五）西河長命女條：「崔元範自越州幕府拜侍御史，李訥尚書餞於鑑湖，命盛小叢歌。」丘崈和稼軒此詞亦有「阿素工書」句，皆指稼軒侍兒。小叢解唱亦見雲溪友議。

【校】

〔眇眇〕張本作「耖耖」。

洞仙歌

黄木香贈辛稼軒

花中慣識，壓架玲瓏雪。乍見緗蕤間琅葉。恨春風將了，染額人歸，留得箇、裊裊垂香帶月。　鵝兒真似酒，我愛幽芳，還比酴醾又嬌絶。自種古松根，待看黄龍，亂飛上蒼髯五鬛。更老仙添與筆端春，敢喚起桃花，問誰優劣。

【箋】

詞無甲子。辛棄疾此年正月入京。陳疏引羣芳譜，黄木香開於四月，詞當是此年夏間作。此詞又見于毛晉刻夢窗甲稿。吴文英不及交棄疾，蓋誤入。

【校】

〔玲瓏〕毛刻夢窗詞甲稿載此首，作「瓏璁」。

〔乍見〕張本、夢窗詞「乍」皆作「可」。

〔緗蕤〕夢窗詞「緗」作「湘」，「蕤」作「英」。張本「蕤」作「枝」。

嘉泰四年甲子 公元一二〇四年

念奴嬌

毀舍後作

昔遊未遠，記湘臯聞瑟，澧浦捐褋。因覓孤山林處士，來踏梅根殘雪。獠女供花，傖兒行酒，卧看青門轍。一邱吾老，可憐情事空切。曾見海作桑田，仙人雲表，笑汝真癡絶。説與依依王謝燕，應有涼風時節。越只青山，吴惟芳草，萬古皆沈滅。繞枝三匝，白頭歌盡明月。

【箋】

〔毁舍〕陳譜引宋史五行志：「嘉泰四年三月丁卯，行都大火，燔尚書省、中書省、樞密院、六部右丞相府（節）火作時，分數道，燔二千七十餘家。」陳疏：「案：『湘皋』、『澧浦』，謂前游潭、鼎也。『因覓孤山林處士，來踏梅根殘雪』謂游西湖也。『獠女供花』五句，謂移家行都，平甫假以近東青門之别館也。『説與』五句，傷平甫已逝也。詞雖未言舍緣何毁，以周晉仙題堯章新成草堂『壁間古畫身都碎，架上枯琴尾半焦』句，證『王謝燕』句，舍蓋毁於火也。又按宋史宰輔表：『嘉泰三年張巖罷參知政事，以資政殿學士知平江府，四年十月，張巖自資政殿學士知揚州，除參知政事。』寄上張參政詩結語：『應念無枝夜飛鵲，月寒風勁羽毛摧。』與詞同。毁舍爲由於三月丁卯大火無疑。」案嘉泰元年杭州大火，亦焚五萬二千餘家，亘卅里。陳疏引上張參政詩，定爲本年，較可信，兹從之。

〔青門〕咸淳臨安志：「城東東青門，俗呼菜市門。」厲鶚東城雜記（下）：「元至正間，杭魏一愚自號青門處士。（節）按：青門即東青門。」陳譜：紹熙四年，引白石挽張平甫詩：「吴下宅成花未種。」及玉田臺城路遷居詞：「屋破容秋，床空對雨，迷却青門瓜圃。」定平甫新宅近東青門。又引此詞「卧看青門轍」句，及劉過龍洲集雨寒寄姜堯章詩「東城有佳士，詞筆最華逸」。定白石寓齋亦近東青門，去平甫宅不遠。案：嘉泰四年杭州大火在南城，東青門在北城；此詞青門若指東青門，當是被火後移居寓處，非謂被燬之舍也。

【校】

〔捐褋〕陸本、厲鈔「褋」作「喋」，誤。此用楚辭九歌。

〔王謝〕張本「王」作「玉」，誤。

寧宗開禧元年乙丑 公元一二〇五年

永遇樂

次稼軒北固樓詞韵

雲鬲迷樓，苔封很石，人向何處。數騎秋煙，一篙寒汐，千古空來去。使君心在，蒼厓緑嶂，苦被北門留住。有尊中酒差可飲，大旗盡繡熊虎。前身諸葛，來遊此地，數語便酬三顧。樓外冥冥，江皋隱隱，認得征西路。中原生聚，神京耆老，南望長淮金鼓。問當時依依種柳，至今在否？

【箋】

此和辛棄疾京口北固亭懷古，棄疾前一年正月自紹興入見，建議伐金，旋即差知鎮江府，預爲恢復之圖。故此詞比爲諸葛、桓温。

棄疾原詞云：「千古江山，英雄無覓孫仲謀處。舞榭歌臺，風流總被雨打風吹去。斜陽草樹，尋常巷陌，人道寄奴曾住。想當年金戈鐵馬，氣吞萬里如虎。元嘉草草，封狼居胥，贏得倉皇北顧。四十三年，望中猶記，烽火揚州路。可堪回首，佛貍祠下，一片神鴉社鼓。憑誰問廉頗老矣，尚能飯否？」白石和詞，風格亦近棄疾。

續通鑑：「嘉泰四年正月，時金爲北鄙準部等所擾，無歲不興師討伐，府倉空匱，賦斂日煩。有勸侂胄立蓋世功名以自固者，侂胄然之。遂定議伐金。（節）浙東安撫使辛棄疾入見，言金必亂亡，願屬元老大臣備兵爲倉卒應變之計。侂胄大喜，（節）用師之意益鋭。」

宋翔鳳樂府餘論謂辛詞「意在恢復，故追數孫劉，皆南朝之英主。屢言佛貍，以拓跋比金人也。」

〔北固樓〕北固山在鎮江北一里，下臨長江，其勢險固。梁武帝幸京口登北固樓，遂改名北顧。

〔迷樓〕在揚州。北固山隔江可望揚州。

〔很石〕在北固山甘露寺，狀如伏羊。相傳孫權嘗據其上與劉備共謀曹氏。羅隱有詩，見蔡寬夫詩話。陸游入蜀記：「石亡已久，寺僧輒取一石充數。」

〔使君三句〕棄疾自紹熙五年在福建安撫使任，爲諫官黄艾論列放罷，歸隱上饒帶湖與鉛山瓢泉之間凡十年，嘉泰三年方起爲浙東安撫使，蓋在爲此詞前之一年，故詞有「心在蒼厓緑嶂」句。

〔前身諸葛〕劉宰漫堂文集（十五）賀辛待制棄疾知鎮江云：「三輔不見漢官儀，今百年矣；諸公第效楚囚泣，誰一洗之。敢因晝戟之來，遂賀輿圖之復。（節）某官卷懷蓋世之才，如圯下子房；劑量濟時之策，若隆中諸葛。云云。」亦以諸葛比棄疾。又云：「眷惟京口，實控邊頭；雖地之瘠民之貧，然酒可飲兵可用。」亦用郗超語。

【校】

〔次稼軒北固樓詞韵〕陸本作「北固樓次稼軒韵」，張本作「次韵稼軒北固樓」，厲鈔作「稼軒北固樓詞永遇樂韵」，厲鈔題前不另列調名。

〔雲鬲〕陸本「鬲」作「隔」。

〔很石〕張本「很」作「狠」。

〔使君〕厲鈔作「史君」。宋人「使君」字多作「史」，盧抱經有考（王仲聞云）。

〔長淮〕張本「長」作「清」。

寧宗開禧二年丙寅 公元一二〇六年

虞美人

括蒼煙雨樓，石湖居士所造也，風景似越之蓬萊閣，而山勢環繞、峰嶺高秀過之。觀居士題顔，且歌其所作虞美人，夔亦作一解。

闌干表立蒼龍背，三面巉天翠。東遊纔上小蓬萊，不見此樓煙雨未應回。而今指點來時路，却是冥濛處。老仙鶴馭幾時歸，未必山川城郭是耶非。

【箋】

陳疏：「宋詩紀事：『趙靡（一作「雍」）號竹潭。忠簡後人。開禧間，爲處州太守。有煙雨樓詩。案詩集東堂聯句同趙靡和仲，即此行作。煙雨樓詩，亦當同詠。』」陳譜定爲此年。兹從之。

〔括蒼煙雨樓〕浙江通志，處州，喻良能舊州治記：「由好溪堂層級，三休至烟雨樓。憑闌四顧，目與天遠。」

〔石湖居士所造也〕案石湖詩集(三十四)桂林中秋賦：「戊子守括蒼。」蓋乾道四年也。乾道五年被召去處，見詩集(十一)。

〔居士題顔〕浙志引方輿勝覽：「煙雨樓在州治，范至能書。」葉昌熾語石卷一卷七，甚推成大摩厓各體書，許爲南渡第一。

〔且歌其所作虞美人〕今石湖詞無此詞。

〔老仙鶴馭〕范成大前卒於紹熙四年，見周必大作神道碑。在此年前十三年。

【校】

〔且歌其所作虞美人〕張本無「虞美人」三字。厲鈔小序之前不列調名。

〔巉天翠〕厲鈔、陸本「巉」作「攙」。

〔纔上〕張本「纔」作「繞」，誤。

水調歌頭

富覽亭永嘉作

日落愛山紫，沙漲省潮回。平生夢猶不到，一葉眇西來。欲訊桑田成海，人世了無知者，魚鳥兩相推。天外玉笙杳，子晉只空臺。倚闌干，二三子，總仙才。爾歌遠遊章句，雲氣入吾杯。不問王郎五馬，頗憶謝生雙屐，處處長青苔。東望赤城近，吾興亦悠哉。

【箋】

詞無甲子，當在游處州之後。詞云「一葉眇西來」，蓋自處州泛甌江至永嘉。

〔富覽亭〕永嘉縣志（廿二）：「在郭公山上，不越几席，而盡山水之勝。」萬曆温州府志：「郭公山在郡城西北，晉郭璞登此卜居，故名。」

〔子晉〕永嘉縣志引名勝志：「吹臺山在城南二十里，上有王子晉吹笙臺。」

〔王郎五馬〕永嘉縣志（廿二）：「五馬坊在舊郡治前。王羲之守永嘉，庭列五馬，繡鞍金勒，出即控之。今有五馬坊。」案浙江通志（一一一）辨王羲之本傳無守永嘉事，亦不見他書，由後人誤讀晉書孫綽傳「會稽内史王羲之引爲右軍長史，轉永嘉太守」之語，並附會爲五馬坊、洗硯池諸古迹。此詞云「不問」，殆亦不之信耶。

〔謝生雙屐〕謝靈運，曾爲永嘉太守。今永嘉有池上樓、謝客巖諸古迹。靈運登躡，常着木屐，上山則去其前齒，下則去其後齒。見宋書本傳。

【校】

〔相推〕陸本「推」作「猜」。

〔只空臺〕厲鈔「只」作「亦」。

開禧三年丁卯 公元一二〇七年

卜算子

吏部梅花八詠，夔次韵。

江左詠梅人，夢繞青青路。因向淩風臺下看，心事還將與。憶別庾郎時，又過林逋處。萬古西湖寂寞春，惆悵誰能賦。

月上海雲沈，鷗去吳波迥。行過西泠有一枝，竹暗人家靜。又見水沈亭，舉目悲風景。花下鋪氈把一盃，緩飲春風影。西泠橋在孤山之西，水沈亭在孤山之北，亭廢。

蘚榦石斜妨，玉蕊松低覆。日暮冥冥一見來，略比年時瘦。涼觀酒初醒，竹閣吟纔就。猶恨幽香作許慳，小遲春心透。涼觀在孤山之麓，南北梅最奇。竹閣在涼觀西，今廢。

家在馬城西，今賦梅屏雪。梅雪相兼不見花，月影玲瓏徹。前度帶愁看，一餉和愁折。若使逋仙及見之，定自成愁絶。馬城在都城西北，梅屏甚見珍愛。

摘蕊暝禽飛，倚樹懸冰落。下竺橋邊淺立時，香已漂流却。空逕晚烟平，古寺春寒惡。老子尋花第一番，常恐吴兒覺。下竺寺前磵石上風景最妙。

綠萼更横枝，多少梅花樣。惆悵西村一塢春，開遍無人賞。細草藉金輿，歲歲長吟想。枝上幺禽一兩聲，猶以宫娥唱。綠萼、横枝，皆梅别種，凡二十許名。西村在孤山後，梅皆阜陵時所種。

象筆帶香題，龍笛吟春咽。楊柳嬌癡未覺愁，花管人離别。路出古昌源，石瘦冰霜潔。折得青鬚碧蘚花，持向人間説。越之昌源，古梅妙天下。

御苑接湖波，松下春風細。雲綠峩峩玉萬枝，别有仙風味。長信昨來看，憶共東皇醉。此樹婆娑一惘然，苔蘚生春意。聚景宫梅，皆植之高松之下，芘蔭歲久，萼盡綠。夔昨歲觀梅於彼，所聞於園官者如此，末章及之。

【箋】

〔吏部梅花八詠〕張鎡南湖集(十)有卜算子「無逸寄示近作梅詞，次韵回贈」云：「常記十年前，共醉梅邊路。别後頻收尺素書，依舊情相與。　早願欲來看，玉照花深處。風暖還聽柳際鶯，休唱閒居賦。」與姜詞第一首同韵。南湖詩集有與曾無逸倡酬詩多首。酬曾無逸架閣見寄一首自注云：「無逸兄無玷，今主大府簿。」案宋史(四一三)曾三聘傳：「字無逸。」又(四一五)曾三復傳，「字無玷，無逸兄。」是無逸即曾三聘。三聘寧宗初爲考功郎，故白石稱爲「吏部」，此爲和三聘詞無疑。

又南湖集結集於寧宗嘉定三年庚午，見方回跋。白石此詞在別集，別集十八首，其年代可考者：漢宮春二首，嘉泰三年作；念奴嬌、洞仙歌、永遇樂，嘉泰四年作；虞美人、水調歌頭，開禧初作；是別集一卷必嘉泰二年錢希武刻歌曲六卷之後續輯。陳譜以此詞末首詠聚景官梅，有「長信昨來看」句，據宋史寧宗紀：「開禧二年三月己亥，從太皇太后幸聚景園。」定此詞爲開禧三年作，其說可信。白石詞可考年代者，以此八首爲最後矣。

三聘臨江新淦人，作獨醒雜志曾敏行之子。

白石詞別集一卷，後人掇拾而成，此題「吏部梅花八詠，夔次韵」，蓋依當時寫似三聘墨迹收入，當改題「和曾無逸梅花八首」。

〔淩風臺〕何遜早梅詩：「枝橫却月觀，花繞淩風臺。」葛立方韵語陽秋（十六）云：「意『却月』、『淩風』皆揚州臺觀名爾。」沈端節克齋詞卜算子亦云：「却月與淩風，謾説揚州夢。」案何遜詩中之揚州，蓋指金陵，非廣陵也。

〔水沈亭〕西湖志不載，應據此補。

〔涼觀〕四朝聞見録（丙）「蕭照畫」條：「孤山涼堂，西湖奇絶處也。堂規橅壯麗，下植梅數百株。（節）」萬曆錢塘志「涼堂，宋紹興時構。理宗改爲黄庭殿。」當即涼觀。

〔竹閣〕西湖志（十六）引錢塘縣志：「舊址在孤山，杭人因祀白公於此。宋徙置北山廣化院，而閣已廢。（節）」

〔家在馬城西〕「城」亦作「塍」。蘇洞泠然齋集有到馬塍哭姜堯章詩，白石卒葬馬塍，殆由其晚年家於此也。淳祐臨安志：「東西馬塍，在餘杭門外羊角埂之間。」

〔梅屏〕南宋雜事詩注〔二〕引北澗集梅屏賦：「北山鮑家田尼庵，梅屏甲京都。高宗嘗令待詔院圖進。」當即白石所詠者。

〔下竺寺〕西湖志〔十三〕：「下天竺寺在靈鷲山麓，晉高僧慧理建。」武林舊事：「（節）大抵靈竺之勝，周迴數十里，而巖壑尤美，實聚於下天竺寺。（節）」陳注引葛天民葛無懷小集，懷天竺澗梅云：「根在巖邊結，枝從水際橫。此花殊近道，凡木欠修行。密竹籠幽片，疏篁倚瘦莖。那時香不淺，憶我話無生。」又竺澗梅云：「龍脊橋邊鶴膝幽，一枝斜亞水橫流。自從識破胡笳曲，吹徹黃昏不解愁。」

〔西村〕見前鶯聲繞紅樓箋。

〔皁陵〕宋孝宗葬永皁陵。

〔昌源〕陳疏引嘉泰會稽志：「越州昌源梅最盛，實大而美。項里、容山、直步、石龜，多出古梅，尤奇古可愛。」范成大梅譜：「古梅會稽最多，四明、吳興亦間有之。其枝樛曲萬狀。蒼蘚鱗皴，封滿花身。又有苔鬚垂于枝間，或長數寸，風至綠絲飄飄可翫。」又：「項里出古梅，老榦奇怪，苔蘚封枝，疏花點綴，夭矯如畫。殊令人愛翫不忍捨。」鄭校引武林舊事：「高宗居德壽宮堂，謂孝宗曰：古梅有二種，宜興張公洞者，苔蘚極厚，花極香；一種出越上，苔如絲，長尺餘。」林景熙霽山先生集〔一〕昌源懷古詩：「殘僧相對語寂寞，苔梅隔嶺春年年。」元章祖程注云：「昌源坂在會稽縣南三十五里，吴越王錢氏所葬之處。」

〔聚景官梅〕武陵舊事〔四〕：「聚景園在清波門外，孝宗致養之地。（節）嘉泰間，寧宗奉成肅太后臨幸，其後蕪廢不修。高疏寮詩：『翠華不向苑中來，可是年年惜露臺。水際春風寒漠漠，官梅却作野梅開。』」

周密蘋洲漁笛譜外集有獻仙音吊香雪亭梅，李彭老、王沂孫皆作和作：江昱蘋洲漁笛譜考證，定爲詠聚景園梅。

【校】

〔今賦〕陸本、張本、厲鈔「今」皆作「曾」。

〔一餉〕陸本「餉」作「晌」，陳鋭校：「『餉』或讀如『嚮』，『一餉』猶言一食之頃，『餉』、『晌』正俗字。」

〔最妙〕陸本「最」作「甚」。

〔開遍〕陸本、張本、厲鈔「遍」皆作「過」。

〔折得〕張本「折」誤「拆」。

〔峩峩〕張本作「莪莪」，誤。

〔婆娑〕陸本作「娑娑」，誤。

〔芘薩〕陸本「芘」作「花」，誤。

〔夔昨歲〕陸本「昨」作「舊」。厲鈔無「夔」字。

姜白石詞編年箋校卷六

不編年，序次依陶鈔。

好事近

賦茉莉

涼夜摘花鈿，苒苒動摇雲緑。金絡一團香露，正紗廚人獨。　朝來碧縷放長穿，釵頭罣層玉。記得如今時候，正荔枝初熟。

【箋】

武林舊事：「都人避暑，而茉莉爲最盛。初出之時，其價甚穹。」

【校】

〔一團〕張本「團」作「圍」。

虞美人

賦牡丹

西園曾爲梅花醉，葉翦春雲細。玉笙涼夜鬲簾吹，卧看花梢摇動一枝枝。　娉娉嫋嫋教誰惜，空壓紗巾側。沈香亭北又青苔，唯有當時蝴蝶自飛來。

又

摩挲紫蓋峰頭石，下瞰蒼厓立。玉盤摇動半厓花，花樹扶疏一半白雲遮。　盈盈相望無由摘，惆悵歸來屐。而今仙迹杳難尋，那日青樓曾見似花人。

【箋】

此憶南嶽舊游之作。詩集(上)昔游詩「昔游衡山上」一首亦云：「下窺半厓花，杯盂琢紅玉。」

〔紫蓋峰〕衡山七十二峰之一。

憶王孫

鄱陽彭氏小樓作

冷紅葉葉下塘秋，長與行雲共一舟。零落江南不自由，兩綢繆，料得吟鸞夜夜愁。

【箋】吴箋：彭氏爲宋時鄱陽世族，神宗時彭汝礪官至寶文閣直學士，著鄱陽集，其四世孫大雅，嘉熙四年使北，後追謚忠烈。

少年遊

戲平甫

雙螺未合，雙蛾先斂，家在碧雲西。別母情懷，隨郎滋味，桃葉渡江時。扁舟載了，匆匆歸去，今夜泊前溪。楊柳津頭，梨花墻外，心事兩人知。

【箋】

此戲張鑑納妾，鑑有别墅在武康，見前鷓鴣天詞箋。

〔前溪〕在浙江武康縣，古永安縣前之溪也。

【校】

〔少年遊〕張本「遊」作「行」，誤。張本目録作「遊」。

〔戲平甫〕花庵詞選：「平」作「斗」，誤。張本、厲鈔「甫」皆作「父」。

〔歸去〕花庵詞選無「歸」字，誤。

訴衷情

端午宿合路

石榴一樹浸溪紅，零落小橋東。五日淒涼心事，山雨打船篷。　諳世味，楚人弓，莫忡忡。白頭行客，不採蘋花，孤負薰風。

【箋】

〔合路〕嘉興、平望、吴江間一市鎮，地傍運河，居民繁夥，見陸游入蜀記（一）六月八日所記。

吴箋：「吴郡志：合路橋在吴江縣管下。按詞中『零落小橋東』一語當指此。宋人詩詞往往用橋名而不書『橋』字，如過垂虹橋即書『過垂虹』是也。」

陳譜定爲慶元五年作，謂「諳世味，楚人弓」句指試禮部不第。嫌無顯據，不從。案万俟詠南歌子詞：「五日淒涼，今古與誰同。」見歲時廣記（廿一）。白石「五日」句用此。

【校】

〔忡忡〕陸本作「冲冲」。

念奴嬌

謝人惠竹榻

楚山修竹，自娟娟不受人間袢暑。我醉欲眠伊伴我，一枕涼生如許。象齒爲材，花藤作面，終是無真趣。梅風吹溽，此君直恁清苦。　須信下榻殷勤，翛然成夢，夢與秋相遇。翠袖佳人來共看，漠漠風煙千畝。蕉葉窗紗，荷花池館，别有留人處。此時歸去，爲君聽盡秋雨。

【校】

〔娟娟〕張本作「涓涓」，誤。

〔翛然〕張本「翛」作「倐」，誤。

〔窗紗〕厲鈔作「紗窗」。

法曲獻仙音

張彥功官舍在鐵冶嶺上，即昔之教坊使宅。高齋下瞰湖山，光景奇絶。予數過之，爲賦此。

虚閣籠寒，小簾通月，暮色偏憐高處。樹鬲離宫，水平馳道，湖山盡入尊俎。奈楚客，淹留久，砧聲帶愁去。屢回顧，過秋風未成歸計，誰念我、重見冷楓紅舞。喚起淡妝人，問逋仙今在何許？象筆鸞牋，甚而今、不道秀句。怕平生幽恨，化作沙邊煙雨。

【箋】

〔張彥功〕劉過龍洲詞（下）有贈張彥功賀新郎詞，其籍履未詳。

〔鐵冶嶺〕在杭州雲居山下，見西湖志（六）。其地名豐寧坊，宋時坊左有景獻太子府，嶺上有右虎翼寨，嶺下有神衛軍寨，見湖山便覽。侍步軍司衙在鐵冶嶺，見錢唐縣志。姜詞所謂「官舍」，不知何指。

〔離宮〕朱彭吴山遺事詩自注：「考『樹鬲離宮』句，指聚景園也。」

【校】

〔法曲獻仙音〕陸本調下有「俗名大石，黄鍾商」七字注。

〔屢回顧〕花庵詞選、明鈔絶妙好詞、陽春白雪、花草粹編，此三字皆屬上片。

〔何許〕明鈔絶妙好詞「許」作「處」。

側犯

詠芍藥

恨春易去，甚春却向揚州住。微雨，正繭栗梢頭弄詩句。紅橋二十四，總是行雲處。無語，漸半脱宫衣笑相顧。金壺細葉，千朵圍歌舞。誰念我、鬢成絲，來此共尊俎。後日西園，緑陰無數。寂寞劉郎，自修花譜。

【箋】

〔揚州〕能改齋漫録（十五）芍藥譜條，引孔武仲芍藥譜云：「揚州芍藥，名於天下，非特以多爲誇也，其敷腴盛大而纖麗巧密，皆他州所不及。（節）唐之詩人，最以模寫風物自喜，如盧仝、杜牧、張祐之徒，皆居揚之日久，亦未有一語及之，是花品未有若今日之盛也。（節）」宋熙寧間，王觀官江都，作芍藥譜。

〔千朵圍歌舞〕能改齋漫録（十五）引孔武仲維揚芍藥譜：「負郭多曠土，種花之家，園舍相望。最盛於朱氏、丁氏、袁氏、徐氏、高氏、張氏，餘不可勝紀。畦分畝別，多者至數萬根。自三月初旬初開，浹旬而甚盛。觀者相屬於路，幕簾相望，笙歌相聞。又浹旬而衰矣。（節）」黄庭堅寄王定國詩：「淮南二十四橋月，馬上時時夢見之。想得揚州醉年少，正圍紅袖寫烏絲。」

〔鬢成絲〕黄庭堅詩：「春風十里珠簾卷，髣髴三生杜牧之。紅藥梢頭初繭栗，揚州風物鬢成絲。」見豫章黄先生文集（九）。姜詞用此。（禮記王制：「祭天地之牛，角繭栗。」漢書注云：「繭栗，言角之小如繭及栗之形也。」芍藥之蓓蕾似之。）白石淳熙三年游揚州，才二十餘歲，似與此句不合；詞在陶鈔卷四，或嘉泰二年以前四十餘歲重游揚州作（陶鈔六卷刻於嘉泰二年）。又，繭栗，愛日齋叢鈔有考。

〔劉郎花譜〕宋史藝文志有劉攽芍藥譜一卷，今不傳。

小重山令

趙郎中謁告迎侍太夫人，將來都下，予喜爲作此曲。

寒食飛紅滿帝城，慈烏相對立，柳青青。玉階端笏細陳情，天恩許，春盡可還京。　鵲報倚門人，安輿扶上了，更親擎。看花携樂緩行程。争迎處，堂下拜公卿。

【箋】

韓淲澗泉集（十二）有送趙户部迎侍回朝二律，時令詩意皆與白石此詞合，或即其人。

【校】

〔小重山〕厲鈔不列調名，題云：「趙郎中謁告迎侍太夫人，將來都下。予喜爲作此曲，寄小重山令。」蓋後人依白石原稿編入，與卜算子和吏部梅詞同例。

驀山溪

詠柳

青青官柳，飛過雙雙燕。樓上對春寒，捲珠簾瞥然一見。如今春去，香絮亂因風，沾徑草，惹墻花，一一教誰管。　陽關去也，方表人腸斷。幾度拂行軒，念衣冠尊前易散。翠眉織錦，紅葉浪題詩，煙渡口，水亭邊，長是心先亂。

【校】

〔瞥然〕張本作「偶然」。

永遇樂

次韵辛克清先生

我與先生，夙期已久，人間無此。不學楊郎，南山種豆，十一徵微利。雲霄直上，諸公袞袞，乃作道邊苦李。五千言老來受用，肯教造物兒戲。　東岡記得，同來胥宇，歲月幾何難計。柳老悲桓，松高對阮，未辦爲鄰地。長干白下，青樓朱閣，往往夢中槐蟻。却不如窪尊放滿，老夫未醉。

【箋】

蘇泂泠然齋集（六）有金陵雜興詩云：「白石鄱姜病更貧，幾年白下往來頻。歌詞翦就能哀怨，未必劉郎是後身。」陳譜以此詞有「長干白下」句，定爲晚年客金陵作，謂在寶慶二年蘇泂再入建康幕府之時。嫌無顯據，不從。

〔辛克清〕名泌，白石沔鄂交游，見探春慢，參交游考。

姜白石詞編年箋校外編

聖宋鐃歌吹曲十四首

慶元五年，青龍在己亥，鄱陽民姜夔頓首上尚書：臣聞鐃歌者，漢樂也。殿前謂之鼓吹，軍中謂之騎吹。其曲有朱鷺等二十二篇，由漢逮隋，承用不替，雖名數不同，而樂紀罔墜，各以詠歌祖宗功業。唐亡鐃部，有柳宗元作十二篇，亦棄弗録。神宋受命，帝績皇烈，光耀震動，而逸典未舉。乃政和七年，臣工以請，上詔製用；中更否擾，聲文罔傳；中興文儒，薦有擬述，不麗于樂，厥誼不昭。臣今製曲辭十四首，昧死以獻。臣若稽前代鐃歌，咸叙威武，衄人之軍，屠人之國，以得土疆，乃矜厥能；惟我太祖、太宗、真、仁、高宗，或取或守，罔匪仁術，討者弗戮，執者弗劉，仁融義安，曆數彌永。故臣斯文，特倡盛德，其辭舒和，與前作異。臣又惟宋因唐度，古曲墜逸，鼓吹所録，惟存三篇，譜文乖訛，因事製辭，曰導引曲、十二時、六州歌頭，皆用羽調，音節悲促；而登封岱宗、郊祀天地、見廟、耕耤、帝后册寶、發引、升祔、五禮殊情，樂不異曲，義理未究。乞詔有司取臣之詩，協其清濁，被之簫管，俾聲暢辭達，感藏人心，永念宋德，無有紀極，海内稱幸。臣夔頓首上尚書。

【箋】

鐃歌鼓吹曲與越九歌皆非詞體，白石以爲詞集壓卷，其意殆欲推尊詞體以上承古樂府；宋人編集，未有此例，兹列爲外編。

硯北雜志（下）「周公謹云：『姜堯章鐃歌鼓吹曲乃步驟尹師魯皇雅，越九歌乃規模鮮于子駿九誦，然言辭峻潔，意度高遠，頗有超越驊騮之意。』」案尹洙河南先生文集（一）皇雅十篇，其大鹵篇叙伐晉云：「晉郊既平，九區以寧。」又云：「聖作聖繼，巍巍相承，皇矣二后，功莫與京。」白石伐功繼結語正用此。

尹洙皇雅第一篇云：「天監，受命也。自梁至周，兵難不息，宋受命統一萬方焉。」「天監下民，亂靡有定。甚武且仁，祚厥真聖。仁實懷徠，武以執競。匪虔匪劉，極我天命。自昔外禪，曰經曰營，令以挾制，政以陰傾。帝初治兵，志勤於征；奄受神器，匪謀而成。淮潞弗虔，卒污叛迹。戎輅戒嚴，皇威有赫。彼寇詿民，吾勇其百。殄厥渠魁，貸其反側。帝朝法宫，左右宗公，忮夫悍士，以雍以容。爾居爾室，爾公爾農，既息既養，惟天子功。」引此爲例，與姜曲互參。

〔己亥〕許增校：「案慶元五年太歲在己未，『亥』乃『未』誤。」應據改。

〔鐃歌者漢樂也〕隋書音樂志（上）： 漢明帝時，樂有四品： 一曰大予樂，二曰雅頌樂，三曰黄門鼓吹樂，其四曰短簫鐃歌樂。

〔鼓吹騎吹〕通典（一四六）「前代雜樂」條，引建初録：「務成、黄爵、元雲、遠期皆騎吹曲，非鼓吹曲。此則列於殿庭者爲鼓吹，今之從行鼓吹與騎吹，二曲異也。」

〔朱鷺等二十二篇〕漢短簫鐃歌二十二曲，隋書音樂志（中）作： 朱鷺、思悲翁、艾如張、上之回、擁離、戰城南、巫山高、上陵、將進酒、君馬黄、芳樹、有所思、雉子班、聖人出、上邪、臨高臺、遠如期、石留行、務成、玄雲、黄雀、釣竿。宋書（廿二）樂志（四）作漢鼓吹鐃歌十八曲，無務成、玄雲、黄雀、釣竿四曲。

〔由漢逮隋，承用不替〕通典樂（六）「前代雜樂」條，記鼓吹云：「齊梁至陳則甚重矣，各製曲辭以頌功德，至隋亡。」與白石説異。案樂府詩集（二十）鼓吹曲，隋有凱樂歌三首： 述帝德、述諸軍用命、述天下太平。則白石云「逮隋承用不替」，是也。

〔名數不同〕魏晉以次，皆改漢短簫鐃歌二十二曲爲新曲，以述功德，如魏改朱鷺曰楚之平，吴曰炎精缺，晉曰靈之禪，梁曰木紀謝，北齊曰水德謝，後周曰元精季。見晉書樂志（下）、隋書（二）樂志（上、中）。

〔柳宗元作十二篇〕唐柳先生集(一)唐鐃歌鼓吹曲十二篇：晉陽武、獸之窮、戰武牢、涇水黄、奔鯨沛、苞枿、河右平、鐵山碎、靖平邦、吐谷渾、高昌、東蠻。

〔政和七年三句〕宋史樂志(十五)鼓吹上：「政和七年三月，議禮局言：古者鐃歌鼓吹曲各異其名，以紀功烈。今所設鼓吹，唯備警衛而已，未有鐃歌之曲，非所以彰休德揚偉績也。乞詔儒臣討論撰述，審協聲律，播之鼓吹，俾工師習之。凡王師大獻，則令鼓吹具奏，以聳羣聽。從之。」

陳疏引宋史韓駒傳：「政和初，以獻頌補假將仕郎，除秘書省正字，知分寧縣，召爲著作郎，正御前文籍。駒言國家祠事，歲一百十有八，用樂者六十有二，舊撰樂章，辭多牴牾。於是召三館士，分撰親祠、明堂、圜壇、方澤等樂五十餘章，多駒所作。」案宋祁宋景文集(七)有論乞別撰郊廟歌曲述祖宗積纍之業疏一篇，是政和以前人已有此議。

〔導引曲、十二時、六州歌頭〕皆載宋史樂志。

〔皆用羽調，音節悲促〕舒藝室餘筆(三)：「案宋史樂志：『自天聖以來，帝郊祀、躬耕、藉田、皇太后恭謝宗廟，悉用正宫導引、六州、十二時，凡四曲。(原節)其後祫享太廟亦用之。大享明堂用黄鍾宫，凡山靈導引靈駕，獻章懿。

〔皆用羽調，音節悲促〕舒藝室餘筆(三)：「案宋史樂志：『自天聖以來，帝郊祀、躬耕、藉田、皇太后恭謝宗廟，悉用正宫導引、六州、十二時，凡四曲。(原節)其後祫享太廟亦用之。大享明堂用黄鍾宫，凡山靈導引靈駕，獻章懿皇后，用正平調，仁宗用黄鍾羽，神主還宫用大石調。(原節)凡迎奉祖宗御象赴宮觀寺院，并神主祔廟，悉用正宮，惟神宗御象赴景靈宮，改用道調。（原節）熙寧中，親祀南郊，曲五奏，正宮導引、奉禋、降仙臺；祀明堂曲四奏，黄鍾宮導引、合宮歌，皆以六州、十二時。』然則，導引、十二時、六州不皆用羽調，亦與姜此序不合。」

〔五禮殊情，樂不異曲〕案鼓吹曲導引、六州、十二時，不論吉凶可用。其專用於吉者，奉禋歌、合宮歌、降仙臺；專用於凶者，祔陵歌、虞主歌（又作虞神歌），皆宋太宗時别於大曲而新創者。見宋史樂志。是宋時吉凶用樂，未嘗不分。至白石時惟存此三篇，五禮同用，故云「義理未究」。

【校】

陸本題前另列「歌曲」一行。「吹」上有「鼓」字。

〔己亥〕應作「己未」，見前箋。

〔真仁高宗〕厲鈔「仁」作「宗」，誤。

上帝命，太祖受命也。五季亂極，人心戴宋，太祖無心而得天下也。

上帝命，惟皇皇。俶作宋祚，五王不綱。陳橋之夕，帝服自黄。惟帝念民，惟民念靖；八紘一春，不曰予聖。璇題玉除，龍路孔蓋，得之非心，遜亦云易。有弟聖賢，我祚萬年，十世之後，乃復其天。

【箋】

〔十世之後〕舒藝室餘筆(三)：「案高宗養孝宗于宫中，爲太祖七世孫，此云『十世』，疑字形相近而訛。」

河之表，破澤州也。李筠不知天命，自憑其勇，不能降心，以至於叛而死也。

河之表，曰上黨。彼眈眈，踞奥壤。交韔百斤，不如一仁；撥汗千里，莫能脱身。帝整其旅，疇曰汝武；心飛太行，膽落戰鼓。

【箋】

宋史(一)太祖本紀：建隆元年夏四月癸巳，昭義軍節度使李筠叛，遣石守信討之，六月辛未，拔澤州，筠赴火死。

〔交韔撥汗〕宋史(四八四)周三臣李筠傳：「筠曰：『況(我)有儋珪槍、撥汗馬，何憂天下哉。』儋珪，筠愛其勇，善用槍。撥汗，筠駿馬，日馳七百里，故筠誇焉。」

〔心飛太行〕同上：「太祖遣石守信、高懷德將兵討之，敕曰：『勿縱筠下太行，急進師扼其隘，破之必矣。』」筠從事閭邱仲卿獻策於筠，勸守太行，筠不聽。亦見本傳。

【校】

〔眈眈〕張本、陸本、厲鈔皆作「耽耽」。

淮海濁，定維揚也。李重進自謂周大臣，不屈於太祖。作鐵券以安之，猶據鎮叛。

淮海濁，老將戾。帝心堯舜，信在券外。汝胡弗思，與越豨輩。皇威壓之，燕壘自碎。維宋佐命，維周碩臣，汝獨狐疑，用殲厥身。

【箋】

宋史太祖紀：「建隆元年九月己未，淮南節度使李重進以揚州叛。十月丁亥，詔親征揚州，十一月丁未，拔之。重進盡室自焚。」

宋史（四八四）周三臣李重進傳：「重進與太祖俱事周室，分掌兵柄，常心憚太祖。太祖立，愈不自安，及聞移鎮（青州），陰懷異志。太祖知之，遣六宅使陳思誨齎賜鐵券，以安其心。重進欲治裝隨思誨入朝，爲左右所惑，猶豫不決。又自以周室近親，恐不得全，遂拘思誨，治城隍繕兵甲。」

【校】

〔淮海濁〕舒藝室餘筆（三）：「案歌云：『淮海濁，老將戾』，『濁』字不誤，宋志作『清』，誤。」

沅之上，取湖南也。湖南有難，乞援於我，至則拒焉，我師取之。

沅之上，故王都，今焉在，空雲蕪。勢危則噂，勢謐則叛，背予德心，緊爾作難。東屆巴邛，西盡九疑，蠻師委伏，願還耕犁。岩岩鎮山，火德之紀，真人方興，百神仰止。

【箋】

宋史(四八三)湖南周氏世家：「建隆三年十月，(周)行逢卒，(節)子保權年十一，初爲武平節度副使，太祖授以起復檢校太尉、朗州大都督、武平節度。初，行逢疾且亟，召將校託保權曰：『吾郡内凶狠者，誅之略盡，唯張文表在焉。吾死，文表必亂，諸公善佐吾兒，無失土宇。必不得已，當舉族歸朝，無令陷於虎口。』行逢卒，明年春，文表果自衡州舉兵據潭州，將攻朗陵，盡滅周氏。保權乞師於朝廷。(節)乃遣山南東道節度慕容延釗爲湖南道行營都部署，(節)將步騎往平之，又發安復等十州兵會於襄陽。師及江陵，趙璲至潭州，文表已爲保權之衆所殺。保權牙校張從富輩以爲文表已平，而王師繼進不已，懼爲襲取，相與拒守。(節)王師長驅而南，獲從富於西山下，梟首縣市。(節)湖湘悉平。(節)保權至，上章待罪，優詔釋之。(節)授千牛衛上將軍。」太祖紀：湖南平，在乾德元年三月。

【校】

〔火德〕張本「火」作「大」，誤。

皇威暢，得荆州也。我師救湖南，道荆州，高繼沖懼，歸其土。

皇威暢，附庸讋，渚宫三月青草發，漢家旌旗繞城堞。小臣不敢煩天威，再拜敢以荆州歸。帝得荆州不爲喜，百萬愁鱗濯春水。

【箋】宋史太祖紀：乾德元年二月甲午，慕容延釗入荆南，高繼沖請歸朝，得州三，縣十七。

【校】

〔青草發〕陸本「青」作「春」。

〔濯春水〕舒藝室餘筆（三）：「『濯』疑『躍』之訛。」

蜀山邃，取蜀也。孟昶恃其國險，且結河東以拒命，兵加國除。

蜀山邃，蜀主肆，謂當萬年，不亮天意。帝曰：「全斌，汝征自秦。」關門不守，吏啼白雲。帝曰：「光誼，汝征自峽。」瞿唐反波，助我肆伐。蜀人號呼，乞生于師，蜀囚素衣，天子憐之。

【箋】宋史太祖紀：乾德二年十一月甲戌，命王全斌、崔彦進出鳳州道，劉光義、曹斌出歸州道，以伐蜀。三年正月乙酉，蜀主孟昶降。

〔且結河東以拒命〕宋史（四七九）西蜀孟昶：「乾德二年，昶遣孫遇、楊蠲、趙彦韜爲諜，至京師，彦韜潛取昶與并書、劉鈞蠟丸帛書以告。先是，太祖已有西伐意，而未發，及覽書，喜曰：『吾用師有名矣。』」

時雨霈，取廣南也。劉鋹淫虐，我師吊其民，俘鋹以歸。

時雨霈，旱火絶，聖人出，虐政滅。五嶺之君，盲風怪雲，毒蛇臻臻，相其不仁。南兵象陳，自謂孔武，有獻在廟，僞臣僞主，降者榮之，叛者生之，將不若是，彼死争之。十僞之夷，一用此道。天祐烈祖，仁以易暴。

【箋】

宋史太祖紀：開寶四年二月「己丑，潘美克廣州，俘劉鋹，廣南平。」「五月乙未，御明德門，受劉鋹俘，釋之。斬其柄臣龔澄樞、李托、薛崇譽。」

〔劉鋹淫虐〕宋史（四八一）南漢氏世家：「乾德中，太祖命師克郴州，獲其内品十餘人，有余延業者，（節）太祖因笑問鋹爲治之迹，延業備言其奢酷，太祖驚駭曰：『吾當救此方之民。』」

〔南兵象陳〕同上：「十二月，美等攻韶州。都統李承渥以兵數萬陳蓮葉山下。初鋹教象爲陣，每象載十數人，皆執兵仗，凡戰，必置陣前，以壯軍威，至是與美遇，美盡索軍中勁弩布前以射之，象奔踶，乘象者皆墜，反踐承渥軍，遂大敗，承渥僅以身免，韶州陷。」

望鍾山，下江南也。李煜乍臣乍叛，勢窮乃降；而我師未嘗戮一人也。

望鍾山，睇揚子，波湯湯，雲靡靡。主歌臣謡樂未已，詔書屢嘑不爲起。釣絲夜緯匪魴鯉，長虹西俠波可履。嗚呼憑陵果何恃。辯士疾馳拜前陛，曰：「臣有罪當萬死。」

帝曰：「盍歸予宥爾。」我師入其都，矢不踐螻蟻。至今鍾山雲，猶帶仁義氣。

【箋】

宋史(三)太祖紀：開寶八年十一月「乙未，曹彬克昇州，俘其國主李煜，江南平。(節)乙亥，封李煜爲違命侯。」

〔未嘗戮一人〕曲洧舊聞(一)：「太祖皇帝龍潛時，雖屢以善兵立奇功，而天性不好殺。故受命之後，其取江南日，戒曹秦王、潘鄭王曰：『江南本無罪。但以朕欲大一統，容他不得。卿等至彼，慎勿殺人。』曹、潘兵臨城下，久之不下。乃草奏曰：『兵久無功，不殺無以立威。』太祖覽之赫然，批還其奏曰：『朕寧不得江南，不可輒殺人也。』逮批詔到，而城已破。」

〔詔書屢噂〕宋史南唐世家：開寶五年，太祖「令從善(李煜弟)諭旨於煜，使來朝。煜但奉方物爲貢。(節)七年秋，遂詔煜赴闕，煜稱疾不奉詔。冬，乃興師致討。」

〔長虹西徠〕南唐世家：「初，將有事江表，江南進士樊若水詣闕獻策，請造浮梁以濟師。太祖遣高品、石全振往荆湖，造黄黑龍船數千艘，又以大艦載巨竹絙，自荆渚而下。及命曹彬等出師，乃遣八作使郝守濬等率丁匠營之。議者以爲古未有作浮梁渡大江者，恐不能就。乃先試於石牌口。移置采石，三日而成，渡江若履平地。煜初聞朝廷作浮梁，語其臣張洎，洎對曰：『載籍已來，長江無爲梁之事。』煜曰：『吾亦以爲兒戲耳。』」

【校】

〔屨嘷〕張本「嘷」作「下」。

大哉仁，吳越錢俶獻其國也。

大哉仁，萬世輔，后皇明明監于下。俶若曰：「亶爲民。封埴一姓吁不仁。」瞻彼日月，爝火敢出。震震皇皇，帝命是式。吏其税租，府其版圖。爾豈固負，俾民作俘。維宋之仁，中天建國，吳山越濤，衛我帝宅。維俶之仁，世世麗澤，子孫來朝，車馬玉帛。

【箋】

宋史（四）太宗紀：太平興國三年五月「錢俶獻其兩浙諸州。（節）丁亥，封錢俶爲淮海國王，其子惟濬徙淮南軍節度使，惟治徙鎮國軍節度使。」

〔爾豈固負〕宋史（四八〇）吳越錢氏世家：「會劉繼元降，上（太宗）御連城臺誅軍中先亡命太原者，顧謂俶曰：『卿能保全一方，以歸於我，不致血刃，深可嘉也。』俶頓首謝。」

【校】

〔封埴〕陸本「埴」作「殖」。

謳歌歸，陳洪進以漳泉來獻也。

謳歌歸兮四海一，强國潰兮弱國入，彼無諸兮計將安出。天不震兮民不荼，象齒貢兮沈水輸，保室家兮長娭娛。

【箋】

宋史（四）太宗紀：「太平興國三年四月「己卯，陳洪進獻漳、泉二州。癸未，以陳洪進爲武寧軍節度使、同平章事。」

【校】

〔陳洪進〕張本作「陳進洪」，誤。

伐功繼，克河東也。始太祖之伐河東，誓不殺一人，又哀劉氏之不祀，故緩取之，至太宗始得其地。

伐功繼，吁以時，烈祖有造，太宗濟之。河東雖微，方命再世；河東雖强，卒奪其帥。惟漢之葉，保于此都，烈祖念汝，乃貸未鉏。一夫殘生，帝也不取；雨露既洽，河東自舉。河東既平，九有以寧。嗚呼太宗，繼伐有聲。

【箋】

宋史（四）太宗紀：「太平興國四年正月，遣潘美等討太原，二月車駕親征。五月甲申，〔劉〕繼元降，北漢平。己丑，以繼元爲右衛上將軍、彭城郡公。」

〔始太祖之伐河東，誓不殺一人〕曲洧舊聞（一）：「太祖天性不好殺，其後革輅至太原，亦徇於師曰：『朕今取河東，誓不殺一人。』」

〔又哀劉氏之不祀〕宋史（四八二）北漢劉氏世家：「初太祖嘗因界上諜者謂〔劉〕鈞曰：『君家與周氏爲世讎，宜其不屈，今我與爾無所間，何爲困此一方人也。若有志中國，宜下太行以決勝負。』鈞遣諜者復命曰：『河東土地甲兵，不足以當中國，然鈞家世非叛者，區區守此，蓋懼漢氏之不血食也。』太祖哀其言，笑謂諜者曰：『爲我語鈞，開爾一生路。』故終其世不加兵焉。」

〔方命再世〕謂劉繼元父鈞，兄繼恩也。

帝臨墉，親征契丹於澶淵也。

帝臨墉，六師厲。胡如雲，暗九地。帝曰：「吁，胡儆予。」準曰：「帝，毋庸虞。晉之謝，胡宅夏，驕弗懲，薄茲野。我謀臧，我武揚，帝在茲，胡且亡。」椎虞機，激流矢，一酋仆，萬胡靡。勝不戰，惟唐虞；魄斯褫，焚穹廬。帝曰：「吁，棄汝過。」粤明年，使來賀。

【箋】

宋史真宗紀：澶淵之役在景德元年。

〔一酋仆，萬胡靡〕宋史（二八一）寇準傳：「相持十餘日，其統軍撻覽出督戰，時威虎軍頭張瓌守床子弩，弩撼機發，矢中撻覽額，撻覽死，乃密奉書請盟。」

〔粤明年，使來賀〕真宗紀：景德二年十一月癸酉，契丹使來賀承天節，十二月癸未，契丹遣使賀明年正旦。

【校】

〔我謀臧〕張本「臧」作「藏」，誤。

〔棄汝過〕許增校： 祠堂本「棄」作「貰」。

維四葉，美致治也。

維四葉，聖承烈，羣生熙，德施浹。吁嗟仁兮。帝垂衣，澹無爲，日月出，照玉墀。吁嗟仁兮。帝乘輅，六龍儛，神亓下，繹鐘鼓。吁嗟仁兮。周八區，耆以醇，稼如海，桑如雲。吁嗟仁兮。

【箋】

此美仁宗，故四曰「吁嗟仁兮」，自太祖至仁宗四代，故曰「維四葉」。

〔神亓下，繹鐘鼓〕宋史（十二）仁宗紀： 皇祐二年五月丁亥，新作明堂，禮神玉。六月己未，出新製明堂樂八曲。閏十一月丁卯，詔中書、門下省兩制及太常官詳定大樂。案宋代親祀明堂，始於仁宗。

【校】

〔美致治也〕厲鈔「致」作「政」，誤。

〔乘輅〕厲鈔「乘」作「垂」，誤。

炎精復，歌中興也。

炎精復，天馬度，人漢思，狄爲懼。洛水深深，漠雲陰陰，維帝傷心。帝心激烈，將喋胡血，天地動色。惟哀盡劉，馳使之鞫，包將之矛。皇基再峙，有統有紀，施于孫子。天醻帝仁，遹符夢靈，遹臻太平。

【箋】

〔天馬度〕陳疏引南渡録：「靖康之變，（康王）質於金。（節）得逸，奔竄疲困，假寐於崔府君廟中。夢神人曰：『金人追及，速去之，已備馬於門首。』康王驚覺，馬已在側，霜蹄霧鬣，昂然翹立。躍馬南馳，既渡河，而馬不復動，下視之，則泥馬也。」

〔遹符夢靈〕宋史孝宗紀：「秀王（孝宗父）夫人張氏，夢人擁一羊遺之曰：『以此爲識。』已而有娠。以建炎元年十月戊寅，生帝於秀州春杉牐之官舍。（節）及元懿太子薨，高宗未有後，而昭慈聖獻皇后亦自江西還行在。后嘗感異夢，密爲高宗言之。高宗大寤。（節）紹興三年五月，選帝育於禁中。三十年二月，立爲皇子。」

越九歌

越人好祠，其神多古聖賢。予依九歌爲之辭，且繫其聲，使歌以祠之。

南蕤林南　林黃太姑　蕤姑太姑　林清黃清太清黃　應南林南　黃太黃姑　蕤姑太姑
央央帝旂，羣冕相輿。聿來我嫣，我芸綠滋。維湘與楚，謂狩在陼。雲横九疑，

林黃太黃　南清黃應南　蕤林蕤姑　黃太黃姑　應南林南　清太清黃應南　蕤林蕤姑
帝若來下。我懷厥初，孰耕孰漁。勿忘惠康，疇匪帝餘。博碩于俎，維錯于豆。

姑太黃姑　蕤林黃清黃
瑶灑玉離，侑此桂酒。

右帝舜楚調

【箋】

姜虬綠年譜定爲紹熙四年客越作。

〔且系其聲〕陳澧聲律通考（十）朱子儀禮經傳通解，載唐開元風雅十二詩譜，與白石越九歌，皆但注律呂而不注七聲，蓋宋人樂譜皆如此。

浙江通志祠祀（五）引述異志：會稽山有虞舜巡狩臺，下有望陵祠。輿地紀勝：紹興府，舜廟在會稽縣東一百里。（陳疏引）

【校】

〔帝旂〕厲鈔作「帝旆」。

〔瑶灑〕厲鈔「灑」作「洒」。

林南林 仲夾林 南無黄 林仲夾 黄清太清黄清 無南黄清 無南林 夾仲林

登崇邱，懷美功。窋窀在，雲其濛。享維德，輯萬國。轒轇轕，蹇時宅。

仲太黄 夾仲林 無黄清太清黄清 南無南林 仲夾林 仲太黄 林仲林 無南林

珠爲橇，玉爲車。報我則腆，不當厥拘。王旆返，風偃偃，山鳥呼，觚棱晚。

黄清太清黄清 林仲夾

豐予諶，菲可薦。

右王禹吴調 夾鍾宮

【箋】

紹興府志：山陰大禹廟，在塗山南麓。

陳疏引宋史光宗紀，紹熙三年冬十月壬寅，大修禹廟。

【校】

〔窋窊在〕舒藝室餘筆〔三〕文選靈光殿賦：「窋窊垂珠」善注：「説文：『窋，物在穴中貌。窊亦出也。』」案：「窋窊」蓋連語，説文無「窊」字，疑衹作「吒」，因「窋」而加「穴」，今「窋」又因「窊」而增「口」矣。楊慎升庵詞話〔六〕謂魯靈光殿賦之「窋吒」即咄唶歌之「咄唶」。非是。

〔王旆〕張本「王」作「玉」。

黃清 太清 黃清 南 林 南 姑 太 黃 南 無 黃清　姑 南 太清 黃清 無 南 林 姑 太 姑 黃 姑 太 姑

雲蒼涼，山巇嶭。瞻靈旗，闖越絶。故宮淒淒生綠蕪，謀臣安在空五湖。

林 南 太清 黃清 無 南 黃清　太清 黃清 南 黃清 無 南 林　南 林 南 黃 姑 太 姑　林 南 太清 林 黃清 太清 黃清

酹君君毋西入吳。洪濤卷地龍工呼，函堅操剡何睢盱。彼茁竹箭楊梅朱。

無 南 林 姑 無 林 南　仲 姑 太 姑　林 姑 太 黃 黃清

壺觴有酎盤有魚，千春萬春，勿忘此故都。

右越王越調 無射商

【箋】

紹興府志：「越王祠，郡有二所，一在府西北，一在會稽縣東南十二里。」

【校】〔酹君　有酎〕張本「酹」、「酎」皆作「酹」，誤。

應黃清應南　蕤應南應　太清應南蕤　姑太黃太　太南應南　太清蕤南應　太清應南蕤
淒其我思，永矢弗遊。冕曰予肖，以鬘與鏐。載尸載謁。子惠思越。翩其來而，

姑太黃太
乘濤駕月。

右越相側商調 黃鍾商

【箋】浙志、山陰無越相祠。一統志：紹興府，文種墓在卧龍山麓。

【校】〔載尸〕厲鈔「尸」作「户」，誤。

無黃清無　仲太仲　南林仲林太清黃清無　林南林仲　無太姑太　仲太仲林　太清黃清無太清
民茶嬴，天紀濆，羣雄横徂君逐鹿。博懸於投，匪智伊福。或肉以昌，或斧以亡，

仲林南林　無太清仲無　仲太仲林　太清黃清無太清　仲林南林　南無黃太　仲太仲林
謂予復歸，有如大江。我無君尤，君胡我慊。亦有子孫，在阿在崦。　靈兮歸來，

無太清黃清無
築宮崔嵬。

右項王古平調　無射宮

【箋】

浙志：　項羽廟，在項里溪上。　項里山在縣西南二十里，世傳項羽流寓于此。

【校】

〔博懸〕陸本、厲鈔「博」作「傅」。　案此用班固奕旨語，作「博」是。

〔以昌〕張本「昌」作「曷」，誤。

林仲黃清無南林　仲太黃林仲夾仲　南林仲南黃太　仲太夾仲林仲　林仲黃太仲南黃清
海門碧兮崔嵬，潭上去兮潭下來。予乘舟兮遲女，目屢眩兮漚飛。　白馬駃兮素驂舞，

太清黃清南林仲林南　黃太仲太夾太黃　無南林仲太夾仲　南黃太仲黃太仲　南林仲南
驅銀山兮疊萬鼓。汨予從天兮南逝，經西陵兮掠漁浦。夫在舶兮婦在房，風浩浩兮

黃清 太清 黃清 南 林 南 黃清 夾 太 黃 林 仲 黃 太 仲 林 仲
波茫茫。瀝予酒兮神龍府，我征至兮無所苦。

右濤之神雙調

【箋】

一統志：紹興府寧濟廟，在蕭山縣西興鎮，祀浙江潮神。

〔漁浦〕一統志：在蕭山縣西三十里。

【校】

〔海門〕陸本「門」作「雲」。

〔駃兮〕張本作「駃」，厲鈔作「駛」，舒藝室餘筆〔三〕云：「當作駛」。

〔汩予〕舒藝室餘筆〔三〕：「汩」當作「汩」。

〔漁浦〕張本「漁」作「魚」。

〔夫在〕陸本「夫」上空一格，另作一段，是。

仲 夾 仲 黃清 林 夷 黃清 太清 黃清 林 仲 夾 仲 太 夾 太 黃 夾 林 夷 黃 夾 仲 折字 仲
玉副笄，錦結褵，含清揚兮鬱翠眉。嚶嚶歌兮有待，柳屢舞兮傲傲。

黃清 太清 黃清 無 夷 黃清
昔何止兮水湄，

仲太夾太黃夾　仲夾仲林清黃無黃　夷黃夾仲仲折字仲　清黃清太清黃夷清黃　仲太夾太黃
今何徵兮未來。吾無欲兮女之佩，羌猶豫兮而裴徊。黃頭兮呼風，旗尾兮栩栩，
仲夾仲林夷　仲夾仲折字仲　仲夾清黃林夷　林仲太夾仲
潮枯兮汐遲，將子兮無怒。舟去兮人歸，花落兮烏啼。

右曹娥蜀側調 夷則羽

【箋】浙志：「曹娥廟初屬上虞，後改隸會稽，在府城東九十里。」

【校】〔汐遲〕各本「汐」皆作「沙」，惟張本作「汐」，應據改。

應南應　清太太姑　應林蕤　姑折字姑　應折字應　林南應　蕤林蕤　姑太姑
鞭卧龍，躍鏡浦，靈之來，曀如雨。環玉斾，翠繽紛；靈之逝，扉出雲。
南應折字應　南應南林　蕤姑蕤林　太蕤太姑　南應折字應　林南林應　折字應南林
我行其野，有穡有稌；入其闉闍，載歌載僛。祓我家室，曰予父母。高田萊蕪，

太蕤太姑　南應折字應　蕤林南應　南太清太　姑折字姑
下田舄鹵。爾澤毋三，爾煦毋五。益嚴祀，其終古。

右龐將軍高平調　林鍾羽

【箋】

紹興府志：「紹興府城隍廟，神姓龐，諱玉，爲越州總管，惠澤在民。既卒，郡人追懷之，以爲城隍神。」案錢鏐城隍廟記，龐唐時人。陳疏：唐書龐堅傳：堅四世祖玉。

〔卧龍〕山名，在紹興。嘉泰會稽志：舊名種山。

〔鏡浦〕即鏡湖。

夷南夷蕤夾姑蕤　夾夷南夷蕤夾折字夾　夷蕤夾蕤姑夾太　蕤夷蕤太清應太清應
師環城兮鳥不度，萬夫投戈兮子獨武。車轍厲兮螗螂怒，抗予義兮出行伍。
太清應南夷蕤夷夾蕤夷　夾南夷蕤夾夷應夾折字夾　夾南夷蕤姑夾大　應太清應夷蕤夷應
詩書發冢兮嗟彼傖父，父老死兮後生莫知其故。廟無人兮鼠穴堵，歌予詩兮詔萬古。

右旌忠中管商調　南吕商

【箋】

宋史（四四八）忠義唐琦傳：「唐琦本衛士，建炎間，高宗航海，琦病留越州。李鄴以城降，金人琶八守之。琦袖石伏道旁，伺其出擊之，不中，被執。琶八詰之。琦曰：『欲碎爾首，死爲趙氏鬼耳。』琶八曰：『使人人如此，趙氏豈至是哉。』又問曰：『李鄴爲帥，尚以城降，汝何人，敢爾。』琦曰：『鄴爲臣不忠，吾恨不得手刃之，尚何言斯人爲。』乃顧鄴曰：『我月給才石五斗米，不肯背其主。爾享國恩厚，乃若此，豈復齒人類哉。』詬駡不少屈。琶八趣殺之，至死不絕口。事聞，詔爲立廟，賜名『旌忠』。」

浙志：「旌忠廟，在紹興府東五里。宋太守傅崧卿建，祀衛士唐琦。」

王十朋有會稽三賢祠詩，其二唐侯，其三蔡孝子。

【校】

〔發冢〕張本「冢」作「家」，誤。

無 太清 黃清 無 林 夷 無　無 夷 林 仲 仲 夾 仲　黃 太清 黃清 無 太 夾 仲　夷 無 夷 林 仲 夷 無 折字 無

愛予親兮保予體，將臨淵兮髮上指。子青衿兮父爲吏，不如緹縈兮鬱陶以死。

太清 黃清 無 黃清 無 夷 無　太 夷 林 仲 太 夾 仲　無 太清 黃清 無 夷 林 仲　夾 仲 夾 太 無 折字 無

豺爲政兮吾已矣，望淵淪兮倏而逝。臥龍山兮若耶水，靈不歸兮父思子。

無　太清　黃清　無　林　夷　無　無　夷　林　仲　大　夾　仲　夷　無　太清　黃清　無　仲　夷　黃清　無　夷　折字　無

雨鳴荷兮風入葦，若伊優兮泣未已。率我子兮與弟，屋陽阿兮招爾。

右蔡孝子中管般瞻調　大呂羽

【箋】宋史（四五六）孝義傳：「蔡定字元應，會稽人。家世微且貧。父革，依郡獄吏傭書以生。資定使學，遊鄉校，稍稍有稱。郡獄吏一日坐舞文法被繫，革以詿誤，年七十餘矣，法當免繫。鞫胥任澤削其籍年而入之，罪且與獄吏等。案具，府奏上之，方待命於朝，故俱久囚，而革不得獨決。定切痛念父耄耋年，以非罪墮囹陛，誓將身贖。數詣府號愬，請代坐獄，勿許，請效命於戎行，弗許，請隸五符爲兵，又弗許。定知父終不可贖也，仰而呼曰：『天乎，將使定坐視父纏徽纆乎。父老耄不應連繫，傭書罪不應與獄吏等，理明矣，而無所云愬。父老而刑，定之生其何益乎。定圖死矣，庶有司哀憐而釋父，則雖死無憾矣。』於是預爲志銘其墓，又爲狀若詣府者，結置袂間，皆陳敘致死之由，冀其父之免也。以建炎元年十二月甲申，自赴河死。府帥聞之，驚曰：『真孝』。立命出革，厚爲定具棺斂事而撫周其家。」

嘉泰會稽志：「愍孝祠在府東北，（節）〔定死〕後七年，太守王綯始克請於朝，賜廟額曰『愍孝』。」

【校】

〔子青衿〕張本、厲鈔「子」作「予」。

〔父爲吏〕陸本、張本、厲鈔「吏」作「史」，誤。

【附録】

硯北雜志（下）：周公謹謂白石越九歌規模鮮于侁九誦。案宋文鑑（三十）載九誦，有堯祠、舜祠、周公、孔子、嶽神、瀆神、箕子、微子、雙廟（張巡、許遠）九篇。堯祠云：「車轔轔兮廟陝，鼓坎坎兮祠下。竽瑟並奏，潔時羞兮虔祠事。瑶華爲饌兮沆瀣爲漿，象籩玉豆兮金鼎煌，海珍野蔌兮雜錯而致誠。神之來兮風雨瀟瀟，前驅罕畢兮上有招摇。羽林爲衛兮虹霓爲旗，鳳皇左右兮擾伏蛟螭。神之降兮金輿，靈欣欣兮肸蠁。德難名兮覆燾，千萬年之不忘。」（蘇東坡集（五）書鮮于子駿楚詞後，稱九誦「追古屈原宋玉」。彦周詩話：「鮮于子駿作九誦，東坡大稱之云：『友屈原於千載之上。』觀堯祠、舜祠二章，氣格高古，自東漢以來鮮及。前輩稱贊人，略緣實也。」）

茲編自度曲及琴曲皆不録旁譜，以已詳于校律，惟越九歌因後連古今譜法及折字法，須有譜取證，故特存之。

古今譜法

合	下四	四	下一	一	上	勾	尺	下工	工	下凡	凡	六	下五	五	一五
黃	大	太	夾	姑	仲	蕤	林	夷	南	無	應	黃清	大清	太清	夾清

折字法

篪笛有折字，假如上折字，下「無」字，即其聲比「無」字微高，餘皆以下字爲準。金石弦匏無折字，取同聲代之。

【箋】

繆大年曰：「夢溪筆談『折一分折二分乃至折七八分，皆是舉指有深淺，用氣有輕重。』是專指篪笛而言，金石弦匏不能爲深淺輕重，故無折字。篪笛孔有定位，而琴弦易爲進退，事林廣記、詞源之『折掣』法及戴長庚律話所謂『進復退』，皆指一切管弦而言，與姜氏專指篪笛折字義不盡同。」又曰：「折字説爲越九歌作，十七譜無折字，以同音字代之。」

此四十字方成培香研居詞麈（三）論折字條、鄭文焯詞源斠律皆誤以「無」字爲「有無」之「無」，近人任訥南宋詞之音譜拍眼考曰：「蔡孝子乃九歌之末篇，其後即載古今譜法及折字法，姜氏即引上文之較近者爲例，故曰：　如『招爾』二字譜：　上折字，下『無』字，即『招』字之聲比『爾』字之聲無射微高也。蓋凡折字者，其聲以下字爲準，如『毋三』二字，『毋』字譜之折字，乃以『三』字譜之應鍾爲準；『終古』二字，『終』乃譜之折字，乃以『古』字譜之姑洗爲準也。『爲準』者，非相等之謂，乃比較微高之謂也。姜氏所謂『下無字』此『無』並非『有無』之『無』，乃『無射』之『無』，古今譜法所謂『無』乃下凡是也。」（以上任説）案陳澧聲律通考注越九歌曹娥章云：「案此章折字下是『仲』字，則折字比『仲』字微高也。」是陳氏已以「無」爲「無射」字。

【校】

〔篪笛〕張本、陸本、厲鈔「篪」皆作「箎」。陸游老學庵筆記（十）：「（節）宣和中，有林虎者賜對，徽宗亦異之，賜名於『虎』上加『竹』。然字書無此字，乃自稱塤『篪』之『篪』，而書名不敢增，但作『箎』云。」（集韵有「箎」字，竹名，音虎。）案宋史（八十一）律歷志有李如箎。黄庭堅山谷琴趣外編（三）鷓鴣天題云「表弟李如箎」。李心傳建炎以來繫年要録（一八四），紹興間有夔州通判郭箎。是宋代實用「箎」字。夷堅支志（四），宋人有霍箎字和卿，可知即「塤篪」字。宋人作山堂羣書考索，樂類，塤「篪」字作「箎」。周禮春官笙師，今本「篪」亦作「箎」。是二字通用久矣。

琴曲

側商調

琴七弦，散聲具宮商角徵羽者爲正弄，慢角、清商、宮調，慢宮、黄鍾調是也；加變宮、變徵爲散聲者曰側弄，側楚、側蜀、側商是也。側商之調久亡。唐人詩云：「側商調裏唱伊州。」予以此語尋之：伊州大食調黄鍾律法之商，乃以慢角轉弦，取變宮、變徵散聲，此調甚流美也。蓋慢角乃黄鍾之正，側商乃黄鍾之側，它言側者同此；然非三代之聲，乃漢燕樂爾。予既得此調，因製品弦法，并古怨。

調弦法

慢角調（慢四一暉，取二弦，十一暉應；慢六一暉，取四弦，十暉應。）

大弦黄鍾宮　　二弦黄鍾商

三弦黄鍾角　　四弦黄鍾變徵側

五弦黄鍾羽　　六弦黄鍾變宮側

七弦黄鍾清商

古怨

日暮四山兮，烟霧暗前浦，將維舟兮無所。追我前兮不逮，懷後來兮何處。屢回顧。

泛聲

世事兮何據，手翻覆兮雲雨。過金谷兮花謝委塵土，悲佳人兮薄命誰爲主。豈不猶有春兮，妾自傷兮遲暮。髮將素。歡有窮兮恨無數，弦欲絶兮聲苦。滿目江山兮淚沾屨。君不見年年汾水上兮，惟秋雁飛去。

【箋】

〔唐人詩云〕案王建詩：「求守管弦聲款逐，側商調裏唱伊州。」碧雞漫志〔三〕解王建宫詞云：「林鍾商，今夷則商也。〔知不足齋本漫志引白石此序，云此「『林鍾商』當作『黄鍾商』，又越九歌内側商調亦注云『黄鍾商』」。）管色以『凡』字殺，若側商則借『尺』字殺。」

（伊州大食調黃鍾律法之商）詞源（下）：「黃鍾商俗名大石調。」

（乃以慢角轉弦，取變宮變徵散聲）餘筆（三）：「案琴正宮調，以一弦爲倍徵，二弦爲倍羽，三弦爲宮，四弦爲商，五弦爲角，六弦爲少徵，七弦爲少羽，乃變之遞緊。五二七四一六各弦，至第四變而六弦皆緊，惟第三弦未緊。謂之慢角調者，琴家蓋以第三弦爲角弦故也。」

（它言側者同此）詞麈（二）論側商調，引白石此序，曰：「此一段甚深難解，培觀姜越相側商曲，始略悟其旨。蓋大石調爲應鍾角，黃鍾商乃黃鍾之正聲，當用太蔟起調畢曲；今姜詞用太蔟畢曲，而用應鍾起調，曲中多取應鍾角爲變宮變徵之聲，非黃鍾之正，故曰『側商』耳。『側弄』、『側楚』、『側蜀』，皆是此義。」案：此説未允。越九歌皆不拘起調，不獨越相如此。

（慢四一暉，取二弦，十一暉應；慢六一暉，取四弦，十暉應）餘筆（三）：「琴家以四弦爲黃鍾正徵林鍾，今慢一暉，則退位爲黃鍾變宮應鍾也。側商即二十八調之大石調，乃黃鍾一均之商調。而云『側商之調久亡』，蓋據琴曲而言，故自不同。」

王光祈中國音樂史第五章，謂自來七弦琴之定弦法，可分三派：一爲姜夔、趙孟頫、張鶴，一爲朱載堉，一爲唐彝銘。張有琴學入門，唐有天聞閣琴譜。

鄭文焯校云：「古琴譜傳於今者，唯東坡所補醉翁操及此古怨一曲。惜坡公未注宮調及弦度字譜，莫由臆揣而合聲律；但誦其詞，琅琅如繫秋玉，有一唱三嘆之致，蓋有懷醉翁而作也。此曲則音澹節希，一洗箏琶之耳。曩與李復翁品弦撫之，依慢角調案音而歌，極爲淒異。其泛音散聲，較今譜幽淡絶俗。乃知古曲之流美，誠得之器泠弦和，非可以繇音動聽也。」案：蘇易簡作越江吟，本是奉旨作琴曲，見胡仔苕溪漁隱叢話（前集十六），後人以之入詞；此尚在蘇軾之前。又東坡集有雜書琴曲贈季常，謂「瑶池怨者，聲幽咽，或作閨怨云云」。瑶池怨閨怨詞今見東坡樂府（二）。

此詞箋參「承教録」繆大年説。

【校】

陸本琴曲列在卷一之末，越九歌、古今譜法、折字法之後。

〔并古怨〕張本「怨」下有「云」字。

輯評

宋黄昇絶妙詞選

白石詞極妙，不減清真；其高處有美成所不能及。

沈義父樂府指迷

姜白石清勁知音，亦未免有生硬處。

張炎詞源

（上節）六十家詞可歌可誦者指不多屈，中間如秦少游、高竹屋、姜白石、史邦卿、吴夢窗，此數家格調不侔，句法挺異，俱能特立清新之意，削靡曼之詞，自成一家，各名於世。（下節）

作慢詞，（中節）最是過片不要斷了曲意，須要承上接下；如姜白石詞云：「曲曲屏山，夜涼獨

自甚情緒。」於過片則云：「西窗又吹暗雨。」此則曲之意脈不斷矣（下節）。（製曲）

詞要清空，不要質實；清空則古雅峭拔，質實則凝澀晦昧。姜白石詞如野雲孤飛，去留無迹；吳夢窗詞如七寶樓臺，眩人眼目，拆碎下來，不成片段。此清空質實之説。夢窗聲聲慢云：「檀欒金碧，阿娜蓬萊，浮雲不蘸芳洲。」前八字恐亦太澀。如唐多令云：「何處合成愁，離人心上秋。縱芭蕉不雨也颼颼。」（中節）此詞疏快，却不質實。如是者集中尚有，惜不多耳。白石詞如疏影、暗香、揚州慢、一萼紅、琵琶仙、探春八歸、淡黄柳等曲，不惟清虚，又且騷雅，讀之使人神觀飛越。（清空）

詞以意趣爲主，要不蹈襲前人語意；如東坡中秋水調歌云（詞略），夏夜洞仙歌云（詞略），王荆公金陵桂枝香云（詞略），姜白石暗香賦梅云（詞略），疏影云（詞略），此數詞皆清空中有意趣，無筆力者未易到。（意趣）

詞中用事最難，要體認著題，融化不澀；如東坡永遇樂云「燕子樓空，佳人何在，空鎖樓中燕」，用張建封事；白石疏影云「猶記深宫舊事，那人正睡裏，飛近蛾緑」，用壽陽事；又云「昭君不慣胡沙遠，但暗憶江南江北。想佩環月夜歸來，化作此花幽獨」，用少陵詩；此皆用事不爲事所使。（用事）

詩難於詠物，詞爲尤難。體認稍真，則拘而不暢；模寫差遠，則晦而不明。要須收縱聯密，用事合題，一段意思，全在結句，斯爲絶妙；如史邦卿東風第一枝詠春雪云（詞略），綺羅香詠春雨云（詞略），雙雙燕詠燕云（詞略），白石暗香、疏影詠梅云（詞略），齊天樂賦促織云（詞略），此皆全章精粹，所詠瞭然在目，且不留滯於物（下節）。（詠物）

「春草碧色，春水緑波，送君南浦，傷如之何。」矧情至於離別，則哀怨必至，苟能調感愴於融會中，斯爲得矣。白石琵琶仙云（詞略），秦少游八六子云（詞略）。離情如此作，全在情景交鍊，得言外意，有如「勸君更盡一杯酒，西出陽關無故人」，乃爲絶唱。（離情）

詩之賦梅，惟和靖一聯而已，世非無詩，不能與之齊驅耳；詞之賦梅，惟白石暗香、疏影二曲，前無古人，後無來者，自立新意，真爲絶唱。太白云「眼前有景道不得，崔顥題詩在上頭」，誠哉是言也。（雜論）

美成詞只當看他渾成處，於軟媚中有氣魄，採唐詩融化如自己出者，乃其所長；惜乎意趣却不高遠，所以出奇之語以白石騷雅之句潤色之，真天機雲錦也。（雜論）（以上卷下）

元陸輔之詞旨

古人詩有翻案法，詞亦然。詞不用雕刻，刻則傷氣，務在自然。周清真之典麗，姜白石之騷雅，史梅溪之句法，吴夢窗之字面。取四家之所長，去四家之所短，此翁之要訣也，不可與俗人言，可與知者道。（翁謂樂笑翁張炎也。）

屬對

虛閣籠寒，小簾通月。（法曲獻仙音。）　池面冰膠，墻腰雪老。（一萼紅。）　枕簟邀涼，琴書換日。（惜紅衣。）

警句

波心蕩冷月無聲。（揚州慢。）　千樹壓西湖寒碧。（暗香。）　昭君不慣胡沙遠，但暗憶江南江北。（疏影。）　墻頭喚酒，誰問訊城南詩客。岑寂，高樹晚蟬，說西風消息。（惜紅衣。）　冷香飛上詩句。（念奴嬌。）

明楊慎詞品

姜夔字堯章，號白石道人，南渡詩家名流，詞極精妙，不減清真，其間高處有美成所不能及者。善吹簫，自製曲，初則率意爲長短句，然後協以音律云。其詠蟋蟀齊天樂一闋最勝，其詞曰（詞略）。其過苕霅云：「拂雪金鞭，欺寒茸帽，還記章臺走馬。雁磧沙平，漁汀人散，老去不堪遊冶。」人日詞云：「池面冰膠，墻腰雪老，雲意還又沈沈。朱户黏雞，金盤簇燕，空歎時序侵尋。」湘月詞云：「中流容與，畫橈不點清鏡。」從柳子厚「緑浄不可唾」之語翻出。戲張平甫納妾云：「别母情懷，隨郎滋味，桃葉渡江時。」翠樓吟云：「檻曲縈紅，檐牙飛翠。」「酒祓清愁，花銷英氣。」法曲獻仙音云：「過秋風未成歸計，誰念我重見冷楓紅舞。」玲瓏四犯云：「有輕盈換馬，端正窺户。酒醒明月下，夢逐潮聲去。」其腔皆自度者，傳至今不得其調，難入管弦，衹愛其句之奇麗耳。（卷四）

清朱彝尊詞綜發凡

世人言詞，必稱北宋，然詞至南宋始極其工，至宋季始極其變。姜堯章氏最爲傑出，惜乎白石樂府五卷今僅存二十餘曲也。

言情之作，易流於穢，此宋人選詞多以「雅」爲目；法秀道人語涪翁曰：「作豔詞當墮犂舌地獄。」正指涪翁一等體製而言耳。填詞最雅，無過石帚，草堂詩餘不登其隻字；見胡浩立春吉席之作，蜜殊詠桂之章，亟收卷中，可謂無目者也。

朱彝尊曝書亭集

詞莫善於姜夔，宗之者張輯、盧祖臯、史達祖、吴文英、蔣捷、王沂孫、張炎、周密、陳允平、張翥、楊基，皆具夔之一體；基之後，得其門者寡矣。（卷四十，黑蝶齋詩餘序。）

在昔鄱陽姜堯章、張東澤、弁陽周草窗、西秦張玉田，咸非浙産，然言浙詞者必稱焉，是則浙詞之盛，亦由僑居者爲之助；猶夫豫章詩派不必皆江西人，亦取其同調焉爾矣。（同上卷，魚計莊詞序，皆有節文。）

厲鶚樊榭山房全集

近日言詞者，推浙西六家；獨柘水沈岸登善學白石老仙，爲朱檢討所稱（下節）。（文集卷四，紅蘭閣詞序。）

嘗以詞譬之畫，畫家以南宗勝北宗，稼軒、後村諸人，詞之北宗也；清真、白石諸人，詞之南宗也（有節文）。（同上卷，張今涪紅螺詞序。）

汪森詞綜序

西蜀南唐而後，作者日盛，宣和君臣，轉相矜尚，曲調愈多，流派因之亦别。短長互見，言情者或失之俚，使事者或失之伉。鄱陽姜夔出，句琢字鍊，歸於醇雅；於是史達祖、高觀國羽翼之，張輯、吴文英師之於前，趙以夫、周密、陳允衡、王沂孫、張炎、張翥效之於後，譬之於樂，舞箾至於九變，而詞之能事畢矣（有節文）。

劉體仁七頌堂詞繹

詞欲婉轉而忌複。不獨「不恨古人吾不見」與「我見青山多嫵媚」爲岳亦齋所誚；即白石之如「露濕銅鋪」與「候館吟秋」，總是一法。

詞亦有初盛中晚，不以代也。牛嶠、和凝、張泌、歐陽炯、韓偓、鹿虔扆輩，不離唐絶句，如唐之初未脱隋調也；然皆小令耳。至宋則極盛，周、張、柳、康，蔚然大家，至姜白石、史邦卿則如唐之中；而明初比唐晚，蓋非不欲勝前人，而中實枵然取給而已，於神味處全未夢見。

詠物至詞，更難於詩；即「昭君不慣胡沙遠，但暗憶江南江北」亦費解；放翁「一箇飄蕭身世，十分冷淡心腸」，全首比興，乃更遒逸。

賀裳皺水軒詞筌

稗史稱韓幹畫馬，人入其齋，見幹身作馬形。凝思之極，理或然也。詩文亦必如此始工，如史邦卿詠燕，幾于神俱似矣；次則姜白石詠蟋蟀：「露濕銅鋪，苔侵石井，都是曾聽伊處。哀音似訴；正思婦無眠，起尋機杼。」又云：「西窗又吹暗雨，爲誰頻斷續，相和砧杵。」數語刻劃亦工。蟋蟀無可言，而言聽蟋蟀者，正姚鉉所謂「賦水不當僅言水，而言水之前後左右」也。然尚不如張功甫「月洗高梧，露漙幽草，寶釵樓外秋深。土花沿翠，螢火墜墻陰。静聽寒聲斷續，微韻轉淒咽悲沈。争求侶，慇懃勸織，促破曉機心。兒時曾記得，呼燈灌穴，斂步隨音。任滿身花影，猶自追尋。携向華堂戲鬭，亭臺小籠巧妝金。今休説，從渠牀下，涼夜聽孤吟」。不惟曼聲勝其高調，兼形容處心細如絲髮，皆姜詞之所未發。嘗觀姜論史詞，不稱其「軟語商量」，而賞其「柳昏花暝」，固知不免項羽學兵法之恨。

鷓鴣天最多佳辭，草堂所載，無一善者。如陸放翁：「東鄰鬬草歸來晚，忘却新傳子夜歌。」趙德麟：「須知月色撩人眼，數夜春寒不下階。」姜白石元夜不出：「芙蓉影暗三更後，卧聽鄰娃笑語歸。」駸駸有詩人之致，選之不及，何也。

王士禛花草蒙拾

宋南渡後，白石、梅溪、夢窗、竹屋諸子，盡態極妍，反有秦、李未到者，雖神韵天然處或減，要自令人有觀止之歎；正如唐絶句至晚唐劉賓客、杜京兆，妙處反進青蓮、龍標一塵。

鄒祗謨遠志齋詞衷

朱承爵存餘堂詩話云：（節）長篇須曲折三致意而氣自流貫乃得。（節）蓋詞至長調而變已極，南宋諸家凡以偏師取勝者，無不以此見長，而梅溪、白石、竹山、夢窗諸家，麗情密藻，盡態極妍，要其琱琢處無不有灰蛇蚓線之妙，則所云一氣流貫也。

（上節）清真樂章以短調行長調，故滔滔莽莽處如初唐四傑作七古，嫌其不能盡變；至姜、史、高、吴，而融篇煉句琢字之法無一不備(下節)。

李調元雨村詞話

姜白石鷓鴣天詞三首，如「鴛鴦獨宿何曾慣，化作西樓一縷雲」，不但韵高，亦由筆妙，何必石湖所贊自製曲之敲金戛玉聲、裁雲縫月手也。(卷三)(案「敲金」二句，乃楊萬里答白石寄詩語，非石湖贊。)

王昶春融堂集

(上節)國初詞人輩出，其始猶沿明之舊，及竹垞太史甄選詞綜，斥淫哇，删浮俗，取宋季姜夔、張炎諸詞以爲規範，由是江浙詞人繼之，蔚然躋于南宋之盛(下節)。(卷四十一，姚茝汀詞雅序。)

(上節)然風雅正變，王者之迹，作者多名卿大夫，莊人正士，而柳永、周邦彦輩不免雜於俳優；後惟姜、張諸人以高賢志士，放迹江湖，其旨遠，其詞文，託物比興，因時傷事，即酒席游戲無不有黍離周道之感，與詩異曲同其工；且清婉窈眇，言者無罪，聽者淚落，有如陸文圭所云者，爲三百篇之苗裔無可疑也。(同上)

(上節)唐之末造，詩人間以其餘音綺語，變爲填詞；北宋之季，演爲長調，變愈甚遂不能復合於詩；故詞至白石、碧山、玉田，與詩分茅設蕝，各極其工(下節)。(卷同上，琴畫樓詞鈔自序。)

張宗橚詞林紀事引許昂霄語

詞中之有白石，猶文中之有昌黎也；世固有以昌黎爲穿鑿生割者，則以白石爲生硬也亦宜。（卷十三）

白石、梅溪，昔人往往並稱，驟閱之，史似勝姜，其實史少減堯章。昔鈍翁嘗問漁洋曰：「王孟齊名，何以孟不及王。」漁洋答曰：「孟詩味之未能免俗耳。」吾于姜、史亦云。倚聲者試取兩家詞熟玩之，當不以予爲蜉蚍之撼。（同上）

郭麐靈芬館詞話

詞之爲體，大略有四：風流華美，渾然天成，如美人臨粧，却扇一顧，花間諸人是也；晏元獻、歐陽永叔諸人繼之。施朱傅粉，學步習容，如宮女題紅，含情幽豔，秦、周、賀、晁諸人是也；柳七則靡曼近俗矣。姜、張諸子，一洗華靡，獨標清綺，如瘦石孤花，清笙幽磬，入其境者疑有仙靈，聞其聲者人人自遠；夢窗、竹窗或揚或沿，皆有新雋，詞之能事備矣。至東坡以橫絕一代之才，凌厲一世之氣，間作倚聲，意若不屑，雄詞高唱，別爲一宗；辛、劉則粗豪太甚矣。其餘么弦孤韵，時亦可喜，溯其派別，不出四者。

本朝詞人以竹垞爲至。一廢草堂之陋，首闡白石之風；詞綜一書，鑒別精審，殆無遺憾。其所自爲，則才力既富，採擇又精，佐以積學，運以靈思，直欲平視花間，奴隸周、柳；姜、張諸子，神韵相同，至下字之典雅，出語之渾成，非其比也。（以上卷一）

周濟介存齋論詞雜著

近人頗知北宋之妙，然終不免有姜、張二字橫亙胸中，豈知姜、張在南宋亦非巨擘乎。論詞之人，叔夏晚出，既與碧山同時，又與夢窗別派，是以過尊白石，但主清空；後人不能細研詞中曲折深淺之故，羣聚而和之，并爲一談，亦固其所也。

北宋詞多就景敘情，故珠圓玉潤，四照玲瓏。至稼軒、白石變而爲即事叙景，使深者反淺，曲者反直。五十年來服膺白石而以稼軒爲外道，由今思之，可謂瞽人捫籥也。稼軒鬱勃，故情深；白石放曠，故情淺；稼軒縱橫，故才大；白石局促，故才小。惟暗香、疏影二詞，寄意題外，包藴無窮，可與稼軒伯仲，餘俱據事直書，不過手意近辣耳。

白石詞如明七子詩，看是高格響調，不耐人細思。

白石以詩法入詞，門徑淺狹；如孫過庭書，但便後人模仿。

白石好爲小序，序即是詞，詞仍是序，反覆再觀，如同嚼蠟矣。詞序序作詞緣起，以此意詞中未備也；今人論院本尚知曲白相生，不許複沓，而獨津津於白石詞序，一何可笑。

周濟宋四家詞選

白石脱胎稼軒，變雄健爲清剛，變馳驟爲疏宕；蓋二公皆極熱中，故氣味吻合；辛寬姜窄，寬故容薉，窄故鬬硬。

白石號爲宗工，然亦有俗濫處（揚州慢「淮左名都，竹西佳處」），寒酸處（法曲獻仙音「象筆鸞箋，甚而今不道秀句」），補湊處（齊天樂「豳詩漫與，笑籬落呼燈，世間兒女」），敷衍處（淒涼犯「追念西湖上」半闋），支處（湘月「舊家樂事誰省」）複處（一萼紅「翠藤共閒穿徑竹」，「記曾共西樓雅集」），不可不知。

白石小序甚可觀，苦與詞複；若序其緣起，不犯詞境，斯爲兩美已。

吴衡照蓮子居詞話

白石自製曲，其旁注半字譜，共十七調，譜與朱子全集字樣微不同，由涉筆時就各便也。半字之譜，昉自唐以來，陳氏樂書可證。黄泰泉（佐）因楚辭大招「四上競氣」之語，謂即大吕四字，仲吕上字。尋摭穿鑿，不若王叔師舊注爲長。

歌家十六字外，別有疾徐重輕赴節合拍之字，見夢溪筆談，亦半字也。白石此譜，有折有掣，折

高半格，掣低半格，於畢曲處尤兢兢不苟。足見當時詞律之細。（以上卷一）

言情之詞，必藉景色映托，迺具深宛流美之致；白石「問後約空指薔薇，算如此溪山，甚時重至」，又「想文君望久，倚竹愁生步羅襪。歸來後，翠尊雙飲，下了珠簾，玲瓏閒看月」。似此造境，覺秦七、黃九尚有未到，何論餘子！（卷二）

〔淩〕次仲湘月詞序：「宜興萬氏專以四聲論詞，瀘州先著以爲宋詞宫調失傳，決非四聲所可盡。按白石集滿江紅云：『末句無心撲，歌者以心字融入去聲方諧。』徵招云：『正宫齊天樂前兩拍是徵調。』今考徵招起二句與齊天樂平仄符合。然則，宋詞原未嘗不以四聲定宫調，而萬氏之説，初不與古戾也。」先著詞潔，意在詆剥萬氏，通融取便。其論在湘月之後，故次仲賦湘月及之。（卷四）

包世臣月底修簫譜序

意内而言外，詞之爲教也；然意内不可强致，言外非學不成。是詞説者言外而已，言成則有聲，聲成則有色，色成而味出焉：三者具則足以盡言外之才矣。若夫感人之速者莫如聲，故詞倚聲。聲之得者又有三：曰清，曰脆，曰澀；不脆則聲不成，脆矣而不清則膩，清矣而不澀則浮。屯田、夢窗以不清傷氣，淮海、玉田以不澀傷格，清真、白石則能兼三矣。六家於言外之旨得矣，以云意内，惟白石、玉田耳，淮海時時近之，清真、屯田、夢窗皆去之彌遠，而俱不害爲可傳者，則以其聲之么眇鏗盤，惻惻動人，無色而豔，無味而甘故也（有節文）。

宋翔鳳樂府餘論

草堂詩餘，宋無名氏所選，其人當與姜堯章同時，堯章自度腔無一登入者，其時姜名未盛。以後如吴夢窗、張叔夏俱奉姜爲圭臬，則草堂之選在夢窗之前矣（下節）。

詞家之有姜石帚，猶詩家之有杜少陵，繼往開來，文中關鍵。其流落江湖，不忘君國，皆借託比興於長短句寄之。如齊天樂，傷二帝北狩也；揚州慢，惜無意恢復也；暗香、疏影，恨偏安也。蓋意愈切則辭愈微，屈宋之心，誰能見之，乃長短句中復有白石道人也。

謝章鋌賭棊山莊詞話

詞家講琢句而不講養氣，氣至南宋善矣。白石和永，稼軒豪雅；然稼軒易見而白石難知。史之於姜，有其和而無其永；劉之於辛，有其豪而無其雅。至後來之不善學姜、辛者，非懈則粗。

白石道人爲詞中大宗，論定久矣；讀其説詩諸則，有與長短句相通者，節録一二於左，略以鄙意注之，而傳諸同志焉，無怪予之附會也。

韻度欲其飄逸，其失也輕。

詞嫌重滯，故渾厚宏大諸説俱用不著；然使其飄逸而輕也，則又無繞梁之致，而不足繫人思。

雕刻傷氣，敷衍露骨。若鄙而不精巧，是不雕刻之過；拙而無委曲，是不敷衍之過。

此即疏密相間之説也。故白石字雕句刻，而必準之以雅；雅則氣和而不促；辭穩而不澆，何患其不精巧委曲乎。

僻事實用，熟事虚用。

「那人正睡裏，飛近蛾緑」，此即熟事虚用之法。

説景要微妙。

微妙則耐思，而景中有情；「寒鴉數點，流水遶孤村」，「楊柳岸曉風殘月」，所以膾炙人口也。

短章醞藉，大篇有開闔乃妙。

不醞藉則吐露，言盡意盡，成何短章；無開闔則板拙，周草窗之詞，或譏之爲平矣。

委曲盡情曰曲。

竹垞贈鈕玉樵曰：「吾最愛姜史，君亦厭辛劉」，亦以其徑直不委曲也。

語貴含蓄：句中無餘字，篇中無長語，非善之善者也；句中有餘味，篇中有餘意，善之善者也。

填詞有一定字數，但使填畢讀之，短不可增，長不可節，已極洗伐操縱功夫矣。若餘味餘意，則詞家率不留心，故講之爲尤難。體物不欲寒乞。

今之搜討冷僻者，其去寒乞亦無幾矣，而奈何自以爲淹博哉！

自然高妙，詞家最重，所謂本色當行也。（以上卷十二）一曰理高妙，二曰意高妙，三曰想高妙，四曰自然高妙。

宋錢塘鄧牧心（牧）伯牙琴云：「唐宋間始爲長短句，法非古意古；然數百年來工者幾人，美成、白石逮今膾炙人口，知者謂麗莫若周，賦情或近俚；騷莫若姜，放意或近率。」（張叔夏詞集序）此一節持論極精的。（續編一）

先著詞潔

美成應天長慢，空濛深遠，石帚專得此種筆意，遂於詞家另開宗派，如「條風布暝」句，至石帚皆淘洗盡矣；然淵源相沿，是一祖一禰也。

意欲靈動，不欲晦澀；語欲穩秀，不欲纖佻。人工勝則天趣減，梅谿、夢窗自不能不讓白石出一頭地。張三影醉落魄詞有「生香真色人難學」之句，予謂「生香真色」四字，可以移評石帚之詞。

美成如杜，白石兼王、孟、韋、柳之長。與白石並有中原者，後起之玉田也。

白石老仙後，衹有玉田與之並立，探春慢二詞，工力悉敵，試掩姓氏觀之，不辨孰爲堯章，孰爲叔夏。（以上皆馮金伯詞苑萃編卷五引）

馮煦蒿庵論詞

白石爲南渡一人，千秋論定，無俟揚搉。樂府指迷獨稱其暗香、疏影、揚州慢、一萼紅、琵琶仙、探春慢、淡黄柳等曲；詞品則以詠蟋蟀齊天樂一闋爲最勝。其實石帚所作，超脱蹊逕，天籟人力，兩臻絶頂，筆之所至，神韵俱到；非如樂笑、二窗輩可以奇對警句相與標目，又何事於諸調中强分軒輊也。「野雲孤飛，去留無迹」，彼讀姜詞者必欲求下手處，則自「俗處能雅，滑處能澀」始。

劉熙載藝概

張玉田盛稱白石而不甚許稼軒，耳食者遂於兩家有軒輊意。不知稼軒之體，白石嘗效之矣；集中如永遇樂、漢宫春諸闋，均次稼軒韵，其吐屬氣味，皆若秘響相通。何後人過分門户耶！

白石才子之詞，稼軒豪傑之詞；才子豪傑，各從其類愛之，强論得失，皆偏辭也。

姜白石詞幽韵冷香，令人挹之無盡；擬諸形容，在樂則琴，在花則梅也。

詞家稱白石曰「白石老仙」。或問「畢竟與何仙相似？」曰：「藐姑冰雪，蓋爲近之。」

詞品喻諸詩：東坡、稼軒，李杜也；耆卿，香山也；夢窗，義山也；白石、玉田，大歷十子也；其有似韋蘇州者，張子野當之。

東坡水龍吟起云：「似花還似非花」，此句可作全詞評語，蓋不離不即也。時有舉史梅溪雙雙燕詠燕、姜白石齊天樂賦蟋蟀，令作評語者，亦曰：「似花還似非花。」

詞中用事，貴無事障；晦也，膚也，多也，板也，此類皆障也。姜白石用事入妙，其要訣所在，可於其詩説見之，曰：「僻事實用，熟事虛用，學有餘而約以用之，善用事者也；乍敘事而間以理言，得活法者也。」

陳廷焯白雨齋詞話

姜堯章詞清虛騷雅，每於伊鬱中饒蘊藉，清真之勁敵，南宋一大家也。夢窗、玉田諸人，未易接武。

南渡以後，國勢日非，白石目擊心傷，多於詞中寄慨，不獨暗香、疏影二章發二帝之幽憤，傷在位之無人也。特感慨全在虛處，無迹可尋，人自不察耳。感慨時事，發爲詩歌，便已力據上游，特不宜説破，只可用比興體。即比興中亦須含蓄不露，斯爲沈鬱，斯爲忠厚。若王子文之西河，曹西士之和作，陳經國之沁園春，方巨山之滿江紅、水調歌頭，李秋田之賀新涼等，類慷慨發越，終病淺顯。南宋詞人，感時傷事，纏綿温厚者，無過碧山，次則白石，白石鬱處不及碧山，而清虛過之。

白石詞以清虛爲體，而時有陰冷處，格調最高。沈伯時譏其生硬，不知白石者也。黄叔暘歎爲美成所不及，亦漫爲可否者也；惟趙子固云：「白石，詞家之申韓也」，真刺骨語。（承燾案：趙孟堅謂白石「書家申韓」，蓋許其評法帖，非謂「詞家」，後人多誤引。）

美成、白石，各有至處，不必過爲軒輊，頓挫之妙，理法之精，千古詞宗，自屬美成；而氣體之超妙，則白石獨有千古，美成亦不能至。

美成詞於渾灝流轉中，下字用意，皆有法度；白石則如白雲在空，隨風變滅，所謂各有獨至處。

白石揚州慢（淳熙丙申至日過揚州）云：「自胡馬窺江去後，廢池喬木，猶厭言兵。漸黄昏清角，吹寒都在空城。」數語寫兵燹後情景逼真；「猶厭言兵」四字，包括無限傷亂語，他人纍千百言，亦無此韻味。

白石長調之妙，冠絶南宋；短章亦有不可及者，如點絳脣（丁未過吴淞作）一闋，通首只寫眼前景物，至結處云：「今何許，憑欄懷古，殘柳參差舞。」感時傷事，只用「今何許」三字提唱；「憑欄懷古」以下，僅以「殘柳」五字詠歎了之；無窮哀感，都在虛處，令讀者吊古傷今，不能自止，洵推絶調。

白石齊天樂一闋，全篇皆寫怨情，獨後半云：「笑籬落呼燈，世間兒女。」以無知兒女之樂，反襯出有心人之苦，最爲入妙；用筆亦別有神味，難以言傳。白石湘月云：「暗柳蕭蕭，飛星冉冉，夜久知秋冷。」（案原詞「冷」作「信」）寫夜景高絶，點綴之工，意味之永，他手亦不能到。

白石詞如「無奈苕溪月，又照我扁舟東下」，又「冷香飛上詩句」，又「高柳垂陰，老魚吹浪，留我花間住」等語，是開玉田一派，在白石集中，只算雋句，尚非夐高之境。白石石湖仙一闋，自是有感而作，詞亦超妙入神，惟「玉友金焦，玉人金縷」八字，鄙俚纖俗，與通篇不類，正如賢人高士中，著一傖父，愈覺俗不可耐。白石翠樓吟（武昌安遠樓成）後半闋云：「此地，宜有詞仙，擁素雲黄鶴，與君遊戲。玉梯凝望久，歎芳草萋萋千里。天涯情味。仗酒祓清愁，花銷英氣。」一縱一操，筆如遊龍，意味深厚，是白石最高之作。此詞應有所刺，特不敢穿鑿求之。

彭駿孫云：「南宋詞人如白石、梅溪、竹屋、夢窗、竹山諸家之中，當以史邦卿爲第一，昔人稱其『分鑣清真，平睨方回，紛紛三變行輩，不足比數』，非虚言也。」此論推揚太過，不當其實；三變行輩，信不足數；然同時如東坡、少游，豈梅溪所能壓倒；至以竹屋、竹山與之並列，是又淺視梅溪。大約南宋詞人，自以白石、碧山爲冠，梅溪次之，夢窗、玉田又次之，西麓又次之，草窗又次之，竹屋又次之，竹山雖不論可也。然則，梅溪雖佳，亦何能超越白石而與清真抗哉。

梅溪東風第一枝（立春），精妙處竟是清真高境；張玉田云：「不獨措詞精粹，又且見時節風物之感。」乃深知梅溪者。余嘗謂白石、梅溪皆祖清真，白石化矣，梅溪或稍遜焉，然高者亦未嘗不化，如此篇是也。南宋詞家，白石、碧山，純乎純者也；梅溪、夢窗、玉田輩，大純而小疵，能雅不能虚，能清不能厚也。

詞法之密，無過清真；詞格之高，無過白石；詞味之厚，無過碧山，詞壇三絶也。(以上卷二)

唐宋名家流派不同，本原則一。論其派別，大約温飛卿爲一體(皇甫子奇、南唐二主附之)，韋端己爲一體(牛松卿附之)，馮正中爲一體(唐五代諸詞人以暨北宋晏、歐、小山等附之)，張子野爲一體，秦淮海爲一體(柳詞高者附之)，蘇東坡爲一體，賀方回爲一體(毛澤民、晁具茨高者附之)，周美成爲一體(竹屋、草窗附之)，辛稼軒爲一體(張、陸、劉、蔣、陳、杜合者附之)，姜白石爲一體，史梅溪爲一體，吴夢窗爲一體，王碧山爲一體(黄公度、陳西麓附之)，張玉田爲一體。其間惟飛卿、端己、正中、淮海、美成、梅溪、碧山七家殊塗同歸，餘則各樹一幟而皆不失其正；東坡、白石尤爲矯矯。

汪玉峰(森)之序詞綜云：「言情者或失之俚，使事者或失之伉。鄱陽姜夔出，句琢字鍊(此四字甚淺陋，不知本原之言)，歸於醇雅；於是史達祖、高觀國羽翼之，張輯、吴文英師之於前，趙以夫、蔣捷、周密、陳允衡、王沂孫、張炎、張翥效之於後，譬之於樂，舞箾至於九變而詞之能事畢矣。」此論蓋阿附竹垞之意，而不知詞中源流正變也。竊謂白石一家，如閒雲野鶴，超然物外，未易學步；竹屋所造之境不見高妙，烏能爲之羽翼！至梅溪則全祖清真，與白石分道揚鑣，判然兩途；東澤得詩法於白石，却有似處，詞則取徑狹小，去白石甚遠；夢窗才情横逸，斟酌於周、秦、姜、史之外，自樹一幟，亦不專師白石也；虚齋樂府較之小山、淮海則嫌平淺，方之美成、梅溪則嫌伉墜，似鬱不紓，亦是一病，絶非取徑於白石；竹山則全襲辛、劉之貌而益以疏快，直率無味，與白石尤屬歧途；草窗、西麓兩家則皆以清真爲宗，而草窗得其姿態，西麓得其意趣；草窗間有與白石相似處，而亦十難獲一；碧山則源出風騷，兼採衆美，託體最高，與白石亦最異；至玉田乃全祖白石，面目雖變，託根有歸，可爲白石羽翼；仲舉則規模於南宋諸家，而意味漸失，亦非專師白石；總之，謂白石拔幟於周、秦之外，與之各有千古則可，謂南宋名家以迄仲舉皆取法於白石，則吾不謂然也。

白石長亭怨慢云：「閱人多矣，誰得似長亭樹。樹若有情時，不會得青青如此！」白石諸詞惟此數語最沈痛迫烈。此外如「最可惜一片江山，總付與啼鴂」，又「文章信美知何用，漫赢得天涯羈旅」，皆無此沈至。

「別母情懷，隨郎滋味，桃葉渡江時。」白石少年游戲平甫詞也，「隨郎滋味」四字，似不經心而別有姿態，蓋全以神味勝，不在字句之間尋痕迹也。

白石、梅溪、碧山、玉田詞修飾皆極工，而無損其真氣，何也；列子云：「有色者，有色色者」，知此可以言詞矣。

詞有表裏俱佳，文質適中者，温飛卿、秦少游、周美成、黄公度、姜白石、史梅溪、吴夢窗、陳西麓、王碧山、張玉田、莊中白是也，詞中之上乘也（下節）。

稼軒求勝於東坡，豪壯或過之，而遜其清超，遜其忠厚；玉田追蹤於白石，格調亦近之而遜其空靈，遜其渾雅。故知東坡、白石，具有天授，非人力所可到。

東坡、稼軒，同而不同者也；白石、碧山，不同而同者也。（以上卷八）

譚獻評周氏詞辨

白石、稼軒，同音笙磬，但清脆與鏜鞳異響，此事自關性分（評姜夔淡黄柳「客居合肥南城赤闌橋之西，巷陌淒涼，與江左異，惟柳色夾道，依依可憐，因度此闋，以紓客懷」起句「空城曉角」）。石湖詠梅，是堯章獨到處（評姜夔疏影、暗香詠梅，首闋起句「舊時月色」）。一氣旋折，作壯詞須識此法。白石嘤求稼軒，脱胎耆卿，此中消息，願與知音人參之（評張炎甘州餞沈秋江）。

譚獻篋中詞

浙派爲人詬病，由其以姜、張爲止境，而又不能如白石之澀，玉田之潤。録乾隆以來慎取之。（評厲鶚）

張文虎舒藝室雜著賸稿

往在金陵，嘗與周縵雲侍御論詞，縵老曰：「竹垞言南宋諸家皆宗白石，然竊謂夢窗實本清真，於子何如？」予曰：「白石何嘗不自清真出，特變其穠麗爲淡遠耳。自國初以來，以玉田配白石，正以其得淡遠之趣。近時諸家，又祧姜、張而趨二窗，顧草窗深細而雅，門徑稍寬，或易近

似，未見能涉夢窗之藩籬者，此猶白石之於清真矣」（下節）。（緑椇花龕詞序）

二十年前言長短句者，家白石而户玉田，使蘇、辛不得爲詞，今則俎豆二窗而祧姜、張矣。（節）同治甲子。（索笑詞序）

沈祥龍論詞隨筆

白石詩云：「自製新詞韵最嬌。」「嬌」者，如出水芙蓉，亭亭可愛也。徒以嫣媚爲嬌，則其韵近俗矣。試觀白石詞，何嘗有一語涉於嫣媚。

張德瀛詞徵

梅之以色勝者，有潭州紅焉。張南軒長沙梅園二詩，美其嘉實，樂其敷腴，而不言其色。樓鑰謂當稱之爲紅江梅，以别於他種，其詩有云：「夢入山房三十樹，何時醉倒看紅雲。」託興遠矣。詞則無逾姜白石小重山一闋，白石詞仙，固當有此温韋之筆。

白石琵琶仙詞題，引吴都賦，有「户藏煙浦，家具畫船」二語，今吴都賦無其辭。案李庾西都賦云：「方塘含春，曲沼澄秋；户閉烟浦，家藏畫舟。」或疑「吴」字乃「西」字之訛；然唐之西都非吴地也，殆白石誤引耳。

白石殁後葬西馬塍，蘇石（承燾案：「石」當作「泂」）挽詩曰：「幸是小紅方嫁了，不然啼損馬塍花。」考夢粱録云：「錢塘門外東西馬塍諸圃，皆植怪松異檜、奇花巧果，多爲龍蟠鳳舞之狀，每日市於都城。」此杭之馬塍也。唐陸魯望住淞陵，家近馬塍，諸藝花户在焉。是又吴郡之馬塍也。（以上卷五）

陳鋭褒碧齋詞話

古人文字，難可吹求；嘗謂杜詩「國初以來畫馬」句，何能着一「鞍」字，此等處絶不通也。詞句尤甚，姜堯章齊天樂詠蟋蟀最爲有名，然開口便説「庾郎愁賦」，揑造故典，「邠詩」四字太覺呆詮，至「銅鋪」、「石井」、「候館」、「離宫」，亦嫌重複。其揚州慢「縱豆蔻詞工」三句，語意亦不貫。若張玉田之南浦詠春水一首，了不知其佳處，今人和者牛毛，何也。（承燾案：庾信舊集或本有愁賦，非白石揑造，説在詞箋齊天樂下。）

换頭處六字句有挺接者，如「南去北來何事」之類；有添字承接者，如「因甚」、「回想」之類，亦各有所宜。若美成之塞翁吟换頭「忡忡」二字，賦此者亦衹能疊韵以和琴聲，學者試熟思之即得矣。

詞如詩，可摸擬得也；南唐諸家，回腸蕩氣，絶類建安；柳屯田不着筆墨，似古樂府；辛稼軒俊逸，似鮑明遠；周美成渾厚，擬陸士衡；白石得淵明之性情；夢窗有康樂之標軌；皆苦心孤造，是以被弦筦而格幽明；學者但於面貌求之，抑末矣。宋以後無詞，猶之唐以後無詩，詞故詩之餘也。晏、范、歐、蘇、後山、山谷、放翁，皆極一時之盛。

白石擬稼軒之豪快，而結體于虛；夢窗變美成之面貌，而鍊響於實；南渡以來，雙峰並峙，如盛唐之有李、杜矣。顧詞人領袖，必不相輕，今夢窗四稿中屢和石帚，而姜集中不及夢窗，疑不可考。至草堂詩餘不選石帚一字，則又咄咄一怪事。（承燾案：石帚非即白石，説在白石行實考。）

姜白石長亭怨慢云：「樹若有情時，不會得青青如此。」王碧山云：「水遠，怎知流水外，却是亂山尤遠。」似覺輕俏可喜，細讀之，毫無理由。所以「詞貴清空，尤貴質實」。

張祥齡詞論

周清真，詩家之李東川也；姜堯章，杜少陵也；吴夢窗，李玉谿也；張玉田，白香山也。詩至唐末，風氣盡矣，詞家起而争之，如文至齊梁，風氣盡矣，古文家起而争之。争之者何也，非謂文至六朝，詩至五代無文與詩也，豪傑於兹踵而爲之，不過仍六朝五代，故變其體格，猶（疑「獨」）絶千古，此文人狡獪者。詞至白石，疏宕極矣，夢窗輩起以密麗争之；至夢窗而密麗又盡矣，白雲以疏宕争之；三王之道若循環，皆圖自樹之方，非有優劣；況人之才質限於天，能疏宕者不能密麗，能密麗者不能疏宕；片玉善言羈旅，白雲善言隱逸，終身由之而不知其道者，天也。

況周頤蕙風詞話

姜白石鷓鴣天云「籠紗未出馬先嘶」，七字寫出華貴氣象，却淡雋不涉俗。

白石詞「少年情事老來悲」，宋朱服句「而今樂事他年淚」，二語合參，可悟一意化兩之法。宋周端臣木蘭花慢云：「料今朝別後，他時有夢，應夢今朝。」與「而今」句同意。（卷二）

況氏第一生修梅花館詞話，嘗以古書家喻詞人：白石如虞伯施，而雋上過之。此條不見于蕙風詞話。

王國維人間詞話

美成青玉案（當作蘇幕遮）：「葉上初陽乾宿雨，水面清圓，一一風荷舉。」此真能得荷之神理者，覺白石念奴嬌、惜紅衣二詞猶有隔霧看花之恨。

詠物之詞，自以東坡水龍吟爲最工，邦卿雙雙燕次之，白石暗香、疏影格調雖高，然無一語道着；視古人「江邊一樹垂垂發」等句何如耶！

昭明太子稱陶淵明詩：「跌宕昭彰，獨超衆類，抑揚爽朗，莫與之京。」王無功稱薛收賦「韵趣高奇，詞義晦遠，嵯峨蕭瑟，真不可言」。詞中惜少此二種氣象，前者唯東坡，後者唯白石，略得一二耳。

白石寫景之作，如：「二十四橋仍在，波心蕩冷月無聲。」「數峰清苦，商略黃昏雨。」「高樹晚蟬，説西風消息。」雖格韵高絶，然如霧裏看花，終隔一層。梅溪、夢窗諸家寫景之病，皆在一「隔」字，北宋風流，渡江遂絶，抑真有運會存乎其間耶。

問「隔」與「不隔」之別。曰：陶、謝之詩不隔，延年則稍隔矣；東坡之詩不隔，山谷則稍隔矣；

「池塘生春草」、「空梁落燕泥」等二句，妙處唯在不隔。詞亦如是，即以一人一詞論，如歐陽公少年遊詠春草上半闋云：「闌干十二獨凭春，晴碧遠連云。千里萬里，二月三月，行色苦愁人。」語語都在目前，便是「不隔」；至云「謝家池上，江淹浦畔」則隔矣。白石翠樓吟：「此地宜有詞仙，擁素雲黄鶴，與君遊戲。玉梯凝望久，歎芳草萋萋千里。」便是不隔；至「酒祓清愁，花銷英氣」，則隔矣。然南宋詞雖不隔處，比之前人，自有淺深厚薄之别。

古今詞人格調之高無如白石，惜不於意境上用力，故覺無言外之味，弦外之響，終不能與于第一流之作者也。

南宋詞人，白石有格而無情，劍南有氣而乏韵，其堪與北宋人頡頏者，唯一幼安耳。近人祖南宋而祧北宋，以南宋之詞可學，北宋不可學也。學南宋者，不祖白石則祖夢窗，以白石、夢窗可學，幼安不可學也（下節）。

蘇、辛詞中之狂，白石猶不失爲狷，若夢窗、梅溪、玉田、草窗、中（當作「西」）麓輩，面目不同，同歸于鄉愿而已。（以上卷上）

白石之詞，余所最愛者，亦僅二語：「淮南皓月冷千山，冥冥歸去無人管。」

東坡之曠在神，白石之曠在貌。白石如王衍口不言阿堵物，而暗中爲營三窟之計，此其所以可鄙也。（以上卷下）

周介存謂「白石以詩法入詞，門徑淺狹，如孫過庭書，但便後人模仿。」予謂近人所以崇拜玉

田，亦由于此。（以上詞辨眉批）

陳洵海綃説詞

「稼軒由北開南，夢窗由南追北」，善乎，周氏之能言也。南宋諸家，鮮不爲稼軒牢籠者，龍州、後邨、白石皆師法稼軒者也。二劉篤守師門，白石别開家法；白石立而詞之國土蹙矣。至玉田演爲清空，奉白石爲祧廟，畫江畫淮，號令所及，使人遂忘中原；微夢窗誰與言恢復乎！周止庵曰：「近人頗知北宋之妙，然終不免有姜、張二字横亙胸中，豈知姜、張在南宋亦非巨擘乎。論詞之人，叔夏晚出，既與碧山同時，又與夢窗别派，是以過尊白石，但主清空。後人不能細研詞中淺深曲折之故，羣聚而和之，並爲一談，亦固其所也。」洵按自元以來，若仇仁近、張仲舉皆宗姜、張者，以至於清，竹垞、樊榭極力推演，而周、吴之緒幾絶矣。竹垞至謂夢窗亦宗白石，尤言之無理者。

劉克莊後村先生大全集

姜堯章有平聲滿江紅、自叙云（節）其詞云（節）此闋佳甚，惜無能歌之者。（卷一七七詩話續集）

版本考

目録

白石詞集版本考

白石詞刻本，可考者十餘，若合寫本、景印本計之，共得三十餘本。宋人詞集版本之繁，此爲首舉矣。今雖大半亡佚，其條流源委猶約略可述也。分記如次：

（甲）　錢希武刻本

雲間錢希武刻白石道人歌曲六卷於東巖讀書堂，在嘉泰二年壬戌（原跋）。其時白石尚在。錢希武即參政良臣之裔，集中有題錢氏溪月詞及題華亭錢參政園池詩，其人蓋與白石世交，（陳思白石年譜有考。）其去取必謀之白石，（白石題錢氏溪月詞云：「才因老盡，秀句君休覓。」鄭文焯據此謂錢刻必謀諸白石。）是爲白石手定稿。後五十年爲淳祐十一年辛亥，約當白石卒後二三十年，此本歸嘉禾郡齋，（趙與訔跋。與訔淳祐十年知嘉興府，見趙孟頫故宋守尚書户部侍郎趙府君阡表。）當即白石子瑛爲嘉禾郡簽判之時。自此沉霾不顯，逮元至正十年，陶宗儀始如葉廣居本寫於錢唐（陶跋）。時去淳祐辛亥幾近百年。此爲六卷别集一卷本，（别集一卷不著刻板年代，四庫提要疑其出於後人掇拾；今據其中有年代可考者，最後爲卜算子梅花八詠，開禧三年作，别集當刻于此年之後，參卜算子詞箋。）鄭文焯謂陶跋稱

「再以善本勘讎」，殆其時嘉泰舊刻尚在人間。陶鈔歷元、明三百年，無有能廣其傳者；毛晉刻六十一家詞，陳撰刻白石詩詞合集，朱彝尊選詞綜，皆未嘗見此。至清乾隆初年，始有兩本見於世，而卷數不同。一爲五卷別集一卷本，上海周晚菘一見於漢上，後遂湮晦不彰，（江炳炎寫本序。雍正四年杜詔爲山中白雲序，謂「往時余友周緯雲謂余云，上海某氏有白石詞三百餘闋，亦出自陶南村手」。當即此本。「三百餘闋」之「三」字，疑是衍文。）一爲六卷別集一卷本，爲雲間樓敬思所藏，發見於北京，時距嘉泰壬戌五六百年矣。（樓敬思，名儼，義烏人，康熙四十八年修詞譜，嘗任分纂。著蓑笠軒僅存稿。）樓本分傳三支：其一，乾隆二年由符藥林傳鈔於仁和江炳炎；其二，由符藥林傳鈔於江都鉅商陸鍾輝，陸氏以「歌曲第二卷、第六卷爲數寥寥，因合爲四卷」，並別集一卷、詩集三卷、詩説一卷、大樂議一卷、唱酬詩一卷，集事、評論如干條，仿宋板刻於乾隆八年癸亥，蓋後江氏寫本六年；（阮元廣陵詩事卷五：「南宋姜白石詩詞，宋板，詞調皆旁注笛色，鹽官張氏既刻復輟，松陵汪氏繼之不果，陸圻南司馬鍾輝刻成之，同時詩人有詩識事。」）陸氏卒後，版歸歙人江春，春以乾隆三十六年辛卯，爲增刻集事、評論、投贈若干條，後版歸阮元，道光癸卯，燬於文選樓；（見舒藝室餘筆、許增本綴言、鄭文焯校語。）其三，雍正壬子，周耕餘在北京録得樓敬思本於汪澹慮處，以貽華亭張奕樞，經黄唐堂、厲樊榭、陸恬甫先後點勘，仿宋本刻於乾隆十四年己巳，後陸刻六年；後版入南蕩張氏書三味樓，亡於兵火。（見許綴言、鄭校語。）江、張二本皆仍依陶鈔作六卷別集一卷。惟陸本併第二、第六兩卷爲四卷，非復陶鈔之舊矣。（案江、陸、張三本之外，尚有厲鶚一本，亦出于樓氏所藏，詳見本文後記厲樊榭手寫白石道人歌曲。）

江、陸、張三本，同出於樓藏陶鈔，江、陸二本且同傳鈔於符藥林，三本寫刻年代相去又皆止數年，而字句往往不同。張文虎謂陸本「譜式以意改竄，每失故步」，不如張刻之善（舒藝室餘筆卷三）。朱祖謀謂「大抵張之失在字畫小訛，尚足存舊文、資異證，陸則併卷移篇，部居失次，大非陶鈔六卷之舊」（彊村叢書自跋）。吳昌綬亦稱張本爲最完善（見宋元詞見存目）。鄭文焯謂「迹其同出敬思所藏，所以致此者，陸氏以意釐定，失之未勘，張刻則經厲樊榭、黃唐堂、姚鱣卿諸名士商榷斠訂而後成」。惟許增依陸本刻榆園叢書，謂「斠酌精審，當推陸本爲最」，又謂陸、張兩刻「相去纔數年，中間或有鈔胥致訛，兩本對勘，似陸本猶勝。嘯山但據張本訂正，指陸爲訛，其實陸本未嘗訛也」（許本綴言）。張、陸二本優劣之論如此。江炳炎本一九一三年始再見于世，比張、陸二刻遲出百餘年。爲張文虎、許增所未見，朱祖謀謂「江氏手自寫校，未付剞人，亥豕之嫌，自較二刻爲尠」（彊村本跋）。鄭文焯亦許爲「折衷一是」（鄭校）。惟細稽旁譜，則不如張本。至王鵬運雙白詞跋，謂陸本「獨稱完善」者，乃以陸本與汲古閣本、洪正治本、祠堂本相較云然；其刻四印齋詞時，尚未見江、張二本也。姜文龍刻本跋，自述乾隆甲戌至都門求姜集，詢之先達，並索之各坊，皆無以應。案乾隆十九年甲戌，在陸氏刻書後十一年，而求之不易如是，知其在當時似未盛行。然後來傳刻，則以陸本爲最繁；茲依年代述之如後：

一、姜文龍本　白石裔孫文龍以乾隆廿一年丙子，於北京史匯東處得黃稷村藏本白石詩集上下卷，歌曲四卷，集外詩、歌曲別集及詩説、續書譜諸種，謂是「陶南村寫本相沿至今，實五百年碩果」，其實即陸刻也，（四印齋本跋云：　陸本即祠堂本所從出。）惟較陸多續書譜一種耳。此爲華亭姜氏祠堂本。（予曩從朱彊村先生假得姜詞一本，有史匯東小注數行，爲他本所無，而缺其首卷，當即文龍本。）

二、鮑廷博本　重刊陸本，見郘亭知見傳本書目。此本刊于嘉慶初年，詩詞合刻，歌曲四卷，別集一卷。題「知不足齋重雕」。前有陸序，行款格式與陸本悉同。單刻單行，不入知不足齋叢書。無鮑氏序跋。

三、姜熙本　華亭祠堂本，道光癸卯復有白石裔孫熙刻本。鄭文焯謂：「前有小象，共十卷，合詩詞八卷，後集二卷，附録酬唱及徵事評跋，所引如詞旨、樂府指迷，曝書亭集、帶經堂集皆習見。其句讀頗有誤，未足依據也。」（鄭校）此本不刊旁譜。

四、倪鴻本　桂林倪鴻合詩集、詩説、歌曲、續書譜，名白石道人四種，投贈、評論、集事外，並增四庫簡明目録、詁經精舍集白石傳，刻於同治十年，後陸刻一百二十八年。丁仁八千卷樓書目有粵本白石集，即此本也。

五、王鵬運本　王氏四印齋所刻詞，以姜詞與山中白雲合編，名雙白詞。刻於光緒七年辛巳，後倪刻又十年。依陸本分歌曲爲四卷，而去其鐃歌、琴曲及集事、評論等，亦不載旁譜。

六、許增本　光緒十年，仁和許增重刊陸本入榆園叢書，評論、集事多於他本。張奕樞一叙亦各本所無者。前有小象、嚴杰小傳、四庫提要、陸本序。其據以校勘者，有祠堂本、汲古閣本、葉天申詞譜、欽定詞譜、歷代詩餘、絶妙好詞、詞潔、詞律、舊鈔本等。況周頤稱其「參互各家，備極精審」。（香東漫筆一）其石湖仙「綸巾攲羽」句，「羽」作「雨」，則據張本而改，非陸氏之舊也。

七、宣古愚本　高郵宣古愚，光緒間據陸本刻，有旁譜。（此本未見。十餘年前，晤宣翁于上海，告予如是。四當齋藏書記云是排印本。）

八、陶福祥本　陶番禺人，陳澧弟子。此本全據陸本，前有陸序。題鎔經鑄史齋，後入廣雅局，則削去齋名。

九、范鍇、金望華本　道光辛丑，烏程范鍇、全椒金望華刊詞三卷于漢口，與王沂孫、張炎合爲三家。

十、四川官書局本　即宋四家詞本，依陸本刊。

十一、四庫全書本　四庫著録白石歌曲四卷、別集一卷。注「監察御史許寶善家藏本」，謂是從宋槧翻刻。鄭文焯曰：「諦審其分卷，實與陸刻無異。據陸氏自叙，合爲四卷，實自伊釐定。當時白石歌曲刻本，嘉泰舊版已久佚不可復得，即貴與馬氏本亦少流傳，汲古閣但依花庵選卅四闋，康熙甲午玉山人所刊合集（「玉」下當脱「几」字）及歙縣洪正治本，俱以意羼亂，姜忠肅祠堂本猶未見於世，以提要所據爲善本者，當即陸淳川乾隆癸亥從元鈔鋟版，同時許寶善因以進呈。以其所刊譜式大似宋槧，故目之最爲完善也。」

（鄭校）予從西湖文瀾閣見丁氏補鈔四庫本姜詞，分卷款式一同陸本。全書惟角招詞「繞西湖盡是垂楊柳」句旁譜作「ムマ一リ万ム一マ」又羨一「楊」字，與陸本、倪鴻本、許增本、張奕樞本、江炳炎本無一合者，當是補鈔誤筆。四庫本出自陸本無疑。四庫修書始於乾隆卅七年，成於四十七年。蓋後於姜文龍本而早於姜熙本也。

近日坊間有掃葉山房石印本，從倪鴻四種本；涵芬樓有影印陸本；中華書局有排印本，從許增榆園叢刻。

以上刊本、排印本、影印、石印本、寫本共十餘種，皆出自陸本，幾佔歷代姜詞各本之大半。許增本綴言謂「近又有閩中倪耘劬本」，張文虎舒藝室餘筆謂：「揚州別有知足知不足齋刊本，字形較寬，止有歌曲。」予皆未見。若非出于毛晉陳撰諸刻，當亦從陸本，其時江、張二本未出也。日本靜嘉堂文庫漢籍書目有白石詞，與沈端節克齋詞合綴一本，亦不知出于何本。

吴則虞先生告予：「聞何蝯叟舊藏有王茨檐手鈔本，（茨檐見道古堂集，名曾祥。）據厲樊榭手録。樊榭得之符藥林。符本後付陸鍾輝刊行，符、張奕樞同源，各有校訂，樊榭皆參預其中。然陸本增省卷第，致使書棚、嘉泰兩本面目盡失，茨檐之本可貴者在此。詩集補遺較陸刻多葛蒲七絶、三高祠七絶、和王秘書游水樂洞五律、於越亭七絶，共四首。蝯叟此書後散在白門，未識尚在霄壤間否。」

張奕樞本後無傳刻，今惟見沈曾植景印本一種。其書於宋廟諱初名如「光」、「義」、「受」、「宗」等字，並缺筆，别集中「恒」字亦缺末畫。每卷後凡題卷皆空白兩行。鄭文焯據此定爲景宋舊刻，尚是原編六卷本來面目。並賞其石湖仙「綸巾攲雨」句「雨」字，足訂陸本之誤。（鄭校）沈本後附事林廣記音樂二卷，乃得之日本故文庫者，所載字譜足與詞源、白石旁譜互證，乃他本所無。其書影印於宣統二年庚戌，蓋先彊村刻江本三年也。此編未改併卷數，勝於陸刻；惟時有訛字，（如鐃歌鼓吹曲「陳洪進」作「進洪」，「我謀臧」作「我謀藏」；越九歌「或肉以昌」，「昌」作「曷」；夜行船「聽流澌」作「流嘶」；浣溪沙「共出」作「不出」；齊天樂「候館」作「侯館」，「倐然」作「倏然」；惜紅衣「青墩」作「青燉」；徵招「卷篷」作「卷蓬」；秋宵吟「宵」作「霄」；念奴嬌「王謝」作「玉謝」；卜算子「折」作「拆」。）此其不及江本處。江炳炎鈔本，一九一三年，陳方恪得於吴門，以詒朱孝臧。孝臧以張、陸二本及許本、花庵詞選、絶妙好詞諸書校之（未校旁譜），即今彊村叢書本也。江本傳刻，惟此一種。校刊之精，爲近日姜詞首舉矣。

以上出於陸刻者十餘種，出於張刻、江鈔者各一種，皆源於錢刻陶鈔。此爲弟一支，傳刻最盛者也。

（乙）花庵詞選本

黄昇選花庵中興以來絶妙詞，刻於淳祐九年，後嘉泰壬戌錢刻白石歌曲四十餘年，載白石詞止三十四闋，於各詞小序間多刪削。毛晉刻六十一家詞時，陶鈔未出，遂誤以花庵所録爲「真完璧」，所刻一依花庵，誤處亦仍不改。（如少年游「張平甫」作「斗甫」等。）

毛斧季嘗以二鈔本校此卷，刊本章次題注與原刻全別。毛斧季、陸敕先、黄子鴻手校六十名家詞，曾藏知不足齋及鐵琴銅劍樓，今藏北京圖書館，尚爲汲古閣原釘家塾本。

陳撰康熙五十七年戊戌，輯白石詩詞，刻於廣陵書局。（陳氏自序。曾時燦序。）四庫提要（詞曲類存目）謂其詞「凡五十八闋，較毛晉汲古閣本多二十四闋。然其中多意爲删竄，非其舊文」。

洪正治獲白石集於真州，亦詩詞合編，刻于乾隆辛卯。江炳炎謂其「字畫訛舛，頗多缺失」。（江本自序）鄭文焯譏其與陳撰刻「同一羼亂，等之既灌焉爾」。（鄭校）予從朱彊村先生假得靈鶼閣所藏此本，鐫刻甚精，詞共五十八闋，自度曲無旁譜，末慶宫春一闋止餘首六句，而較陶鈔多出越女鏡心二闋、驀山溪二闋、點絳唇三闋、湘月二闋、（洪刻作「鬲指」，大謬。）催雪一闋、月上海棠一闋，其非姜詞，時具顯證，（驀山溪詠梅，梅苑、歷代詩餘作曹組；「鴛鴦翡翠」一闋，黄庭堅詞；點絳唇「金井空陰」一闋，吴文英詞；「金谷年年」一闋，林逋詞；湘月詠月「海天向曉」一闋，花草粹編、歷代詩餘作韓駒；「素娥睡起」一闋，粹編作姚孝寧；催雪一闋，陽春白雪作丁注；越女鏡心「花匣么弦」一闋，陽春白雪作趙聞禮，絶妙好詞、歷代詩餘作樓采。）其書繆戾疏陋處，與四庫提要存目譏陳撰本者無一不符；末附陳撰一跋，與陳刻自序止多末五語。跋署「丁未清和」（雍正五年），蓋在陳刻後九年。是洪氏獲於真州者，顯即陳本矣。（陳撰康熙六十一年客真州，見厲鶚秋林琴雅序。）

武唐俞蘭（聖梅）刻白石詞鈔一卷，不題年月，跋云：「玉田山中白雲詞錢塘龔氏已有刻，惟白石詞則尚缺然。」知在康熙中龔刻山中白雲之後。（龔書刊于康熙，見四庫提要，龔氏序無年月。）卷首有改庵居士吴淳還序，謂：「白石樂府相傳凡五卷，常熟毛氏汲古閣本於姜氏一家，僅據中興絶妙詞選載三十四闋，其爲不全不備可知。余嘗以暇日，廣搜遠輯，更得散見者廿四闋，合之共計五十八闋，録成一帙。云云。」（吴亦武唐人，武唐即嘉善。）今以洪正治本校之，次序雖異，（此以小令、長調分先後。）首數則符，其比花庵羨出各首，如驀山溪「洗妝真態」、「鴛鴦翡翠」，點絳唇「金井空陰」、「祝壽筵開」、「金谷年年」，以及越女鏡心、催雪、月上海棠等十一首，亦同洪本，慶宫春一首亦僅存開首廿八字。洪本出于陳撰本，此或亦用陳本，並非出于淳還之「廣搜遠輯」。惟點絳唇「金谷年年」一首題下注「一刻林君復」；驀山溪「鴛鴦翡翠」一首，注「一刻黄山谷」；越女鏡心「花匣么弦」一首，注「一刻樓采君亮」；則洪本所無耳。（此編寫刻甚精，亦偶有誤字，如齊天樂「庾郎先自吟愁賦」，「自」誤作「是」；少年游「雙螺未合」，「螺」誤作「蜨」等是。此本所注宫調亦同洪本，玲瓏四犯上誤作「四犯玲瓏」，八歸夾鍾商，則誤「鍾」爲「中」。）

（丙）南宋刊六十家詞本

見詞源下，卷數及年代皆無考。

（丁）直齋書録解題、文獻通考著録本

直齋書録解題（卷二十一，歌詞類）、文獻通考（卷二百四十六，經籍考集部歌詞類）各著白石詞五卷，與錢刻陶鈔作六卷者不同，而與周晚菘在漢上所見之陶鈔本相符。（陸鍾輝刊本及吴衡照蓮子居詞話卷二，皆云「白石詞『六』卷，著録于馬氏通考」，誤。）朱彝尊作黑蝶齋詩餘序及詞綜發凡，皆云「白石詞五卷，今僅存二十餘闋」。時陶鈔未出，當即據直齋及通考而言。（五卷本又見于千頃堂書目，或明代尚在人間。）姜詞傳刻四大支，錢希武本雖亡，猶有陶鈔傳刻十數種；花庵詞選至今無恙；其永成廣陵散者，惟此及南宋六十家詞刊本；而卷數又顯有異同，無從求得一校今存各本，惜哉。

清初倪燦著宋史藝文志補，載有白石歌曲四卷別集一卷。此與陶鈔六卷別集一卷及直齋書録、文獻通考作五卷者又不同。初疑其即陸鍾輝合陶鈔六卷爲四卷之本；然倪氏卒于康熙二十七年戊辰，不及下見乾隆初年之陸刻；而此本又從未見于前人著録；疑莫能明，記之待考。（倪氏補志，署盧文弨校正；文弨乾隆間人，及見陸刻；此條或盧氏加入耶。）

一九五四年，杭州。

此文頗多疏漏，參「承教録」汪世清先生四函。

客歲與汪世清先生把晤于北京，承示所藏白石道人歌曲一本，六卷，無別集，亦無詩集。首頁有趙與旹序，無陶宗儀跋。鈐「孫烺」、「蘭孫」、「曾藏紅芙山館」諸印（孫休寧人）。謂十餘年前得于歙縣者。與沈曾植印本字迹全同，但沈本有別集；與張奕樞「松桂讀書堂」本文字異者十餘處，且無張序，無別集，而板式行數與張無殊；華亭張應時嘉慶間重刻張奕樞本，此無應時序，則又非應時本。汪先生精于姜詞版本考鑒，亦無從定此本所出。爰記于此，以俟博訪。一九六二年冬補識。

記厲樊榭手寫白石道人歌曲

浙江師範學院圖書館頃自上海購得舊鈔本白石道人歌曲一本，六卷別集一卷，共四十九頁，半頁九行，行廿一字，書口下方刊「小玲瓏山館」五字，首頁有「小玲瓏山館」朱文方印、「馬佩兮家珍藏」朱文長方印。末頁趙與訔跋與陶宗儀跋之間，低數格有厲樊榭跋云：

白石歌曲世無足本。此册予友符君幼魯得于松江樓君敬思家藏。積年懷慕，獲睹忻慰無量。亟假手録。旁注音律譜，一時難解，故去之，玩其清妙秀遠之詞可矣。時乾隆二年四月立夏日，錢唐蒹葭里人厲鶚。

跋下有「太鴻」小方印。近人袁寒雲據此題爲「厲樊榭手寫本」。並爲作跋曰：「厲太鴻手寫白石歌曲，乃爲馬佩兮過録元本。予曾見厲氏所校書，與此册書法正同，是真迹無疑。或有以纖弱忽之，必未見厲書者也。戊午冬寒雲。」末頁有羅振常二跋，其一有云：「（厲鶚）跋尾署乾隆二年四月立夏日，案蒲褐山房詩話：『樊榭以孝廉需次入京，不就選而歸，揚州馬秋玉兄弟延爲上客，來往竹西者數載。云云。』乾隆二年正當樊榭詞科報罷，需次既歸之後，其時恰主馬氏，故所録即藏馬小玲瓏山館。又江研南録本序，亦稱符藥林過揚州，出詞本相示，因而假録，後則署乾隆二年四月十九日。蓋符氏以是本遍示諸人，互相假録，厲、江兩本，同時所寫，故日月亦略同也。云云」此以年月比勘，亦定爲厲氏手寫。

予頃者繙帑數過，于此有數疑事：其一爲訛字甚多，有不能諉爲筆誤者，如：

鐃歌鼓吹曲：「聖宋鐃歌」，「鐃」誤作「鏡」；

鷓鴣天：「誰識三生杜牧之」，「牧」誤作「枚」；

角招序：「游人容與飛花中」，「容」誤作「客」；

摸魚兒：「柳州老矣」，「柳」誤作「抑」；

淒涼犯：「犯有正旁偏側」，「正」上羨一「正」字；

湘月：「玉麈談玄」，「麈」誤作「塵」；

漢宮春：「雲曰歸歟」，「曰」誤作「白」。

此等必出于不解文義者之手，太鴻何致有此！（他如卷二末頁引硯北雜志「鮮于子駿」，「子」作「字」，鷓鴣天「人間」作「人問」，角招「愛著宮黄」，「愛」作「受」，徵招「咸非流美」，「咸」作「成」，念奴嬌「湘臯聞瑟」，「瑟」作「琴」，他如「染」作「染」，「沔」作「沔」等尚多，茲不具舉。）

其次，書中誤字之旁，有黄色改筆，初疑出于厲氏；然觀其凡遇涉及聲律語，皆不斷句；如徵招「予嘗考唐田畸聲律要訣云云」以下一段，淒涼犯「琴有淒涼調云云」以下一段，越九歌後折字法「篪笛有折字云云」一段，皆無不如此。厲氏雖不專精樂學，亦何致不能句讀。至若醉吟商小品序：「琵琶有四曲」一段，于「醉吟商胡渭州」中間加點，而不知其爲一曲；角招首句「何堪更繞(西)湖盡是垂柳」句，于繞字下圈，是且誤其詞文之句讀矣。

予得見此本時，杭州方開古畫展覽會，柳卿子畫像一幀，有清初諸老題字，太鴻亦手書一贊，予携此書往校，則字迹健弱懸殊。知寒雲所云，實不可信。

據此數端，可決其非太鴻手迹。但其書確是清初鈔本，並在白石詞版本中自有其真價，不致因非厲鈔而減值，請述之如下：

案元代陶宗儀傳鈔宋刊白石歌曲六卷別集一卷，乃今日所見姜詞最全最古之本，其書嘗湮没數百年，至清初始發現于松江樓敬思家，爲後來陸鍾輝、張奕樞、江炳炎、朱孝臧諸刊本鈔本所從出；而此鈔本厲跋，亦云符幼魯得于樓敬思家，則與陸、張、江諸本同出一源。羅振常跋嘗以各本年代比勘，徵據尤顯。

羅跋嘗舉此本文字比他本勝處有三，其説曰：「卷三江梅引序『將詣淮南不得』，朱刻作『將詣淮而不得』，案本詞有『歌罷淮南春草賦』之句，則作『淮南』爲是。白石詞中常韵(疑「用」)淮南，踏莎行云：『淮南皓月冷千山』，卜算子云：『淮南好，甚時重到』皆是。淮南爲廣陵，故曰『詣』，若泛指淮水，當云『渡』不當云『詣』也。(燾案：此淮南指合肥而非廣陵，説在予作白石合肥詞事考，羅説偶誤。)又朱刻卷三浣溪紗第五首序『得臘花韵甚』，校語云：『臘』當作『蠟』，此本正作『蠟』不作『臘』。又卷六秋宵吟『去國情懷，暮煙衰草』，朱刻作『暮帆煙草』，便不成句。又別集卜算子第五首注『下竺寺前云云』朱刻全闕，（燾案：朱刻不闕。）略舉數則，可見此本之善，則欲見陶氏原本真面者，殆莫此本若矣。」案此本勝處，尚不僅此，予頃以各本互校，發現此本有甚可注意之一事，即據其別集製題，可見此本有比他本更近宋本姜詞原始面目者，如：

別集小重山令，此本詞題云：

趙郎中謁告迎侍太夫人，將來都下，予喜爲作此，曲寄小重山令。（「曲」字亦可屬上句。）

他三本則作：

趙郎中謁告迎侍太夫人，將來都下，予喜爲作此曲。

「曲」字連上句讀，「小重山令」四字，則另起一行在前，删去「寄」字。

案別集一卷，乃白石卒後，後人輯録而成，周文璞「吊堯章」詩所謂「兒從外舍收殘稿」，或即指此。外集卜算子「吏部梅花八詠，夔次韵」八首，乃和曾三聘之作，而題僅稱「吏部」，並自具名于下，當是白石寫奉三聘之原稿，後人即仍其寫式編入；此本小重山寄趙郎中之題，正亦同此。

又，別集虞美人一首，此本不列調名，徑題云：

括蒼烟雨樓，石湖居士所造也，風景似越之蓬萊閣，而山勢環繞，峰嶺高秀過之。觀居士題顔，且歌其所作虞美人，夔亦作一解。

張奕樞本則另起一行列虞美人調名，而删去題中「虞美人」三字，則「且歌其所作」句，文氣不完，不如此本猶是原題。（別集洞仙歌黄木香贈辛稼軒一首，墨筆脱落洞仙歌調名，有黄筆填補；而小重山、虞美人題中皆無黄筆，知非寫手誤鈔。）

又羅振常跋，指出此本與三本不同者：「如卷三（燾案：當云「卷二」。）後，此本有硯北雜志一則：

周公謹云：『姜堯章鐃歌鼓吹曲，乃步驟尹師魯皇雅；越九歌乃規模鮮于子駿九誦；然言詞峻潔，意度高遠，頗有超越驊騮之意。』

卷六後有慶元會要一則：

慶元三年丁巳四月□日，饒州布衣姜夔上書論雅樂事，並進大樂議一卷、琴瑟考古圖一卷。詔付奉常。有司以其用工頗精，留書以備採擇。

江本均無之。（燾案：張本亦無。）案此雖非詞集本文，然當是趙與訔、陶九成原本所記。趙跋中有『會要所載，奉常所録』之語，未可節也。」案羅説甚是。此亦此本比三本更近宋本元鈔真面之一證。

予意厲氏得見樓敬思藏本時，或曾自鈔一本。（朱孝臧跋江炳炎本謂「張刻經黄唐堂、厲樊榭、陸恬浦先後勘定，或有據他本點竄者」，是厲氏或曾以此本校張本。）當時厲氏方主馬家，馬氏屬人過録其本，遂並録其跋語。袁、羅二氏乃因此遂詑爲厲氏手鈔。依予上文所舉訛謬各事以觀，謂其出于厲氏手筆，寧非厚誣厲氏。白石詞傳本，出于陶宗儀校鈔者，清乾隆時但知有陸鍾輝本，宣統庚戌沈曾植影印本出，乃知有張奕樞本，一九一三年，朱孝臧以陳方恪得于吴門者刻入彊村叢書，乃知有江炳炎本。今此本發現最後，知者尚少。予慮讀者或以卷中疏誤各事，遂不信袁、羅兩跋之説，因而並忽視其有比陸、江、張三本更近宋刊真面之處，則負此詞林珍秘矣；故不憚覼縷，述之如此。

此書印章「小玲瓏山館」、「馬佩兮」二方之外，首頁有「行素堂藏書記」、「世異之印」、「惪启借觀」、「江陰繆僧保印」，末頁有「曾藏沈燕謀家」、「僧保珍藏」、「雙若樓」、「蟫隱廬秘籍印」、「振常印信」、「沈燕謀藏書印」、「高氏校閱精鈔善本印」。繆、沈諸家，皆無文字記歲月。驗各跋紀年，寒雲戊午爲最後，殆自袁家散出者也。

【後記一】

予曩考姜詞版本，定陶鈔傳本有張、陸、江三家。旋聞之張孟劬先生（爾田），謂三本所從出之符藥林本，有厲樊榭校本，嘗見于蔣孟蘋處；又聞之吴則虞先生，謂何蝯叟藏有王茨檐（曾祥）鈔本，亦出于樊榭手録本。知三家之外，尚有樊榭一本。頃張君慕騫自上海購書歸，收得此册，喜出望外。緍玩纍日，成此小文，俾世人知宋刻元鈔之支裔，實有四本。版本考憚于改寫，爰附繫于後。厲氏手鈔，倘猶在天壤，懸目竚之。

一九五七年冬，寫于玉鄰堂。

羅振常跋稱此本文字比他本勝處有三，案江梅引「淮而」作「淮南」，倪鴻本亦然；浣溪沙「臘花」作「蠟花」，正符鄭文焯校語。惟謂各本秋宵吟「暮帆煙草」句不如此本之「暮煙衰草」，則殊未諦。考秋宵吟乃雙拽頭調，此四字爲第二片結句，應對第一片結「箭壺催曉」句，此兩句四聲陰陽皆同，似非無意偶合；若以「壺」對「煙」，則陰陽聲乖異矣。又此本盡删旁譜，不及江、張、陸各本，羅跋謂「欲見陶氏原本真面者，殆莫此本若」，亦過譽也。

一九五八年夏。

【後記二】

頃得汪世清先生北京函承告數事：（一）水雲漁屋藏板即陸鍾輝本；（二）張奕樞本沈曾植影印外尚有嘉慶二十五年庚辰張應時重刊本；（三）陳撰刊本出自朱彝尊舊輯；（四）北京圖書館善本書室藏有清代鈔本白石詞一種，目録同陶鈔分六卷，而僅有令、慢、自度曲三部分，排列次序亦有變動，似爲樓敬思所藏之外另一陶鈔過録本，可能是明末項孔彰（易庵）鈔本；（五）王曾祥（茨檐）手鈔本録自厲鶚鈔本者，今亦在北京圖書館。凡此皆足補拙作姜詞版本考，亟記于此。其詳見「承教録」汪先生原函。

一九五八年九月。

附録一

白石詩文雜著版本考

宋史藝文志載白石叢稿十卷，今已不傳。齊東野語十二謂「堯章詩詞已板行，獨雜文未之見；余嘗於親舊間得其手稿數篇，尚思廣其傳焉」。陳思白石年譜云：「宋史藝文志，白石叢稿十卷；文獻通考無叢稿，有詩三卷、詞五卷；似叢稿宋季已佚。然據草窗『獨雜文未見』語證之，叢稿蓋即慶元會要所載之大樂議一卷、琴瑟考古圖一卷，直齋書録所載之詩三卷、詞五卷，都爲十卷。馬氏依陳氏作考，故不復著叢稿十卷。若嘉泰刻之歌曲六卷，則早刻單行。所謂『手稿數篇』，即著於野語之自述、禊帖偏旁考及所藏之保母帖、金蓀壁（應桂）補書之白石題跋也。」此説信否不可知。宋史所載叢稿，亦不悉輯自何人。（齊東野語載白石自叙：「丞相京公不獨稱其禮樂之書，又愛其駢儷之文。」駢文今無一篇傳矣。）

詩集著録於直齋書録解題二十作三卷。今存一卷，當時曾一鏤板於臨安陳起。（曾時燦序。白石道人詩集一卷，題云「臨安府棚北大街陳宅書籍鋪刊行」。葉德輝書林清話二「南宋臨安陳氏刻書之二」條，定爲陳起刊。）陸鍾輝以其間竄入姜特立梅山稿中詩，乃爲分體釐定，削去竄入之作（見陸序）。今陸本分上下二卷，並輯集外詩一卷。四庫全書所收編修汪如藻家藏本，作一卷者，似猶是流傳原本。陸氏之後，詩詞合刻者，若江春、姜文龍、姜熙、倪鴻、許增諸本，皆一仍陸刻分上下二卷。四庫提要引書録解題及武林舊事、咸淳臨安志、硯北雜志所載白石佚詩，以一卷本爲非完本。案白石詩詞去取甚嚴，據詞集慶宫春序，慶元二年自封禺詣梁溪得詩詞五十餘解，而今集中可考見者止五六首，是已删去十九。武林舊事、硯北雜志諸佚詩，及和王炎、陳造諸作，安知不在删削之列，疑提要所云，似未必然。惟直齋所云三卷本，今無可考矣。

詩説一卷，舊附刻詞集之首。四庫全書嫌爲不倫，移附詩集之末。陸鍾輝、倪鴻、許增諸本，皆次在詩集之後，歌曲之前。以詩説附載集中，殆始於陸本也。

絳帖平，齊東野語（十二）作十卷。直齋書録解題（十四，雜藝類）作一卷。曝書亭集（四十三，絳帖平跋）謂「絳帖平二十卷，予搜訪四十年，始鈔得之，僅存六卷爾」。案四庫提要（八十六，目録類）引曹士冕法帖譜系，謂絳州東庫本絳帖，逐卷各分字號，以「日月光天德山河壯帝居太平何以報願上登封書」爲别，今夔所論，每卷字號與士冕所説相合，然則，夔所得即東庫本也云云。又據墨莊漫録，謂「其書本二十卷，舊止鈔本相傳，未及雕刻，所載字號止於『山』字，其『河』字以下，亡佚十四卷，竟不可復得」。據此，則此書二十卷無疑，齊東野語及直齋書録之説非矣。今著録四庫全書中，有聚珍本、閩覆本。

續書譜一卷，著目於直齋書録解題卷十四雜藝類，嘉定戊辰刻於天台謝采伯，時白石猶健在。書目分二十則，而實止十八則，「燥潤」、「勁媚」二則有目無書，原注見「用筆」及「性情」條。四庫提要謂合之欽定佩文齋書畫譜，次序先後不同，「燥潤」、「勁媚」二則則並無其目，知當時流傳另有一本，而其文則無增損也。姜文龍、倪鴻刻姜集載此書，陸鍾輝、江春、許增三本皆無之，佩文齋書畫譜外今另有百川本、書苑本、格致叢書本、百名家書本、珊瑚網本、説郛本（卷七十六）。

白石慶元三年上書論樂，進大樂議一卷、琴瑟考古圖一卷（見慶元會要），今宋史樂志猶存其略。禊帖偏旁考亦見十數條於齊東野語十二。保母志跋，刊于鮑氏知不足齋叢書四朝聞見録之後；今上海徐氏素石山房傳其手迹，真僞不可知。他若張循王遺事、集古印譜，見其名於絶妙好詞箋者，今皆無從徵訪矣。（明人張羽作白石道人傳，謂白石有蘭亭考一卷，當即禊帖偏旁考也。）

一九三〇年一月寫于嚴州，五四年冬改于杭州。

附録二

白石詞集辨僞二篇

（一）「姜白石晚年手定集」

今傳白石詩詞集皆有宋本傳刻：詩有臨安陳起刊本，詞有華亭錢希武刊本。後來自陸鍾輝至朱孝臧一二十家，雖輾轉摹寫，字畫偶有異同，要皆無關宏恉。近世忽有姜忠肅祠堂鈔本出現，云是白石晚年手定。至明洪武十年，白石八世孫福四寫二本，一付其子，一貽猶子通。萬曆廿一年，十六世孫鯉，以側理漿紙臨寫一本；清乾隆九年甲子，二十世孫虬緑，取各刊本校讎，附以歷代詩話掌故，寫爲今本。清季歸江標靈鶼閣，江氏旋以貽鄭文焯。況周頤過得一本，記其梗概于香東漫筆，詫爲瓌寶。其詩詞編次，字句增損，皆與世本大異。詞集分「填詞」五十四首，「自製曲」二十首，共七十四首，比世本多三首，（月上海棠一首、越女鏡心二首。）少十三首，（阮郎歸

「紅雲低壓」一首、好事近「涼夜摘花」一首、鷓鴣天「京洛風流」一首、「一昨天街」一首、浣溪沙「春點疏梅」一首、小重山「寒食飛紅」一首、卜算子梅花八詠之一、二、五、六、七、八共六首，驀山溪「青青官柳」一首。）改調名一首，（改滿江紅爲仙姥來。）改題目一首，（改虞美人賦牡丹爲賦梅。）點竄字句共一百三四十處，有五六十字之小令而改竄十餘字者；（鷓鴣天「輦路珠簾」、夜行船「略彴横溪」二首。）有併兩首爲一首者。（阮郎歸「紅雲低壓」首併入「旌陽宫殿」首。）是若真出白石手定，發現于六七百年之後，誠可謂書林星鳳，詞家球璧矣。頃者略爲尋繹，乃知其全出僞託。舉數證如下：

（一）石湖仙壽石湖居士：「見説胡兒，也學綸巾攲雨。」此指石湖使金，金人求其巾幘效之，事見宋史。「攲雨」用郭林宗角巾墊雨事。詩集悼石湖詩亦云：「尚留巾墊角，胡虜有知音。」此本乃改「雨」爲「羽」，與洪正治、陸鍾輝兩刻本同誤，必非白石自改。

（二）驀山溪「題錢氏溪月」，乃詠錢希武家園，詞有「一亭寂寞」句，「溪月」當是亭名。此本改作「月溪」，已爲可疑；詞云「百年心事，惟有玉闌知」，此分明是闌干字；白石弟子張輯東澤綺語債，有好事近云：「月明不見宿鷗鷺，醉把闌干拍，誰識百年心事，恰釣船横笛。」正襲用此詞。此本易「闌」爲「蘭」，遂不成文義矣。

此二者猶可諉爲傳鈔致誤。兹再舉其删改最多二首：

（三）阮郎歸「爲張平甫壽，是日同宿湖西定香寺」二首，前首「紅雲低壓碧玻璃」云云，皆記湖上景物，下片「繡衣夜半草符移，月中雙槳歸」，亦游湖紀實。次首云「旌陽宫殿昔徘徊」，「茅店酒，壽君時，老楓臨路歧」。則追述昔年平甫在南昌過生日同游西山玉隆宮事，集中另有壽平甫鷓鴣天詞小序百餘字，所謂「是日即平甫初度，因買酒茅店，並坐古楓下」，正與此詞相應。此本删去前首，而以前首結三句替後首結句，又改「壽君時」之「時」爲「詩」，以避下句「風絮時」之「時」字，文義雖可勉强湊拍，然合西湖、南昌兩事爲一，却與二首詞題不合。白石爲慶宮春序，自謂「過旬塗稿乃定」，其爲詞矜重如彼，豈其晚年重改，乃草率若此。

其足爲辨僞之堅證，尚有下方關係詞律者數端：

（四）月下笛句法，中間數十字皆上下片相對，（上片自「幽禽」至「半縷」，對下片自「揚州」至「在否」。）「啄香心度墻去」句，對下片「彩雲飛過何許」句，「多情須倩梁間燕」句，對上片「春衣都是柔荑翦」句，陸鍾輝、張奕樞各刻本，于此未嘗有異；此本乃於「啄香心」上加一「暗」字，「度墻」下加一「西」字，「梁間燕」下加一「子」字，上下句法，遂參差不齊。此其一。

（五）探春慢上片「回旋平野」以下，與下片「珠淚盈把」以下相對，（下片結尾兩句比上片結尾少二字，蓋宋詞常例。）下片「梅花零亂春夜」與上片「小窗閒共情話」平仄正同；此本乃倒「零亂」作「亂零」，則與「閒共」平仄不合矣。萬樹詞律謂此調「零亂」、「回旋」、「閒共」、「珠淚」四去聲字最發調，張奕樞本改作「零落」，已不合，何可倒作「亂零」！檢花草粹編載此詞，正作「亂零」，知此本實沿粹編之誤。此其二。

（六）暗香上片結句「香冷入瑤席」，此本倒作「冷香」。案吴文英和此調，四聲多合，此句作「桃李靚春靨」，「桃李」、「香冷」同是平上；張炎、陳允平諸人填此調，亦皆如此。張、吴皆嚴于守調，足據之以定姜詞。此其三。

白石十七譜繫詞樂一綫，此本一概删去旁譜，已甚可怪；今兹三事，復大違詞格如此；足見作僞者于此，實懵然無識。姜虬緑跋語乃謂「搜取各本彼此讎勘，知公晚年用意之精，審律之細，于此道真有深入」。繆悠之談，徒發人詫笑而已。

此本比世本羡出三詞，其越女鏡心「花匣么弦」一首，實即樓采之法曲獻仙音，見絶妙好詞卷四（此曩年朱彊村先生告予）。采，宋末人，約與周密同時，絶妙好詞載其詞六首，不容有誤。陸輔之詞旨「屬對」，引「花匣」二句，亦注樓氏，其非白石作甚明（陽春白雪則作趙聞禮）。檢清初洪正治重刊陳撰所輯白石詩詞刻本，詞共五十八首，其十一首爲陶南村鈔本所無者，皆非姜詞，具有顯證。越女鏡心二首、月上海棠一首，即在此十一首之内。況周頤香東漫筆乃謂前二首「守律甚嚴，非白石不能爲」，亦千慮一失矣。

此本題跋，以洪武十年姜福四一篇爲最先，而編中改竄各處，往往沿花草粹編及洪正治刻本之誤，知最後寫定當在二書行世之後。以意度之，乾隆間「搜取各本彼此讎勘」，「獨篇什不敢擅爲增損」之姜虬緑，或即此本作僞之人。黎邱幻技，不足以眩世，徒厚誣其先人而已。

又，宋本白石歌曲卷三之鬲溪梅令、杏花天影、醉吟商小品、玉梅令，卷四之霓裳中序第一，五首皆有旁譜，而不入卷五卷六自度曲自製曲中。此本分編「填詞」、「自製曲」二類，則以前五首合入自製曲，與揚州慢、秋宵吟十二首並列。今細案旁譜：前五首結拍皆作「ク」，與後十二首結拍皆作「ゥ」者不同；宋本分列，當有微意；此本混而同之，亦作僞者昧于音律之一證。

一九四七年十月十三夕，西湖羅苑。

（二）陳元龍「白石詞選」

白石詞選一卷，題「螺川陳元龍少章編」，乃紫芝漫鈔宋元名家詞之一。曾藏毛氏汲古閣，今藏北京圖書館，十年前劉君子植録以寄貽。書凡三十八頁，頁十八行，行十五字。選詞六十二首，編次與各本皆異。少章嘗注周美成詞，今所傳片玉集，題「廬陵陳元龍少章」。廬陵北有螺子山，又名螺川，故此題「螺川」。片玉集有劉肅必欽序，署「嘉定辛未」，知少章實白石同時人。此編若真出少章手，在姜詞選本中，比花庵詞選尤足珍貴矣。惟細審全編，有不能遽信者數事，約舉如下：

編中於有旁譜各詞，皆題「自製曲」，列于無譜諸詞之後；而暗香、疏影二首，獨拔冠全編，既已自亂其例；又揚州慢小序後綴一語云：「此後凡載宫調者，並是自製曲。」此實沿用花庵詞選之文，而與其目録次第，乃相戾違。

其目録六十二首中，只五首不注宮調，似可爲校訂音律之助；然就其所注宮調考之：

有與世傳金奩、子野、片玉、于湖、明秀、夢窗諸集相符者，如：點絳唇、滿江紅皆注仙呂調，水龍吟注越調，齊天樂注正宮，訴衷情注商調，側犯注大石調，慶宮春注越調，浣溪沙注黄鍾。

亦有訛誤違律者，如：揚州慢注中宮，奪「呂」字；阮郎歸注南呂調，「南」當作「仙」。此或是傳寫筆誤。若念奴嬌本大石調，白石過腔作湘月，原序明云「雙調」，而此本乃于念奴嬌注「仙呂調」，湘月注「小石」。徵招序明云「此曲依晉史名曰黄鍾下徵調，角招曰黄鍾清角調」，此本則徵招注「越調」，角招注「黄鍾角」。暗香、疏影是仙呂宮，而疏影注「仙呂調」，仙呂宮是夷則宮，仙呂調則夷則羽矣。法曲獻仙音，陳暘樂書及樂章集皆作小石，此本乃注「大石」。玲瓏四犯乃夾鍾商雙調，而注「大石」。此等皆非小失。有援據元曲者，如：杏花天影注「越調」，鬲山溪注「大石調」，同九宮詞譜：此猶可云元曲宮調或沿自宋詞。若清波引注「雙調」，則同元曲之清江引「波」、「江」不辨，非過率耶。（清波引始見于白石集，與元曲清江引體制全異。）

其無徵難信者，幾占全編三之一，如：小重山令注「小石調」，一萼紅注「夾鍾」，八歸、探春慢注「黄鍾」，踏莎行、眉嫵注「正平」，夜行船注「小石調」，琵琶仙、鶯聲繞紅樓注「雙調」，月下笛注「仙呂調」，摸魚兒注「正宮」，好事近注「越調」，虞美人（巫山十二峰）注「道宮」，憶王孫注「歇指調」，在宋代詞籍樂書中，皆無可考。

其最可詫異者，則指玲瓏四犯爲「大石」，案：宋本姜詞目録，此首下注云：「世別有大石調一曲。」蓋指周美成同調之「穠李夭桃」一首，詞句與此大異，故于此加注分别。兹編乃徑注「大石」，露此罅隙，知其人實昧于樂紀。予疑其書或元明人僞託。白石與美成齊名，以少章曾注美成，故託名少章。在陶鈔姜詞未出之前，此本以較花庵所録多出二十餘首，故爲汲古所珍視。陶鈔既出，此即真出少章手，亦無足貴，况又疏陋若此乎。姜詞贋本，姜虬緑所鈔「白石晚年手定本」，近日甚負盛名；此編則知者較少；予既訂「姜鈔」之僞，慮世人或爲此秘籍所眩，爰并辨之如此。

其目録所載宫調，分類列其然疑如下：

(一)與各刊本白石詞集相同者：各調上方數目，乃原編次序。

三十六　揚州慢　中宮(奪「呂」字)　　三十七　長亭怨慢　中呂
三十八　淡黄柳　正平　　三十九　石湖仙　越調
四十　惜紅衣　無射　　四十一　角招　黄鍾角
四十三　秋宵吟　越調　　四十四　淒涼犯　仙呂
四十五　翠樓吟　雙調　　四十七　霓裳中序第一　商調
四十八　鬲溪梅令　仙呂　　五十　玉梅令　高平調
五十一　醉吟商小品　雙調

(二)同金奩、子野、片玉、夢窗諸集者：

九　點絳唇　仙呂調（二首）　　十六　訴衷情　商調
十七　浣溪沙　黃鍾（二首）　　十八　慶宮春　越調
十九　齊天樂　正宮　　二十　滿江紅　仙呂調
廿九　側犯　大石調　　三十　水龍吟　越調

（三）訛誤違律者：

二　疏影　仙呂調　　七　阮郎歸　南呂調（二首）
廿二　念奴嬌　仙呂調（二首）　　廿六　法曲獻仙音　大石
廿八　玲瓏四犯　大石　　四十二　徵招　越調
四十六　湘月　小石

（四）據元明曲調者：

五　驀山溪　大石調　　十三　鷓鴣天　大石調（七首）
廿五　清波引　雙調　　四十九　杏花天影　越調

（五）無徵難信者：

三　小重山令　小石調（「令」原誤「近」）　　六　鶯聲繞紅樓　雙調
八　好事近　越調　　十　巫山十二峰　道宮（二首）
十一　憶王孫　歇指調　　十四　夜行船　小石調

十五　踏莎行 正平調　　廿一　一萼紅 夾鍾

廿三　眉嫵 正平　　廿四　月下笛 仙吕調

廿七　琵琶仙 雙調　　三十一　探春慢 黄鍾

三十二　八歸 黄鍾　　三十五　摸魚兒 正宫

（六）不注宫調者：

一　暗香　　四　江梅引

十二　少年游　　二十三　解連環

三十四　喜遷鶯慢

白石醉吟商小品不注宫調，序云：「實雙聲耳。」戴長庚律話、陳澧聲律通考及張文虎舒藝室餘筆皆疑爲雙調，考旁譜亦確如此；而此本正注「雙調」。又陸鍾輝刊本姜詞及花庵詞選淒涼犯下皆注「仙吕調犯商調」，予定「商」乃「雙」誤，夢窗集正作雙調；此本亦注「雙調」。全編可取者，惟此二事而已。

此本注鶯山溪、杏花天影宫調，同蔣氏九宫譜。考王驥德律話，蔣孝九宫譜自序作于嘉靖二十八年，此書若出明人假託，其年代當在嘉靖之後。

一九四八年春寫於西湖羅苑，五六年改定於杭州南湖之玉鄰堂。

各本序跋

宋趙與峕跋嘉泰刊本

歌曲特文人餘事耳，或者少諧音律。白石留心學古，有志雅樂，如會要所載，奉常所録，未能盡見也。聲文之美，概具此編。嘉泰壬戌，刻於雲間之東巖，其家轉徙自隨，珍藏者五十載。淳祐辛亥，復歸嘉禾郡齋。千歲令威，夫豈偶然！因筆之以識歲月。端午日，菊坡趙與峕書。

元陶宗儀自跋鈔本

至正十年，歲在庚寅，正月望日，如葉君居仲本于錢唐之用拙幽居，既畢，因以識其後云。天台陶宗儀九成。

此書俾他人鈔録，故多有誤字，今將善本勘讎，方可人意。後十一年庚子夏四月也。

第五卷暗香詞第四句「不管清寒與攀摘」，他本作「攀折」，誤。辛丑校正再記。

舊抄本白石詞六卷，無別集。末有三跋，第三跋他本所無。（施君蟄存謂當亦陶宗儀作。）

明毛晉自跋汲古閣刻宋六十名家詞本

白石詞盛行於世，多逸「五湖舊約」及「燕鴈無心」諸調。前人云：花庵極愛白石，選録無遺。既讀絶妙詞選，果一一具載，真完璧也。范石湖評其詩云「有裁雲縫月之妙手，敲金戛玉之奇聲」。予於其詞亦云。蕭東夫於少年客遊中，獨賞其詞，以其兄之子妻之。不第而卒，惜哉！湖南毛晉識。

清陳撰自跋刊本

南宋詞人，浙東西特盛。若岳肅之、盧申之、張功甫、張叔夏、史邦卿、吴君特、孫季蕃、高賓王、王聖與、尹惟曉、周公謹、仇仁近及家西麓先生，先後輩出。而審音之精，要以白石爲諧極。石帚詞凡五卷。草窗、花庵所録雖多少不同，均祗十之二三。汲古閣本第增「五湖舊約」、「燕鴈無心」二調，餘佚不傳。詠草點絳唇，復見逋翁集中，援據無徵，亦難臆定也。先生事事精習，率妙絶無品。雖終身草萊，而風流氣韵足以標映後世。當乾淳間俗學充斥，文獻湮替，乃能雅尚如此，洵稱豪傑之士矣。蕭東夫愛其詞，妻以兄子。曾以上樂章得免解，訖不第。其出處本末，草窗云具備於張輯所作小傳中。他日當更訪得之，類諸集首。張字宗瑞，即連江太守思順名履信之子。康熙甲午秋禊日，玉几山人陳撰書。

曾時燦序陳撰本

白石道人自定詩一卷，僅一鏤板于同時臨安陳起，故流傳絶鮮。近州錢吴氏宋詩鈔，所收殆百家，顧是集獨遺。此爲錢塘陳氏玉几山房勘定本，最爲完善。洎石帚詞一卷，亦多世本所未見者。爰請合刻之廣陵書局以行。他如絳帖平、續書譜并諸雜文，將次第蒐録編刊，以成全書焉。康熙戊戌五月，龍溪曾時燦二銘識。

洪正治序

白石自定詩一卷，世鮮流傳；詞五卷，所存止草窗、花庵撰録數十首而已。比搜得藏本，顧詩中如奉天台禄、閒詠、小孫納婦，悉係同時姜特立所作。詞雖倍於舊數，然點絳唇詠草一首，復見諸林處士集中；蓋嬗世既寡，訛脱相承，所不免矣。夫白石在渡江諸賢中，品目顯著，然且若此，則夫單家孤帙，其爲名湮絶響者知復何限。予幼耽倚聲，於南宋諸家，最愛白石，今始獲覯其合集，因不敢自秘，亟鋟諸木，以廣其傳，庶幾如昔人所云欲飲則人人適河，索照而家家取燧，詎不稱愉快也耶。雍正丁未四月歙縣陔華洪正治書。

承燾案：洪本登陳撰一序，文同前篇，只結處「即連江太守思順名履信之子」句下，多「陔華先生服奇道古，雅喜是編，爰爲開雕，冀垂永久，蓋其表章之功匪細也。丁未清和，錢唐陳撰玉几書」數語，知此本實即陳刊。

諸錦序

世傳白石詩凡一百六十有四，外又得全芳備祖一首、姑蘇志三首、武林遺事七首，以潘轉菴樫、韓仲止淲題昔游篇附焉。而是編較完。白石在南宋一老布衣，往往爲章服者傾倒，如石湖、誠齋互爲推獎，由是聲價益高，士固不可無所汲引歟。以白石之幼渺清放，來往於菰蘆苕霅中，野鶴翛然，固自不朽，其詩擺落故蹊，了無塵埃想，是可傳者應不在彼也。張輯之爲詩，源於白石，世謂謫仙復生；以輯權之，而白石之詩愈可知。顧聞其暮年落魄無所歸，卒於老伎所，讀其詩又可以哀其遇矣。康熙庚申十月之望，通越諸錦。

承燾案：此序見姜虬緑姜忠肅祠堂鈔本，文中不涉白石詞，似是詩集序，姑附于此。

吳淳還序武唐俞氏白石詞鈔

南宋詞至姜氏堯章，始一變花間、草堂纖穠靡麗之習。野雲孤飛，去留無迹，前人稱之審矣。白石樂府相傳凡五卷，常熟毛氏汲古閣本，於姜氏一家，僅據中興絶妙詞選載三十四闋，其爲不全不備可知。余嘗以暇日廣搜遠輯，更得散見者廿四闋，合之共計五十八闋，録成一帙。中年無歡，聊代絲竹而已。一日，俞子聖梅過余小齋，讀而善之，遂付諸梓。聖梅故有詞癖，加之好事，致足喜也。刻既竣，因書其端。改菴居士吴淳還。

俞蘭自跋刊本

白石翁以詩稱于南渡，詞尤精詣，惜乎流傳絶少。一日，偶造改菴草堂，出此帙示余，視舊本搜輯不啻倍之。矍然驚歎，如獲拱璧。近人爲詞，競宗白石、玉田兩家。玉田山中白雲詞錢塘龔氏已有刻，惟白石詞則尚缺然，洵爲恨事。爰加校勘，鏤版以行，用貽世之好讀白石詞者。武塘俞蘭跋。

厲鶚自跋鈔本

已引在上文「記厲樊榭手寫白石道人歌曲」。

江炳炎自跋鈔本

白石詞世不多見，洪陔華先生獲藏本刻於真州，於是近日詞人稍知南宋有姜堯章者。第字畫訛舛，頗多缺失。上海周晚菘因語予曰：「昔留漢上，見書賈持陶南村手録白石詞五卷别集一卷，可稱善本，索金六十兩，遂不能有，聽其他售。猶記集中有鶯聲繞紅樓一調，爲諸譜中未覩，此名至今往來胸臆，歎息不可復見。」未幾，符藥林老友自京師過揚州，於酒座間論及倚聲上乘，遂出白石全詞相示，云自吴淞樓觀察處借鈔，即南村所書舊本，沈淵之珠，忽耀人間，不愉快乎！爰秉燭三夜，繕完而歸之。後之才人得予此書，其珍惜又復何如！乾隆二年四月十九日，仁和江炳炎記於揚州寓齋。

藥林宦京師者十年，勤治之暇，不廢吟詠，而於倚聲尤深得此中味外之味，故能搜討幽潛，以發奇秘，且俾朋輩傳鈔，冀有心者爲之雕播，洵稱白石功臣，更可作詞壇津筏。乾隆丁巳清和月下浣，冷紅詞客又書。

是書因速欲繕成，字畫潦草，他日目力未竭，當重書一册，以誌吾快。四月廿六日，研南又記。

筆染滄江虹月，思穿冷岫孤雲。淡然南宋古遺民，抹煞詞壇衮衮。就令秦郎色減，何嫌柳七聲吞。將金鑄像日三薰，舌底宫商細問。是月廿六日，冷紅題西江月。

陸鍾輝自序刊本

南宋鄱陽姜堯章，以布衣擅能詩聲，所爲樂章，更妙絶一世。今所傳白石道人詩集一卷，蓋本臨安睦親坊陳起所刊羣賢小集，更竄入麗水姜特立梅山稿中詩，幾于郛婁之無辨。樂章自黄叔暘所輯花庵絶妙詞選二十餘闋外，流傳者寡；雖以秀水朱竹垞太史之搜討，亦未見其全，疑白石道人歌曲六卷著録于貴與馬氏者，久爲廣陵散矣。近雲間樓廉使敬思購得元陶南村手鈔，則六卷完好無恙，若有神物護持者。予友符户部藥林從都下寄示，因并詩集亟爲開雕，公之同好。詩集稍分各體釐定，去竄入之作。歌曲第二卷、第六卷爲數寥寥，因合爲四卷。其中自製曲俱有譜旁注，雖未析其節奏，悉依元本鈎摹，以俟知音識曲者論定云爾。乾隆癸亥冬十月既望，江都陸鍾輝書。

江春序陸鍾輝刊本

荀卿子有言，藝之至者，不能兩而工。王良、韓哀善御而不能爲車，奚仲天下之善爲車者也；甘蠅、養由基善射而不能爲弓，倕天下之善爲弓者也。是故工於詩者不必兼於詞，工於詞者或不能長於詩，比比然矣。然吾觀唐之李太白、白樂天、温飛卿，宋之歐陽永叔、蘇子瞻，皆詩詞兼工者，古或有其人焉。其在南渡，則白石道人實起而繼之。其詩初學西江，已而自出機杼，清婉拔俗，其絶句則駸駸乎半山矣。其詞則一屏靡曼之習，清空精妙，敻絶前後。以禪宗論，白石爲曹溪六祖能，竹屋、夢窗、梅溪、玉田之流，則江西讓、南嶽思之分支也。蓋自唐、五代、北宋之南渡，而白石始得其宗，截斷衆流，獨標新旨，可謂長短句之至工者矣。南渡詩家向數尤、蕭、范、陸，白石爲蕭氏弟子；今石湖、劍南集布海内，延之、梁溪集傳世寥寥，千巖雖賴入室傳衣有人，後世推其紹述所自，然遺詩放佚殆盡。乃知古人之集，其得存於後，亦有幸有不幸焉，可爲太息者也。白石又精書法，其所撰絳帖平、續書譜、禊帖偏旁考，論訂精審，不爽絫黍。其言曰：「小學既廢，流爲法書，法書又廢，惟存法帖。」非得其元要而能鑿鑿言之乎。則白石不特工詩詞，又工書矣。荀卿不兩能之說，其果可信也乎。此集刻自陸氏渟川，渟川舊雨襟契，向聯吟社，今墓草已宿，而此版歸我，爲之慨然。陸氏本故有集事、評論各如干條，投贈詩文如干首，族子雲溪病其未備，廣搜博採，所得復多於前。逭暑餘暇，因與汪子雪礓重加審訂，附録於末。汪與吾姪皆喜倚聲，蓋善學白石者。乾隆辛卯秋七月合朔，歙人江春鶴亭撰。

姜文龍自跋刊本

文龍甫識字時，見家乘載有白石公姑蘇懷古及與楊誠齋、潘轉菴往來數詩，輒依韵成誦。旋請於家君曰：「公詩僅存此數乎。」家君語以「此崑崗片玉耳。公生南宋人文稱盛時，就數詩内，已極爲當代推服。而寓號道人，意必隱曜含華，富於著述，好古之家當有得全集而珍藏之者。每愧足迹不出鄉關，無由遍訪先人遺業，汝他日有四方之役，正須爲此留心」。文龍謹誌不忘。歲甲戌，應朝考至都門，詢及諸先達，并索之各坊，皆無以應，久爲悵然。今年秋，世戚史匯東先生起假來京，于黄穫村先生處得公集，手自鈔録，詳加訂正，歲杪以示文龍。詩分上下卷，歌曲分四卷，又有集外詩、别集歌曲及詩説、續書譜，各以類附。蓋元人陶南村寫本，相沿至今，實五百年來碩果也。文龍喜出望外，捧至旅館，再四尋繹。竊謂詩説中自然高妙一語，當是公詩確評。至於歌曲節奏，竟茫然不解，敢謂能讀公之書哉！特念公以曠代逸才，知己遍海内，制作達明廷，而以布衣終老，造物者固當使此書不朽，而文龍又於成均考滿束裝旋里時，幸及見之，箕裘之賜，豈曰偶然！用是口誦手寫，風晨雪夜，不敢告勞。蓋藉以還報家君，知此行不爲無益，并欲積硯田餘貲，付剞劂氏，以傳諸無窮耳。校勘既竣，因附識於卷末。時乾隆丙子季冬廿二日也。

四庫全書總目提要

白石道人歌曲四卷，别集一卷（監察御史許寶善家藏本）

宋姜夔撰。夔有絳帖平，已著録，此其樂府詞也。夔詩格高秀，爲楊萬里等所推；詞亦精深華妙，尤善自度新腔，故音節文采，並冠絶一時，其詩所謂「自製新詞韵最嬌，小紅低唱我吹簫」者，風致尚可想見。惟其集久無善本，舊有毛晉汲古閣刊版，僅三十四闋，而題下小序往往不載原文。康熙甲午，陳撰刻其詩集，以詞附後，亦僅五十八闋，且小序及題下自註，多意爲删竄，又出毛本之下。此本從宋槧翻刻，最爲完善。卷一宋鐃歌十四首、越九歌十首、琴曲一首。卷二詞三十三首，總題曰令。卷三詞二十首，總題曰慢。卷四詞十三首，皆題曰自製曲。別集詞十八首，不復標列總名，疑後人所掇拾也。其九歌皆註律吕於字旁，琴曲亦註指法於字旁，皆尚可解；惟自製曲一卷及二卷鬲溪梅令、杏花天影、醉吟商小品、玉梅令，三卷之霓裳中序第一，皆記拍於字旁。宋代曲譜今不可見，亦無人能歌，莫辨其似波似磔，宛轉欹斜，如西域旁行字者，節奏安在？然歌詞之法，僅僅留此一綫，録而存之，安知無懸解之士能尋其分刌者乎。魯鼓薛鼓亡其音而留其譜，亦此意也。舊本卷首冠以詩説，僅三頁有餘，殆以不成卷帙，附詞以行；然夔自有白石道人詩集，列於詞集，殊爲不類。今移附詩集之末，此不複録焉。

四庫全書簡明目録

白石道人歌曲四卷，别集一卷

宋姜夔撰。夔詩格高秀，迥出一時，詞亦華妙精深。尤嫻於音律，故於九歌皆註律吕，琴曲亦註指法，自製諸曲皆註節拍於旁，似西域旁行之字，亦足以資考核。

姜福四姜鰲姜虬緑自跋姜忠肅祠堂鈔本

公詩一卷，歌曲六卷，早已板行；暮年復加删竄，定爲五卷，無雕本，藏於家。經兵火兩朝，子，一付猶子通，世世寶之，尚當廣其行焉。洪武十年二月二十四日八世孫福四謹志。

此青坡徵君手書以遺侍御哦客公者，今又二百餘年，楮雖蠹落，而字迹猶在，前人世守之功不爲不至，因付匠整頓，且命鯉弟以側理漿紙照本臨出，用時莊誦焉。萬曆二十一年歲次癸巳日南至十六世孫鰲謹書。

公詩多自定取去，務精不務博，初本刻於嘉泰間，晚又塗改删汰，録爲定本，藏於家，五六百年世無知者，雖經青坡、五山兩先生繕寫裝潢，未有能廣其傳也。庚申春杪，山居無事，爰搜取各家刊本，彼此讎勘，知公晚年用意之精，審律之細，於此道真有深入，因附以纍朝詩話掌故，有入近代者並爲箋略，獨篇什不敢擅爲增損，間有捃拾，僅以附别之，亦不敢多入，以拂公意。乾隆甲子歲不盡五日，二十世孫虬緑謹書。

姜熙自跋刊本

熙先世由鄱陽流寓吴興，轉徙永康，前明叔世，復僑籍雲間，至熙已九世矣。九世以上，譜牒圖書悉燬於嘉靖間之倭，再燬於鼎革時之盜，自越中來者祇遠祖遺像數幀耳。而堯章公全集亦僅存古近體詩及詩説數番。六世祖宏璧府君，繕補成帙，愼藏篋衍中，至先大夫次謀府君，復取詩餘及遺事與夫酬唱之作，彙刻附編，蓋乾隆之丁卯歲也。是歲先大父省試報罷，旋被沈痼，力疾排纂，且馳書遠近，懸購古文及駢體二種，冀還舊觀，而東南藏書家率辭無有，遂書數語志憾，而授諸先大母陳太君，使藏弆無敢失墜。嘉慶初，不戒於火，餘儲蕩焉，唯先世遺像及是書幸先考格堂府君突入烈焰中得奉以出，官吏咸却立嚄唶曰，君欲爲趙子固耶。府君愀然曰，微特手澤之存也，若蘭亭序而必不惜身殉，其與玩物喪志者幾何。聞者咸爲動容，至有泣下者。烏乎，唐楊公南門樹六闕，史官歎爲前古未有。熙家自七世祖君甫府君以來，均以孝友節義上徹宸聰，視楊氏奚啻倍之。竊夙夜懍懍，以不克承天休繩祖武爲懼。今行年六十有四矣。顯揚本願，無可言者，惟是率妻子縮衣食竟先人未竟之志，每歲成一二事或二三事，如宗祠支祠及義學義莊義冢又必經畫十餘載始克於成。既又念同學賓興，則先大母之德音也，因指腴産佽助之。訓俗遺規，則先考之治命也，因付手民雕槧之。而堯章公集緣未獲全稿，因循未果。曩族父豐臺先生幕游永康，冀彼中宗人，或有副墨，而卒不可得，并世表亦復迄無可考，唯知自遷松始祖瑶溪府君上溯堯章公十五世耳。熙且垂垂老，恐一旦隕越，爲咎滋大，遂授之梓而謹識其緣起如左云。

道光二十有三年太歲癸卯莫春之月，華亭裔孫熙盥手謹叙。

倪鴻自跋刊本

石詩集一卷，附詩說一卷、歌曲四卷、別集一卷、續書譜一卷，四庫皆著録。其通行者，有陸氏鍾輝刻本、姜氏文龍刻本、江氏春刻本。姜本、江本皆出於陸本，然陸本無續書譜，姜本則有之。江本亦無續書譜，而有評論補遺、集事補遺、投贈詩詞補遺。今刻陸本三種及姜本續書譜、江本補遺，並增四庫簡明目録、詁經精舍集姜夔傳。其歌曲旁注字譜，臨寫陸本，無一筆舛誤。白石尚有絳帖平一書，當續刻之也。同治十年十月桂林倪鴻書於野水閒鷗館。

陶方琦序許增刊本

白石道人洞僩音律，大樂建議，緦諸太常，故其爲詞如野雲孤飛，去留無迹，不惟清虛，且又騷雅。昔哲所譽，自稽極程。宜乎五音平章，百祀馨祝。龍鼲可辨，雞林不欺。仁和許邁孫先生，雅遂好古，專以遠聞。擷詞苑之菁華，浣聖湖之煙水。國工吹笛，尋孤山之往游；青樓似花，續西園之一醉。新聲古泛，宛約其情。芳樹温央，英山箭篾。符采流映，高吟清逌。所刻山中白雲詞、詞源諸集，皆篋弄之祖構，篴林之宗鄉，香風不墮，虞心大佳。白石歌曲，舊槧匙存，依乎昔軌，最爲衆美。字旁記曲，拍底量音；分刌不踰，情文既翕。百年心事，惟有玉闌之知；十畝梅花，不隔生香之路。撫兹一卷，契諸千秋。鸑鷟無聲，緑沈永結。琵琶誰撥，紅萼何言。此地宜有詞仙，並世已無作者。琴家三昧，樂府一綖。誰其知音，君洵大雅。光緒甲申二月，會稽陶方琦。

張預序許增刊本

臣里雅譚，文字昵於陶詠；寓公傳作，名氏續於湖山。則有鄱陽布衣，松陵遊客；蕭家詩派，詑白石之有雙；宋代詞流，除玉田而無偶。然而最工令慢，或揜詩名；絶妙歌行，分傳别集。是以史臣著録，但標叢稿之名；嘉泰初編，僅有歌曲之刻。流傳將七百載，剞劂且十餘家；縱復競握靈蛇，未必盡窺全豹。兵塵況涉，板槧亦灰，偶貫叢殘，彭離旲螽，吁其惜矣！邁孫許丈，熱腸媚古，目湮敚爲可傷；明眼求書，蘄薈粹而後快。以爲君臣南渡，存於客子文詞；士女西湖，飲彼勝流膏潤。矧如白石翁者，即論人品，有晉宋閒風；别擅書名，似中韓家法。幸餘述造，大愳畸零。於是羅百琲之散珠，牉兩珪爲合璧；梨鑱並槧，楮帙同函；集長短句而傳及拍文，彙五七言而增以詩説。既評跋倡詶之旁采，復遺聞軼事之兼蒐。斯則南村手鈔以還，無兹盛舉；祠堂善本而外，侈爲寶書者也。嗟乎！翰墨有靈，煙霜多感。酹馬塍之酒，墓門没於花田；度石函之橋，寓亭荒於水磨。謝爾費將油素，並傳授簡之人；更誰贈得小紅，解唱吹簫之我。光緒甲申天中節，錢唐張預序於東城之量月樓。

許增榆園叢刻本綴言

宋史藝文志載姜夔白石叢稿十卷，陳振孫書録解題載白石道人集三卷，今所傳詩集，非足本也。王晦叔（炎）有和堯章九日送菊詩二首，陳唐卿（造）有次堯章寄贈詩原韻五首，又次堯章餞南卿韻二首，集中無此詩，亦未著於目録；恐此外佚者尚多，從此遂成廣陵散矣。

白石道人歌曲，無論宋嘉泰本不可得見；即貴與馬氏本亦少流傳。就所知者：常熟汲古閣本、江都陸鍾輝本、華亭張奕樞本、歙縣洪正治本、華亭姜氏祠堂本、揚州知足知不足齋本。陸版後入江鶴亭家，再歸阮文達，道光癸卯，燬於火。張版入南蕩張氏書三味樓，後亦不存。陸本、洪本、祠堂本皆詩詞合刻；餘則有詞無詩。近又有閩中倪耘劬本、臨桂王鵬運本。至於斠勘精審，當推陸本爲最。茲據陸本重刊，間有與別本互異者，附刊本字之下，以墨圍隔之。

南匯張嘯山徵君（文虎）著舒藝室餘筆，載白石道人歌曲考證，謂陸鍾輝本所刻譜式，以意竄改，每失故步，不如張奕樞所刻之善。不知陸、張兩刻，皆從樓敬思所藏陶南邨手鈔本録出，陸本刻於乾隆癸亥，張本刻於己巳，相去纔數年，中間或以鈔胥致訛；兩本對勘，似陸刻猶勝於張；嘯山但據張本訂正，指陸爲訛，其實陸本未嘗訛也。安得嘉泰本一正是之。

白石道人歌曲第四卷後，有「嘉泰壬辰至日刻於東巖之讀書堂雲間錢希武」十九字，似陶南村從宋本録存者。按宋寧宗嘉泰元年辛酉，至乙丑改元開禧，此繫壬辰，當是壬戌之誤。集外詩尚有嘉泰壬戌訪全老之作，希武豈即於是年爲之刻集邪？俟考。

宋之善言樂者，沈括、姜夔兩人而已。其和峴、胡瑗、阮逸、李照諸人紛如聚訟，汔無心得，括、夔所論，皆能推俗樂之條理，以上求合乎雅樂，故立論不同私逞。惜括議已不傳，僅於筆談中略見之；夔議原本經術，卓然可信，當時竟不見用，固無能知其窔窔者。因録大樂議、琴瑟考古圖説於逸事之後，毋使孤詣絶學，終於湮没云。

吴君特（文英）夢窗乙稾有淒涼犯一詞，與白石集中題序詞字無少異者，疑當日兩公交厚，彼此唱酬，互竄入集，抑後人裒輯之譌。蓋君特蹤迹未嘗一涉合肥，白石則屢至而屢見於詞，此詞爲白石之作無疑。張宗瑞（輯）所作白石小傳，遍索不得。阮文達所刻詁經精舍文集中撰姜夔傳者六人，兹録一首以補舊史之闕。白石葬杭之西馬塍，或云葬水磨頭，近亦無能碻指其處；欲彷花山吊柳會，不可得也。光緒甲申夏四月，仁和許增邁孫識。

陸心源皕宋樓藏書志

白石詞一卷（毛斧季手校本）

陸氏手跋曰：六月二十九日二鈔本校，章次題注與此本全别。案一本卷面有云：宜依花庵章次。則此本蓋依花庵付梓云。（卷一百十九）（此「陸氏手跋」當指陸敕先跋，否則「陸」或「毛」之誤。王仲聞云。）

白石先生詞一卷（舊鈔本）（同上卷）

張文虎跋張奕樞刻本

白石詞以張漁村本爲最佳。此本後入南蕩張氏書三味樓，飽白蟻久矣。揚州有陸鍾輝詩詞合刊本，後歸鶴亭江氏，入阮文達家，道光癸卯燬於火。歲乙巳，文達以存本寄余，屬校入指海。予乃合陸本及休寧戴氏律語本校之，而仍以漁邨本爲主。屢次塗改，不可認識；又覓得一本過録之，仍時有所改竄。去秋匆匆，節竟未携出，不復可知矣。時時憶及，至形夢寐。今夏在滬寓，夏君貫甫於書攤子上買得此本以見贈，不覺狂喜。秋涼無俚，隨手覆校，於其音節頓挫，似稍能領悟，惜乎無可共語者。晴窗朝爽，有木犀香一縷自遠吹至，鼻觀醶然，獨享爲愧。時同治建元閏月上弦，文虎識於三林塘寓舍。

張文虎舒藝室餘筆

姜堯章白石道人歌曲六卷，卷一皇朝鐃歌鼓吹曲十四首、琴曲一首，卷二越九歌十首，卷三令三十二首，卷四慢二十首，卷五自度曲十首，卷六自製曲四首，又別集一卷十八首。乾隆己巳，我郡張奕樞所刊。自序言壬子春客都門，與周子耕餘過澹慮汪君，見陶南邨手鈔本，爲樓觀察敬思所珍藏者，因録副焉。戊午秋，耕餘以鈔本見屬，質之黄宫允廜堂、厲孝廉樊榭、陸大令恬浦，重加點勘，而與姚徵士鱸香商定付梓。全編字畫放宋頗端秀，琴曲旁箸指法，越九歌旁箸律吕，卷三鬲溪梅令、杏花天影、醉吟商小品、玉梅令，卷四霓裳中序第一，卷五自度曲，卷六秋宵吟、淒涼犯、翠樓吟，皆箸譜字，凡箸旁譜者皆箸宫調名。此板後入南薌張氏書三味樓，飽白蟻矣。同時又有揚州鉅商陸鍾輝刻本，亦云出自樓敬思，大略相同，而歌曲之外，增輯白石詩三卷、詩說一卷，以意改竄，每失故步。此板後入江鶴亭奉宸家，再歸阮文達公，道光癸卯燬於火。揚州别有知足知不足齋刊本，字形較寬，止有歌曲。又有戴氏長庚所著律話，全載姜詞旁譜，易以正字。歲乙巳，文達以陸本寄示，屬刊入指海，乃合各本校之，覺總不如張刻之善。然張刻亦不能無舛誤；聞世間尚有宋嘉泰刻本，欲求得一校。因循未遂，節書没節。壬戌夏，夏君貫甫(今)得此本於滬，市以見詒，猶張刻也。携之行篋，憶前所見，隨手録記，不忍恝置，姑存之。

許賡颺序王鵬運四印齋刊雙白詞

自羣雅音淪，花間實倚聲之祖；大晟論定，片玉目協律爲工。建炎而還，作者尤盛，竹齋、竹屋，梅谿、梅津。公謹以漁篴按腔，君特以夢牕名集。花庵有選，蘋雲競歌。然好爲纖穠者，不出乎秦、柳；力矯靡曼者，自比於蘇、辛；求其並有中原，後先特立，堯章、叔夏，實爲正宗。此仇氏山邨、鄭氏所南所由揚彼前旌，推爲極軌也。幼霞同年得光禄之筆，乘馬當之風，茹書取腴，餐秀在淥。洎來都下，跌宕琴尊，刻畫宮徵；時有新意，輒發奇弄。以吾鄉戈順卿先生詞林正韵，分别部居，最爲精審。舊刻既燬，蒐訪爲難，從賡颺乞得鈔本付刊，嘉惠同志。又以毛氏叢刻暨諸家總集，繁簡失均，折衷罕當，乃取堯章所箸白石道人歌曲，叔夏山中白雲詞，合刻成書，命曰雙白詞，屬爲弁首。竊謂堯章淮左停驂，越中作客，其時天水未碧，晚霞正紅；奏進鐃歌，發明琴旨，從若士而語，嶽雲可披，載小紅而歸，夜雪猶泛，雖在逆旅，不啻飛仙。叔夏則舊日王孫，天涯殘客。夢斗北去，耻逐乎鷺飛；水雲南歸，淒同乎鶴化。雅有袁唐之舊侶，苦無張范之可依，悴羽易沈，幺弦多感。豈知意内言外，惟主清新，宣戚導愉，必歸深婉。彼以石帚自號，肖其堅潔；此以春水流譽，合乎清空。正不獨疏影暗香，紅情緑意，屬以同調，遂足方軌。譬之璧月，秋皎而春華；例彼幽葩，蕙纕而蘭佩。而且元珠在握，古尺自操，循是以求，導源之美成，分鑣之達祖，亦可識矣。賡颺一隅自囿，四上未諳，敢抒荒言，謬附餘論，亦謂九塗騁軌，或多泛交。萬錢治庖，不如專嗜。辱承諈諉，聊以此爲喤引云爾。吴縣許賡颺。

王鵬運自跋雙白詞刊本

白石道人集，余所見凡四：汲古閣六十家詞本，裒輯最略；洪氏及陸氏二本，皆詩詞合刻；陸氏以陶南村寫本付梓，獨稱完善，即爲祠堂本所從出。辛巳歲首，合刻雙白詞集，此詞即遵用陸本，而去其鐃歌、琴曲，以意主刻詞，固非與陸異也。三月既望，刻工就竣，識其校勘之略如右。臨桂王鵬運書于四印齋。

宣統庚戌，試用安慶造紙廠新造紙印此書。事林廣記音樂二卷可與旁注字譜相證明，附印於後，以資樂家研究。遜齋識。

葉德輝郋園讀書記（二則）

姜白石集詩二卷，歌曲四卷（乾隆癸亥鮑氏知不足齋校刻江都陸鍾輝本）

宋姜堯章撰集曰白石道人詩集二卷、白石道人歌曲六卷，宋嘉泰壬戌錢希武刻本，卷帙原數，元人陶南村宗儀手鈔以傳者也。乾隆癸亥，江都陸鍾輝據以重刻，乃并歌曲爲四卷，又改易其行格，于是宋元舊本之真全失，今所傳此本是也。然阮文達廣陵詩事五有云，白石詩詞宋版皆旁注笛色，鹽官張氏既刊復輟，松陵汪氏繼之不果，陸南圻司馬鍾輝刻成之，同時詩人皆有詩識事。是則宋元孤本獨賴陸氏以傳，其刊播之功，可以掩其擅改之失矣。陸刻以前，尚有雍正丁未歙人洪陔華正治刻本，凡詩詞各一卷，歌曲無旁注笛色，乾隆辛卯又重刻，未知所據何本，余并藏之。宋史無姜堯章傳，阮文達編詁經精舍文集五，有徐養源、嚴杰諸人補傳，于其平生事實，考證最詳，可云發潛德之幽光矣。光緒三十有三年丁未重九前二日，郋園葉德輝記。

姜白石歌曲六卷，別集一卷（乾隆己巳張奕樞刻本）

此乾隆己巳雲間張奕樞校刻宋姜夔白石道人歌曲六卷別集一卷，引曲旁注工尺，據稱原書爲元陶南村手鈔本，分六卷，別集爲一卷。先是，乾隆癸亥，長塘鮑氏知不足齋曾刻此書，據稱亦陶南村鈔本，但并六卷爲四卷，殊失原鈔之舊。此鈔悉照原卷，工尺旁注行間，勝于鮑刻遠甚。白石詞四庫全書僅據毛晉刻六十家詞中一卷本著録，殊爲疏陋；鮑氏收藏多宋元舊鈔，而所刻知不足齋叢書實未精審，此亦如毛子晉之好刻古書而不根據善本者同一惡習；即如宋王沂孫碧山樂府一卷，鮑氏原藏明文鈔本，在余許，以校鮑刻叢書，確係依據鈔本，而改題爲花外集，竟不知其何因。且文鈔經秦太史恩復校補逸詞于書楣，鮑刻既補刻卷末，而不言出自秦手，則此之任意合并，又無足怪矣。

朱孝臧自跋彊村叢書刊本

雲間樓敬思得陶南村鈔本姜白石歌曲六卷，江都陸渟川（鍾輝）刻於乾隆癸亥，華亭張漁村（奕樞）録於雍正壬子，越十八年乾隆己巳始刻之。陸本合六卷爲四卷，張嘯山（文虎）譏其以意竄改，每失故步，不如張刻之善。許邁孫（增）據陸本重刊，謂「二刻相去纔數年，中間或以鈔胥致誤。兩本對勘，陸猶勝張」。今年秋，陳彥通（方恪）於吴門得江研南乾隆二年手録白石道人歌曲，亦陶南村本也。以校二刻，互爲異同，且有與二刻並歧者。大抵張之失在字畫小訛，尚足存舊文資異證；陸則併卷移篇，部居失次，大非陶鈔六卷之舊；江氏手自寫校，未付剞人，亥豕之嫌，自較二刻爲尠。惟是張刻經黄唐堂、厲樊榭、陸恬浦先後勘定，或有據他本點竄者；陸刻自稱悉依元本，且與江本同出符藥林，何以並不吻合；三本各有短長，未敢輒下己意，迷瞀來者；爰一依江本授梓，兼臚二家同異，以待甄明。他刻校文，苟非臆説，隨所采案，附著於篇。意有所疑，不復自閟。至其旁譜，亦稍參差，依樣鉤摹，未遑糾舉云爾。癸丑五月日短至，彊村老民朱孝臧跋於蘇州寓園。

羅振常跋厲鶚鈔本

白石道人歌曲六卷、别集一卷，厲樊榭手寫本，馬氏小玲瓏山館藏書。後有樊榭手跋及「太鴻」朱文方印，第一頁有「小玲瓏山館」朱文方印，「馬佩兮家珍藏」朱文長印，書口下方有「小玲瓏山館」五字。跋稱此本符君幼魯得之妻君敬思家，假以手録，蓋妻氏所藏，乃陶九成鈔本。固與陸渟川、張漁村所刊江研南所録同源者也。（卷後趙與訔、陶九成識語均與諸本同。）跋尾署「乾隆二年四月立夏日」。案蒲褐山房詩話，樊榭以孝廉需次入京，不就選而歸，揚州馬秋玉兄弟延爲上客，來往竹西者數載云。乾隆二年，正當樊榭詞科報罷需次既歸之後，其時恰主馬氏，所録即藏小玲瓏山館。又江研南録本序亦稱符藥林過揚州，出詞本相示，因而假録；後則署「乾隆二年四月十九日」。蓋符氏以是本遍示諸人，互求假録，厲、江兩本同時所寫，故日月亦略同也。余每遇名家詞善本輒諷玩不忍置，況作者、寫者、藏者均爲名家，一開卷間，古香盈把，其爲幸何如乎！因誌眼福，并書歲時。丙辰正月二十一日，上虞羅振常題于海上寓庭之終不忍齋。

白石詞近有朱氏刻，即研南本，而以張、陸兩刻校之，可謂集諸本之大成。彊村老人謂三本同出符藥林，何以并不吻合，頗以爲怪；不知尚有第四本也。今以此本斠校朱刻，仍有異同，如卷三後此本有硯北雜志一則，卷六後有慶元會要一則，江本均無之。案此雖非詞集本文，然當是趙與訔、陶九成原本所記，故趙跋中有「會要所載，奉常所録」之語，未可節也。又卷三江梅引序「將詣淮南不得」，朱刻作「將詣淮而不得」。案本詞有「歌罷淮南春草賦」之句，則作「淮南」爲是。白石詞中常韵「淮南」，踏莎行云「淮南皓月冷千山」；卜算子云「淮南好，甚時重到」皆是。淮南爲廣陵，故曰「詣」，若泛指淮水，當云「渡」不當云「詣」也。又朱刻卷三浣溪紗第五首序「得臘花韵甚」，校語云「臘」當作「蠟」，此本正作「蠟」，不作「臘」。又卷六秋宵吟，「去國情懷，暮煙衰草」，朱刻作「暮帆煙草」，便不成句。又別集卜算子第五首注「下竺寺前」云云，朱刻全闕。略舉數則，可見此本之善；則欲見陶氏原本真面者，殆莫此本若矣。振常又記。

夏承燾白跋校本

白石詞自陶南村鈔本重見于清初，世人始窺姜詞之全。清代傳刻傳寫共三十餘本，大半出于陶鈔，而以陸鍾輝本流行最廣，傳刻最多；張奕樞刊本與江炳炎鈔本亦出于陶鈔，而行世較晚。以三本互勘，大抵張本多訛字，多同音假借字（如「都」皆作「多」），其勝處在旁譜依宋本描摹，最少差誤。又虞美人別名「巫山十二峰」，僅見于此刻；醉吟商小品「暮鴉啼處」以下空一格，定此曲爲雙調；石湖仙「綸巾欹雨」，「雨」不作「羽」，皆足正陸刻之誤。故清人校姜詞者如張文虎、吴昌綬、鄭文焯，皆甚推此本。

陸鍾輝本刊于乾隆八年癸亥，比張本刻于乾隆十四年己巳者，僅後五年，而二本頗多異同。後人以其併陶鈔卷一之鐃歌、琴曲與卷二之越九歌爲一卷，併卷五之自度曲與卷六之自製曲爲一卷，爲「部居失次」。然鐃歌、琴曲、越九歌本與詞異體，自度曲與自製曲實無分別（說在姜詞箋）；自製曲僅四首，亦不能成卷，陸氏合繁歸簡，本未可厚非。惟其間訛文，往往有乖樂律者：如琴曲古怨，因第一段泛聲末尾一字之誤移，遂致下二段旁譜皆誤對一格；卷四淒涼犯序「宮犯羽爲側」句，「側」下乃誤多一「宮」字。此等不僅點畫小差而已。（近日丘彊齋氏作白石歌曲通考，以倪燦宋史藝文志補載有白石歌曲四卷別集一卷本，因疑陸刻不出于陶鈔而是此四卷別集一卷之覆景本或再覆刻本；又以花庵詞選淒涼犯下注「仙呂調犯商調」，小序「側」下有「宮」字（詞源亦然），惜紅衣下注「無射宮」，法曲獻仙音下注「俗名大石、黃鍾商」，玲瓏四犯下注「此曲雙調，世別有大石調一曲」，皆與陸本相合而與張、江二本不同，因并疑花庵詞選亦取材于此四卷別集一卷本（以上節録丘文）。案陸本自序明云「從符藥林得陶南村手鈔，因併詩集開雕」，上舉各條，安知非陸氏傳刊陶鈔時，參閲花庵詞選添入，丘氏之説，殆亦未允。）

朱孝臧刊彊村叢書用江炳炎鈔本，謂「江氏手自寫校，未付剞人，亥豕之嫌，自較二刻爲尠」。今以陶鈔傳刻三本互校，朱刻誠後來居上。惟詳勘全集，仍有三本同誤者，如卷一鐃歌序「慶元五年己亥」之「亥」當作「未」，卷二醉吟商小品序「湖渭州」，「湖」當作「胡」，浣溪沙「臘花」，「臘」當作「蠟」，角招次句應删「西」字，秋宵吟是雙拽頭曲，「曉」下應空一格分作二片，錢希武題字「辰」應作「戌」，凡此不知由陶氏誤鈔，抑沿嘉泰刊本之訛。

宋人詞選若陽春白雪、花庵、草窗皆録姜詞，當時應據嘉泰原刻，而與陸、張、江三家又互有異同，所注宮調，亦往往爲三家所無，疑莫能明。至若疏影上片「昭君不慣胡沙遠」，今本絶妙好詞有改「胡」爲「吴」者，此則清人避嫌，必非草窗書之舊矣。一九五七年冬。承燾。

白石道人歌曲校勘表

汪世清

		王	厲	項	朱	沈	張	陸	
小重山令	小◦重◦山◦令◦	小重山令	令作小字旁注	小重山令	小重山令	小重山令	小重山令	小重山令	
江梅引	淮而◦	南	南	而	而	而	而	而	知不足齋本亦作南姜文龍本亦作南
驀山溪	更愁入◦	愁	愁	秋	愁	秋	秋	愁	
好事近	一團◦	團	團	團	團	圍	團	團	沈本作圍，是訛字沈、張本不同之一
少年遊	少年遊◦	游	遊	遊	遊	行	行	遊	沈、張本作行，殆刻誤
鷓鴣天（曾共）	謂屨◦	謂	謂	謂	謂	謂	謂	以	姜熙本亦作謂
鷓鴣天（憶昨）	憶◦昨	一	一	憶	憶	一	一	一	
	天街◦	街	街	街	街	階	階	堦	江春本、知不足齋本與二姜本均作街
鷓鴣天（輦路）	遊◦人	遊	遊	遊	遊	遊	遊	行	知不足齋本。姜文龍本亦均作遊

（續表）

		王	厲	項	朱	沈	張	陸	
夜行船	流澌。	澌	澌	澌	澌	嘶	澌	澌	沈本獨異，殆誤 沈、張本不同之二
杏花天影	杏。花。天。影。	杏花天影	杏花天影	杏花天影	杏花天	杏花天影	杏花天影	杏花天影	
	燕僊。	僊	僊	舞	僊	舞	舞	僊	
醉吟商小品	啼處	與下句相連	與下句相連	與下句相連	與下句相連	與下句空一格	與下句空一格	與下句相連	
玉梅令	領略。	客	客	客	略	客	客	客	朱本作略，獨異
訴衷情	忡。忡。	忡忡	忡忡	冲冲	忡忡	冲冲	冲冲	冲冲	
浣溪沙（着酒）	憑。虛	馮	馮	馮	憑	馮	馮	憑	
	是。闋	是	是	是	是	是	是	此	陸本獨異
浣溪沙（着酒）	都。在	都	都	都	都	多	多	都	沈、張同作多，多爲都同音假借字
	恨。入	恨	恨	恨	恨	悵	悵	恨	沈、張本同作悵，或誤
浣溪沙（春點）	共。出	不	不	不	共	不	不	不	朱本獨作共，知不足齋本與姜文龍本亦作共

（續表）

詞調	原文	王	厲	項	朱	沈	張	陸	備注
浣溪沙（花裏）	新安溪莊舍	新安溪莊舍	新安溪莊舍	新安溪莊舍	新安溪莊舍	新安溪舍	新安溪舍	新安溪莊舍	沈、張本同脱一莊字
	臘花	蠟	蠟	臈	臘	臘	臘	臘	
浣溪沙（剪剪）	露黄	黄	黄	黄	黄	黄	黄	横	陸本作横，係誤。知不足齋本與二姜本亦均作黄
霓裳中序第一	散序六闋	散序六闋	散六闋	散序六闋	散序六闋	散序六闋	散序六闋	散序六闋	厲抄脱序字
慶宮春	嘗賦	嘗	當	嘗	嘗	嘗	嘗	嘗	厲抄作當，誤
	雲浪	雪	雪	雪	雲	雪	雪	雪	朱本獨作雲
	采香徑	徑	徑	逕	徑	逕	逕	涇	
齊天樂	黄鍾宮	無	無	無	有	無	無	有	
	以授	授	援	授	授	授	授	授	厲抄作援，誤
	三二	三二	三二	三二	三二	三二	三二	二三	陸本獨作二三
	候館	候	候	候	候	侯	侯	候	沈、張本同作侯，殆誤

（續表）

詞調	原文	王	厲	項	朱	沈	張	陸	備注
滿江紅	謾。與	謾	謾	謾	漫	謾	謾	謾	
	舊。調。	調	調	詞	調	詞	詞	調	
	因泛。	汎	汎	汎	泛	汎	汎	泛	
	俱駛。	駛	駛	駛	駛	駃	駃	駃	知不足齋本與二姜本均作駛
一萼紅	垂楊。	柳	柳	柳	楊	楊	楊	楊	
念奴嬌（鬧紅）	嘗。與	常	常	常	嘗	常	常	嘗	
	吹。涼	招	招	吹	吹	吹	吹	吹	知不足齋本與姜文龍本亦均作招
念奴嬌（楚山）	娟。娟。	娟娟	娟娟	娟娟	娟娟	涓涓	涓涓	娟娟	沈、張本同作涓涓，誤
	翛。然	翛	翛	翛	翛	倏	翛	翛	沈本獨作倏，誤沈、張本不同之三
眉嫵	戲張。仲遠	戲張仲遠	戲張仲遠	戲仲遠	戲張仲遠	戲仲遠	戲仲遠	戲仲遠	

（續表）

		王	厲	項	朱	沈	張	陸	
	侵沙。	沙	沙	沙	沙	紗	沙	沙	沈本獨作紗 沈、張本不同之四
月下笛	都。是	都	都	都	都	多	多	都	
	似。掃	似	似	似	似	侶	侶	似	沈、張本同作侶，殆侶刻誤
	梁間。	上	上	上	間	上	上	上	朱本獨作間
法曲獻仙音	調。名。下。無。注。	無	無	無	無	無	無	*	*有「俗名大石黃鍾商」七字注
琵琶仙	宮。燭	宮	宮	宮	宮	官	官	官	姜熙本亦作宮
	都。把	却	都	都	都	多	多	都	
玲瓏四犯	調。名。下。無。注。	無	無	無	無	無	無	*	*有「此曲雙調世別有大石調一曲」十二字注
	換。馬	換	換	喚	換	換	換	換	項抄獨作喚

（續表）

		王	厲	項	朱	沈	張	陸	
	漫○贏○	謾贏	漫贏	謾贏	漫贏	謾贏	謾贏	謾贏	
探春慢	茸○帽	茸	茸	茸	茸	葺	茸	茸	沈本獨作葺，誤 沈、張本不同之五
	照○我	喚	喚	喚	照	喚	喚	照	
	零○亂○	零落	零落	亂零	零亂	零落	零落	零亂	項抄作亂零，誤
八歸	誰撥○	摘	摘	撥	撥	撥	撥	撥	王厲抄同作摘，誤
解連環	大喬○	喬	喬	喬	喬	橋	喬	喬	沈本獨作橋 沈、張本不同之六
喜遷鶯慢	儔○侶	伴	伴	儔	儔	儔	儔	儔	
摸魚兒	班○扇	斑	斑	班	班	班	班	班	
揚州慢	空○城	空	空	空	空	江	江	空	
長亭怨慢	算空○有	空	空	只	空	空	空	只	
淡黃柳	小橋○宅	橋	橋	橋	橋	橋	喬	喬	張、陸本同作喬，誤 沈、張本不同之七

（續表）

		王	厲	項	朱	沈	張	陸	
石湖仙	歆雨。	羽	羽	雨	雨	雨	羽	羽	沈、張本不同之八
暗香	工。妓。隸習之	工隸	工隸	工肄	工隸	工隸	工隸	工隸	項抄作工妓肄習之與諸本異
	攀摘。	摘	摘	摘	摘	摘	摘	摘	
疏影	重。覓	再	再	重	重	重	重	再	
惜紅衣	調名下無注	無	無	無	無	無	無	*	*有「無射宮」三字注
	荷花。	花	花	花	花	花	花	華	陸本獨作華
	青墩。	墩	墩	墩	墩	燉	燉	墩	沈、張本同作燉，誤
	簟。枕。	枕簟	枕簟	簟枕	簟枕	簟枕	簟枕	簟枕	
	高柳。	樹	樹	樹	柳	樹	樹	樹	朱本獨作柳
	狼藉。	藉	藉	籍	藉	籍	籍	籍	
	渚。邊	柳	柳	渚	渚	柳	柳	柳	
角招	吹。香	吹	吹	吹	吹	哌	哌	吹	沈、張本同作哌，誤

（續表）

		王	厲	項	朱	沈	張	陸	
	容與	容	客	容	容	容	容	容	厲抄獨作客，誤
	輒歌	輒	轍	輒	輒	輒	輒	輒	厲抄獨作轍，誤
	花前友	後	後	友	友	友	友	後	
徵招	卷篷	篷	蓬	蓬	篷	蓬	蓬	篷	
	行歌	歌	歌	哥	歌	哥	哥	歌	
	咸非	咸	成	咸	咸	咸	咸	咸	厲抄獨作成，誤
	母弦	弦	弦	弦	弦	弦	弦	弦	
	漫贏	謾贏	謾贏	漫贏	漫贏	慢贏	慢贏	漫贏	沈、張本不同之九
	高志	致	致	志	志	志	志	致	
秋宵吟	秋宵吟	宵	宵	宵	宵	霄	霄	宵	
	暮帆烟草	暮烟衰草	暮烟衰草	暮帆烟草	暮帆烟草	暮帆烟草	暮帆烟草	暮帆烟草	
淒涼犯	調名下無注	無	無	無	無	無	無	*	*有「仙吕調犯商調」六字注

（續表）

		王	厲	項	朱	沈	張	陸	
	雙調曲中	雙	雙	雙	雙	㽹	㽹	雙	
	犯有正旁偏側	犯有正旁偏側	犯有正旁偏側	犯有正旁偏側	犯有正旁偏側	犯有正旁偏側	犯有正旁偏側	犯有正旁偏側	厲抄羡一正字
	宮犯羽爲側	宮犯羽爲側	宮犯羽爲側	宮犯羽爲側	宮犯羽爲側	宮犯羽爲側	宮犯羽爲側	宮犯羽爲側宮	陸本羡一宮字 姜熙本不羡
	啞觱栗角	啞觱栗角	啞觱栗角	啞觱栗	啞觱栗角	啞觱栗角	啞觱栗角	啞觱栗	
翠樓吟	雙調	雙	雙	雙	雙	㽹	㽹	雙	
	劉去非	劉去非	去非	劉去非	劉去非	劉去非	劉去非	劉去非	厲抄脱劉字
	萋萋	凄凄	凄凄	萋萋	萋萋	凄凄	凄凄	萋萋	
湘月	練服	練	練	練	練	練	練	練	沈、張本不同之十

（續表）

		王	厲	項	朱	沈	張	陸	
別集									
小重山令（寒食）	小重山令	不列調名	不列調名	小重山令	小重山令	小重山令	小重山令	小重山令	
卜算子	今賦	曾	曾	曾	今	曾	曾	曾	朱本獨作今
	一餉	餉	餉	餉	餉	餉	餉	晌	陸本獨作晌，誤
	最妙	最	最	最	最	最	最	甚	陸本獨作甚
	開遍	遍過	過	過	遍	過	過	過	
	折得	折	折	折	折	拆	拆	折	沈、張本同作拆，誤
	峩峩	峩峩	峩峩	莪莪	峩峩	莪莪	莪莪	峩峩	
	婆娑	婆娑	婆娑	婆娑	婆娑	婆娑	婆娑	娑娑	陸本獨作娑娑，誤姜文龍本作婆娑
	芘蔭	芘	芘	芘	芘	芘	芘	花	陸本獨作花，誤知不足齋與二姜本均作芘

（續表）

		王	厲	項	朱	沈	張	陸	
	昨○歲	昨	昨	昨	昨	昨	昨	舊	
念奴嬌（昔游）	捐褋○	⿰王枼	⿰王枼	⿰王枼	褋	褋	褋	⿰王枼	姜熙本亦作褋
	王○謝	王	王	王	王	玉	王	王	沈本獨作玉，誤沈、張本不同之十一
洞仙歌	乍○見	乍	乍	可	乍	可	可	乍	
	緗○蕤○	蕤	蕤	漢	蕤	枝	枝	蕤	
驀山溪（青青）	瞥○然	瞥	瞥	瞥	瞥	偶	偶	瞥	
永遇樂（雲鬲）	次稼軒北固樓詞韻	不列調名題作稼軒北固樓詞永遇樂韻	不列調名題作稼軒北固樓詞永遇樂韻	調名下注稼軒北固樓詞韻	調名下注次稼軒北固樓詞韻	調名下注次韻稼軒北固樓	調名下注次韻稼軒北固樓	調名下注北固樓次稼軒韻	姜熙本作次韻稼軒北固亭
永遇樂（雲鬲）	很○石	很	很	狠	很	狠	狠	很	姜熙本亦作狠

（續表）

		王	厲	項	朱	沈	張	陸	
	長。淮	長	長	波	長	清	清	長	
虞美人（闌干）		不列調名小序中有虞美人三字	不列調名小序中有虞美人三字	列調名小序中有虞美人三字	列調名小序中有虞美人三字	列調名小序中無虞美人三字	列調名小序中無虞美人三字	列調名小序中有虞美人三字	
	纔。上	纔	纔	纔	纔	繞	纔	纔	沈本獨作繞，誤 沈、張本不同之十二
	攙。天	攙	攙	巉	巉	巉	攙	攙	沈、張本不同之十三
水調歌頭	相推。	推	推	推	推	推	推	推	江春本作猜
	只。空臺	只	亦	只	只	只	只	只	厲抄獨作亦
漢宮春	眇。眇。	眇眇	眇眇	眇眇	眇眇	⿰耳少⿰耳少	⿰耳少⿰耳少	眇眇	
鐃歌鼓吹曲（項抄缺）									

（續表）

		王	厲	項	朱	沈	張	陸	
河之表	彼眈眈	耽耽	耽耽		眈眈	耽耽	耽耽	耽耽	
沅之上	火德之紀	火	火		火	大	大	火	沈、張本同作大，誤
皇威暢	青草發	青	青		青	青	青	春	陸本獨作春 姜熙本亦作青
望鍾山	屢嘑	嘑	嘑		嘑	下	下	嘑	
大哉仁	封埴	埴	埴		埴	埴	殖	殖	張、陸本同作殖 沈、張本不同之十四
謳歌歸	陳洪進	陳洪進	陳洪進		陳洪進	陳進洪	陳進洪	陳洪進	
帝臨墉	我謀臧	臧	臧		臧	藏	臧	臧	沈本獨作藏，誤 沈、張本不同之十五
維四葉	美致治也	致	政		致	致	致	致	厲抄獨作政，誤
	乘輅	垂	垂		乘	乘	乘	乘	

（續表）

		王	厲	項	朱	沈	張	陸	
越九歌（項抄缺）									
帝舜楚調	瑤灑。	洒	洒		灑	灑	灑	灑	
越王越調	酹。君	酹	酹		酹	酧	酹	酹	沈本誤作酧 沈、張本不同之十六
	有酎。	酎	酎		酎	酧	酧	酎	沈、張本均誤作酧
越相側商調	載尸。	尸	户		尸	尸	尸	尸	厲抄作户，誤
項王古平調	博。懸	傅	傅		博	博	博	傅	
	以昌。	昌	昌		昌	曷	昌	昌	沈本獨作曷，誤 沈、張本不同之十七
濤之神雙調	海門。	門	門		門	門	門	雲	陸本獨作雲
	駃。兮	駛	駛		駃	駃	駃	駃	知不足齋本、姜文龍本作駛，姜熙本作駃
	漁。浦	漁	漁		漁	魚	魚	漁	

（續表）

		王	厲	項	朱	沈	張	陸	
曹娥蜀側調	汐。遲	沙	沙		沙	汐	汐	沙	
旌忠中管商調	發冢。	冢	冢		冢	家	家	冢	沈、張本同作家，誤
蔡孝子中管般瞻調	子。青衿兮	予	予		子	予	予	子	
	父爲吏。	史	史		吏	史	史	史	
折字法	篪。笛	篪	箎		篪	箎	箎	箎	姜熙本亦作篪

版本簡稱

王——王曾祥抄本，今藏北京圖書館善本庫

厲——厲鶚抄本，今藏杭州大學圖書館（此本余未見，據夏承燾先生「姜白石詞編年箋校」所及者列入。）

項——項聖謨抄本，今藏北京圖書館善本庫

朱——朱祖謀刻本，彊邨叢書本

沈——沈曾植景印本

張——張奕樞刻本，今藏北京圖書館善本庫

陸——陸鍾輝刻本（水雲漁屋藏板）

一、以項抄與各本相校，共一一七條，相異者如下：

項、王——四三條，項、朱——三八條，項、沈——四五條，項、張——三九條，項、陸——五〇條。

二、以王抄與各本相較，共一四〇條，相異者如下：

王、朱——四六條，王、沈——八〇條，王、張——六八條，王、陸——五七條。

三、以朱本與沈、張、陸三本相較，共一四〇條，相異者如下：

朱、沈——七九條，朱、張——七三條，朱、陸——五三條。

四、以沈本與張、陸本相較，共一四〇條，相異者如下：

沈、張——一七條，沈、陸——九一條。

五、張、陸兩本互校，共一四〇條，相異者有七五條。

行實考

目録

（一）世系

清乾隆間，烏程姜虬緑編校姜忠肅祠堂本白石集，附載九真姜氏世系略表及白石詩詞年譜。詩詞集字句分卷皆與通行本大異，題作「白石晚年手定」，實是後人僞託，（説在版本考。）姜虬緑作年譜亦簡略無足觀；惟世系表出于家譜，爲諸家補白石傳者所未見，兹録之如後：

九真姜氏世系表略

公輔唐上元進士，德宗朝宰相。謚忠肅。愛州籍，家欽州。忠左拾遺。誠貞元十六年進士，少府大監。援唐末荆州録事。照五季南平高氏辟從事。静宋初肇慶府判。泮饒州教授，因家上饒。岾承信郎。

偁光禄寺簿。頤太常博士。俊民紹興八年進士，秘閣修撰。元⿱凶巳太學録。噩紹興三十年進士，知漢陽縣。夔慶元五年，以樂書準解。自饒州徙湖州。瓊太廟齋郎。

近人陳思作白石道人年譜，引新唐書姜公輔傳：「公輔，愛州日南人。」又宰相世系表：「九真姜氏，本出天水。」案唐書地理志，九真郡屬愛州。愛州唐屬嶺南道。

據表，泮爲白石七世祖，清嚴杰擬南宋姜夔傳云八世祖，誤。嚴傳又謂「泮任饒州教授，即家鄱陽」，與上表「因家上饒」之説不同，辨在行迹考。

白石父噩，字肅父，見姜虬緑著年譜。世系表及饒州府志皆云紹興三十年庚辰進士，嚴傳作紹興二十年庚辰，非。（紹興二十年是庚午而非庚辰，且其年無進士科。）白石昔游詩叙自稱「蚤歲孤貧」，姜譜定噩乾道間卒于漢陽官次。案集中春日書懷詩四首皆憶客沔鄂事，有云：「春雲驛路暗，游子渺歸程。永懷故山下，風雨悲柏庭。翁仲不能語，幽鳥時時鳴。」是其證。

白石姊嫁漢川，見探春慢序。春日書懷云「念遠獨伯姊」，知爲長姊。又云「兄弟各天涯」，是有昆季。世系表謂白石惟一子瓊，嚴傳則又有瑛。瓊當是嫡子。蘇泂泠然齋集八到馬塍哭堯章詩云：「兒年十七未更事，曷日文章能世家！」當是指瓊。白石慶元間作湖上寓居雜詠：「鈎窗不忍見南山，下有三雛骨未寒。」是曾在杭葬三殤子。時白石四十餘歲。白石卒時遺孤年纔十七歲，則當生于五十左右。（辛亥除夜自石湖歸苕溪詩云：「兒女相思未到家。」丁巳元日鷓鴣天詞云：「嬌兒學作人間字。」以年代推之，皆指殤子。）嚴傳謂瑛任嘉禾郡簽判。案：宋趙與旹作白石歌曲跋，謂歌曲板「淳祐辛亥，復歸嘉禾郡齋」。當即瑛任簽判之時；辛亥，理宗淳祐十一年也。（與旹，孟頫父，淳祐十年守嘉禾，寶祐元年守平江。見松雪齋集先侍郎阡表。）

姜虬緑鈔本，有明洪武十年八世孫福四跋，萬曆二十一年十六世孫鰲跋。虬緑跋云：「此青坡徵君手書以遺侍御峨客公。」疑福四字青坡，鰲字峨客。虬緑字秋島，號蒼弁山人，又號大海樵人，著金井志等書，自稱白石二十世孫。道光癸卯姜熙自序華亭祠堂本白石集，謂「先世由鄱陽流寓吴興，轉徙永康，明叔世復僑寓雲間，至熙已九世矣」。又乾隆廿一年丙子姜文龍跋白石合集，亦自云白石之裔，則不詳其世次。

鄱陽段錚告予：鄱陽姜家壩與磨刀石兩村，今尚多姜姓。

（二）生卒

白石生卒年月，今皆難確定，僅知其生年約當宋高宗紹興二十五年（一一五五）左右，卒年約在宋寧宗嘉定十四年（一二二一）之後而已。其探春慢序云：「予自孩幼，從先人宦於古沔。」據姜虬綠年譜，從宦漢陽（古沔）在隆興初年。若以十歲左右計，當生于紹興二十五年前後。依此推證其平生：別姊離漢陽在淳熙十三年丙午，其甥已能從游（見浣溪沙詞），嫁姊當在乾道間白石十四五時。淳熙丙午作別沔鄂親友詩，有「宦達羞故妻」一首，知其時已婚于蕭氏，約三十歲左右。紹熙二年辛亥，范成大贈以家妓小紅，白石約三十六七歲。嘉定十三年與吳潛會於揚州（見吳潛暗香疏影序），則已六十五六歲，行年情事，都約略相符。陳思白石年譜定其生於紹興二十八年戊寅，雖與予說相差無幾，嫌無顯據，茲不從之。

嚴杰擬南宋姜夔傳謂：「紹興中，秦檜當國，隱居箬坑之丁山，參政張燾纍薦不起，高宗賜宸翰，建御書閣以儲。」依此推算，白石紹興間已知名朝野，至少必已三十左右，當生於高宗建炎初年。然證以探春慢序，隆興時從宦漢陽，尚在孩幼，此說不攻自破。且秦檜卒於紹興二十五年，張燾參知政事則在隆興元年，檜當國時張方任官成都（宋史三八二張傳）。嚴傳所云，蓋出于饒州府志及德興縣志，二志此說，不知何所從來，殆誤以他人事屬白石也。（劉坤一修江西通志、陸心源著宋史翼、劉毓崧序草窗詞，皆沿此誤。）

永樂大典一三〇七五「洞」字十三上「持火入洞」條，引周密澄懷録：「姜堯章建炎三年八月一日自百合口汎舟順流歸竹山。」建炎三年，白石尚未生，此必非白石事。詩集壽朴翁云：「與師同月不同年，歸墨歸儒各自緣。想得山中無壽酒，但携茶到菊花前。」是白石生辰在秋間。清王鵬運袖墨詞石湖仙序云：「姚景石結社大梁，嘗以九月八日爲白石老仙壽。」明定月日，不知何據。（半塘定稿不存此詞。此見近人徐沅白醉揀話引。）又潘麐生香禪集有戊午清明壽白石詞，其日是二月二十二日（亦見白醉揀話），亦與白石壽朴翁詩不符。

次考白石卒年。白石友人吴柔勝之子吴潛，著履齋詩餘，其別集卷一有暗香疏影序云：「猶記己卯庚辰之間（嘉定十二三年），初識堯章於維揚。己丑（紹定二年）嘉興再會，自此契闊。聞堯章死西湖，嘗助諸丈爲殯之，今又不知幾年矣。」白石晚年行迹，賴此數語，得存梗概；近人考白石卒年，多據此定爲紹定二年之後（陳思、李洣皆主此説）。案洪咨夔平齋集（三十二）有提舉俞大中墓誌，大中即白石舊友俞灝。誌文云灝卒于紹定四年四月朔前三日；即白石客游嘉興之後二年，誌文又謂灝：「詩有晚唐風致，詞妙處迫秦、晏。或叩其舊作，輒太息言未第時，姜、潘諸故人相與泛苕霅，登垂虹，放浪烟波風露間，更唱遞和，以得句相夸尚，夜深被酒膽壯，拍手嘯歌，魚龍起舞；今無復此樂矣，尚何言哉！」登垂虹云云，即是白石慶宫春詞事；以此文與吴潛詞序互證，似白石當卒于紹定四年前；但四庫本韓淲澗泉集卷十二，有蓋希之作烏程縣詩一律云：「十年重入長安市，常把西林倒載人。少爲弦歌看撫字，莫須杯酒話酸辛。三賢久覺兩無有，千首何爲一己真。秃髮顧予皆老矣，朝家更化孰知津！」原注：「己未秋，潘德久，蓋希之、姜堯章同往西林看木犀，潘、姜下世已三年矣。」據詩人玉屑（十九）韓淲卒于嘉定十七年甲申（一二二四），尚在紹定己丑姜吴再會嘉興之前五年。吴詞序與韓詩注兩相矛盾，必有一誤。今案韓淲確卒于嘉定甲申，其集中懷古三首可證。（李洣謂：「戴復古哭澗泉詩自註，謂澗泉懷古三首爲卒時絶筆，趙蕃跋此詩七古一篇亦有『絶筆』及『淚沾巾』之語，見詩人玉屑。蕃以紹定二年卒，則澗泉必卒于其前；玉屑謂在嘉定甲申，當得其實。」）又葉適水心集，有悼路鈐舍人潘公德久詩，適卒于嘉定十六年，德久之卒猶在其前。嘉定十六年，下距紹定己丑尚有六載，據韓淲詩注，潘姜同年卒，則吴潛詞序所云「己丑嘉興再會」之説，殆不可信。且澗泉集中多與白石、德久、希之唱和之作，西林同看木犀之事，又屢見于其集，（如集十七次韵昌父十首之八云：「去歲西林湖寺中，野僧曾與詠晴風。一時潘蓋姜同飲，今日相望我秃翁。」同卷又有寄抱樸君三首之一云：「姜蓋潘同看木犀，故交零落竟何之。如今花滿西林寺，猶有無懷可寄詩。」足證韓淲送蓋希之之詩必無差誤。又韓集卷三，慶元己未二月戊子寄皖山隱翁史虎囊有「豈不能趨風，擊鮮宰肥羜。獨恨海潮邊，戀禄贍兒女」。亦韓己未在杭州之一證。）據此互推，知考白石卒年之文獻，韓淲詩注比吴潛詞序較爲可信。唐蘭定白石當卒于嘉定十三四年之際，謂「韓淲即卒于嘉定十七年甲申理宗即位之月，詩云『朝家更化』，當指理宗改元，詩即作于卒前。吴潛『己丑嘉興再會』之語，爲追憶三四十年前事而偶誤，不如淲詩作于白石卒後三年爲較可徵信」（唐先生寄予函語）。兹依唐説，定白石卒于嘉定十四年前後，得年約六十七八歲。韓淲詩謂白石與潘檉同年卒，今但知檉卒于嘉定十六年葉適卒前。他日倘能求得確實年月，則白石卒年之疑，可同時得解矣。

白石卒於西湖，明見於吴潛暗香詞序；葬於西馬塍，明見于硯北雜志及蘇泂泠然齋集。雜志下云：「堯章後以末疾故，蘇石挽之云云。」蘇石是蘇泂召叟之誤，四庫泠然齋集提要已辨之。西湖志詩話引雜志，誤其字句云：「堯章後以疾没於蘇，石湖挽之云云。」不知石湖先白石數十年卒，白石集中有挽詩。又雜志云「以末疾故」，而姜虬緑鈔本詩集，載康熙庚申通越諸錦序乃謂「暮年無所歸，卒於老伎所」。白石卒時，有妻子侍妾，明見蘇泂挽詩；諸錦此文亦誤。

硯北雜志：「堯章後以末疾故。」案左傳昭元年「風淫末疾」，「末疾」有二義，賈逵以爲首疾，杜預云是「四肢緩急」。友人吴庠曰：「宋史鄭綜傳：『綜以末疾難拜起』，是宋以末疾屬四肢，蓋用杜説。」案老學庵筆記卷三：「瀘州來風亭，梁子輔作守時所創也，亭成，子輔日枕簟其上，得末疾歸雙流，蜀人謂亭名有徵云。」是宋人以風疾爲末疾之證。白石之卒，蓋即今人所謂中風也。

（三）行迹

一、鄱陽

白石籍貫有兩説：世系表謂七世祖泮「饒州教授，因家上饒」。嚴杰傳則云「泮任饒州教授，即家鄱陽」。案上饒屬于信州，而鄱陽即饒州；教授饒州，即家鄱陽，嚴傳似爲近實；然白石高祖俊民（泮之玄孫），紹興八年舉黄公度榜進士，猶著籍上饒（陳譜引同治上饒縣志），則世系表之説，亦信而有徵。考葉適水心文集（十二）徐斯遠文集序及南宋文録洪邁稼軒記，皆謂南宋上饒「以密邇行都，舟車蠭午，處勢便近，士夫樂寄焉」。姜泮教授饒州，因而寓家於信州，或亦由此。白石進饒歌鼓吹曲，自稱「鄱陽民」。其何時從上饒移居鄱陽，世系表不載，今無從考。若江西志及徐熊飛擬傳以白石爲德興人，則因箬坑丁山在德興而誤。隱居丁山之説，前文既糾其非實，此不待辨矣。

白石孩幼即隨宦漢陽，未嘗久居故里。黄昇花庵詞選記白石行實，僅有「居鄱陽」三字，殊爲失實。詞集有憶王孫鄱陽彭氏小樓一首，姜虬緑鈔本白石詩詞有于越亭詩一首，（注云：「公饒州詩止此。」）皆無甲子。姜譜云：「依姊山陽，間歸饒州。」在淳熙元年，亦無明據。陳譜謂乾道六年丁父憂，奉喪歸葬，讀書於箬坑丁山。淳熙元年、四年、七年、十年，曾四返饒應試報罷。返鄉應試，容有其事，明定年月，嫌近臆決耳。佚詩有琵琶洲一首，作年無考。

二、漢陽

白石少時，久客漢陽，探春慢序謂：「中去復來幾二十年。」蓋父卒於官，又依姊居漢川縣之山陽村，淳熙十三年冬，始從蕭德藻於湖州，不再返漢陽。二十餘年之間，雖間歸饒州，歷淮楚，客湖南，行蹤無定，然二三十歲左右，實以居漢陽爲最久；閭里之情，交游之樂，無異故鄉，讀其探春慢詞及別沔鄂親友詩可以想見。所居漢川之山陽村，在雲夢、白湖之間，其游賞之地，有滄浪、鸚鵡、郎官、大別諸處；交好有鄭仁舉、辛泌、楊大昌、姚剛中，皆詳在詞箋及交游考。

三、吴興

白石淳熙十二三年間，識蕭德藻于瀟湘之上，十三年冬，隨其寓吴興，從此至慶元初八九年間，皆在吴興，其間雖嘗往來蘇、杭、合肥、金陵、南昌，皆旅食客游而已，實未嘗久離吴興也。其卜居白石洞之旁，姜虬緑年譜定爲紹熙元年，謂：「白石淳熙十六年己酉以前，但僑寄霅川，未定卜築。故夜行船詞序止稱『寓吴興』，且其指蒼弁爲『北山』，又載酒曰『南郭』，則寓在城中非山林可知矣；而辛亥除夕別石湖乃稱『歸苕』，曰『歸』，則居然有家矣。據前後事迹並論，則公之卜築在是年無疑。」此説近是。惟白石洞有吴興武康兩説：徐獻忠吴興掌故寓賢録，謂德藻携白石過苕霅，遂家武康；舊本湖州郡志從之；鄭元慶湖録則謂家苕溪之卞山；新本郡志從之。姜鈔歷舉三證，定白石洞在吴興而非武康。其説曰：「今按公集，自淳熙丁未至吴興後，其間或處苕，或遠遊，南北蹤迹，備具稿中，曾未有及防風者。惟慶元丙辰春，張平甫欲治舟往封禺松竹間度誕辰，未知果往否；是年秋，始有與葛朴翁在武康丞宅詠牽牛詩，比冬，即與平甫朴翁自封禺詣梁溪，爾後更無復事境及彼。則武康暫寓有之，安有卜築其地，所處僅草草數月耶。然意悟（似當作「誤」）公之屬武康，竊自有説，按譜，秘書公巖由饒州徙武康，卒葬巖山。（後人避公諱，改呼銀子山。）公從弟茶客公徙武康及安吉。豈以茶客公曾住封禺（今其地名姜灣），而遂以爲公之家武康耶？至白石洞天之説，按蒼弁有大小兩玲瓏，小玲瓏一名沈家白石洞，又名沈家洞，吴甘泉弁山志可據。（元本下有「今洞中尚鐫有白石洞天字。後人省其呼直稱沈家，不復名白石」二語。）世但知有武康白石洞，謬矣。案公詩：『槎頭有風味，人在太湖西。』又『春風橘洲前，白月太湖尾』，則似指弁境。若武康安得言太湖西、太湖尾耶。且公所止，大約依庇千巖，集中并（似是「有」誤）『挽通仲同歸千巖』之約。據千巖家弁山，公亦家弁山，則白石洞之指在弁明矣。」又云：「且考湖録，武康白石洞在計籌山。乃據武康志，計籌山止有白雲洞，從無白石洞。（李洣曰：此語不確。武康縣志據徐獻忠吴興掌故録十，謂計籌山有巖幽窅而夷曠，曰白石洞天。惟宋談鑰吴興志無之，知徐書不足信耳。）惟貲福寺西北有白石崖，高寄澗上。而元僧來復却有白雲洞天詩，其云『淙瀑泠泠澗道迴』。豈即其處歟？然計籌山在餘杭分境，處地最僻，絶非歌舞前溪舊里。意朴翁以山僧棲静其間，殊境地相宜。公雖雅志林泉，然猶不忘用世，且身老江湖，窮途仗友，何取於人迹罕到之區挈家寂處耶？此必無之理也。（節）」又云：「案公自序止云『居苕溪上，與白石洞天爲鄰』又有除夜歸苕溪詩。若武康以前溪著名，不當云苕溪。」又注詩集答沈器之云：「或謂公既居弁，集中何無弁詩，止夜行船詞有『尋梅北山』

語，卒不言卜築。且以石湖之記玲瓏，何無一語及公耶？然虬考公之來湖，在淳熙丁未，石湖訪弁在乾道壬辰，其疑可破。若公之尋梅在己酉早春，或其卜居在秋冬間未可知耳。」案：白石友人韓淲澗泉集卷三，有題姜堯章白石洞詩云：「詩眼玩塵世，漫作威鳳鳴。經行苕溪水，乃見白石清。拂衣鑑須眉，喚起仙骨驚。胡爲隨人間，歎息百慮縈。洞中應笑我，何不高舉輕？明時樂未正，尚欲追英莖。他年淳氣合，肯有爵服情。癡人莫説夢，高士徒殉名。轉庵（潘檉）偶饒舌，已足壓且評。古來曠達者，談笑得此生。臨流賦招隱，一奏朱弦聲。」詩云「經行苕溪水」，亦足見白石洞確在吴興。（武康雖亦苕水所經，然其地實以前溪名。）此可補虬録之三證也。（遂昌王馨一告予：今武康縣東南三十五里，計籌山麓之通元觀，有白石道人祠。嘉慶二十年知縣林述曾建。此由誤據湖州郡志，不可信也。）

四、杭州

白石杭州行迹，最早見于淳熙十四年丁未（一一八七）暮春，其時約三十三四歲，方隨蕭德藻從湘鄂來湖州，道經杭州，德藻介其見楊萬里，萬里復介其往蘇州見范成大，（楊萬里誠齋集二十二朝天集「送姜堯章奉謁石湖」詩編在此年三月。）此或是首次進京。此後數年，依德藻居湖州，湖、杭相近，當時常來往。（在湖州作念奴嬌荷花詞序云：「揭來吴興，數得相羊荷花中，又夜泛西湖，光景奇絶。」）鶯聲繞紅樓序云：「甲寅春，平甫與予自越來吴，携家妓觀梅于孤山之西村。」甲寅是紹熙五年（一一九四），白石四十歲左右。其前一年，已與張鑑（平甫）納交，後二年，慶元二年丙辰（一一九六）秋間，與張鎡會飲張達可家，同作蟋蟀詞（序云丙辰歲），張鎡是鑑族兄，白石此後久居杭州，殆與張家昆季有關。

白石居杭始于慶元二、三年間，時四十二三歲。（有丁巳作鷓鴣天詞及丁巳七月望湖上書事詩。）前此數年，隨張鑑來往南昌、武康、無錫；（張家有莊園在無錫，見張鎡南湖集。）陳思白石年譜引同治湖州志、虞儔尊白堂集及白石送項平甫詩，考定其時蕭德藻子姪時父在池陽作監酒官，迎德藻同去，白石湖州眷屬無依，故移家杭州。從此至老死二十餘年間，皆定居杭州；中間雖嘉泰元年辛酉（四十七八歲）一度游越，開禧二年丙寅（五十二三歲）游浙東，嘉定四五年（五十七八歲）游金陵，嘉定十二年己卯（六十五六歲）游揚州，皆暫出作客而已。

白石平生著作，皆成于四五十歲居杭之十餘年間。樂書：有大樂議一卷、琴瑟考古圖一卷，慶元三年四十三四歲作，慶元五年又上聖宋鐃歌鼓吹十二章。書法考鑑：嘉泰三年成絳帖平二十卷（自序），保母帖跋（原跋），定武舊刻褉帖跋（蘭亭序原跋）。齊東野語所云褉帖偏旁考，當亦成于此時。詩集可考作年者，以嘉泰四年寄上張参政、賀張肖翁二首爲最後，當在此時結集。其他雜著，如張循王（俊）遺事，必納交張鎡張鑑兄弟以後所作，陳思白石年譜定爲慶元二年以後依張鑑之時。總白石一生撰著，除詩説一卷、集古印譜二卷作年無考外，餘皆成于四十二三歲定居杭州之後。

白石交游，蕭德藻、楊萬里、范成大、俞灝諸人皆結識于杭州之前，其「自述」所列「世之所謂名公鉅儒」，則大半納交于居杭之後。歌曲别集有漢宮春「次韻稼軒（會稽秋風亭觀雨）」及「次韻稼軒蓬萊閣」二首，考辛氏二詞作于嘉泰三年癸亥，棄疾此年從家居起知紹興府兼浙東安撫使，辛、姜交誼可考者始此，亦居杭時也。

白石杭州住址可考者： 慶元三年丁巳（一一九七，四十三四歲），作鷓鴣天「丁巳元日」詞，有「三茅鐘動西窗曉，詩鬢無端又一春」句，三茅觀在吳山，咸淳臨安志（十三）行在所録，謂觀中有唐鐘，「禁中每聽鐘聲，以爲寢興食息之節。」陸游渭南文集（五十三）天竺曉行詩有「三茆聽徹五更鐘」句，鐘聲可到天竺，則白石住址未必即在南城吳山附近。 詩集和轉庵（潘檉）丹桂韵有「來禅奉常議，識笳鼓羽葆」句，當指此時上大樂議，詩又云：「營巢猶是寓，學圃苦不早；淮桂手所植，漢甕躬自抱。」似不在城區鬧市，今不能定在何處。 詩集有湖上寓居雜詠十四首，不題作年，姜虬緑白石詩詞年譜定爲慶元六年庚申（一二〇〇）。 案第八首：「囊封萬字總空言，露滴桐枝欲斷弦」，似指慶元三年議大樂不合；則居西湖當在議樂之後，虬緑所云或即據此。 第五首云：「朝朝南望宮雲起，白鳥一雙山下來。」第十首云：「處士風流不並時，移家相近若依依。 夜涼一舸孤山下，林黑草深螢火飛。」是所居在孤山西泠一帶。 第二首云：「輕舟忽向窗邊過，搖動青蘆一兩枝。」第四首云：「處處虛堂望眼寬，荷花荷葉過闌干。」第十一首云：「卧榻看山緑漲天，角門長泊釣魚船。」是所居臨湖。

歌曲別集有念奴嬌「毀舍後作」，上片云：「因覓孤山林處士，來踏梅根殘雪。」知舍在杭州，又云「卧看青門轍」，知近東青門。 予以其「寄上張參政」詩及宋史五行志合證，知舍毀于嘉泰四年三月之杭州大火（參詞箋及年表）。劉過龍洲集有「雨寒寄姜堯章」詩亦有「東城有佳士，詞筆最華逸」句，東青門即今杭州東門之慶春門。其何時自湖上移居東城，則不得詳。周文璞方泉集卷二有「題堯章新成草堂」云：「多種竹將挑筍吃；旋栽松待斫柴燒。壁間古畫身都碎；架上枯琴尾半焦。猶有住山窮活計，仙經盈卷一村瓢。」碎畫、焦琴當指被火之後，此住山草堂亦不知其處。

白石卒葬西馬塍，見于元陸友研北雜志及蘇洞泠然齋集。蘇洞到馬塍哭堯章詩四首，有云：「花案空空但滿塵，樂章起草遍窗身。孺人侍妾相持泣，安得君歸更肅賓！」知其晚年即卜居西馬塍。歌曲別集有卜算子梅花八詠，予定爲開禧三年丁卯（一二〇七）五十三四歲時作，其第四首云：「家在馬塍西，曾賦梅屏雪。」江炳炎抄本「曾賦」作「今賦」；若然，則居西馬塍即在開禧間，下數至卒年嘉定間，已久居十餘年矣。

研北雜志謂「宋時花藥皆出東西馬塍，西馬塍皆名人葬處，白石没後葬此」。樂雷發雪磯叢稿「史主簿以授庵習稿見示，敬題其後，併寄張宗瑞」云：「姜夔荒塚白蘋深，鷺鷥無聲結緑沉。」西馬塍在西湖之湖墅，白石荒塚，清代鮑廷博、許增諸人即求訪不得矣。

西湖志據吴文英三姝媚詞，謂白石寓館在西湖水磨頭，近石函橋（在昭慶寺附近）；此由誤以姜石帚爲白石，不可信也。參石帚辨。

五、浙東

白石嘗游浙東，詩集有過桐廬及登烏石寺觀張魏公、劉安成、岳武穆留題二絶句。（烏石寺，一統志説在衢州，嚴州志説在嚴州。案白石此行泝錢塘而西，不過衢州，嚴州志是。）歌曲有括蒼烟雨樓虞美人、永嘉富覽亭水調歌頭二詞，皆不題作年。烟雨樓詞云：「東游纔上小蓬萊。」知在越游之後，富覽亭詞云：「一葉眇西來。」知從處州泛甌江到永嘉。陳譜引宋詩紀事：趙雍開禧間爲處州太守，詩集與雍東堂聯句有「金風丹桂」語，知在開禧秋月（開禧僅三載）。陳譜定爲二年，或近實也。

六、金陵

蘇洞泠然齋詩集（六）金陵雜詠云：「白石鄱姜病更貧，幾年白下往來頻。歌詞翦就能哀怨，未必劉郎是後身。」知白石晚年又曾客游金陵。蘇洞雜詠共二百首，其一云：「四十之年又過一，春光回施少年人。」查泠然齋集（二）餘姚江上作云：「開禧改歲復峥嶸。」「魚鱗年紀今歲是。」是開禧年間，洞年三十六。開禧僅三年，順推至四十一歲，雜詠當作于嘉定初年。據其「鐵錢轉手變銅錢，父老相傳喜欲顛。」「放散邊頭武定軍，賣刀買犢作農人。」「淮南劇賊遽如許，昨日傳聞盡殺之。」「笑談容易發倉囷，全活生靈百萬人」諸語，按之時事，皆在嘉定二三年間。（聽雨淮諸州行鐵錢於沿江八州，在嘉定二年八月；放諸州新軍及忠義人歸農，在同年六月；發米十萬石振兩淮饑民，在同年八月；誅楚州胡海，在三年三月。皆見宋史本紀。）又蘇氏是陸游弟子，集中屢稱游爲三山翁（游居鑑湖三山），雜詠有云：「三山摻別是前年，除夕還家翁已仙；少小知憐今老矣，每因得句即潸然。」宋史陸游傳，說游卒于嘉定二年，錢大昕疑年録則定爲嘉定三年臘月。蘇氏雜詠當作於嘉定四五年之春（據詩：蘇以二月抵金陵，三月成詩），若此時遇白石于金陵，白石年已五十餘。陳譜誤據蘇氏書懷詩及宋史趙善湘傳，定金陵雜詠是蘇氏寶慶二年再入善湘建康幕府時作，與予說前後相差十餘年，由未詳考雜詠時事及其吊陸游詩語也。

嘉慶一統志：「黄度寧宗時知建康，斬盜胡海。」據蘇氏雜詠「淮南劇盜」之詩，知洞嘉定年間是游度幕。洪咨夔平齋集（三十二）提舉俞大中（灝）行狀，記灝在畢再遇軍中，以親老歸。「胡海弄兵，復繇奏邸參幕議，公熟悉淮人情僞，招納還平，計畫居多。」是俞灝此時正爲度參議。白石與灝舊交，其游金陵，或由此耶？

總白石一生行迹：孩幼隨宦漢陽，依姊漢川；壯歲侍婦翁於湘、浙，從知好于越、贛；除紹熙二年，兩游合肥，事緣無考外，四十以前之行蹤居停，歷歷可稽也。淳熙十三年別沔鄂，作探春慢，同年客湘中作一萼紅、霓裳中序，明年金陵江上作踏莎行，始有冶游述夢之語；紹熙二年客合肥，又爲浣溪沙之贈別、摸魚兒之懺綺懷；慶元二三年江梅引、鷓鴣天諸詞，尤一往而情深焉。至慶元以後，上書論樂，既不盡所議，與試不第，又殤其三子而焚所居；謁張巖有「無枝夜鵲」之詩，答蘇虞叟有「投老長安」之慨，蕭寥牢落之況，已非昔比；六十以後，猶衣食奔走于金陵、揚州，歿後舉殯，至仗助于友生，晚境之困，可概見矣。

（四）著述

白石以詩詞知名當世；然當時朱熹愛其深於禮樂，謝深甫、京鏜愛其樂書，鏜又稱其駢儷之文，范成大以爲「翰墨人品皆似晉宋之雅士」。自述一文，叙此甚詳也。其詞章、樂書、書學之著述，今可考者十餘種，分記如後：

一、詩文詞

白石叢稿十卷（宋史藝文志。佚）

文獻通考無叢稿之目，僅有詩三卷、詞五卷。疑其書宋季已佚。陳譜謂：「叢稿即慶元會要所載之大樂議一卷、琴瑟考古圖一卷、直齋書録所載之詩三卷、詞五卷，都爲十卷。馬氏依陳氏作考，故不復著録叢稿十卷。」此臆度之辭，疑不可信。齊東野語謂：「堯章詩詞已版行，獨雜文未之見；余嘗於親舊間得其手稿數篇，尚思所以廣其傳焉。」今存白石雜文，有自述、禊帖偏旁考、保母帖跋等，或即周密所見，但不知即叢稿之舊文否？

白石道人集三卷（書録解題。佚）

白石詩集一卷（存）

此出陳起羣賢小集。陸鍾輝刻本分爲上下兩卷。四庫提要以武林舊事、咸淳臨安志、研北雜志所載白石各詩，皆此本所無，疑其非足本。（案陳造江湖長翁集卷六有「次姜堯章贈詩卷中韵」五首，卷二十有「次堯章餞南卿韵」二首，今白石集皆無原唱。）集中年代可考者：自序有「近過梁溪見尤延之先生」一語，蓋作于慶元二年；下卷有戊午春帖子一首，乃慶元四年作；寄上張參政、賀張肖翁二首，則嘉泰四年作。結集或即在嘉泰年間，但不知是否白石手定本耳？

白石道人集外詩一卷（存）

此編輯自武林舊事、咸淳臨安志、硯北雜志、歸田詩話、愛日齋叢鈔，共十一首、二斷句。據乾隆廿一年丙子姜文龍白石合集跋，謂史匯東得姜集時，已有此種，當輯于清初。文龍以爲陶宗儀寫本，非是。

白石道人集補遺一卷（存）

此知不足齋輯録宋集拾遺本，共詩十六首。已見于集外詩者，尚有姑蘇志三高祠一首，廣陵書局刊本於越亭一首，和王秘書游水樂洞一首，敖陶孫集桂花一首，題楊冠卿客亭吟稿一首。

詩説一卷（存）

白石自序謂淳熙丙午遊南嶽雲密峰，得異人傳授，蓋其託辭。姜虬緑録入年譜，張羽以之爲傳，皆誤信爲實事。陳譜謂黄庭堅生慶曆五年，自序「問其年，則慶曆間生」，異人實指庭堅。今案詩集自序，自謂初年學詩「三薰三沐師黄太史氏」；篇中亦以「清廟之瑟一唱三歎」贊黄詩。又自序末曰：「昔軒轅彌明能詩，多在南山，若士豈其儔哉。」前人考昌黎石鼎詩序，謂軒轅彌明，實韓愈自寓，並無其人。此足證成陳説。白石甚重黄庭堅，而不滿當時西江派之流弊，其故爲廋辭，殆以此耶？

白石詞五卷（書録解題。文獻通考。佚）

白石道人歌曲六卷。别集一卷。（存）

此嘉泰壬戌錢希武刻。别集不著刻於何年。四庫提要疑其出于後人掇拾。周文璞吊白石詩，「兒從外舍收殘稿」，或即指此。别集詞可考年代者，以卜算子梅花八詠爲最後，説在詞箋。宋人詞選若陽春白雪、花庵、草窗，録白石詞皆不及别集所載，疑當時並未盛行。

二、樂書

大樂議一卷（慶元會要）

琴瑟考古圖一卷（同上）

謝采伯續書譜序作琴瑟考。玉海（一百五）慶元樂書條作「進鼓瑟制度、樂書三卷」，制度當即考古圖，樂書即大樂議，三卷疑二卷之誤。

四庫全書總目（三十八）經部樂類，元熊朋來瑟譜提要，謂：「其瑟弦律圖，以中弦爲極清之弦，虚而不用，駁姜氏瑟圖二十五弦全用之非。案聶崇義三禮圖：雅瑟二十三弦，其所常用者十九弦，其餘四弦謂之番，番贏也；頌瑟二十五弦，盡用之。又莊子淮南子均有『鼓之二十五弦皆動』之文。則姜氏之説於古義有徵，未可盡斥。」

右二種皆慶元三年上書論雅樂時作。宋史樂志尚存其略。

琴書（徵招詞序。佚）

徵招詞作於嘉泰元年，序云：「其説詳於予所作琴書。」琴書必成于嘉泰之前。或即慶元三年所作之琴瑟考古圖。

劉辰翁須溪集（六）劉次莊考樂府序：「余嘗與祭太學，見太常樂工類市井倩人，被以朱衣；及其歌也，前者呼，後者哦，羣雁（疑是「應」誤）而起，竟亦莫識何語；而音節又極俚，有何律度。而俗儒按之爲曲曰樂章。姜堯章至取編鍾朱瑟，鐵（疑誤）較而字定之；然語言無味，曾不及其自度香影諸曲之妙。乃知柳子厚鐃歌、尹師魯皇雅皆蔽於聲，質於貌。云云。」白石未聞另有樂章之譜，此或指越九歌耶。

三、書學

續書譜一卷（書録解題。存）

天台謝采伯刻於嘉定元年戊辰，采伯有序。時白石尚健在。采伯，丞相深甫子也。

書分二十則，而燥潤、勁媚二則，有目無書，實只十八則。四庫提要雜藝類謂合之欽定佩文齋書畫譜，次序先後不同，燥潤、勁媚二則，則並無其目，知當時流傳另有一本，而其文則並無增損。（珊瑚網書録二十三，全録白石續書譜，爲總論、真書、結體、草書、用筆、用墨、行書、臨摹、書丹、精神、方圓、向背、位置、疏密、風神、筆鋒十六則，目次名類，又與提要稱佩文齋書畫譜所收者不同，蓋別一傳本也。）

董史皇宋書録（下）：「姜堯章嘗著書譜一篇以繼孫過庭，頗造翰墨閫域，其自得當不減古人也。」

鄭杓衍極：「『孫虔禮、姜堯章之譜何夸乎？』曰：『語其細而遺其大，趙伯暐辨妄所以作也。』」

陶宗儀書史會要：「趙必睪字伯暐，官至奏院中丞，善隸楷，作續書譜辨妄，以規姜夔之失。」趙書今佚。（近人余紹宋書畫書録解題卷十作趙必曄字伯瑋。殆清人避諱，改曄作睪。）

四庫提要、書史會要下曰：「案必睪之書今已佚，不知其所規者何語；然夔此譜自來爲書家所重，必睪獨持異論，似恐未然；殆世以其立説乖謬，故棄而不傳歟？」案必睪規白石之語，今尚存其略于元人劉有定註鄭杓衍極。其説曰：「夫真書者，古名隸書，篆生隸，篆隸生八分與飛白、行草，載在古法，歷歷可考。今謂真草出於飛白，其謬尤甚。又謂歐、顔以真爲草。夫魯公草書親受筆法於張長史，又何嘗以真爲草。若謂李西臺以行爲真則是；然自此體漸變，至宋時蘇、黄、米諸人皆然。楷法之妙，獨存蔡君謨一人而已，堯章略不舉，是未知楷書者也。又謂『白雲先生歐陽率更論書法之大概，孫過庭論之又詳』。殊不知古人法書訣、筆勢、筆論、文字最多，特堯章未之見耳。行書魏晉以來，工此者多，惟蘭亭爲最；唐之名家甚衆，豈特顔、柳而已哉。況至宋朝書法之備無如蔡君謨，今乃置而不論，獨取蘇、米二人，何耶？讀至篇末，又有『濃纖間出』之言，此正米氏字形也。此體流敝至張即之之徒，妖異百出，皆米氏作俑也，豈容廁之顔、柳間哉。」

今人余嘉錫著四庫提要辨證，其子部四續書譜下辨趙必罤説曰：「必罤之於姜夔，辨詰不遺餘力，無異康成之發墨守，然以二人之説考之，則必罤以意氣相爭，攻擊往往過當；如姜夔謂真書出於飛白，是指鍾、王以下之楷書而言，不謂古隸亦出于飛白；唐人雖謂真書爲隸書，然真之與隸，點畫雖同，其結體用筆則有間矣。夔云云蓋就真書筆法言之，謂鍾、王筆意參合蟲篆、八分、飛白、章草之長自耳，非不知隸書先於飛白也。細翫語氣，其義自明，必罤之言，可謂好辨。夔云『白雲先生歐陽率更能言梗概，孫過庭論之又詳』者，蓋援引古人以自明其立説之有本，非謂古之論書法者止此數人云也。堯章之在宋末，亦是通人，觀其著作詩詞，非不知古今者，何至并法書要録墨藪中所録之筆勢論舉未之見耶。必罣吹瘢索垢，吾所不取；惟其不滿米元章而推重蔡君謨，其意欲以救狂放之失，尚不得謂爲毫無所見耳。鄭杓詆虔禮堯章而盛稱伯暐，蓋是丹非素，意有所偏，未能協是非之公也。」

余紹宋書畫書録解題(三)續書譜下，略曰：「此書非爲續過庭已亡之篇，蓋偶題耳。其中情性一篇全録過庭之説，爲續補體例所無，包世臣譏其非過庭本旨，豈知謂其補亡亦非白石本旨乎。兹編大旨，宗元常、右軍，謂大令以下用筆多失，則唐宋以下自不待言，持論不免過高，宜後來諸書加以抨擊。云云。」

馮班鈍吟書要曰：「姜白石論書，略有梗概耳，其所得絶粗，趙松雪重之，爲不可解。『如錐畫沙』，『如印印泥』，『如古釵脚』，『如壁坼痕』，古人用筆妙處，白石皆言不然。又言『側筆出鋒』，此大謬，出鋒者末鋭不收，褚云『透過紙背』也，側則露鋒在一面矣。」何焯評注曰：「續書譜謂『唐以書判取士，真書類有科舉習氣，以平正爲善』，蓋但見開、寶以後大字碑碣耳。至謂『顔魯公作干禄字書是其證』，尤憒憒，此書自論小學也。」

案馮氏于宋人書僅推蔡君謨，謂東坡亦有病筆，最不滿米元章，又言姜白石論書大謬，米元章論書欺也。（此條見余書卷三、鈍吟書要下。）

馮氏鈍吟雜録(六)：「予見歐陽信本行書真迹及皇甫君碑，始悟蘭亭全是歐法，姜白石不知也。」何焯評注：「如『信可樂也』『樂』字不除肩之類。」

絳帖平二十卷（張世南游宦紀聞。存六卷）

紀聞作二十卷，齊東野語（十二）作十卷，書録解題（十四）作一卷。四庫提要引曹士冕法帖譜系説，謂「絳州東庫本絳帖，逐卷各分字號，以『日月光天德，山河壯帝居，太平何以報，願上登封書』爲别。今夔所論，每卷字號，與士冕説合，知夔所得即東庫本。夔所載字號止於『山』字，其『河』字以下亡佚十四卷」。然則此書二十卷無疑。曝書亭集（四十二）跋此書亦作二十卷；葉德輝所刻絳雲樓書目補遺同。野語、解題，皆偶誤。

自叙：「嘉泰辛酉，予入越，友人朱子大以絳帖遺予。」辛酉，嘉泰元年也。

游宦紀聞：「世南嘗藏姜一帖，正與單（煒）論劉次莊輩數十人釋帖非是。又云：『括帖中只張芝秋涼帖、鍾繇宣示帖、皇象文武帖、王廙小字二表，皆在右軍之上。』其説尤新。（承燾案：此與癸亥六月蘭亭跋之説差同，見蘭亭續考一。）有絳帖平二十卷，恨未之見也。」（四庫提要八十六云：「據墨莊漫録，其書本二十卷。」案：此云墨莊漫録，蓋宦游紀聞之誤。漫録張邦基作，南北宋間人，不及下見白石也。）

袁桷清容居士集（四十六）跋晉帖：姜堯章作絳帖評，旁證曲引，有功於金石，缺亦疑之。

硯北雜志（上）「趙子固謂其書精妙，過於黄、米」。案雜志及佩楚軒客談皆謂「趙子固目堯章爲書家申、韓」，蓋指絳帖平而言。詞綜等書引作「詞家申韓」，誤也。

案皇宋書録、單煒有絳帖雜證一書；知不足齋刻閒者軒帖考，尚存其略。白石爲保母帖跋，自謂「晚得筆法於單丙文」；其著絳帖平，或亦由單書導其先路耶？

朱彝尊曝書亭集（四十三）有絳帖平跋。（毛扆汲古閣珍藏秘本書目、有周公謹弁陽山房抄本絳帖平二本，價一兩二錢。見葉德輝書林清話（六）宋元刻本歷朝之貴賤條。頃者趙萬里先生爲予過録絳帖平校語，云即依此本。）

禊帖偏旁考一篇（齊東野語）

今存十九條於野語（十二），輟耕録（六）。翁方綱蘇米齋蘭亭考嘗爲之注。米芾題褚摹蘭亭卷，謂世傳衆本皆不及，備記其「長」字、「懷」字、「蹔」字，用筆形態；前人謂此禊帖偏旁考之先例。（見顧文斌過雲樓書畫記卷一。）

四、雜著

集古印譜二卷（吾丘衍學古編附録。佚）

盛熙明法書考（八），作一卷。

宋人爲古印譜録者，白石外尚有晁克一、王俅、顔叔夏、王厚之四家，見四庫學古編提要，今皆不傳。

張循王遺事（樓鑰攻媿集。佚）

攻媿集（七十一）跋姜堯章所編張循王遺事：「堯章慕循王大功，而惜其細行小節人罕知者，矻矻然訪問而得此，將以補史事之遺。」

案白石與張俊（循王）孫鎡（功甫）、鑑（平甫），爲摯交，陳譜定此書慶元二年以後依平甫時作。

硯北雜志(下)：「姜堯章云：無錫之□，有青山，張循王俊所葬，下爲石室九。」或即遺事之一。

湖州府志白石傳，謂白石所著有韵譜十卷。韵譜之名不見于他書，恐不可信。李泳曰：「儀顧堂文集、湖州府志人物姜夔傳、備載白石所著書，無韵譜。」

夏敬觀曰：熊朋來瑟譜引白石琴瑟考古圖之外，又屢引姜氏瑟譜一書，不知亦白石所著否？

(五) 交游

白石交游可考共百餘人，見于詞集三十人：

一、千巖老人蕭德藻 (揚州慢)烏程縣志(二十三)：「蕭德藻字東夫，閩清人。紹興三十一年進士。乾道中知烏程。悦其山水，留家焉。(節)從知峽州歸隱弁山，千巖競秀，自號千巖老人。著千巖摘稿七卷，外編三卷，續編四卷。楊萬里序之曰：『近世詩人若范石湖之清新，尤梁溪之平淡，陸放翁之敷腴，蕭千巖之工緻，皆予所畏也。』時並稱之曰尤蕭范陸云。」周密齊東野語(十二)白石自述：「復州蕭公，世所謂千巖先生者也。以爲四十年作詩，始得此友。」陳振孫直齋書録解題(十二)：白石道人集下：「蕭東夫識之於年少客游，以其兄之子妻之。」其時當在淳熙十二、三年，參一萼紅詞箋。

千巖遺事及佚詩，桐城光聰諧有不爲齋隨筆(丁)，考之甚詳。四庫白石詩集提要及嚴杰擬南宋姜夔傳，皆以元人蕭𣂏當千巖，大誤。

二、楊聲伯 (湘月)未詳。

三、趙景魯 (同上)未詳。

四、趙景望 (同上)未詳。

五、蕭和父 (同上)

六、蕭裕父 (同上)

七、蕭時父 (同上)

八、蕭恭父 (同上)以上七人皆湖南交游，白石淳熙十三年依蕭德藻於湖南，與和父兄弟浮湘。淳熙末，依德藻於湖州，又與時父載酒南郭，作琵琶仙詞。是和父兄弟必德藻子侄。白石送李萬頃詩云：「問訊千巖及阿灰。」阿灰乃張禕侄，見孫光憲北夢瑣言(八)。宋無名氏錦繡萬花谷，載淳熙十五年自叙，稱命名者乃烏江蕭恭父，河南胡恪。「烏江」當是「烏程」之訛。即此恭父也。

九、胡德華 (八歸)未詳。

一〇、鄭次皋 (探春慢)詩集(上)奉别沔鄂親友第三：「英英白龍孫，眉目古人氣。拮据營數椽，下簾草生砌。文章作逕庭，功用見造次。無庸垂罄嗟，遺安鹿門意。」自注：「鄭仁舉次皐。」

漢陽縣志。隱逸傳云：「隱居郎官湖上，不求聞達，善言名理。」

一一、辛克清（同上）奉別沔鄂親友第四：「詩人辛國士，句法似阿駒。別墅滄浪曲，緑陰禽鳥呼。頗參金粟眼，漸造文字無。兒輩例學語，屋壁祝蒲盧。」自注：「辛泌克清。」漢陽縣志入文學傳。

一二、姚剛中（同上）詩集（上）春日書懷敘沔鄂交游：「平生子姚子，貌古心甚儒。」謂剛中，名無考。

一三、劉去非（翠樓吟）未詳。或即劉過龍洲集中之劉立義，參翠樓吟箋。

一四、田幾道（夜行船）未詳。

一五、俞商卿（浣溪沙、角招）咸淳臨安志（十一）俞灝字商卿，世居杭，父徙烏程。登紹熙四年第。寶慶二年致仕，築室九里松，號青松居士。絶妙好詞箋（一）灝有青松居士集。白石居吳興、杭州時交游。

一六、張仲遠（眉嫵）未詳。

一七、石湖老人（醉吟商小品、暗香、疏影、石湖仙）范成大有石湖詩集，宋史有傳。

一八、楊廷秀（同上）楊萬里字廷秀，宋史有傳。淳熙十四年，白石以蕭德藻介見萬里，以萬里介見范成大，參年表。

一九、田正德（淒涼犯）教坊大使，善觱篥，見武林舊事（四），杭州交游，參詞箋。

二〇、趙君猷（摸魚兒）未詳。合肥交游。

二一、野處（同上）洪邁有野處類稿，宋史有傳。鄱陽人，白石鄉人也。

二二、黄慶長（水龍吟）未詳。越中交游。

二三、張平甫（鶯聲繞紅樓、鷓鴣天等）吴徵鑄小箋：「按張鎡南湖集輯本卷六，有詩題云：『余家兄弟未嘗久别，今夏送平甫之官山口，仲冬朔又送深父爲四明船官，因成長句。』卷七又有題平甫弟梁溪莊園一絶，可知平甫爲功甫之弟。又案地名『山口』者不一，有山口市者隸屬太平，康熙太平府志云『張鑑淳熙間爲州推官』，以名字推之，功父名鎡，深父名錤（見放翁集），則平甫當名鑑也。」白石與平甫摯交，齊東野語（十二）白石自叙云：「舊所依倚，惟有張兄平甫，其人甚賢。十年相處，情甚骨肉。而某亦竭誠盡力，憂樂關念。平甫念其困躓場屋，至欲輸資以拜爵。某辭謝不願。又欲割錫山之膏腴，以養其山林無用之身。惜乎平甫下世，今惘惘然若有所失。（節）」平甫卒年，雖無明文，而白石自叙於楊萬里、朱熹皆稱「待制」，其文作於平甫卒年，則平甫當卒於嘉泰三年。交平甫始於紹熙癸丑，下距嘉泰三年十載，正與自叙「十年相處」之語合。此陳譜説。

二四、張功甫（齊天樂、喜遷鶯慢）絶妙好詞箋（一）：「張鎡字功甫，號約齋，西秦人，循王（張俊）諸孫，居臨安，官奉議郎，有玉照堂詞一卷。」齊東野語（二十）：「功甫於誅韓（侂胄）有力，賞不滿意，又欲以故智去史（彌遠），事洩，謫象臺而殂。」功甫乃平甫之異母兄，見陳思白石年譜。

二五、張達可（同上）楊萬里誠齋集（廿一）：「張功父舊字時可，慕郭功甫，故易之。」達可與時可相連，或功甫昆仲。

二六、銛朴翁（慶宫春。浣溪沙、同朴翁登卧龍山詩等）周密癸辛雜識别集（上）：「葛天民字無懷，初爲僧，名義銛、字朴翁，其後返初服，居西湖上，一時所交皆勝士。」陳譜引湖山便覽：「葛嶺，葛無懷居。」周晉仙過葛嶺新居云：「極知秦外叟，全似賀知章。」是又别號「秦外」。劍南詩稿（廿七）有贈徑山銛書記：「銛公聲名滿吴會，惟有放翁最先識。」同書（三十四）有上方銛老求宿蘆詩，宿蘆蓋所寓室名。案葛天民荷葉浦中詩云：「却傍青蘆今夜宿，還思白石去年詩。」知即此人。白石和朴公悼牽牛云：「愁殺山陰覓句僧。」是山陰人也。嘗居南屏，見韓淲澗泉集。白石湖上交游，嘗同游山陰、德清，見詩集。參年表。

二七、稼軒（漢宫春、永遇樂、洞仙歌）辛棄疾，宋史有傳。白石自述謂：稼軒深服其長短句。

二八、張彦功（法曲獻仙音）未詳。杭州交游。

二九、趙郎中（小重山令）未詳。

三〇、吏部（卜算子梅花八詠）曾三聘字無逸，臨江新淦人。宋史有傳。三聘寧宗初在考功郎任，故白石稱爲吏部。詳卜算子詞箋。

楊萬里誠齋集（一一三）淳熙薦士録：「曾三聘刻意文詞，雅善論事，蕭榜選人，前西外宗學教授。」誠齋詩集（廿七）有送曾無逸入爲掌故詩，己酉作。陸游劍南詩鈔（廿一）有病中數辱曾無逸架閣見贈一首亦己酉在都作。己酉，淳熙十六年也。

見于詩集者三十二人：

三一、尤延之　（詩集序）尤袤字延之，宋史有傳。慶元二年，白石詣延之於梁溪，參年表。

三二、楊大昌、正之　（别沔鄂親友詩）未詳。

三三、單炳文　（同上）齊東野語（十二）「單煒字炳文（徐照芳蘭軒詩集作「丙文」），沅陵人。博學能文，得二王筆法。字畫遒勁，合古法度。於考訂法書尤精。武舉得官，仕至路分。著聲江湖間，名士大夫多與之交。自號定齋居士。與堯章投分最稔，亦碩士也。」董史皇宋書録（下）「單煒字炳文。〔曹〕谷中云：『西班人。善書，有所刻定武蘭亭傳於世。』谷中嘗取其絳帖辨證刻於襄陽者重刻於星鳳帖後。」李洣曰：「攻媿集（七十五）跋黄子耕定武修禊序，略云：『子耕明遠以古帖相易（節）明遠姓單名丙文，右選之有文者。』是丙文又字明遠也。」白石别單詩云：「山陰千載人，揮灑照八極，只今定武刻，猶帶龍虎筆。單侯出機杼，豈是舞劍得。」乃淳熙丙午去沔鄂時作。又，保母帖跋：「學書三十年，晚得筆法於單丙文。」硯北雜志記單銘古琴遺白石，似白石琴律之學亦與單有關。饒宗頤云。

三四、蔡武伯　（同上）韓淲澗泉日記（中）：「蔡迨字肩吾，許昌人。蔡文忠公齊之孫。流落川蜀，（節）爲桂陽令以歿。其子武子，亦俊爽好文，今流落在荆湘間。」「武子」殆「武伯」之訛。白石詩注：「蔡迨堅吾子，字武伯。」客沔鄂時交游。

肩吾從部銓得桂陽令，行至吴門，暴死舟中。見陸游渭南文集（廿八）跋蔡肩吾所作蘧府君墓誌銘。

三五、徐通仲（呈徐通仲兼簡仲錫）陳譜謂：「詩有『誠齋去國』之語，據誠齋集江東集序：『紹熙庚戌十月，予上章匄外，蒙恩除江東副漕。』告詞：江東運副告詞，紹熙元年十一月十三日；知贛州告詞，紹熙三年八月十一日。詩當紹熙三年中秋後在行都作。」詩云：「斯文準乾坤，作者難屈指，我從李郭游，知有徐孺子。」所以推許者甚至；惜不詳其籍歷。

三六、徐仲錫（同上）未詳。

三七、轉庵潘德久（和轉庵丹桂詩、同潘德久作明妃詩等）温州府志：「潘檉，字德久，永嘉人。仕閤門舍人，授福建兵馬鈐轄。有轉庵集。」水心集十二周會卿詩序：永嘉言詩皆本德久。德久字堯章爲「白石道人」，有贈詩，見白石集。是居苕霅時已納交。其書白石昔游詩後云：「起我遠游興，其如鬢毛霜。」許及之涉齋集（十二）、爲轉庵壽云：「年顔相去追隨得，難老如公壽更頣。」蓋江湖老壽者。

三八、韓淲（昔游詩後）四庫澗泉日記提要：「字仲止，號澗泉，許昌人。宋詩紀事引黄昇之言，稱其名家文獻，政事文學，一代冠冕。然宋史無傳，惟戴復古石屏集有挽韓仲止詩，自注云：『時事驚心，得疾而卒。作「所以商山人」，「所以桃源人」，「所以鹿門人」，蓋絶筆也。』參政韓億之裔，吏部尚書韓元吉之子。」澗泉集（六）有書白石昔游詩後，集（二）有題堯章白石洞詩。

三九、王孟玉（送王孟玉歸山陰）詩起云「淮南雪落雲繞戍」，當是紹熙間客合肥時作。王明清揮麈前録有臨汝郭九惪跋，謂「間從清流王孟玉借揮麈録觀之」。明清淳熙間人，與白石同時，當即此孟玉。清流爲滁州附郭縣，正淮南地，與詩吻合。蓋孟玉久居滁郭，跋稱清流王孟玉，乃指其所在地，非標明本貫也。王明清嘗官滁，揮麈前録（三）第七二條即據王孟玉云。

四〇、陳敬甫（送陳敬甫）四庫捫蝨新話提要：「陳善字敬甫，號秋堂。史繩祖學齋佔畢稱其字子兼，蓋有兩字。羅源人。其始末不可考。」宋詩紀事謂淳熙間豪士，有雪篷夜話。陳譜以詩有「相逢千巖萬壑裏」句，定爲嘉泰元年秋在越交游。（王仲聞曰：「宋有二陳善：一作捫蝨新話者，早卒，見儒學警悟本捫蝨新話跋；一則陳敬甫秋塘（非秋堂），見南宋人别集如澗泉集、東山詩選中甚多，北澗詩集有是詩，蓋卒于理宗時。」）

四一、項平甫（送項平甫倅池陽）項名安世，松陽人，宋史（三九七）有傳。館閣續録載其淳熙二年同進士出身，紹熙五年除校書郎，慶元元年添差通判池州。白石送項詩，即此時在杭作。

四二、蕭總管（契丹歌注）陳譜引宋史張子蓋傳：「（紹興）三十二年春，金人攻海州急，以子蓋爲鎮江府都統往援之。孝宗即位，（節）子蓋受命還，招金大將蕭鷓巴、耶律适哩將其衆來降。」（「适哩」惟張子蓋傳誤作「造哩」，陳止齋集及宋史它處均作「适哩」，知張傳誤。）又引貴耳録：「蕭鷓巴常侍孝宗擊球，每許其除步帥，久不降旨，鷓巴醉語云：『官家會亂説，不除步帥。』怒，送福州居住。德壽問及鷓巴，孝廟奏知，德壽云：『北人性直，可喚取歸。』後遇德壽發引，鷓巴號哭欲絶。」案稼軒集美芹十論云：「辛巳之變，蕭鷓巴反於遼。」辛巳高宗紹興三十一年，完顏亮伐宋之歲也。建炎以來繫年要録（一九九）紹興三十二年洪适奏：「蕭鷓巴一家踰二十口，券錢最多日不過六七百緡，尚不給用。」宋史本紀：紹興三十二年，以蕭鷓巴爲忠州團練使。陸游老學庵筆記（五）：蕭鷓巴「北人實謂之札八」。

四三、沈器之（答沈器之）未詳。

四四、張參政（寄上張參政）張巖字肖翁，大梁人。徙家揚州，乾道五年進士。阿附韓侂胄，嚴道學之禁。官至參知政事。宋史（三九六）有傳。嘉泰四年，白石有賀張參政詩，疑居吴興時交游。見年表。

四五、張思順（京口留别張思順）絶妙好詞箋（一）：「張履信，字思順，號游初，鄱陽人。侍郎南仲之孫。嘗監江口鎮，官至連江守。」陳譜據游宦紀聞紀金山中泠泉、丹陽玉乳泉，定思順淳熙十三年沿檄，十四年攝丹陽，紹熙初監江口鎮，紹熙二年正月廿四自合肥東歸行都，遇白石於京口。白石留别詩此時作。案：思順監江口鎮攝邑事，在淳熙十四年，見夷堅支志戊二。思順，張輯父也。

四六、胡仲方（次韵胡仲方因楊伯子見寄）宋詩紀事：「胡槼字仲方，廬陵人，銓之孫。嘉定中官工部尚書，出知福州。」誠齋集（一二九）胡泳妻夫人李氏墓誌銘：「男三，槻、槼、桯。」同書（一〇九）答胡撫幹仲方書云：「澹庵先生有孫，季永亡友有子。」季永，泳字也。白石詩注云：「仲方得萍鄉宰。」陳譜引誠齋退休集答胡仲方詩：「因君黄綬爲此縣，問古青萍何處鄉。」編於乙丑改元開禧元日之後，白石詩當是開禧元年作。

四七、楊伯子（同前）宋詩紀事：「楊長孺字伯子，號東山，萬里子。」宋史翼（廿二）傳，作子伯，誤。

四八、陳君玉（陳君玉以集見歸）未詳。

四九、田郎（寄田郎）未詳。

五〇、王德和（送王德和提舉淮東）陳譜引韓元吉南澗詞、水調歌頭題：「席上次韵王德和。」案白石此詩云「家邊提節未爲非」則淮東人。江陰縣志（十六）：「王寧字德和，乾道丙戌中乙科，終中奉大夫直徽猷閣，逮事三朝，有笑庵集十卷。」或即其人。

五一、季萬頃（送李萬頃）陳譜定送李詩慶元三年作，謂詩有「問訊千巖」句，知李赴池陽。

五二、鄭郎中（寄上鄭郎中）陳譜引宋詩紀事：鄭汝諧字舜舉，青田人，紹興中進士，官吏部侍郎，徽猷閣待制致仕，有東谷集。宋史：「紹熙三年九月戊子，遣鄭汝諧等赴金賀正旦。」金史交聘表：「章宗明昌四年正月己巳朔，宋遺顯謨閣學士鄭汝諧賀正旦。」乾隆江南通志職官表：「鄭汝諧知池州。」鄭郎中即汝諧。表云顯謨閣學士，例借也。使還知池州，故白石詩云：「梅根望斷九華雲。」「節麾在道催歸漢。」陳譜定爲紹熙四年作。

五三、左真州（送左真州還長沙）陳譜引雍正揚州府志古迹：「壯觀亭，紹熙元年，郡守左昌時復新之。」誠齋集，真州重建壯觀亭記，稱「今太守左侯昌時」。薦士録：「左昌時吏能精密，所至有聲，新知真州。」定左知真州在淳熙十六年。左鄱陽人，爲白石鄉鄰。鄱陽爲歸程所經，故有「望鄉喬木」之句。

五四、趙靡（東堂聯句）靡字竹潭，趙鼎後人。開禧間處州太守。參虞美人括蒼烟雨樓詞箋。靡淳熙間提舉江南路常平茶鹽義倉司，見臨川縣志（三十二）職官志。宋會要輯稿一〇二册：「紹熙五年二月七日，詔新知常德府趙靡與宮觀，理作自陳。以臣僚言其癡騃小子，初不知書，觸事面墻，纍汙白簡，難任民寄故也。」此趙靡不知即白石交游否。

五五、蘇虞叟（臨安寓舍答蘇虞叟）陳譜：陸游劍南詩稿（廿七）紹熙癸丑有贈蘇召叟兄弟，（卅一）紹熙甲寅有送蘇召叟秀才入蜀。蘇泂泠然齋集有足虞叟兄句，次韵虞叟寄常州晉叟兄、次韵潁叟書耕堂即事。則晉叟、虞叟皆召叟兄也（以上陳譜文）。劍南詩鈔（七十六）題蘇虞叟巖壑隱居有「千巖萬壑舊卜築」句，知山陰人；又劍南詩稿（六十五）贈蘇召叟云「君家文獻歷十朝，魏公峩冕加金貂」，召叟蓋元祐時相蘇頌四世孫。

五六、徐南卿（竹友爲徐南卿作）陳譜淳熙十六年，引陳造江湖長翁集有徐南卿竹友軒二詩，似南卿又號竹友。

五七、費山人（訪費山人）同治、上江兩縣志古今人，以白石此詩有「忽憶石頭城下路」句，定費爲金陵人。然陸本白石詩「城」作「橋」，不知孰是。

五八、范仲訥（送范仲訥往合肥）未詳。

五九、陳日華　（陳日華侍兒讀書）四庫提要（一四四）談諧下：「宋陳日華撰。日華不知何許人？文獻通考載所著金淵利術八卷，亦不著時代；別有詩話一卷，中引朱子之語。考姜夔白石詩集有陳日華侍兒讀書，又張端義貴耳集稱淳熙間有二婦人足繼李易安之後，曰清庵鮑氏、秀齋方氏，秀齋即陳日華之室。則孝宗時人也。」案曄曾編夷堅志，以類相從，刻於湖陰之計臺，疏爲十卷，見何異容齋隨筆序。又曾編善謔詩詞成帙，見夷堅三志（七）。殆即四庫著録之談諧。直齋書録解題（八）鄞江志（下）云：「郡守古靈、陳昱日華俾昭武士人李皋爲之，時慶元戊午。」（福州有古靈山。鄞江即汀州。）同書（十一）夷堅志類編三卷云：「四川總領陳昱日華、取夷堅志詩文藥方類爲一編。」是其人別名昱，又曾爲四川總領也。李泚曰：「陳曄長樂人，慶元初守汀州，有惠政，見民國長樂縣志（二十四）人物傳。是即直齋書録解題所載主修鄞江志之陳昱。疑曄一音昱，遂訛曄爲昱，猶之容齋隨筆何異序誤刻爲陳煜也。惟長樂志傳不言其爲淳安令及四川總管。然此志甚陋，或不免詿漏耳。」光緒嘉興府志（四十四）選舉，陳曄嘉定十年丁丑進士，金部郎中，守南劍州，此時代不同，乃另一人。

六〇、俞子　（寄俞子）未詳。

六一、全老　（集外詩、嘉泰壬戌上元日訪全老於浄林）陳譜引汪孟鋗龍井聞見録：僧全。咸淳臨安志：主僧可全。蘇籀雙溪集：龍井僧全示寄庵樞密程公纍篇季文弟新什求予繼。又咸淳臨安志稱全於浄林創松關南泉，爲留憩之地。

六二、聽自聞　（鮑氏知不足齋輯本有酌龍井二首題云：齋後與全老銛朴翁聽自聞酌龍井而歸）陳譜引周紫芝太倉稊米集，酌龍井泉書聽師房二首云：「八十霜髭不出門，老師猶是辨才孫。」案後村大全集（三）有懷保寧聽老詩，不知即自聞否。（王仲聞曰：「周紫芝乃紹興時人，及見張文潛李之儀諸人，與白石交往之聽自聞，當是另一人。」）

六三、王大受　咸淳臨安志（二十九）水樂洞（上）有白石次韻王秘書游水樂洞詩五律一首，同書有王大受游水樂詩。未詳。

見于雜文者廿五人：

六四、内翰梁公　未詳。（以下十七人皆見白石自述）

六五、樞使鄭公　陳譜引一統志福建興化府：「鄭僑字惠叔，乾道五年進士第一，寧宗即位，拜參知政事，進知樞密院事，後以觀文殿大學士致仕而卒。」案宋史宰輔表，僑以慶元二年正月除知樞密。自述謂鄭使座上爲文，當即其時。

六六、待制朱公　陳譜引宋史寧宗紀：紹熙五年七月召秘閣修撰知潭州朱熹詣行在，八月以朱熹爲焕章閣待制兼侍講，十月以上疏忤韓侂胄罷。自述云：「待制朱公既愛其文，又愛其深於禮樂。」

六七、丞相京公　京鏜字仲遠，豫章人。紹興二十七年進士，仕至左丞相。宋史（三九四）有傳。白石論大樂，鏜實主其議，説在議樂考。

六八、丞相謝公　謝深甫字子肅，台州臨海人。中乾道二年進士第，仕至參知政事，拜右丞相。嘉泰二年卒，宋史（三九四）有傳。張羽白石傳謂議樂不合，由深甫沮之，非是。已辨于議樂考。

六九、孫公從之　孫逢吉字從之。吉州龍泉人。隆興元年進士，紹熙間官右正言、吏部侍郎，後以忤韓侂胄出知太平州。宋史（四〇四）有傳。卒于慶元五年，見樓鑰攻媿集（九十六）孫公神道碑。陳譜謂交白石在淳熙十四年官國子博士時。誠齋集（一一三）淳熙薦士録：「孫逢吉學邃文工，吏用明敏，（節）前知袁州萍鄉縣。」

七〇、胡氏應期　胡紘字應期，處州遂昌人。淳熙進士。未達時，嘗謁朱熹於建安，熹待以脱粟飯，紘不悦，亡去。後劾趙汝愚爲僞學甚力。沈繼祖論朱熹疏，皆紘筆也。宋史（三九四）有傳。陳譜引館閣續録：　紘字幼度，處州龍泉人。隆興元年木待問榜進士出身。與史不合。

七一、江陵楊公　四庫提要（一六一）客亭類稿：　楊冠卿字夢錫，江陵人。季洪子。生紹興八年。嘗舉進士，出知廣州，以事罷職。案白石贈冠卿詩云：「長安城中擇幽棲，静退不願時人知。」在杭交游也。

七二、南州張公　未詳。

七三、金陵吴公　陳譜引同治江上兩縣志科舉：　淳熙八年，吴柔勝，溧水籍，江寧人。通判建康，秘閣修撰，贈太師，謚正肅。通志作宣城人。據袁志補，嘉定七年：　吴淵，上元人，柔勝子。十年：　吴潛，上元人，柔勝次子，狀元。宋史俱有傳。金陵吴公即柔勝也。吴潛助白石之葬，蓋兩世交誼矣。

七四、吴德夫　吴獵字德夫，潭州醴陵人。開禧時，禦金人有功，官至四川安撫使。從張栻、朱熹學，有畏齋文集等，宋史（三九七）有傳。陳譜引館閣續録：吴獵紹熙四年三月除正字，五年八月除校書郎。

七五、徐淵子　陳譜引萬姓統譜：徐似道字淵子，天台人。少負才名，爲吴江尉，受知於范成大。及爲秘書少監，聞彈疏，以舟載昌蒲數盤，書兩篋，翩然引去；道間争望之若神仙。楊萬里誠齋集（一一四）詩話：「自隆興以來，以詩名：林謙之、范至能、陸務觀、尤延之、蕭東夫；近時後進有張鎡功父、趙蕃昌父、劉翰武子、黄景説巖老、徐似道淵子、項安世平甫、鞏豐仲至、姜夔堯章、徐賀恭仲、汪經仲權云云。」石屏續集（二）有都中懷竹隱徐淵子直院一律。癸辛雜識續集下：「竹隱徐淵子似道，天台名士也。」是淵子又字竹隱。中興館閣續録七云：乾道二年進士。

七六、曾幼度　四庫提要（一六〇）緣督集：「宋曾丰撰。丰字幼度，樂安人。乾道五年進士，官至知德慶府事。真德秀幼嘗受學於丰。晚年築室，自號撙齋。」宋史翼（廿八）有傳。

七七、商翬仲　商飛卿，字翬仲，台州臨海人。淳熙初，由太學登進士第。開禧中，官至户部侍郎。侂胄將舉師，嘗問餉計豐約，飛卿以實告，比調遣浩繁，不克支，屬有旨俾飛卿軍前傳宣撫勞，值金兵大至，幾不免，以憂卒。宋史（四〇四）有傳。伐金之役，開禧三年也。

七八、易彥章　絶妙詞選（四）「易彥章名祓，長沙人，寧宗朝狀元」。四庫提要周易總義：「宋易祓撰。南宋館閣録載祓字彥章，潭州寧鄉人。淳熙十一年上舍釋褐出身，慶元六年八月除著作郎，九月知江州。周密齊東野語則載其諂事蘇師旦，由司業躍擢左司諫，師旦敗後貶死。」陳譜引樂雷發雪磯叢稿、謁山齋詩：「細嚼梅花讀總義，只應姫老是知心。」山齋祓别號也。

七九、樓公大防　樓鑰字大防，鄞縣人，隆興元年進士，官至參知政事，卒謚宣獻。宋史（三九五）有傳。

八〇、葉公正則　葉適字正則，永嘉人。登淳熙五年進士（見中興館閣續録七）。寧宗時纍官寶文閣待制，江淮制置使。學者稱水心先生。宋史（四三四）有傳。

以上十七人並見于白石自述。自述作于嘉泰間，此皆嘉泰以前交游也。

八一、朱子大（絳帖評自序）陳譜定白石入越子大贈絳帖評在嘉泰元年。又云：前賢小集拾遺，有朱子大鼐奉題周南仲正字所藏閻立本畫蘇李别一首；趙蕃淳熙稿，有贈朱子大蘇召叟昆仲詩；周文璞方泉集，有吊友人朱子大，自注：「鼐居越上，其屋爲勢家所有。」蘇泂泠然齋集（三）有簡朱子大學士二首，憶朱子大學士一首，見子大後寄一首。據此，知子大名鼐，越人也。

八二、王畿（保母帖跋）畿字千里，山陰人。陳譜引蘇泂泠然齋集（一）、有王千里得晉王獻之保母碑及硯索詩一首。

八三、釋了洪（同前）葉適水心先生文集（六）有吴江華嚴塔院贈了洪講師五古一首，再過吴江贈了洪一首。

八四、元卿　(同前)未詳。

八五、湯升伯　(嘉泰壬戌蘭亭跋)陳譜引後村大全集(三)答湯升伯因悼紫芝云:「紫芝曾説子能詩,開卷如親玉樹枝。」白石鄉人也,見原跋。

八六、童道人　(蘭亭跋)雲烟過眼録(一):「五字不損本蘭亭,後歸碑驛童道人。」

八七、黄子邁　(同上)庭堅孫也,見原跋。　李洣曰:「攻媿集(七十六)有跋黄子邁所藏山谷乙酉家乘。」

見於他書者十七人。

八八、周文璞　江湖小集(二十九)周氏方泉集(二),有題堯章新成草堂一首、姜堯章金塗佛塔歌一首、吊堯章一首。　絶妙好詞箋(一):「周文璞字晉仙,號方泉,又號野齋、山楹。陽穀人。」四庫提要(一六二)方泉集:　文璞「小詩如張端義貴耳集所稱題鍾山一絶、晨起一絶,固可肩隨於白石、澗泉之間,宜其迭相唱和也」。　泠然齋集(三)有寄周晉仙詩,稱爲「四海周風子」。

八九、王炎　王氏雙溪集有和堯章九日送菊二首、題堯章舊游詩卷一首,臘中得雪快晴古風呈堯章銛老一首。　炎字晦叔,婺源人。　乾道五年進士,官至軍器少監。　與朱熹交好,著作甚多。見四庫雙溪集提要。　王又有題白石昔游詩後序,當是嘉泰初在杭交游。

九〇、張輯　絶妙詞選(九):「張宗瑞名輯,鄱陽人,自號東澤。　有詞二卷,名東澤綺語。　朱湛盧爲序，稱其得詩法於姜堯章。」絶妙好詞箋（二）：「輯，連江太守思順之子。」白石有贈思順詩，已考于前。陳郁藏一話腴（卷下）：「白石姜堯章，奇聲逸響，率多天然，自成一家，不隨近體，有詩説行於世。數十年來，王曾、景建、劉改之、張韓伯、翁靈舒、趙紫芝、徐無競、高菊磵諸公俱已矣，自餘以詩鳴者，皆非能專續白石之燈。惟鄱陽張東澤受訣白石，攻詩澄潔，駸駸欲溯太白而上之。余嘗謂東澤家本二千石，而瓶不儲粟，身本貴遊子，而癯如不勝衣，舉世阿附，而日夜延騷人韵士論議古今，客退吟餘，寄趣徽軫，曾不一毫預塵世事，蓋所養相似，吟亦不相違。信詩人之不得不講尚友師也。」

九一、黄景説　宋詩紀事（五十三）：「黄景説字巖老，號白石，閩人。乾道五年進士。嘉定中直秘閣，知静江府，有白石丁稿。」詩人玉屑（十九）謂景説學詩於蕭德藻。其雪詩與德藻未易伯仲。李洣引福建通志，景説閩清人。德藻鄉人也。王士禛香祖筆記，謂黄、姜皆學詩于蕭千巖，時號雙白石。

九二、陳造　陳氏江湖長翁集（六）有次堯章贈詩卷中韵五首，卷二十有次堯章餞南卿韵二首。四庫提要（一六一）江湖長翁集：「造字唐卿，高郵人。淳熙二年進士，官至淮南西路安撫司參議。」宋史翼（二十九）有傳。

九三、吴潛　潛字毅夫，宣州寧國人。嘉定十年進士第一，官至參知政事右丞相兼樞密使，進左丞相，封許國公，後謫化州團練使，安置循州卒。宋史（四一八）有傳。嘗助白石殯，參生卒考。

九四、劉過　劉氏龍洲集（三）有雨寒寄姜堯章一首。絶妙詞選（五）：「劉改之名過，太和人。稼軒之客，號龍洲道人。」

九五、蘇泂　蘇氏泠然齋集（五），有張平父逝後寄堯章一首，卷八有到馬塍哭姜堯章四首，夢堯章桂花下一首，憶堯章一首，寄堯章一首，寄白石姜堯章一首，寄堯章并簡銛老一首。又卷二春日懷詹梁云：「前回識得白石生，聞韶甚美一夔足。此公所向泯涇渭，於我底裏傾心腹。」泂到馬塍哭堯章詩云：「初聞訃告一場悲，寫盡心肝在挽詞。」今本泠然齋集無此挽詞。直齋書録解題：「泠然齋集山陰蘇泂召叟撰，丞相子容四世孫，師德仁仲之孫。」子容，元祐時相蘇頌之字。

九六、史達祖　絶妙詞選（七）：「達祖有詞百餘首，張功甫、姜堯章爲序。」絶妙好詞箋（二）：「達祖字邦卿，號梅溪，汴人。有梅溪詞一卷。四朝聞見録（戊集）：『韓侂胄爲平章，專倚省吏史達祖，奉行文字，擬帖撰旨，俱出其手，侍從柬札，至用申呈。韓敗，遂黥焉。』」

九七、敖陶孫　江湖後集（十八）敖氏臞翁集，有和白石桂花裙字詩。後村大全集（一四八）臞菴敖先生行狀：「陶孫字器之，福州福清縣人。中慶元己未第，主通州海門縣簿，教授漳州。寶慶三年卒。」後村大全集（一）別敖器之云：「舊説閩人苦節稀，先生獨抱歲寒姿。」又云：「東閣不游緣氣重，草堂未架爲無資。」可略見其行誼。

九八、蓋希之　見韓淲澗泉集，曾宰烏程。慶元己未秋與白石、潘德久同往西泠看木樨。參生卒考。

九九、謝采伯　采伯嘉定元年戊辰刻白石續書譜於台州，序云：「略識堯章於友人處。」四庫提要(一二一)密齋筆記：「采伯字元若，台州臨海人。宰相深甫之子。理宗后謝氏之伯叔行也。中嘉泰二年傅行簡榜進士。」

一〇〇、謝渠伯　深甫次子，字元石，官澧州判。女爲理宗后。度宗立，追封魏王。(參議大樂考。)自述：「丞相謝公愛其樂書，使次子來謁焉。」即渠伯也。

一〇一、郭敬叔　白石與吉水郭敬叔同學書於京師單炳文(煒)。單在沅州，嘗云：「堯章得吾骨，敬叔得吾肉。」見宋無名氏東南紀聞。(此友人吴徵鑄先生見告。)

一〇二、蕭浣　趙孟堅藏五字不損本蘭亭，有孟堅跋云：「丁亥歲，大潦後，孟堅到雪城，甫識蕭千巖孫浣，首出示蘭亭叙肥瘦二本，此肥本也，云云。」「浣」字齊東野語誤作「滾」，雲煙過眼録(二)作「蕭況介文」，當是「蕭浣介父」之訛。浩然齋雅談(中)記白石載雪録有蕭介父題詩，即其人。孟堅跋云千巖之孫；齊東野語謂千巖姪，亦誤也。案孟堅生年猶及白石，浣與白石爲姻親，蘭亭又先後爲兩家所藏，其人當曾奉手白石者。

一〇三、馮去非　去非爲范晞文對床夜語序，附一札有「去非若夫興懷姜堯章同游時」語。王仲聞曰：「去非生紹熙三年，白石卒時，才三十左右，蓋白石忘年交。」絶妙好詞箋(三)：「去非字可遷，號深居。南康都昌人。淳祐元年進士，幹辦淮東轉運使，寶祐四年，召爲宗學正。」

一〇四、錢希武　華亭人，參政錢良臣之裔，嘗刻白石歌曲。參鶱山谿題錢氏溪月箋。

一〇五、王簡卿　宋林師蒧等編天台集續集，有白石送王簡卿歸天台詩二首。簡卿即王安居，黄巖人，淳熙進士，爲右司監首論韓侂胄弄權，宜肆諸市朝。宋史（四〇五）有傳。著方巖集。

一〇六、襲明　名賢法帖卷九有白石禊帖跋：「觀于紅橋襲明之寓舍，余宜中適至。嘉泰二年浴佛後一日。」

一〇七、余宜中。（見一〇六條）

以上考白石交游共一〇七人，略述其籍歷如右。陳郁藏一話腴有稱道白石語，樂雷發雪磯叢稿有吊白石詩，二人曾否奉手白石，今不可考。若吴文英不及上交白石，已詳于石帚辨。又，鮑廷博跋范晞文對床夜語云：「景文（晞文别名）嘗與高菊澗、姜白石諸人游。」案范氏對床夜語（二）雖引白石「文以文而工，不以文而妙」二語，但全書五卷中無與白石往還之迹。晞文在太學上書詆賈似道，其時是咸淳丙寅；馮去非序夜語，附一書札，作于景定三年十月二日，又在咸淳丙寅之前四年。細繹札中詞氣，直視晞文爲後輩，其時晞文如年僅三十，則不及見白石；即使已四十，當白石卒時，上不過十齡左右而已。鮑廷博因序夜語之馮去非是白石交游，遂連及晞文，疑不可信。白石與陸游同時，而兩家集中無往還之迹。洪正治刻白石詩集，有寄陸放翁二首，不見于宋本白石集，當是誤録他人之作；（陸游長于白石三十歲，而此詩自稱「老夫」，非白石作甚明。）研北雜志記白石議大樂不合，歸鄱陽，過吴見陸務觀云云。予爲議樂考，已辨其不可信。今案楊萬里朝天集皆淳熙間在杭州作，其中有雲龍歌調陸務觀、跋陸務觀劍南詩稿二首，編在淳熙丙午元日之後；其後即是送姜堯章謁石湖一首。萬里贈白石詩，起句「蕭尤范陸四詩翁」，即連及放翁；其介白石謁石湖，在淳熙十四年丁未，時放翁方自蜀東歸，實與白石同客杭州。當時文壇名勝與姜陸兩家同有友誼者，今可考尚有數十人；如會稽蘇洞乃白石摯交，而又爲陸氏弟子，其爲金陵雜詠二百首，且兼懷姜陸兩人。（詳行迹考，金陵條。）兩人必不至于不相知聞。王士禛香祖筆記謂：「於南渡後詩，自放翁外最喜姜夔堯章。」後人想望爲同聲笙磬，當時却無一字酬答，此藝林一疑事。作交游考成，并記于此。

（六）議大樂

宋史無白石傳，而以其上書議大樂，得見名于樂志。議雖不行，於白石平生，爲一大事矣。慶元會要云：「慶元三年丁巳四月□日，饒州布衣姜夔，上書論雅樂，并進大樂議一卷，琴瑟考古圖一卷，詔付奉常，有司以其用工頗精，留書以備採擇。」（玉海一百五作慶元元年。「元」乃「三」之形訛，考在年表。）其本事簡略僅此。大樂議今具存于樂志，亦無待考辨。惟其議樂不合之故，後人記載，頗涉謬悠。徐獻忠吴興掌故云：「姜堯章長於音律，嘗著大樂議，欲正廟樂；時嫉其能，是以不獲盡其所議，人大惜之。」張羽爲白石傳，謂嫉之者乃丞相謝深甫。今按宰輔表：深甫慶元三年正月，以參知政事兼樞密院事。與張傳年代合。然白石作自述云：「丞相謝公愛其樂書，使次子來謁焉。」似非嫉其能者。張傳又謂「謝使其子來謁，夔遇之無殊禮。銜之」。案深甫四子：長采伯，次渠伯。渠伯即理宗后謝道清之父，字元石，仕至朝奉大夫，通判澧州。見光緒台州府志人物傳（七）。其與白石交誼不可考。采伯則嘉定戊辰嘗爲白石刻續書譜，作序稱白石「好學無所不通」。述其議樂之事，僅云：「嘗請于朝欲正頌臺樂律，以議不合而罷。」未嘗及他故。張傳多失實，此説疑亦不可信。白石自述謂京鏜愛其禮樂之書，宋張仲文白獺髓亦謂鏜主白石之議。則議樂或由謝、京二人之慫恿，嫉之者另有人，而非深甫也。白獺髓姜夔正樂條記其詳云：「慶元間，有士人姜夔上書乞正奉常雅樂。京仲遠丞相主此議，送斯人赴太常寺，同寺官校正。斯人詣寺，與寺官列坐，召樂師賫出大樂，首見錦瑟，姜君問曰：『此是何樂？』衆官已有諰文之歎：『正樂不識樂器。』斯人又令樂師（「彈之」。師）曰：『語云「鼓瑟希」，未聞彈之。』衆官咸笑而散去，其議遂寢。至今其書流行於世，但據文而言耳。」（原書有闕文，「彈之師」三字據説郛卷廿五補。吳興掌故寓賢録引林兆珂宙合編與此略同。）案白石著琴瑟考古圖，何致不識樂器，玉海（一〇五）慶元樂書條謂白石「進鼓瑟制度、樂書三卷」，何致不知鼓瑟，且其大樂議明有「鼓瑟之聲」一語，白獺髓之譏訶，或出于寺官樂師之虛構，忌能沮議，殆即此輩寺官樂師。元陸友研北雜志（卷下），又增益一事曰：「姜堯章從奉常議樂，以彈瑟之説不合，歸鄱陽，過吳，見陸務觀談其事，務觀曰：『何不憶

「二十五弦彈夜月」之詩乎？』堯章聞之，不覺自失。」此説案之二人行歷，皆不相符，白石慶元三年四月議樂之後，集中無鄱陽蹤迹（詩集有丁巳七月望湖上書事及和轉庵丹桂韵，皆慶元三年作，見年表）；陸游自紹熙元年至嘉泰二年，十餘年間皆罷官居越，兩家文字無一語往還；且所謂「返鄱陽過吴」，路徑亦不合。（宋人有稱杭州爲吴者，如白石鶯聲繞紅樓序「平甫與予自越來吴，携家妓觀梅于孤山」是也；白石在杭議大樂，自不得云返鄱陽而過杭州。宋人亦有稱越州爲吴者，如陸游渭南文集卷八十，排悶詩：「歸吴得小休。」卷八十四，嘉定己巳：「八月吴中風露秋。」卷七十九，聞吴中米價甚貴。凡此皆指越中，以古會稽郡兼有今江蘇東部浙江西部地也。但自杭返鄱陽，亦不經越。若指蘇州則與二人行迹益不符。）白石詩集有戊午春帖子一絶云：「晴窗日日擬雕蟲，惆悵明時不易逢；二十五弦人不識，淡黄楊柳舞春風。」戊午乃慶元四年，即議樂之次年，故有明時不逢之句。白獺髓、研北雜志所記或是輾轉附會此詩爲之。（「二十五弦人不識云云」，本白石致慨於知音之難，而淺人妄傳，乃誤謂白石不識二十五弦；嫉其能者，從而增飾之，又由唐人彈夜月之詩造爲彈瑟鼓瑟之説。）白獺髓諧笑短書，本不足深詰，以其出于白石同時人，易啓人疑，故不憚辭費，辨之如此。

律吕之學，纍代聚訟。白石所論亦有偶誤者。如大樂議主以十二宫爲雅樂云：「古人於十二宫，又特重黄鍾一宫而已。齊景公作徵招、角招之樂，師曠有清商、清角、清徵之操，漢、魏以來，燕樂或用之，雅樂未有聞以商、角、徵、羽爲調者，惟迎氣有五引而已。」陳澧聲律通考辨曰：「齊景公作徵招、角招，安知其非雅樂？至漢、魏以來，則晉書、宋書載荀勖笛，有正聲調、下徵調、清角調，其清角調下自注云：『不合雅樂。』然則，下徵調固雅樂也。且既云『雅樂未聞』，又云『惟迎氣有五引』。則更不能自守其説矣。姜氏之説，蓋本於隋書音樂志牛宏等議無用商、角、徵、羽爲别調之法，然隋志言宏不能精知音律，則其説固未可依據矣。」此其一也。大樂議又謂「鄭譯八十四調出於蘇祇婆琵琶」。陳氏引舊五代史樂志張昭之説，及隋書萬寶常傳，譏姜氏：「但據隋書樂志鄭譯有八十四調，而未考梁武帝萬寶常亦有八十四調。白石之意，欲不使胡樂亂古樂，而於古之所有者，亦棄去之以與胡樂相避，則矯枉而過直。」此其二也。他若序霓裳中序第一，引沈括樂律定霓裳爲道調。而不知霓裳實商調，沈括誤説，王灼碧雞漫志及葛立方韻語陽秋已駁正之。序徵招謂自古少徵調曲，而不知唐人五弦彈及宋太宗之五弦阮各有徵調，皆千慮一失（説皆詳于詞箋）。當時寺官樂師不能舉此相稽，而惟摭倍謾之辭，架誣求勝，足見其蒙然亡識矣。

王國維唐宋大樂考引大樂議：「大食小食般涉者（句）胡語伊州、石州、甘州（句）。」（依王氏讀。）注云：「此説誤也。大食、小食亦作大石、小石。唐書地理志有大石城、小石城。大石、小石，當由此二城得名。般涉隋志又作般贍。又與大石、小石均爲調名，而伊州、石州則曲名，不得混合爲一也。」（以上王説。）案王氏考大石、小石得名之由是也，而謂白石混調名爲曲名，則實未審。大樂議原文云：「鄭譯八十四調，出于蘇祇婆之琵琶。大石、小石、般涉者胡語（句），伊州、石州、甘州、婆羅門者胡曲（句），緑腰，誕黄龍、新水調者，華聲而用胡樂之節奏（句）；惟瀛府獻仙音謂之法曲，即唐之法曲也。」此文並無疏牾，王氏偶舛其句讀，乃以不狂爲狂矣。此亦妄詆白石之一事，爰併書之。

南宋人與白石同時、倡議大樂者尚有孔元忠。劉宰漫塘集（三十五）孔元忠行述：元忠爲太常寺主簿，會大饗閱樂，上疏言四清聲，謂作樂當夷、南、無、應四律爲宫，則宜殺其黄、大、太、夾、四正聲（母聲），而用其子聲（清聲），使臣民不勝于君；乞行釐正，仍詔詞臣改潤樂曲。朝廷是而從之云云。元忠卒于寶慶丙戌，年六十八，與白石同行輩，不知論樂孰爲先後也。

（七）合肥詞事

予往年讀白石詞，有再三繹誦而不得其解者兩首：其一爲卷三浣溪沙山陽作；其二爲卷五自製曲長亭怨慢。浣溪沙詞序云：

予女須家沔之山陽，左白湖，右雲夢；春水方生，浸數千里，冬寒沙露，衰草入雲。丙午之秋，予與安甥或蕩舟采菱，或舉火罝兔，或觀魚簺下，山野行吟，自適其適；憑虛悵望，因賦是闋。

詞云：

著酒行行滿袂風，草枯霜鶻落晴空。銷魂都在夕陽中。　恨入四弦人欲老，夢憑千驛意難通。當時何似莫匆匆。

序記游觀之適，而與詞語「銷魂」以下四句意不相屬，且不知詞所云「四弦」、「千驛」者所感何事。長亭怨慢序云：

予頗喜自製曲，初率意爲長短句，然後協以律，故前後闋多不同。桓大司馬云：「昔年種柳，依依漢南；今看摇落，悽愴江潭；樹猶如此，人何以堪。」此語予深愛之。

詞云：

漸吹盡、枝頭香絮，是處人家，緑深門户。遠浦縈回，暮帆零亂向何許。閲人多矣，誰得似長亭樹。樹若有情時，不會得青青如此。　日暮，望高城不見，只見亂山無數。韋郎去也，怎忘得玉環分付：「第一是早早歸來，怕紅萼無人爲主！」算空有并刀，難剪離愁千縷。

初玩此詞與序，似僅敷衍庾信枯樹賦語，近乎因文造情，白石不應有此；又詞用韋皋玉簫事，序中所無，亦不知何指。

近日翻覆白石全集，乃知此兩首皆是有本事之情詞；其集中此類情詞，往往被人忽略或誤解。今鈎稽其人地事緣，分述如後：

白石詞中記此人地事緣最明顯者，有卷三鷓鴣天「元夕有所夢」：「肥水東流無盡期，當初不合種相思。」及同卷浣溪沙「辛亥正月二十四日發合肥」一首，知其遇合之地是淮南之合肥。

白石客游合肥，屢見于其詩詞集，其詞序紀年最早者有詞集卷三丁未年之踏莎行，乃别淮南後感夢之作，可見客合肥猶在丁未之前；丁未是淳熙十四年（一一八七），時白石約三十三四歲。（踏莎行詞見後文。）白石少年行踪，歷歷可考，惟淳熙三年丙申（一一七六）至十三年丙午（一一八六）十載中，缺略不詳；淳熙三年嘗過揚州作揚州慢，疑來往江淮間，即在其時，時白石約二三十歲；霓裳中序第一所云「年少浪迹」或即指此。（昔游詩「濠梁四無山」一首云「自矜意氣豪，敢騎雪中馬」，正寫少年在江淮間事。）

合肥所遇，以詞語揣之，似是勾闌中姊妹二人，丁未金陵江上感夢作踏莎行，有「燕燕輕盈，鶯鶯嬌軟」句，歌曲卷四解連環，有「大喬小喬」之語，同卷琵琶仙湖州感遇亦云：「有人似舊曲桃根桃葉。」解連環、琵琶仙皆憶合肥之作也。（説詳後文。）

懷人各詞多涉及箏琶，如解連環云「爲大喬能撥春風，小喬妙移箏」，江梅引云「寶箏空，無雁飛」，浣溪沙云「恨入四弦人欲老」。知其人妙擅音樂；又白石以「琵琶仙」名調，并填琵琶調「醉吟商小品」作懷人語，殆亦由此。（琵琶爲隋唐詞主要樂器；白石精通詞樂，或與此少年情遇有關。）

合肥巷陌多柳，屢見于白石詩詞，自度曲淡黃柳序：「客居合肥南城赤闌橋之西，巷陌淒涼，與江左異，惟柳色夾道，依依可憐。」淒涼犯序：「合肥巷陌皆種柳，秋風夕起騷騷然。」送范仲訥往合肥詩「我家曾住赤闌橋」、「西風門巷柳蕭蕭」，故懷人各詞如點絳唇（「金谷人歸」一首）、浣溪沙（「發合肥」）、琵琶仙、醉吟商小品、長亭怨慢諸首，皆以柳託興；舉琵琶仙一首示例如後。琵琶仙序云：

吴都賦云：「户藏烟浦，家具畫船。」唯吴興爲然，春游之盛，西湖未能過也。己酉歲，予與蕭時父載酒南郭，感遇成歌。

詞云：

雙槳來時，有人似、舊曲桃根桃葉。歌扇輕約飛花，蛾眉正奇絶。春漸遠，汀洲自緑，更添了、幾聲啼鴂。十里揚州，三生杜牧，前事休説。又還是宫燭分烟，奈愁裏匆匆換時節。都把一襟芳思，與空階榆莢。千萬縷、藏鴉細柳，爲玉尊、起舞回雪。想見西出陽關，故人初别。

此詞下片只檃括三首唐人詠柳詩，（「宫燭分烟」用韓翃，「空階榆莢」用韓愈，「西出陽關」用王維。）初讀不解其意；今知詠柳與合肥有關，「桃根桃葉」是比合肥二女。讀解連環「大喬能撥春風」及浣溪沙「恨入四弦」之句，知用琵琶仙調亦非無意。又卷三有醉吟商小品一首，亦以柳起興，全詞皆懷人語，作于辛亥之夏，即别合肥之年，序詞謂是琵琶調：以此互證，琵琶仙當是懷人之作。

白石此類情詞有其本事，而題序時時亂以他辭，此見其孤往之懷有不見諒于人而宛轉不能自已者。以此意讀長亭怨慢、山陽浣溪沙諸作，隱旨躍然矣。

白石客合肥，嘗屢屢來往，其最後之别在光宗紹熙二年辛亥（一一九一），辛亥一年間亦嘗數次往返，兩次離别皆在梅花時候，一爲初春（有正月二十四日發合肥之浣溪沙詞）；其一疑在冬間（其年七夕尚在合肥作摸魚兒詞，冬間即載雪詣范成大于蘇州，見暗香、疏影詞序）。故集中詠梅之詞亦如其詠柳，多與此情事有關。慶元二年丙辰（一一九六）在無錫作江梅引一首，語更明顯：

江梅引

丙辰之冬，予留梁溪，將詣淮南不得，因夢思以述志。

人間離別易多時，見梅枝，忽相思。幾度小窗幽夢手同攜。今夜夢中無覓處，漫徘徊，寒侵被，尚未知。濕紅恨墨淺封題，寶箏空，無雁飛。俊遊巷陌，算空有古木斜暉。舊約扁舟，心事已成非。歌罷淮南春草賦，又萋萋。漂零客，淚滿衣。

鷓鴣天元夕數詞，有「誰教歲歲紅蓮夜，兩處沉吟各自知」、「芙蓉影暗三更後，臥聽鄰娃笑語歸」之句，知燈節景物亦與此有關（「紅蓮」、「芙蓉」皆謂燈），惟沉吟寄意，不如梅柳之多耳。

予于此乃觸悟白石暗香、疏影兩詞之寓意。前人以其有「昭君不慣胡沙遠」之語，謂指徽欽后妃，但予疑兩詞亦關係其合肥情事，其證有三：（一）兩詞作于紹熙二年辛亥之冬，即是白石最後一次別合肥之時；詞成于范成大家，成大贈以家妓小紅，似即爲慰其合肥傷別之懷；（二）白石梅柳之詞，大都爲合肥人作，此兩詞中如「江國正寂寂，歎寄與路遥」、「翠尊易泣，紅萼無言耿相憶」及「早與安排金屋」諸語，皆可作懷人體會；（三）其年除夕，自石湖歸苕溪（湖州），作十絶句，有「十年心事只淒涼，舊時曾作梅花賦」句，案合肥情遇，在作此二詞之前十餘年，則「十年心事」句亦甚可玩味。特兩詞爲應成大之「授簡索句」，不專爲懷人而作，故不似江梅引諸詞之語語著實；然于此流露其當時傷別之懷，固亦情理所能有。前讀兩詞，每恨其無確説，今偶以推排白石行年得之，聊發其疑如此。前人評兩詞者，劉體仁七頌堂詞繹以爲「費解」，王國維人間詞話謂「無一語道着」，皆由未詳此合肥本事也。

茲依年月先後，列其有本事各詞于後：

孝宗淳熙十三年丙午（一一八六）

一萼紅

丙午人日，予客長沙別駕之觀政堂。堂下曲沼，沼西負古垣，有盧橘幽篁，一徑深曲；穿徑而南，官梅數十株，如椒如菽，或紅破白露，枝影扶疏。著屐蒼苔細石間，野興横生；亟命駕登定王臺，亂湘流入麓山；湘雲低昂，湘波容與，興盡悲來，醉吟成調。

古城陰，有官梅幾許，紅萼未宜簪。池面冰膠，墻腰雪老，雲意還又沈沈。翠藤共閒穿徑竹，漸笑語驚起卧沙禽。野老林泉，故王臺榭，呼喚登臨。　南去北來何事？蕩湘雲楚水，目極傷心。朱户黏雞，金盤簇燕，空歎時序侵尋。記曾共西樓雅集，想垂楊還嫋萬絲金。待得歸鞍到時，只怕春深。

此詠梅詞，以「紅萼」起而以「垂楊」結；以時代考之，白石淳熙三年（一一七六）客揚州，方往來江淮間，此詞或是初別合肥來長沙時作。懷人各詞，殆以此爲最早，時白石約三十二歲。

霓裳中序第一

丙午歲，留長沙，登祝融，因得其祠神之曲，曰黄帝鹽、蘇合香。又于樂工故書中得商調霓裳曲十八闋，皆虚譜無辭。按沈氏樂律「霓裳道調」，此乃商調；樂天詩云「散序六闋」，此特兩闋。未知孰是？然音節閑雅，不類今曲。予不暇盡作，作中序一闋傳于世。予方羈遊，感此古音，不自知其辭之怨抑也。

亭皋正望極，亂落江蓮歸未得，多病却無氣力。況紈扇漸疏，羅衣初索。流光過隙，歎杏梁雙燕如客。人何在？一簾淡月，彷彿照顔色。　幽寂，亂蛩吟壁，動庾信清愁似織。沈思年少浪迹，笛裏關山，柳下坊陌。墜紅無信息，漫暗水涓涓溜碧。漂零久，而今何意，醉卧酒壚側！

此與前首一萼紅同年作，詞云「淡月照顔色」，「墜紅無信息」，又云「醉卧酒壚側」，懷人語意甚顯。

小重山令

賦潭州紅梅

人繞湘皋月墜時，斜横花樹小，浸愁漪。一春幽事有誰知？東風冷，香遠茜裙歸。　鷗去昔遊非，遥憐花可可，夢依依。九疑雲杳斷魂啼，相思血，都沁緑筠枝。

「相思」句用湘妃典故，本以切湘中，然與本年各詞互參，亦關合懷人之意。

浣溪沙　山陽姊家作

全文已引在上文。

淳熙十四年丁未（一一八七）

踏莎行

自沔東來，丁未元日，至金陵，江上感夢而作。

燕燕輕盈，鶯鶯嬌軟，分明又向華胥見。夜長争得薄情知？春初早被相思染。　別後書辭，別時針線。離魂暗逐郎行遠。淮南皓月冷千山，冥冥歸去無人管。

白石去年冬隨其婦翁蕭德藻離湘鄂往湖州，沿長江東下，此時道過金陵，其詞涉淮南者，蓋翹望合肥之作。

杏花天影

丙午之冬，發沔口，丁未正月二日，道金陵，北望淮楚，風日清淑，小舟挂席，容與波上。

緑絲低拂鴛鴦浦，想桃葉當時喚渡。又將愁眼與春風，待去，倚蘭橈更少駐。　金陵路、鶯吟燕儛，算潮水知人最苦。滿汀芳草不成歸，日暮，更移舟向甚處？

此與前首同時作，詞云「北望淮楚」，明指合肥。

淳熙十六年己酉（一一八九）

琵琶仙

全詞及説解皆在前文。

光宗紹熙元年庚戌（一一九〇）

淡黄柳

客居合肥南城赤闌橋之西，巷陌淒涼，與江左異，唯柳色夾道，依依可憐。因度此闋，以紓客懷。

空城曉角，吹入垂楊陌。馬上單衣寒惻惻。看盡鵝黄嫩緑，都是江南舊相識。　正岑寂，明朝又寒食。强携酒、小橋宅。怕梨花落盡成秋色。燕燕飛來，問春何在，唯有池塘自碧。

詞無甲子；去年秋，白石在吴興（有浣溪沙「己酉客吴興」），明年正月離合肥（有浣溪沙「辛亥（一一九一）正月二十四日發合肥」），則此詞當本年作。詞中「小橋」是人名，即解連環詞之「大喬小喬」，古喬姓皆作「橋」，説在詞箋。

紹熙二年辛亥（一一九一）

浣溪沙

辛亥正月二十四日發合肥。

釵燕籠雲晚不忺，擬將裙帶繫郎船，別離滋味又今年。楊柳夜寒猶自舞，鴛鴦風急不成眠。些兒閒事莫縈牽。

詞云「別離滋味又今年」，知此非初別。

解連環

玉鞭重倚，却沈吟未上，又縈離思。爲大喬能撥春風，小喬妙移箏，雁啼秋水。柳怯雲鬆，更何必、十分梳洗。道「郎携羽扇，那日隔簾，半面曾記」。西窗夜涼雨霽，歎幽歡未足，何事輕棄！問後約、空指薔薇，算如此溪山，甚時重至？水驛燈昏，又見在、曲屏近底。念唯有夜來皓月，照伊自睡。

此惜別之詞，無題序可考年月，姑系于此。上片結尾「道郎携羽扇」三語，當是記初遇情事。

長亭怨慢

全詞已見上文。據「望高城不見」及「韋郎」、「玉環」諸句，當是離合肥道中作，與解連環同；詞無甲子，姑系于此。

醉吟商小品（？）

石湖老人謂予云：「琵琶有四曲，今不傳矣，曰濩索梁州、轉關綠腰、醉吟商胡渭州、歷弦薄媚也。」予每念之。辛亥之夏，予謁楊廷秀丈於金陵邸中，遇琵琶工解作醉吟商胡渭州，因求得品弦法，譯成此譜，實雙聲耳。

又正是春歸，細柳暗黃千縷，暮鴉啼處。夢逐金鞍去。一點芳心休訴，琵琶解語。

此作于別合肥之年，以柳起興，又用琵琶曲調，疑亦懷人詞。

點絳唇

金谷人歸，緑楊低掃吹笙道。數聲啼鳥，也學相思調。月落潮生，掇送劉郎老。淮南好，甚時重到？陌上生春草。

詞無甲子，姑系于此。「淮南好」三語，明指合肥。詩集下送范仲訥往合肥云：「小簾燈火屢題詩，回首青山失後期；未老劉郎定重到，煩君說與故人知。」可與此詞參證。

暗香

辛亥之冬，予載雪詣石湖，止既月，授簡索句，且徵新聲。作此兩曲，石湖把玩不已，使工妓隸習之，音節諧婉，乃名之曰暗香、疏影。

舊時月色，算幾番照我，梅邊吹笛。喚起玉人，不管清寒與攀摘。何遜而今漸老，都忘却春風詞筆。但怪得竹外疏花，香冷入瑤席。江國，正寂寂。歎寄與路遥，夜雪初積。翠尊易泣，紅萼無言耿相憶。長記曾携手處，千樹壓西湖寒碧。又片片吹盡也，幾時見得。

疏影

苔枝綴玉，有翠禽小小，枝上同宿。客裏相逢，籬角黄昏，無言自倚修竹。昭君不慣胡沙遠，但暗憶、江南江北。想佩環月夜歸來，化作此花幽獨。　猶記深宫舊事，那人正睡裏，飛近蛾緑。莫似春風，不管盈盈，早與安排金屋。還教一片隨波去，又却怨、玉龍哀曲。等恁時重覓幽香，已入小窗横幅。

二詞作于别合肥之年，説詳于上文。

紹熙四年癸丑（一一九三）

水龍吟（？）

黄慶長夜泛鑑湖，有懷歸之曲，課予和之。

夜深客子移舟處，兩兩沙禽驚起。紅衣入槳，青燈摇浪，微涼意思。把酒臨風，不思歸去，有如此水！況茂陵遊倦，長干望久，芳心事，簫聲裏。　屈指歸期尚未，鵲南飛、有人應喜。畫闌桂子，留香小待，提携影底。我已情多，十年幽夢，略曾如此。甚謝郎也恨飄零，解道月明千里？

此詞「十年幽夢」數句，以年代案之，似指合肥事。此詞作年見下首。

玲瓏四犯(?)

越中歲暮，聞簫鼓感懷。

疊鼓夜寒，垂燈春淺，匆匆時事如許！倦遊歡意少，俛仰悲今古。江淹又吟恨賦，記當時、送君南浦。萬里乾坤，百年身世，唯有此情苦。　揚州柳垂官路，有輕盈換馬，端正窺户。酒醒明月下，夢逐潮聲去。文章信美知何用，漫赢得天涯羇旅。教説與，春來要、尋花伴侶。

上二詞皆無甲子，案卷三鶯聲繞紅樓詞序，謂「甲寅(一一九四)春自越來吴」，則客越當在紹熙四年癸丑。以上二詞及醉吟商一首是否爲合肥人作，無確據，姑繫于此。

慶元二年丙辰(一一九六)

江梅引

全詞已引于上文，序云：「丙辰冬，予留梁溪(無錫)，將詣淮南不得，因夢思以述志。」「南」原本作「而」，誤。

鬲溪梅令(?)

丙辰冬，自無錫歸，作此寓意。

好花不與殢香人，浪粼粼。又恐春風歸去緑成陰，玉鈿何處尋？　木蘭雙槳夢中雲，小横陳。漫向孤山山下覓盈盈，翠禽啼一春。

詞云「又恐東風歸去緑成陰」，序云「作此寓意」，蓋寓意懷人。懷人各序：江梅引曰「述志」，琵琶仙曰「感遇」，玲瓏四犯曰「感懷」，此曰「寓意」，皆同爲隱約之辭。

慶元三年丁巳（一一九七）

鷓鴣天

元夕有所夢。

肥水東流無盡期，當初不合種相思。夢中未比丹青見，暗裏忽驚山鳥啼。春未緑，鬢先絲，人間別久不成悲。誰教歲歲紅蓮夜，兩處沈吟各自知！

鷓鴣天

十六夜出。

輦路珠簾兩行垂，千枝銀燭舞僛僛。東風歷歷紅樓下，誰識三生杜牧之！歡正好，夜何其？明朝春過小桃枝。鼓聲漸遠遊人散，惆悵歸來有月知。

二詞乃懷人最後之作。時白石已四十三四歲，距最後一次別合肥，已經六年，距二三十歲初遇之時已二十年左右矣。

詞集卷六秋宵吟云：「古簾空，墜月皎。坐久西窗人悄。蛩吟苦，漸漏水丁丁，箭壺催曉。引涼颸，動翠葆，露脚斜飛雲表。因嗟念，似去國情懷，暮帆烟草。帶眼銷磨，爲近日愁多頓老。衛娘何在，宋玉歸來，兩地暗縈繞。摇落江楓早，嫩約無憑，幽夢又杳。但盈盈、淚灑單衣，今夕何夕恨未了！」又卷四月下笛云：「與客携壺，梅花過了，夜來風雨。幽禽自語。啄香心，度墻去。春衣都是柔荑翦，尚沾惹、殘茸半縷。恨玉鈿似掃，朱門深閉，再見無路。　凝竚。曾游處。但繫馬垂楊，認郎鸚鵡。揚州夢覺，彩雲飛過何許？多情須倩梁間燕，問吟袖弓腰在否？怎知道、誤了人、年少自恁虚度。」揣二首辭意，亦懷人之作，以無顯據，不列譜内。

以上譜中列詞共廿二首，除三首存疑外，尚得十九首。不以予説爲然者，謂予説將貶低姜詞之思想内容。然情實具在，欲全面瞭解姜詞，何可忽此？况白石誠摯之態度，純似友情，不類狎妓，在唐宋情詞中最爲突出，又何必諱耶？

此文寫成逾年，得翟田君合肥函，謂白石淒涼犯作于紹熙二年辛亥，其詞下片有云：「追念西湖上，小舫携歌，晚花行樂。」「漫寫羊裙，等新雁來時繫着。」揣其語意，似于合肥無復戀戀，疑彼時情侣已不在肥。云云。案此説甚是。白石辛亥秋期，與趙君猷露坐月飲，作摸魚兒，序云「心事悠然」，「欲一洗鈿盒金釵之塵」。詞有「自織錦人歸，乘槎客去，此意有誰領」之句，與淒涼犯同時作，語意亦正足相發。知白石此年六月離合肥，秋間重返，其時所戀當已他往。自度曲秋宵吟下片亦云：「衛娘何在，宋玉歸來，兩地暗縈繞。」當與淒涼犯同感。白石紹熙二年之後，所以無復有合肥蹤迹，得翟君之説，乃瞭然其故。爰記于此，并以補予作白石繫年之闕。一九五六年九月。

（八）石帚辨

吳文英詞集有贈姜石帚詞六首，其惜紅衣序云：「予從姜石帚遊苕霅間，三十五年矣，重來傷今感昔，聊以詠懷。」前人以惜紅衣是姜白石自度曲，苕霅又白石舊遊之地，遂以爲石帚即白石之别號。近代易順鼎、陳鋭、王國維始以爲疑，但皆未詳著其説。梁啓超嘗爲文申易、王之旨，而亦未有顯據。頃稍稍鈎稽雜書，乃知石帚確非白石。易、王諸家，發疑良是。請舉四證，以申鄙見：（易説見鄭文焯夢窗詞校稿，陳説見其裒碧齋詞話，王説見梁啓超文，梁文名「吳夢窗年齒與姜白石」，見圖書館學季刊三卷三期。）

一、白石客苕霅，尚在吳文英出生前。

白石以淳熙十三年冬隨婦翁蕭德藻發漢陽，十四年至苕霅，自此旅食江湖，時時往返。慶元三年以後，定居杭州，集中遂無復苕霅行迹。（由其時蕭德藻父子，已離苕霅。見行迹考杭州條。）文英生年無考，予嘗據吳潛開慶元年和翁處静桃源洞詞，排比夢窗詞中甲子，參互酌定約生于寧宗慶元末年（説在唐宋詞人年譜吳夢窗繫年）。慶元末年上距淳熙、紹熙間，爲時十餘年，即白石客居苕霅，尚在文英出生前十餘年。知文英同游苕霅之姜石帚，必非白石，此其一。

二、文英拜星月慢贈姜石帚詞作于白石卒後。

文英贈石帚六詞，皆不注作年，明朱存理鐵網珊瑚載「文英新詞稿」十六闋，其第十二闋即「姜石帚以盆蓮百餘本、移置中庭、讌客同賞、賦拜星月」。第一闋瑞鶴仙題爲「癸卯歲爲先生壽」，汲古閣本則作「壽方蕙巖寺簿」。鄭文焯夢窗詞校議，據此定其所録詞稿，即寫似方蕙巖者，謂「十六闋又皆其一時之作，故曰新詞」。今案鄭説是也。新詞稿第六闋爲思佳客「賦閏中秋」，查宋史本紀，淳祐三年癸卯閏八月，與鄭説合。可見贈石帚拜星月詞，亦作於淳祐三年癸卯。白石卒于嘉定年間，下距淳祐三年已逾二十年，即文英作拜星月之時，白石已卒二十餘年。石帚必非白石，此其二。（冒廣生先生嘗著文説白石石帚是一人，謂「寧宗嘉定十七年甲申亦閏八月，不獨淳祐三年癸卯，疑十六闋非同時之作」。案嘉定甲申下距淳祐癸卯已二十年，二十年前之作，不得云「新詞」。又謂「方蕙巖或即水磨方氏」，亦無確證。）

三、文英贈石帚各詞與白石身世不合。

嘉泰四年白石杭州舍毁，寄上張參政詩云：「應念無枝夜飛鵲，月寒風勁羽毛摧。」臨安旅邸答蘇虞叟云：「萬里青山無處隱，可憐投老客長安。」其栖泊無依可知。陳郁藏一話腴記白石平生「家無立錐」；陳造江湖長翁集次姜堯章贈詩卷中韵云：「念君聚百指，一飽仰臺饋。」其衣食窮迫可知。蘇洞泠然齋集金陵雜詠云：「白石鄱姜病更貧，幾年白下往來頻。」其時白石已年逾五十。（説在行迹考。）參之吳潛暗香詞序，知其六十以後而猶跋涉道塗，潦倒困阨之情尤足想見。而文英贈石帚各詞，一則曰：「幾酬花唱月，連夜浮白。省聽風聽雨，笙簫向别。」（解連環、留别姜石帚。）再則曰：「暫賞吟花酌露尊俎，冷玉紅香罍洗。」「蕩蘭烟、麝馥濃侵醉。吹不散、繡屋重門閉。」（拜新月慢、姜石帚以盆蓮數十置中庭宴客其中。）三則曰：「笙歌醉裏，步明月丁東，静傳環佩。」（齊天樂、贈姜石帚。）此其人必豪華貴游，擅園宅服食之勝，在文英交游中當是史宅之一流，必非生老貧困，歿不能殯之白石。石帚必非白石，此其三。（此條參用楊鐵夫先生説。）

四、姜石帚另有其人，乃宋末元初杭州士子。

陳世崇隨隱漫録（三）：「林可山稱和靖七世孫，不知和靖不娶，已見於梅聖俞序中矣。姜石帚嘲之曰：『和靖當年不娶妻，何因七代有孫兒；蓋非鶴種并龍種，定是瓜皮搭李皮。』（節）」（近人余嘉錫四庫提要辨證子部卷七隨隱漫録條，據臨川陳氏族譜隨隱行狀，世崇卒于至大元年（一三〇八），年六十四。上距白石之卒七八十年。）此詩另見於元人孔齊至正直記（四），文云：「國初有人自稱林和靖七世孫，杭人戲贈詩云云。」石帚之時代籍貫，可以此互證得之。云「國初」，其人必已入元。（林可山名洪，著山家清供一書，有種梅券鶴記，所述同時交游，亦皆宋末元初人。南宋人别集如竹所吟稿、馬塍稿、順適堂吟稿、江湖後集等皆屢見其名。曹元忠校白石詩集，謂「洞霄詩集有和靖宿洞霄宮二首，云：『二詩不見先生集中，乃得真迹于先生七世孫可山林君洪處。』即其人也。」）

又元人韋居安梅磵詩話亦載此詩，則題無名子作。若是白石，安得目爲無名子。石帚必非白石，此其四。（世崇之父郁，作藏一話腴，屢稱道白石，從無石帚之稱。）

予定二姜非一人之徵據，大略如此。前人鄭文焯輩主二姜即一人者，大抵皆謂使石帚非白石，何爲懷苕霅舊游必填惜紅衣，且必效其詞體。其實宋人填白石自度曲者，不但文英一人；文英以懷苕霅舊游，而用白石詠苕霅之詞，亦猶後人詠梅者之填暗香、疏影，游石湖者之填石湖仙耳。近人阮君成璞謂「諸家贈答白石之作，不曰『白石』即曰『堯章』，惟夢窗始終曰『石帚』，即此可以滋疑竇」。以予所見宋元人書，亦從無稱白石曰「石帚」者。（若謂姜石帚即姜白石，則謂陸游趙蕃集中之吴夢與即吴夢窗，可乎？）

明人張羽爲白石傳尚未有此稱；清初朱彝尊爲漁計莊詞序，偶然誤舉。（康熙二十三年甲午陳撰刻石帚詞序、康熙二十七年戊戌曾時燦白石詩詞合刻序，皆稱白石詞爲石帚詞，不知與朱氏作漁計莊詞序孰先孰後。）

乾隆間，陸鍾輝、江春諸人刊白石集，遂於酬贈詩詞中，收文英贈石帚六詞，始傳此繆種。（厲鶚南宋雜事詩，詠白石，有「一擔琴書留水磨」句，亦誤以寓水磨頭方氏之姜石帚當白石。）後來何起瀛擬姜夔傳，不檢白石答潘檉詩，乃謂所居近白石洞天，因號石帚。陳思爲白石年譜，又附會文英六詞，謂白石開禧間曾卜居西湖葛嶺之掃帚塢，廬名石帚漁隱。其説已甚附會。若梁啓超疑「石帚」二字或白石之子增減乃父之號以自號，則尤好奇過甚，鄰乎談諧矣。

南宋詞家，多承流白石；如張炎固心摹手追者，王沂孫亦「有白石意度」（見張炎瑣窗寒悼沂孫詞序），史達祖、周密則游驛于清真、白石之間；惟吳文英與白石最少瓜葛。周濟稱其「返南宋之清泚，爲北宋之穠摯」，似欲度越白石而徑承清真者。朱彝尊諸人混淆石帚白石爲一人，乃謂文英親受白石薰聞。稱名偶誤，遂連涉文章流别，予文辨此，或亦可免辭費之誚耶。

（九）雜考

一

白石工書，其嘉泰癸亥跋保母志云：「予學書三十年，晚得筆法於單丙文，世無知者。」同年作定武蘭亭跋云：「廿餘年習蘭亭，皆無入處，今夕燈下觀之，頗有所悟。」其自述如此。陳造次姜堯章贈詩卷中韵云：「詩傳王侯家，翰墨到省寺。姜郎粲然文，羣飛見孔翠。」又次韵姜堯章餞南卿云：「姜郎未仕不求田，倚賴生涯九萬箋。稛載珠璣肯分我，北關當有合肥船。」是白石四十以前客合肥時，即已以賣字爲活。（「九萬箋」用王羲之事，語林：「王右軍爲會稽，謝公就乞牋紙，庫中有九萬枚，悉與之。」見任淵後山詩注引。）

無名氏東南紀聞，載單丙文論書，謂「堯章得吾骨」。陳櫄負暄野録（上）近世諸體書條：「草則有蔣宣卿、吳傅朋、王逸老、單炳文、姜堯章、張于湖、范石湖。」又謂：「單字法本楊少師凝式，而微加婉麗，姜蓋學單而入室者。」齊東野語（十二）謂范成大稱其翰墨似晉宋。硯北雜志上，謂

「宋人習鍾法者五人：黄長睿伯思、雒陽朱敦儒希真、李處權巽伯、姜夔堯章、趙孟堅子固」。趙孟堅亦稱其精妙過黄、米。陶宗儀稱其「迥脱脂粉，一洗塵俗」。（書史會要。）其爲時流推重如此。廖瑩玉曾以所藏陳簡齋、任斯庵、盧柳南及白石四家書爲小帖，當時名世綵堂小帖。（癸辛雜識後集。又見志雅堂雜鈔上，謂四家遺墨共十三卷。任斯庵作任希夷，斯庵之名也。）志雅堂雜鈔（下）謂「杭州北關接待寺（節）有給衆庫，石碑立於側，其文乃銛朴翁撰，姜堯章書」。（亦見癸辛雜識續集。）輟耕録（六）淳化祖石刻條云：「大梁劉衍卿世昌云：『大德己亥，婦翁張君錫，携余同觀淳化祖石刻，卷尾各有題識，（節）第五卷末，東坡、張文潛等題。又姜白石小楷三四十字。』」桑世昌蘭亭考（七）俞松蘭亭續考（一）各載白石題跋數則。王獻之保母志亦有白石跋二千餘字，鮑廷博曾見之，稱其備盡楷則。清代嘗藏高士奇家。（見知不足齋刊四朝聞見録戊集注。）此其遺墨可考者。今得見者，惟影印落水蘭亭有其嘉泰壬戌癸亥二跋，僅九十六字而已。游宦紀聞謂「姜帖今少有」，可知宋時已然。（張文虎舒藝室集謂紹興蕺山有白石書刻石，予曾往覓不得。）又啓元白君告予：落水蘭亭之白石跋乃張瑗玉兄弟僞造，（蘭亭用王鐸本翻印。）真跋在香港某鉅商手，今已出賣。元白謂聞之張葱玉。施蟄存君告予：餘杭縣署有唐太宗屏風帖石刻，碑陰有白石跋。

二

桑世昌蘭亭考（七）記白石藏蘭亭共四本：第一本有黄庭堅題，白石跋云「嘉泰壬戌得於童道人」；第二本王晉之、葛次顔題；第三本單丙文題；第四本注「嘉定二年長至日題」，當出白石手。據桑注第一本云：「今此本歸檢正黄犖家。或云：姜以他本聯此跋耳。」俞松蘭亭續考（一）載其家藏有白石三跋本，其前二跋今猶見於影印落水蘭亭。第三跋作于癸亥六月，趙孟堅得時猶在，不知何時失去？又有蕭德藻藏一本，亦有白石跋二百餘字，作于嘉泰壬戌十二月，與桑考第一本跋同時。翁方綱合桑、俞二考核之，定俞松家藏有白石三跋者爲趙孟堅所得之落水蘭亭；桑考所謂第一本，則别是一本。其説詳於蘇米齋蘭亭考（一）。桑考所云白石藏第四本，雖亦五字不損，亦得於臺史盧宗邁，與落水蘭亭同，實則非落水蘭亭。詳白石此本原跋，謂「都下有董承旨者，其先任定武，藏褉帖甚富。紹興中有中貴任道源欲盡買之，不許。後尚方取去百本，酬以僧牒。時有堂後官高良臣及臺史盧宗邁皆得之。高、盧死，出以轉售，故吾得之。皆熙、豐以前舊拓本，五字不損，紙墨如新，未經裝者，末後尚有一空行，姑存之，亦驗定刻之一助。嘉定長至日」。是白石得于盧氏者不止一本甚明。桑世昌云白石藏四本，據其所見而言耳。（五字不損者，謂「湍」、「帶」、「右」、「流」、「天」五字，相傳熙寧間被薛紹彭鑱損，見曾宏父石刻鋪叙卷下。）

白石所藏五字不損本，本臺史盧宗邁家物，歸碑驛童道人。嘉泰壬戌十二月，白石從童處得之（見原跋）。後歸蕭德藻之孫澺。見周密雲烟過眼録（一）。（「孫澺」原作「姪滾」誤，見交游考。）又歸俞松、滿師、高幹辦，趙孟堅以半萬券得之，歸舟覆於霅之弁山（見趙跋）。旋歸賈似道悦生堂，元初歸王子慶、濟南張參政斯立、李叔固、分湖陸氏。雲烟過眼録（一）、齊東野語（十九）、輟耕録（九）、清容集(四十六)，記之甚詳。今坊間有影印本，載白石嘉泰壬戌癸亥二跋、趙孟堅癸卯一跋。翁方綱稱爲蘭亭石刻第一，古今法帖第一。即所謂落水蘭亭也。

文徵明停雲館帖有宋姜白石書一件(嘉靖十三年摹勒上石)，文云：「蘭亭真迹隱，臨本行于世；臨本少，石本行于世；石本雜，定武本行于世。何延之記云：右軍書此時，乃有神助，及醒後，他日更書數十百本，終無(如)祓禊所書。右軍亦自珍愛，此書付子孫傳掌，至七世孫智永禪師，永付弟子辯才。太宗求之不得，乃遣監察御使蕭翼以計取之；太宗殁，殉葬昭陵。及唐末，温韜發昭陵，其所藏書皆剔取裝軸金玉而棄之，於是魏晉以來諸賢墨迹遂復流落人間，然獨蘭亭亡矣。(張芸叟云：『靖康中，有得蘭亭真迹者，詣闕獻之，半途而京城破，後不知所在。或謂嘗入梁、陳御府。上有徐僧權押縫，今行間「僧」字是也。如此則不得爲子孫傳掌矣。』案梁武收右軍帖至二百七十餘軸，當時惟言黄庭、樂毅、告誓，不説蘭亭，則後人指『僧』字爲僧權，似未足深據。張芸叟云：『靖康中有得蘭亭真迹者，將獻之朝，至中途而京城破，後不知所終。』)此真迹之本末也。」(此文後連白石臨蘭亭。)

案此文引張芸叟語，「詣闕獻之」之「闕」字上，「半途而京城破」之「京」字上，皆空一格，必是宋代人書，文氏定爲白石手書，當可信。小注張芸叟云云，先後重引，結尾「此真迹之本末也」亦與上文不連，疑是臨蘭亭時偶然涉筆之草稿。名賢法帖卷九有白石手迹蘭亭跋三條。白石遺文不多見，此是吉光片羽，亟録存之。

三

陳郁藏一話腴謂白石「圖書翰墨之藏，汗牛充棟」。今可考見于載籍者，蘭亭之外，惟有金塗塔、琴、硯三物。曝書亭集（四十六）書錢武肅造金塗塔事，謂「武肅當日嘗于宮中冶烏金爲瓦，繪梵夾故事，塗之以金以成塔。鄱陽姜堯章得其一版，乃如來舍身相」。周文璞方泉集有姜堯章金塗佛塔歌云：「我疑此塔非世有，白石云是錢王禁中物。上作如來捨身相，饑鷹餓虎紛相向。」又云：「一枚傳到白石生。」朱氏所云據此。李洣謂戴咸弼東甌金石記（二）記金塗塔形橅尺度及各家藏品略備，朱氏誤以忠懿所造爲武肅，戴氏亦已考及。錢泳刻有金塗塔考，未知曾及白石所藏否。文璞題堯章新成草堂云：「壁間古畫身都碎；架上枯琴尾半焦。」當指嘉泰四年杭州舍燬。蘇泂到馬塍吊堯章詩云：「除却樂書誰殉葬，一琴一硯一蘭亭。」硯北雜志謂海昌人家有古琴，音韻清越，相傳是單炳文遺姜堯章，背有銘云云。殆即此古琴。惟一硯不見于他書。

三物之外，今北京歷史博物館藏有白石棕竹筆斗。文物參考資料一九五七年第七期，載近人史載青漆林識小録，宋姜夔筆斗一條云：「陳蓮生舊藏，姜夔製棕竹筆斗，周圍陰刻梅竹，上有姜夔題字，旁有明代文彭及文震孟題詩。」白石自題云：「丙辰秋得棕竹笔（不作「筆」）斗，而刻梅竹于上，以寄文房清興云。白石道人姜夔。」丙辰，慶元二年也。文彭題云：「先君子待詔歸來，今忽忽三十年矣，今兒子震孟，子朗兄遊契之甚，貽自（疑「目」。）白石道人梅竹筆斗，爲吟一章，記子朗之盛。雁門文彭。」震孟篆書銘曰：「夫子賜也，而先子題之，幸領春官，得侍禁□（似「近」），謹銘于後：燦燦玉堂，峙于垣省，□□□珥，思弗述龠。吾祖之令□（似「名」）。」史載青云謂梅竹當是白石自繪自刻。（筆斗予一九六一年在北京嘗見于歷史博物館庫藏中。）

四

白石叢稿既佚，其雜文可見者僅十七篇；見于本集者：詩集自序二篇，詩説自序一篇，絳帖平自序一篇。見於齊東野語者：自述一篇，禊帖偏旁考十九條。見於宋史樂志者：大樂議一篇，琴瑟考一篇。（玉海作鼓瑟制度，慶元會要作琴瑟考古圖，此從謝采伯續書譜序。）見于桑世昌蘭亭考俞松續考者：蘭亭跋七篇。（桑書七，俞書四。）見于知不足齋本四朝聞見録附録者：保母志跋一篇。見于停雲館帖者：題蘭亭序一篇（張世南游宦紀聞有白石論括帖數語）彙爲一書，亦庶幾叢稿之十一。若其古文、駢體二種，乾隆間華亭裔孫即馳書懸購而不得矣。（見姜熙白石集序。）花庵詞選（七）謂白石、張鎡皆嘗爲史達祖詞作序，今梅溪集僅有張序，白石之序，惟花庵詞選達祖條下存其「奇秀清逸，有李長吉之韵，蓋能融情景於一家，會句意於兩得」二十四字。白石平生論詞之語，今亦僅存此二十四字而已。（花庵詞選史達祖雙雙燕、東風第一枝二詞下，各有贊賞語，但未引原文。）

白石遺文長篇鉅製，大樂議之外，今尚存二千餘字之王獻之保母志跋，兹參考葉紹翁四朝聞見録（戊集）及諸家志跋，合記如次： 嘉泰二年壬戌、六月六日（時白石四十餘），山陰錢清人王畿，於稽山樵人周某處，得晉王獻之保母墓志磚，並一小硯，硯背有「永和」及「晉獻之」字。僧了洪以告樓鑰，鑰爲題詩證據其事，（詩在攻媿集卷四題云：「錢清王千里得王大令保母甎刻，爲賦長句」七古一首。）謂其間「曲水」、「悲夫」數字勝于蘭亭。 惟志文有「後八百餘載，知獻之保母，官于兹土者，尚□□焉」數語，與蘇軾金蟬墓銘所云「百世之後，陵谷易位，知其爲蘇子之保母，尚勿毁也」之文相似；且志作於晉興寧三年，下距嘉泰出土之時，適八百三十八載； 或頗疑其巧合。 華亭朱日新又以志文稱保母「解釋、老旨趣」，謂「釋」之一字特出于「彌天釋道安」之句，自晉宋以來，未有合「釋老」二字爲一者； 爰盡翦蘭亭序中字與之合者，辨爲贋造，著文刊之，與樓鑰争，樓不與深辯。 白石於志文出土後四月，以了洪携示墨本，并親見磚硯。 次年夏秋間，爲作三長跋，謂志有七美，非他帖所及： 一、首稱「郎耶王獻之」，以自別于同家越中之王述（述，太原族）。 可見古人之重氏族； 二、獻之書除洛神賦外多行草，此志備盡楷則，與蘭亭叙樂毅論合； 三、蘭亭叙定武本刻于數百年後，不如此志得真； 四、文勢秀簡，亦類其父； 五、蘭亭乃前代巧工刻，失之太媚，此志似獻之自刻；六、志稱保母能文善書，可知當時文風，及古人教子之方；七、預知八百年餘，出於神明虛曠，自然前知。并記志與蘭亭同者廿四字，與右軍他帖同者十八字，其嘗見於獻之雜帖者三字，餘六十字尤精妙絶倫，晉、宋以來書家所未有，以爲斷非時人所能贋造。又條舉不必疑者七事：一、引魏晉率善令印文，明生人用印猶可稱代，則獻之自可稱「晉獻之」；二、據保母意如生年，案之晉代西蜀亂事，明意如雖廣漢人，仍得爲王氏保母；三、引阿含經及晉史何充事，明釋老即佛老對稱，非謂佛徒，不得謂獻之時不應有此稱；四、引官帖中獻之字與羲之相同者，辨志非集蘭亭字爲之；五、引漢謝君墓甎及洪氏隸釋，明漢時已有埋于墓中之銘志，非始於南朝；六、引越中石刻詩，辨志文與蘇軾金蟬墓銘相似，出于偶合；七、謂保母雖妾，然既稱母矣，無嫌稱「歸王氏」。其全文大要如此。其所詰難，皆朱日新説也。宋人自米芾黄伯思始有考證法書風氣，然若此洋洋灑灑，在宋人中亦爲僅見。

據四朝聞見録保母志硯出土未久，丁洪以獻韓侂冑，侂冑以上進皇室，遂入秘省；秘省焚後，殆已不存。白石所跋拓本，後歸周密，嘗邀鮮于樞、仇遠、白珽、王易簡、王沂孫、王英孫諸人賦詩張之。元延祐間，歸方義齋白雲書房，至正間歸錢唐張子英，明歸項元汴，清康熙己巳歸高士奇，乾隆間鮑廷博刊知不足齋叢書，猶及見之，因附刊志文及各題跋於四朝聞見録之後，謂「白石道人小字二千餘，備盡楷則，尤爲希世之寶，不特其評鑒之確也」。今保母志猶傳拓本，白石跋手迹，曾藏上海徐小圃醫師處（徐以此與懷素自序名其所居曰素石山房。往年在滬展覽，予曾見之）。後有王沂孫、周密、仇遠諸家詩。近人馬衡據明詹景鳳東圖玄覽，謂「懷素自序舊藏文待詔家，羅龍文者欲買此以獻嚴嵩，文以僞序裝真跋售與」。（馬衡文題爲「關於鑑別書畫的問題」，見張菊生先生七十紀念論文集。）今傳懷素自序不止一本，馬氏謂清故宮另有一黄紙本。或亦疑徐藏保母志跋王沂孫、周密、仇遠諸家印章色澤皆同，然否待考。

六

王士禛謂黄巖老亦號白石，亦學詩於蕭千巖，時稱雙白石（香祖筆記）。宋葉大慶愛日齋叢鈔、又有三白石之目，謂「近時稱白石者：樂清錢文季、鄱陽姜夔堯章、三山黄景説巖老，各因所居號之耳」（説郛十七引）。案：景説淳熙辛丑進士，有白石丁稾一卷，見書録解題，自號白石居士，見楊萬里誠齋集（三十七）送黄通判全州詩。誠齋集（三十六）答賦永豐宰黄巖老云：「吾友蕭東夫，今日陳后山，（節）鄰邑黄永豐，與渠中表間。」是黄乃蕭德藻中表，年輩高於堯章。齊東野語（十二）引其推服堯章之言，其人當是堯章友好。錢文季名文子，紹熙三年由上舍釋褐出身；書録解題載其白石書傳二十卷；今傳補漢兵志一卷，有嘉定甲戌陳元粹序，嘉定乙亥王大昌跋，亦堯章同時人。又朱子再傳弟子有蔡和字廷傑，亦號白石，年輩後於堯章。平陽林德暘號白石樵，詩名白石樵唱，則宋末人。是宋人共有五白石。（宋後人以白石爲別號者，若陳繼儒、沈周，不下二三十人。何適、達生亦號白石道人，明東莞人。）

盧祖皋蒲江詞有漁家傲壽白石先生云：「白石山中風景異，先生日日懷歸計。何事黄岡飛雪地，偏着意，畫堂却爲東坡起。人説前身坡老是，文章氣節渾相似。只待鼎彝勳業遂，梅花外，歸來長向山中醉。」或以堯章曾客沔鄂，定爲壽堯章詞。今案祖皋慶元五年登進士（浙江通志選舉），正堯章獻鐃歌免解之年；是二人曾同試禮部。惟堯章離沔鄂在淳熙十三年，終身未嘗再到，其時祖皋才十餘歲；「鼎彝勳業」句，亦不合堯章身世。其非堯章甚明。考錢文季歷仕宗正少卿，嘉定一代稱正學宗師，又與祖皋同爲温州人。陳元粹序其補漢兵志謂：「世居樂邑白石山下，因自號白石山人。」白石山在温州樂清，盧詞曰「白石山中」，曰「懷歸」，是壽文季詞無疑。陳瑋白石山志，載祖皋嘉定十三年爲錢白石壙志，又其顯證也。（朱彝尊跋補漢兵志，亦謂文季所輯詩傳及是書，皆以白石著録，不知者以爲姜夔書，誤矣。）祖皋先堯章而卒，（盧以軍器少監權學士院，在嘉定十四年，見齊東野語十九嘉定寶璽條。俄卒於官，年五十一，見戴栩浣川集三盧直院輓詩。卒年當在嘉定之末，生淳熙初，年輩稍後於堯章。）二人交誼無考，詞格亦不盡同。朱彝尊論詞，乃以祖皋附庸堯章，與張輯、史達祖、張炎並列，欠商量矣。

七

白石蕭夫人，是德藻姪女，以文字諦緣。樂府紀聞曰：「鄱陽姜堯章，流寓吴興，嘗暇日游金閶，徘徊吊古，賦柳枝詞，有『行人悵望蘇臺柳，曾與吴王掃落花』之句，楊誠齋極喜誦之。蕭東夫尤愛其詞，以其兄之子妻焉。」張鎡南湖集（六）、因過田倅坐間，得姜堯章所贈詩卷，以七字爲報結云：「應是冰清逢玉潤，只因佳句不因媒。」亦指此。案詩集奉別沔鄂親友之八云：「宦達羞故妻，貧賤厭邱嫂。上書雲雨迴，還舍筍蕨老。江皐鉏帶經，決計恨不早。士無五羖皮，没世抱枯槁。」是贈妻詩。別沔鄂親友十詩作于淳熙十三年冬從德藻發漢陽往湖州時，是娶蕭夫人必在此前。蘇洞到馬塍哭堯章詩云：「孺人侍妾相持泣，安得君歸更肅賓。」孺人若即蕭夫人，白石卒時，當亦老壽過六十矣。

硯北雜志載范成大贈小紅，其時在紹熙二年之冬，白石三十餘歲。（誠齋集中多調成大侍兒詩，足見成大暮年聲伎之盛。）蘇洞哭堯章詩云：「所幸小紅方嫁了，不然啼損馬塍花。」江生超中謂白石慶宮春詞序首言「辛亥（紹熙二年）除夕別石湖歸吳興」即是小紅來歸之年，詞作于其後五年（慶元二年）重過垂虹，有「那回歸去」，「傷心重見，依約眉山，黛痕低壓」句，或隱指小紅。若然，則小紅下堂，或即在慶元初年，相處僅四五年而已。（蘇洞哭堯章詩，有「孺人侍妾相持泣」句，是小紅嫁後又有一妾，陳譜引洞寄堯章詩「聞似磻溪隱姓名，阿鬟仍是許飛瓊」，謂阿鬟即後妾之名，亦即白石次子瑛之生母。）

八

雲烟過眼録（一）：「白石有『白石生』四屧之印，又有『鷹揚周郊、鳳儀虞庭』印甚奇。」蓋自寓其姓名。（姜虬緑曰：「鷹揚周郊」寓姓，「鳳儀虞庭」寓名。）白石生見神仙傳，中黃丈人弟子。愛日齋叢鈔有考。四羼印今見于落水蘭亭跋後。

沙文若沙邨印話謂聞之易忠籙：「楊星吾家藏兩宋私印鈎摹本，中有白石兩印，但言『鷹揚』『鳳儀』無『周郊』『虞庭』字，與傳聞異。或者別有此一耦爾。」

九

愛日精廬藏書續志（四）、唐詩極元二卷，唐諫議大夫姚合纂，宋白石先生姜夔點，板心有「又玄齋」三字。今藏常熟瞿良士家，見鐵琴銅劍樓書目（二十三）。李洣曰：「唐詩極元即極玄集（著録唐志），元人坊刻，增『唐詩』字去『集』字，皆妄也。汲古閣刻極玄集，毛晉跋云：『向傳姜白石點本最善，竟不行於世，即留署中，近刻祇挂空名于簡端。』按汲古閣刻卷首有蔣易題詞，（蔣易即刻皇元風雅者。）與秦酉巖抄本同，然則，所署『宋白石先生姜夔點』，恐亦如毛晉所云『祇挂空名』者耳。」頃閱傅增湘藏園羣書題記續集卷五、校唐人選唐詩八種跋，知此書白石評點有何焯臨本，傅氏取以校鈔。是白石之評點尚有傳本。傅氏之書今藏北京圖書館，當就求之。白石于唐選專評姚合之書，必與詩法承受有關，或能因以益明其詩說之旨。

十

張羽作白石傳：「參政張巖欲辟爲屬官，夔不就，曰：『昔張平甫欲爲夔營之，夔辭不願，今老矣，不能也。』」案此説非實。詩集寄上張參政云：「應念無枝夜飛鵲，月寒風勁羽毛摧。」賀張肖翁參政云：「從此與人爲雨露，應憐有客卧雲嵐。」皆嘉泰四年毀舍後之作（説在詞箋）。是白石曾有干乞於張巖。瀛奎律髓謂慶元嘉定以來，乃有以詩人爲謁客者，干求一二要路之書，謂之闊匾，副以詩篇，動獲千萬緡；如壺山宋謙父，一謁賈似道，獲楮幣二十萬，以造華居，是也。白石雖非謙父一流，然當時江湖詩人風氣如是。張羽之傳疑出于白石後人，爲其祖先諱耳。

十一

楊慎升庵長短句續集（三）有花犯念奴一曲，賦劉元瑞神樓圖，謂：「以白石譜花犯念奴按之，可歌也。」詞云：「雲軿不輾地，仙居多麗譙。湖海廿年龍卧，錦漣清霅苕。甫里筆床茶竈，山陰楸枰方罫，香籀記昏朝。醉鄉無畔岸，北斗挹天瓢。樓中人，誰是伴，有松喬。靈文緑帙，齊物與逍遥。肯念草玄寂寞，暫遣壺公縮地，風御驀琅霄。闌干誰憑到，共和曉仙謡。」案：此與水調歌頭稍異數字平仄而已。白石集並無花犯念奴之名，或楊氏誤記湘月詞序耳。（欽定詞譜二十二載白石法曲獻仙音「風竹吹香」一首，亦不知何人作。）

十二

徐熊飛白鵠山房文鈔（三）白石道人畫像記云：「宋白良玉作姜堯章白石道人畫像，今爲菰城管夢笙所收貯，雖絹素漸裂，而神采未渝。同郡石西谷摹其副本贈余。」同治間倪鴻刊白石道人四種，有烏程管以金（品湘）道光元年白石畫像跋云：「嘉慶丙子（二十一年），於郡城觀風巷口購得古人像殘縑尺許，題詞剥蝕，僅存『風賦情芳草』五字，歸以硯北雜志校之，始知是白石道人也。（節）吾友姜君玉溪見而愛之，云道人乃其二十三世祖，此像世藏弁山之寥天一碧樓，乾隆辛卯，樓遭鬱攸之災，遂遺失人間，今幸得落余手，因再三乞贈。（節）頃玉溪屬仁和許君玉年臨摹一本，壽諸樂石，將供奉於孤山林處士祠。云云。」往年石刻猶在孤山放鶴亭。又有道光二年江介（石如）所摹一石，則改良玉原本坐執羽扇者爲曳杖行歌狀。道光二十三年姜熙刊華亭祠堂本白石集，光緒間許氏榆園本白石集，皆有畫象，亦出于此。冒廣生先生告予：「研北雜志所載白石絶句，其第三句『黑頭辦了人間事』，非宰相不能當，殆白石爲石湖題象；雜志云自題畫象，誤矣。」夏敬觀先生曰：「石湖園中有淩霄峰，其淩霄花甚著名，見石湖詩集。白石題象云『來看淩霄數點紅』，當是爲石湖象。其第一句『鶴氅羽扇』句亦用宰相事。」案誠齋集（十二）有和范至能參政云：「夢中相見慰相思，玉立身長點漆髭。」與良玉所圖亦合。今傳白石象是范成大象無疑矣。（武康東南三十五里計籌山麓白石道人祠，有嘉慶二十年知縣林述曾祠記，云「白石二十三世孫恭壽出元人所作白石象」，予初疑另有元人本，後見孫原湘爲恭壽作題姜白石像詩，序首明云「錢唐白良玉寫」，因知亦誤用范成大象。據圖繪寶鑑二十，良玉寧宗時畫院待詔，述曾誤以爲元人也。）

施蟄存君見告：日本刊宋蔡蒙叟連珠詩格有白石水亭詩一首云：「啼殺清鶯春正寒，一亭長占緑楊灣。客來日日抛香餌，慣得游魚傍玉闌。」

十三

（十）繫年

高宗紹興二十五年乙亥（一一五五）（一歲）

白石約生于此年。（説在生卒考。以後年歲，暫依此推算。）

白石交游：洪邁三十三歲（宣和五年生）。范成大三十歲（靖康元年生）。楊萬里、尤袤二十九歲（建炎元年生）。吴獵、朱熹二十六歲（建炎四年生）。陳造二十三歲（紹興三年生）。孫從之二十一歲（紹興五年生）。樓鑰十九歲（紹興七年生）。京鏜、楊冠卿、王炎十八歲（紹興八年生）。辛棄疾十六歲（紹興十年生）。俞灝十歲（紹興十六年生）。葉適六歲（紹興二十年生）。張鎡三歲（紹興二十三年生）。敖陶孫、劉過、吴柔勝二歲（紹興二十四年生）。

北宋詞人：秦觀卒已五十五年（元符三年）。蘇軾卒已五十四年（建中靖國元年）。黄庭堅卒已五十年（崇寧四年）。周邦彦卒已三十四年（宣和三年）。

魏良臣參知政事。
秦檜卒。
紹興二十七年丁丑（三歲）
京鏜第進士（交游考）。
紹興二十九年己卯（五歲）
韓淲生。
紹興三十年庚辰（六歲）
父噩中進士（世系考）。
紹興三十二年壬午（八歲）
楊萬里初識蕭德藻于零陵（葉渭清誠齋年譜）。
辛棄疾自山東奉耿京表歸宋。
孝宗隆興元年癸未（九歲）
侍父宦漢陽（姜虬緑白石道人詩詞年譜）。
三月，張燾參知政事，四月，罷。
據宋史（三八一）燾傳，燾此後二年即卒。足徵江西志「纍薦白石」説之無稽。
孫逢吉、胡紘、樓鑰第進士（交游考）。

孝宗乾道二年丙戌（十二歲）

曾三聘、謝深甫、徐似道第進士（詞箋、交游考）。

乾道四年戊子（十四歲）

姊嫁漢川，父卒於漢陽任，約在此時（世系考、生卒考）。

乾道五年己丑（十五歲）

鄭僑、王炎、曾丰、黄景説第進士（交游考）。

乾道六年庚寅（十六歲）

蘇洞約生於此年。

據泠然齋集，開禧間三十六歲，參行迹考。

范成大使金。

乾道九年癸巳（十九歲）

初學書。

嘉泰癸亥跋王獻之保母誌云：「予學書三十年。」

癸亥，嘉泰三年也。

孝宗淳熙元年甲午（二十歲）

依姊山陽（漢川村名），間歸饒州（姜譜）。

昔游詩「天寒白馬渡，落日山陽村」一首，叙依姊事而無甲子；姜譜不知何據。（姜譜注云：「有于越亭詩」今見知不足齋詩集補遺。）

淳熙二年乙未（二十一歲）

留漢陽，交鄭仁舉、辛泌、楊大昌、姚剛中（詩集）。

項安世、劉過、陳造第進士（交游考）。

淳熙三年丙申（二十二歲）

冬，下大江，留鼇背洲十日。雪霽下揚子，歷楚洲，西游濠梁（昔游詩）。至日，過揚州，作揚州慢（詞序）。

是後十年行迹不詳，當來往湘鄂間。

合肥情遇當在此後十年間，參合肥詞事考。

淳熙四年丁酉（二十三歲）

蕭德藻爲龍川丞（誠齋文集八十一千巖摘稿叙）。

淳熙五年戊戌（二十四歲）

葉適第進士。

淳熙八年辛丑（二十七歲）

初習蘭亭，約在此時。

嘉泰癸亥定武蘭亭跋云：「二十餘年習蘭亭，皆無入處。」嘉泰壬戌又有題山谷跋本。壬癸至本年二十二年（陳譜）。

吴柔勝登進士（交游考）。

淳熙十二年乙巳（三十一歲）

蕭德藻任湖北參議（誠齋集一一三淳熙薦士録）。

淳熙十三年丙午（三十二歲）

人日，客長沙別駕之觀政堂，亂湘流入麓山，作一萼紅。識蕭德藻當在此時。

長沙別駕當即德藻，此時或由湖北參議調任。詩集自叙：「余識蕭千巖於瀟湘之上。」

小重山令潭州紅梅詞，當此時作。

立夏日，遊南嶽至密雲峰（詩説序）。

姜譜：「昔游詩：『昔遊衡山上，未曉入幽宫。』當指是事。以下有『雷雨』句可證。又『昔遊衡山下，看水入朱陵』，是在雪霽後，殆又一時也。」

秋，登祝融峰，作霓裳中序第一（詞序）。

七月既望，與楊聲伯、趙景魯、景望、蕭和父、裕父、時父、恭父，大舟浮湘，作湘月（詞序）。

待千巖五古、過湘陰寄千巖七絶，皆秋景，當此時作。姜譜列下首於本年春，誤。

昔遊詩：「洞庭八百里」，「放舟龍陽縣」，「九山如馬首」，「蕭蕭湘陰縣」，「昔遊桃源山」，「昔遊衡山下」，「昔遊衡山上」，「衡山爲真宫」諸首，皆遊湘作。

返漢陽，寓山陽姊氏，作浣溪沙（詞序）。

懷合肥情侣詞始見于此（參合肥詞事考）。

冬，蕭德藻約往湖州（探春慢序）。

發漢陽，作奉别沔鄂親友十詩，作探春慢别鄭次皋諸人（詞序）。

自此不復返沔鄂。

過武昌，值安遠樓成，作翠樓吟（詞序）。

姜譜：「雪中六解『黄鶴磯邊晚渡時』，指此。」

度揚子。

姜譜：「昔遊詩：『揚舲下大江，日日風雨雪。』又『既離湖口縣，（節）程程見廬山。』正爾時事。」

蕭夫人時已來歸，説在生卒考及雜考七。

淳熙十四年丁未（三十三歲）

元日，過金陵江上，感夢作踏莎行（詞序）。

二日，道金陵，作杏花天影（詞序）。

昔遊詩：「雪霽下揚子」一首，指此。

三月後，遊杭州，以蕭德藻介，袖詩謁楊萬里。萬里譽其「文無不工，甚似陸天隨」。并以詩送往見范成大，作次韵誠齋送僕往見石湖長句。

楊萬里誠齋集（二十二）朝天集、送姜堯章奉謁石湖詩，編在丁未春間，後一首是「三月二十六日殿試進士」。

夏，依蕭德藻居湖州，作惜紅衣（詞序）。

姜譜：賦千巖曲水詩此時作。

赴蘇州謁范成大，作石湖仙壽范生日，或此年事。

范成大生于六月初四，見其吴船録卷上自記。此詞云「緑香紅舞」，寫荷花，時令合。詞又云：「聞好語，明年定在槐府。」成大罷官後，淳熙十五年曾起知福州，作詞時或先得起用消息。此周汝昌先生見告。

醉吟商小品序謂成大告以琵琶四曲，當即此時。

冬，過吴松，作點絳脣（詞序）。

姜譜：三高祠、姑蘇懷古詩此時作（姜鈔詩集、據姑蘇志，另有三高一絶）。

劉克莊生。

王安居第進士。

淳熙十五年戊申（三十四歲）

客臨安，還寓湖州（姜譜）。

姜譜此條無考證。案念奴嬌賞荷序云：「予客武陵，湖北憲治在焉。（節）朅來吴興，數得相羊荷花中，又夜泛西湖，光景奇絶，故以此句寫之。」殆即其所據。

姜譜：「案公嘗寓吴興張仲遠家，有百宜嬌詞，未知何年。」案此誤信耆舊續聞百宜嬌紀事之説，今本續聞無此條，百宜嬌疑是湘中詞。參眉嫵詞箋。

淳熙十六年己酉（三十五歲）

寓湖州，早春與田幾道尋梅北山沈氏圃，作夜行船（詞序）。

收燈夜，與俞灝商卿出遊，作浣溪沙（詞序）。

暮春，與蕭時父載酒南郭，作琵琶仙（詞序）。

秋，作鷓鴣天，記所見（詞序）。

潘檉隨使節赴金（見于北山陸游年譜）。

光宗紹熙元年庚戌（三十六歲）

卜居白石洞下，潘檉字之曰白石道人，爲長句報之（姜譜，參行迹考）。

客合肥，居赤闌橋之西，作淡黄柳或在此時。送王孟玉歸山陰（陳譜）。

白石淳熙間已有懷合肥情侶詞（參前淳熙十三年譜），紹熙間又兩度游肥，此爲其平生行迹最遠之地，而事緣無考。送王孟玉詩有「十年雪裏看淮南，聚米能作淮南山，籌邊妙處須急吐，政爾不容修竹閒」。其人當亦游幕合肥。白石客肥，或由孟玉耶？

十月，楊萬里除江東轉運副使（誠齋集八十一朝天集序）。

紹熙二年辛亥（三十七歲）

正月二十四日，發合肥，作浣溪沙（詞序）。

晦日，泛巢湖，作平韵滿江紅（詞序）。

初夏，至金陵謁楊萬里，作送朝天續集歸誠齋詩及醉吟商小品（詞序）。

詞云：「又正是春歸」，當是初夏。點絳唇「金谷人歸」或亦此時作。

六月，復過巢湖，刻平韵滿江紅於神姥祠（詞序）。

周汝昌云：或是由金陵再赴合肥時作。

七月，與趙君猷坐月，作摸魚兒（詞序）。

此時情侶似已離肥他往，故白石此年之後遂無合肥蹤迹。參合肥詞事考後記。

寓合肥，作淒涼犯（姜譜）。

詞中風物是深秋，當在摸魚兒之後。

過牛渚作詩。

周汝昌云：或再發合肥經牛渚作。

冬，作詩送左真州歸長沙（交游考）。

載雪詣范成大於蘇州（暗香序），作雪中訪石湖詩，范有和作。范成大自淳熙間請病歸蘇州，至此已十餘年，見石湖居士詩集。石湖詩集（卅三）次韻姜堯章雪中見贈一首，編在紹熙三年，（在次韻養正元月六言「歲踰耳順俄七，年去古稀才三」一首及閏月四日石湖衆芳爛熳一首之間。據宋史本紀，紹熙三年閏二月。）與白石詞序異，范殆依成詩歲月編入，非姜詞紀年誤也。

止月餘，賞梅范村，作玉梅令（詞序、暗香序）。成大徵新聲，作暗香、疏影（詞序）。成大以青衣小紅爲贈（研北雜志下。參合肥詞事考）。

除夕，自石湖歸湖州，成十絶句（詩題）。大雪過垂虹，作「小紅低唱我吹簫」詩（研北雜志下）。

陳譜謂京口留別張思順詩，本年正月作。

楊萬里此年九月爲蕭德藻作千巖摘稿序：「東夫貧又疾，又喪其妻若子，惟一子與諸孫在耳。」

紹熙三年壬子（三十八歲）

居湖州（姜譜）。

姜譜：「按辛亥除夕詩：『但得明年少行役。』是歲殆居苕不出。」

陳譜定呈徐通仲兼簡仲錫詩，本年中秋後在杭州作，參交游考。又、後二年紹熙五年作孤山看梅鷺聲繞紅樓有「兩年不到斷橋西」句，可證成陳説。

秋，楊萬里由江東轉運副使改知贛州，不赴，乞祠（陳譜）。

紹熙四年癸丑（三十九歲）

春客紹興，與張鑑葛天民同游。

陪張平甫游禹廟、同朴翁登卧龍山、次朴翁遊蘭亭韵、越中仕女游春、項里苔梅、蕭山諸詩，當皆此時作。

交張鑑始見於此。

秋，與黄慶長夜泛鑑湖，作水龍吟（詞序）。

歲暮留越，作玲瓏四犯（詞序）。

雪中六解：「萬壑千巖一樣寒，城中別有玉龍蟠。」玉龍指越中卧龍山。

九月，范成大卒，十二月，赴蘇州吊之，復還越中。

悼石湖詩有「來吊只空堂」句。陳譜云：周必大范公成大神道碑載成大九月五日卒，十二月十三歸窆。

陳譜：作寄上鄭郎中詩（交游考）。

俞灝登進士（平齋集三十二行狀）。

紹熙五年甲寅（四十歲）

春，與張鑑自越之吴，携家妓觀梅于孤山之西村，作鶯聲繞紅樓（詞序）。

與俞灝觀梅于孤山之西村，已而灝歸吴興，獨游孤山作角招（詞序）。

八月，朱熹爲焕章閣待制兼侍講。閏十月，忤韓侂胄，罷。

陳譜：「受知朱子」，即在此時（參交游考）。

楊萬里致仕。

胡紘監都進奏院，遷司農寺主簿、秘書郎。

項安世除校書郎（交游考）。

吴獵除校書郎（交游考）。

張履信官江西（夷堅支景一）。

寧宗慶元元年乙卯（四十一歲）

三月十四日，與張鑑同遊南昌西山玉隆宫，止宿而返（鷓鴣天序）。

作送項安世倅池陽詩（參交游考）。

曾三聘爲考功郎（參卜算子箋）。

京鏜知樞密院事（宋史宰輔表）。

吴潛生。

寧宗慶元二年丙辰（四十二歲）

三月，欲與張鑑治舟往武康，作鷓鴣天（詞序）。

欲往與鑑度生日，故知爲三月。姜譜謂：「阮郎歸詞有『平甫壽日同宿湖西定香寺』，恐防風之約，未必果往。」阮郎歸當亦此年作；姜譜列在去年，似誤。

秋，與張鎡會飲張達可家，作齊天樂蟋蟀詞（詞序）。

製梅竹筆斗（參雜考三）。

依葛天民寓武康，作武康丞宅同朴翁咏牽牛詩（姜譜）。

冬，與俞灝、張鑑、葛天民自武康同載詣無錫（慶宫春序）。

姜譜：「公有云：『平甫欲割錫山之田以養某。』疑即此時。」南湖集（七）有題平甫弟梁溪莊園詩，是鑑有别業在無錫，故欲割膏腴之田以養白石。

道經吴松，作慶宫春，過旬塗稿乃定（詞序）。

止無錫月餘（姜譜），謁尤袤論詩。

姜譜注：「謁尤延之當在爾時。」案： 元尤玘萬柳溪邊舊話記袤當陳源、姜特立召用，人情驚駭，上封事極言二人之惡，不聽，時年七十，遂引年歸。舊話記袤生靖康丁未，則致仕歸梁溪正在此年。宋史（四六九）陳源傳： 慶元元年貶居撫州，二年、以生皇子恩，將許自便，爲給事中汪義端所駁，乃移婺州。袤上封事，當在此時（宋史四七〇姜特立傳、僅云「寧宗即位，特立遷和州防禦使，再奉祠」，不云被彈）。舊話又載袤致政歸，不居許舍山，造圃溪上。似亦與詩集自序過梁溪見袤之語合。 陳譜謂淳熙十六年五月，延之被逐歸梁溪；白石過梁溪見尤，在淳熙十六年之秋。殊誤。

詩集自序云：「近過梁溪。」則序即作於此時。

將詣淮不果，作江梅引（詞序）。

爲杭州歸計，作鬲溪梅令（詞序）。

陳譜：「此年移家行都，依張鑑居近東青門。」

臘月，與俞灝、葛天民同寓新安溪莊舍，作浣沙溪詠蠟梅二闋（詞序）。

歲不盡五日，歸舟過吴松，作浣沙溪（詞序）。

既歸，録所得詩若干解爲一卷，命之曰載雪録（浩然齋雅談中、載雪録自叙）。

翠樓吟序有「去武昌十年」語，序當作于此時。翠樓吟淳熙十三年過武昌時作。

鄭僑知樞密院事（交游考）。

京鏜除右丞相。

謝深甫參知政事。

慶元三年丁巳（四十三歲）

正月，居杭，作鷓鴣天「丁巳元日」、「正月十一日觀燈」、「元夕不出」、「元夕有所夢」、「十六夜出」五首。

詞中皆有懷人語，懷人各詞可考作年者，此爲最後。

四月，上書論雅樂，進大樂議一卷，琴瑟考古圖一卷，不獲盡所議（慶元會要）。

李泋曰：「玉海（一百五）慶元樂書條云：『元年五月十七日，布衣姜夔進鼓瑟制度、樂書三卷（按三卷疑是二卷之訛），送太常看詳。』按慶元元年四五月間，正當趙汝愚罷相之後，明廷水火，禮樂未遑。白石必不以此時上書。且是年三月十四日，白石正同張平甫游南昌西山，亦未必能於逾月匆匆還都。當從慶元會要作三年。玉海之元年，元三形近，或刻誤耳。（京鏜爲右丞相，謝深甫參知政事並在二年正月，亦可爲白石上樂書在三年之證。）惟所稱五月十七日，當是詔付太常看詳之日，可補會要所未及。」案慶元四年作戊午春帖子，指議樂事，亦議樂在今年之證。

秋，在杭，作丁巳七月望湖上書事及和轉庵丹桂韵。

和轉庵詩，有「來禪奉常議」句，知今秋作（姜譜同）。

冬，送李萬頃之池陽（陳譜）。

正月，鄭僑罷參知政事。

寧宗慶元四年戊午（四十四歲）

作戊午春帖子詩。

「二十五弦人不識」，指去年議樂不合。

謝深甫知樞密院事。

慶元五年己未（四十五歲）

上聖宋鐃歌鼓吹十二章（詩序），詔免解與試禮部，不第（直齋書録解題）。

秋，與韓淲、潘檉、蓋希之遊西林（澗泉集，詩題作「己未秋」參生卒考）。

盧祖皋第進士（浙江通志選舉志四）。

敖陶孫第進士（交游考）。

孫逢吉卒，六十五歲（交游考）。

趙孟堅生。

慶元六年庚申（四十六歲）

寓西湖，作湖上寓居雜詠十四首。

詩無甲子，此依姜譜。案第八首有「囊封萬字總空言，露滴桐枝欲斷弦」句，知在論大樂、考琴瑟之後。

作喜遷鶯慢「功父新第落成」（詞箋）。

易祓除著作郎（交游考）。

朱熹卒，七十一歲。

京鏜卒，六十三歲（誠齋集一二三墓誌）。

吴獵卒，七十一歲。

謝深甫爲右丞相。

嘉泰元年辛酉（四十七歲）

昔游詩當作于本年秋（姜譜）。

姜譜注：「按公小序云：『數年以來，始獲寧處。』今歷考編年，惟戊申、己酉、庚戌三載及丁巳以來至是年，不從遠役，而初刻本列是詩於卷末，知爲辛酉詩無疑也。」案「昔游桃源山」一首結云：「於今二十年。」客武陵在淳熙丙午間，至此正廿年左右，姜説是。

秋，入越，朱鼐贈絳帖（見絳帖平自序）。　送陳敬甫詩、徵招詞，皆此年作（陳譜）。

張巖參政知事。

寧宗嘉泰二年壬戌（四十八歲）

上元，與葛天民過浄林，作同樸翁過浄林廣福院，及嘉泰壬戌上元日、訪全老於浄林廣福院，觀沈傳師碑隆茂宗畫贈詩、齋後與全老、銛樸翁、聰自聞酌龍井而歸三詩。

浴佛後一日（四月九日）觀蘭亭帖於紅橋龔明之寓舍，作跋。後三日又作一跋（見名賢法帖卷九）。

秋，客松江，作華亭錢參政園池詩、鶱山溪題錢氏溪月詞。

詩無甲子，此依姜譜。

十月，于僧了洪處見保母帖（保母帖跋）。

至日，編歌曲六卷成，松江錢希武刻於東巖之讀書堂（錢希武跋。原跋作壬辰，誤。依趙與旹跋改）。十二月，從童道人處得烏臺盧提點所藏定武舊刻禊帖（原跋）。

陳譜：是年山谷之孫農丞黄子邁過寓齋，見千巖老人藏本禊帖，有山谷題跋，欲乞去，不忍予。有與單丙文論劉次莊數十家釋帖非是帖（見俞松蘭亭續考）。

張鑑約卒於此時。

交張鑑始于紹熙四年，自述有「十年相處情甚骨肉」之語，鑑當卒於此年左右。詩集有張平甫哀輓一首。又自述云：「惜乎平甫下世，今惘惘然若有所失。」據此，自述或即此時作。

洪邁卒，八十歲。

謝采伯登進士（交游考）。

據嘉靖吴江志，此年彭法作吴江釣雪亭。集中有吴江釣雪亭詩，無甲子。

嘉泰三年癸亥（四十九歲）

三月上澣，寫契丹歌一首。並題云：「右白石道人契丹歌一首，嘉泰癸亥三月上澣。」（見名賢法帖卷八）

三月十二日，再跋所得禊帖（原跋）。

五月九日，絳帖平成（自序）。

六月九日，三跋褉帖（原跋）。

九月，作保母帖跋成。後月餘，過錢清，又記其後（保母帖跋）。

作漢宮春「次稼軒韵」及「次韵稼軒蓬萊閣」。

辛詞此年作，見白石詞箋。姜譜列下首于紹熙四年，誤。

姜譜：「詩集二卷，當刻于是年，以集中有華亭錢園詩，知在壬戌後。」按此後一年尚有賀張肖翁參政詩，必刻于甲子之後。

姜譜止於是年，謂「是歲後詩無成刻，事迹亦無可徵。惟春詩二首，乃嘉定四年辛亥作，餘皆缺落，故不復譜」。

楊萬里進退格寄張功甫姜堯章詩，誠齋集（四十）退休集、編在此年十月後。

謝深甫罷相。

陳造卒，七十一歲。

寧宗嘉泰四年甲子（五十歲）

杭州舍燬。作念奴嬌（詞箋）。

作洞仙歌「黃木香贈辛稼軒」（詞箋）。

十月，作詩賀張巖除參政。

詩集寄上張參政云：「姑蘇臺下梅花樹，應爲調羹故早開。」又云：「前時甲第仍垂柳，今度沙隄已種梅。」賀張肖翁參政云：「太乙圖書客屢談，已知上相出淮南。」結云：「明朝起爲蒼生賀，旋着藤冠紫竹簪。」案宋史（三九六）張巖傳及宰輔表，巖曾兩爲參知政事：先在嘉泰元年八月，三年正月罷知平江府（蘇州），旋升大學士知揚州，分帥兩淮，至本年十月，重召還爲參知政事。前詩當作于去年正月至本年十月間，後詩必本年十月作。集中詩年代可考者，此爲最後，詩集結集或即在此時。

巖紹興末渡江居湖州，見四庫提要拙軒集下（拙軒張侃字，巖之子也）。白石交巖或在寓湖州時。

辛棄疾建議伐金。

尤袤卒。

尤玘「萬柳溪舊話」，謂袤七十引年歸，又八年薨。當卒於本年。宋史謂七十終於位，誤。

寧宗開禧元年乙丑（五十一歲）

作次韵胡仲方因楊伯子見寄詩（參交游考）。作永遇樂「北顧樓次稼軒韵」（詞箋）。

子瓊約生于此時（泠然齋集八哭堯章詩「兒年十七未更事」）。

開禧二年丙寅（五十二歲）

南游浙東，過桐廬作登烏石寺詩。秋至括蒼，作登煙雨樓虞美人詞。與處守趙靡東堂聯句。

抵永嘉，作富覽亭水調歌頭詞（浙東之行在開禧間，未詳何年，此姑從陳譜。參行迹考）。

五月，韓侂胄伐金，敗績。

六月，張巖知樞密院事。

楊萬里卒，八十歲（據葉渭清誠齋年譜。宋史作年八十三，誤）。

劉過卒，五十三歲（羅振常龍洲詞跋）。

開禧三年丁卯（五十三歲）

作卜算子「梅花八詠」和曾三聘（詞別集）。

白石詞可考年代者，此爲最後，説在詞箋。

第四首云：「家在馬塍西，曾賦梅屏雪」，江炳炎抄本「曾賦」作「今賦」，若然，白石晚年居馬塍，即在此時。

九月，辛棄疾卒，六十八歲。

十一月，張鎡預謀殺韓侂胄。

寧宗嘉定元年戊辰（五十四歲）

謝采伯刻續書譜成（謝序）。

嘉定二年己巳（五十五歲）

長至日，題蘭亭跋（蘭亭考七、參雜考二）。

六月，張鎡貶。

樓鑰參知政事。

陸游卒，八十五歲。

嘉定四年辛未（五十七歲）

作春詩二首（姜譜）。

今集中無此題，惟外集有春詞二首，引自武林舊事卷一，亦無年月，姜譜未詳何據。

十二月，張鎡除名象州羈管。

嘉定五年壬申（五十八歲）

楊長孺守湖州（宋史翼廿二）。

嘉定六年癸酉（五十九歲）

游金陵，晤蘇洞，約在此時。參行迹考。

嘉定十年丁丑（六十三歲）

樓鑰罷參知政事，卒，七十七歲。

吴潛登進士（交游考）。

嘉定十一年戊寅（六十四歲）

王炎卒，八十一歲。

嘉定十二年己卯（六十五歲）

客揚州，初識吴潛（吴潛暗香、疏影序）。

吴潛本年廿五歲。前年進士第一，授承事郎，簽鎮東軍節度判官，改簽廣德軍判官。見宋史（四一八）傳。

嘉定十四年辛巳（一二二一）（六十七歲）

卒于西湖，約在此時（參生卒考）。

後二年，嘉定十六年，葉適卒。後三年，嘉定十七年，韓淲卒。後八年，紹定四年，俞灝卒。

附録

錢仲聯君見告：永樂大典卷一三〇七五洞字「持火入洞」條引周密澄懷録：「姜堯章建炎三年八月一日，自百合口汎舟順流歸竹山。是日午過蒲溪入峽，有大龕名曰魚陀……有洞在山腹，去水面數十丈，斬絶不可至。土人攬蔓而上，持火入洞中，行三丈餘，不敢復前，意其有神仙或蛟龍居之，惜舟過時已晚，不得一窺洞口也。」按白石生活年代，與建炎三年懸絶。此文「姜堯章」、「建炎」二者必有一誤，姑存録之。

附録一

集事

白石道人傳

明　張　羽

白石道人夔，字堯章。九真姜氏，其先乃徙於饒州，遂爲饒人。夔生于饒，長于沔，流寓于湖。湖有白石洞，在蒼弁之間，夔之家依焉，因號白石道人。夔少孤貧，喜讀書苦吟遠遊。長泛洞庭，浮湘，登衡山。循澗深入，忽老人坐大石上，夔心異之，與接，温甚，老人出袖中書一卷授夔曰詩説。問其姓名，不道，但云生慶曆間，蓋已百數十歲人矣，然詢土人無知者。夔自是益深于詩，解知音，通陰陽律吕、古今南北樂部，凡管弦雜調，皆能以詞譜其音。嘗著琴瑟考古圖一卷，大樂議一卷，慶元三年遂上書乞正雅樂，詔奉常與議。先是，丞相謝深甫聞其書，使其子就謁，夔遇之無殊禮，銜之；會樂師出錦瑟，夔不能辨，其議不果用。越明年，復上聖宋鐃歌鼓吹十三章，詔免解與試禮部，復不第。然夔體貌清瑩，望之若神仙中人，善言論有物，工翰墨，尤精鑒法書古器；東南人士無不傾慕于夔，夔之名殆滿于天下。夔始在沔時，復州蕭德藻過沔。初，夔之父噩與蕭同進士，宰沔，夔有姊嫁於沔之山陽，夔父卒于官，夔遂依姊氏以居；時以故人子謁蕭，蕭奇其詩，以爲四十年作詩，始得一敵，以兄子妻夔。明年，蕭歸湖州，夔因相依過苕溪。時范成大方致政居吴中，載雪詣之，館諸石湖月餘，徵新聲，夔爲製兩曲，音節清婉，曰暗香、疏影。范有妓小紅，尤喜其聲，比歸苕，范舉以屬夔。過垂虹，大雪，紅爲歌其詞，夔吹洞簫和之，人羡之如登仙云。夔家居不問生産，然圖書古董之藏，恆縱横几榻；座上無虚客，雖内無擔石，亦每飯必食數人。夔居沔最久，居苕不數載，時時往來江湖間。性孤癖，嘗遇溪山清絶處，縱情深詣，人莫知其所入；或夜深星月滿垂，朗吟獨步，每寒濤朔吹凜凜迫人，夷猶自若也。晚年倦於津梁，常僦居西湖，屢困不能給資，貸于故人，或賣文以自食；然食客如故，亦仍不廢嘯傲。參政張巖欲辟爲屬官，夔不就，曰：「昔張平甫早欲爲夔營之，夔辭不願；今老又病矣，不能官也。」卒殁于湖上，葬之馬塍之西。夔有詩二卷、歌曲六卷、續書譜一卷、蘭亭考一卷、絳帖評二十卷行于世；其他雜文多散軼，人間未有傳焉。論曰：世傳白石有小傳，未之見也；及余來吴興，其八世孫福四，能薈萃其遺事，因詮次之。白石翛然遺老，遊食江湖，人品之爲逸客；然其所交皆當世偉儒，朱熹、樓鑰、項安世、葉適、楊萬里、尤袤、辛棄疾之徒，交相推譽。語云：不知其人視其友。白石豈江湖逸客已哉。

張羽潯陽人，從父宦游江浙，卜居吴興。洪武中官太常寺丞，旋自沉於龍江。見明史(二八五)高啓傳。(羽卒于洪武十八年。)此傳謂本於白石八世孫福四所輯白石遺事；福四寫白石集在洪武十年(見原跋)，其時去白石之卒已百餘年，故所記不出于白石本集及宋元人筆記。惟羽著静居集今僅存詩四卷，此文見近人劉承幹所輯詞林考鑒，不知引自何書。

擬南宋姜夔傳

清　嚴　杰

姜夔字堯章，係出九真，唐諫議大夫同中書門下平章事公輔之裔。八世祖泮，任饒州教授，即家於鄱陽。父噩，紹興庚午擢進士第，以新喻丞知漢陽縣；夔從父宦遊，流落古沔。恬淡寡欲，不樂時趨，氣貌若不勝衣。工書法，箸續書譜以繼孫過庭，頗造翰墨閫域。詩律高秀，詞亦精深華妙，尤嫺於音律。初學詩於蕭觵，携至苕上，遂以兄子妻之。時張燾、楊萬里皆折節與交，而樓鑰、范成大，更相友善，成大曾以青衣小紅贈之。紹興中，秦檜當國，隱箬坑之丁山，參政張燾纍薦不起，高宗賜宸翰，建御書閣以儲。夔嘗患樂典久墜，欲正頌臺樂律，寧宗慶元丁巳，上書論雅樂，并進大樂議；詔付有司收掌，時有嫉其能者，以議不合而罷。己未，作鐃歌鼓吹曲一十四章、上於尚書省，書奏，詔付太常。周密以爲「言辭峻絜，意度高遠，有超越驊騮」之意，非虛譽也。居與白石洞天爲鄰，因號白石道人。時往來西湖，館水磨方氏。後以疾卒，葬西馬塍。故蘇洞挽之云，「幸是小紅方嫁了，不然啼損馬塍花」。著有琴瑟考古圖一卷、絳帖平二十卷、禊帖偏旁考、集古印譜、張循王遺事、白石道人叢稿十卷、詩説一卷、歌曲四卷。子二：瓊太廟齋郎，瑛禾郡僉判。

此文見清阮元所編詁經精舍文集。嚴氏乃精舍生，此爲精舍課題，同作者數人。後人刊白石集多選登此篇及徐養源所作。此篇誤處如以元人蕭㪺當白石婦翁蕭千巖；謂秦檜當國時隱居箬坑之丁山，參政張燾屢薦不起，謂嘗館于水磨方氏；皆已辨于交游考、生卒考、石帚辨諸篇中。

擬南宋姜夔傳

清　徐養源

姜夔字堯章，鄱陽人。從父宦游，流落古沔。蕭德藻在沔，與之相得，攜至吳興，以兄子妻之，遂家武康。取居近白石洞天，故自號白石道人。夔洞曉音律，嘗患中興以來樂典久墜，乃詣京師上大樂議一卷、琴瑟考古圖一卷。其略曰：「紹興大樂，多用大晟所造，有編鐘、鎛鐘、景鐘，有特磬、玉磬、編磬，未必相應。塤有大小，簫篪篴有長短，笙竽之簧有厚薄，未必能合度。琴瑟弦有緩急燥濕，軫有旋復，柱有進退，未必能合調。總衆音而言之：金欲應石，石欲應絲，絲欲應竹，竹欲應匏，匏欲應土，而四金之音又欲應黄鐘；不知其果應否。樂曲知以七律爲一調，而未知度曲之義；知以一律配一字，而未知永言之旨。黄鐘奏而聲或林鐘，林鐘奏而聲或太簇。七音之協四聲，各有自然之理，今以平入配重濁，以上去配輕清，奏之多不諧協。八音之中，琴瑟尤難；琴必每調而改弦，瑟必每調而退柱，上下相生，其理至妙，知之者鮮。又琴瑟聲微，常見蔽於鐘磬鼓簫之聲，匏竹土聲長，而金石常不能以相待，往往考擊失宜，消息未盡。至於歌詩，則一句而鐘四擊，一字而竽一吹，未協古人槁木貫珠之意。況樂工苟焉奉職（宋史大樂議作「占籍」），擊鐘磬者不知聲，吹匏竹者不知穴，操琴瑟者不知弦；同奏則動手不均，迭奏則發聲不屬，非所以格神人召和氣也。願詔求知音之士，考正太常之器，取所用樂曲，條理五音，隱括四聲，而使協和；然後品擇樂工，其上者教以金石絲竹匏土詩歌之事，其次者教以戛擊干羽四金之事，其下不可教者汰之。雖古樂未易遽復，而追還祖宗盛典，實在茲舉。其議樂凡五事：一議俗樂高下不一，宜正權衡度量；一議古樂止用十二宮；一議登歌當與奏樂相合；一議祀享惟登歌撤豆當歌詩；一議作鼓吹曲以歌祖宗功德。」其議琴瑟：「分琴爲三準，自一暉至四暉謂之上準，上準四寸半，以象黄鐘之半律；自四暉至七暉謂之中準，中準九寸，以象黄鐘之正律；自七暉至龍齦謂之下準，下準一尺八寸，以象黄鐘之倍律。三準各具十二律，聲按弦附木而取，然須轉弦合本律所用之字，若不轉弦，則誤觸散聲落別律矣。每一弦各具三十六聲，皆自然也。分五、七、九弦琴，各述轉弦合調圖。又以古者大琴則有大瑟，中琴則有中瑟，有雅琴、頌琴則雅瑟、頌瑟，實爲之合。乃定瑟之制：桐爲背，梓爲腹，長九尺九寸，首尾各九寸，隱間八尺一寸，廣尺有八寸，岳崇寸有八分，中施九梁，皆象黄鐘之數。梁下相連，使其聲冲融，首尾之下爲兩穴，使其聲條達，是傳所謂大瑟達越也。四隅刻雲，以緣其武，象其出於雲和。漆其壁與首尾腹，取椅桐梓漆之全。設二十五弦，弦一柱，崇二寸七分，别以五色，五五相次，蒼爲上，朱次之，黄次之，素與黔又次之，使肄習者便於擇弦。弦八十一，絲而朱之，是謂朱弦。其尺則用漢尺。凡瑟弦具五聲，五聲爲均凡五，均其二變之聲，則柱後抑角羽而取之。五均凡三十五聲。十二律六十均四百二十聲。瑟之能事畢矣。」慶元三年奏上，得免解，詔以其書付有司收掌，并令太常與議大樂，不合歸。夔善爲詞，每喜自度曲，初率意爲長短句，後乃協之聲律。俗樂缺徵調，而角調亦不用，政和中大晟樂府補爲徵招、角招數十曲；夔以爲未善，别製二詞；其説云：「徵爲去母調，如黄鐘之徵，以黄鐘爲母，不用黄鐘乃諧，故隋唐舊譜不用母聲。琴家無媒調、商調之類皆徵也，亦皆具母弦而不用。然黄鐘以林鐘爲徵，住聲於林鐘，若不用黄鐘聲，便自成林鐘宫矣。雖不用母聲，亦不多用變徵蕤賓、變宫應鐘聲，則自不與林鐘宫相混。餘十一均徵調，仿此；然無清聲，只可施之琴瑟，難入燕樂，故燕樂闕徵調，不補可也。」夔又以琴有側商之調，其亡已久，「唐人詩云：側商調裏唱伊州，以此語尋之伊州大食調、黄鐘律法之商，乃以慢角轉弦，取變宫變徵散聲，調甚流美。蓋慢角乃黄鐘之正，側商乃黄鐘之側，然非三代之聲，乃漢燕樂爾。因製品弦法并古怨曲」。其神解多類此。又工於詩，從德藻授詩法，琢句精工。楊萬里亟賞之，謂其子曰：吾與汝弗如也。然卒不第，以布衣終。所著詩詞，並傳於世。

論曰：世之論雅樂者，輒耻言俗樂；夫樂以音爲主，雅樂俗樂雖邪正不同，而音之條理各有所當；未有於四聲二十八調茫然莫解而能知旋宫之義者也。宋自建隆已來，和峴、胡瑗、阮逸、李照、范鎮、司馬光、楊傑、劉几之徒，考論鐘律，紛如聚訟，大抵漫無心得，而徒騰口説而已。其最善言樂者，中朝惟有沈括，南渡惟有姜夔，之二人者，深明俗樂，而又能推俗樂之條理，上求合乎雅樂，故其立論悉中竅要，非憑私逞臆者可同日道也。括議已不傳，僅存其略于筆談。夔之議、原本經術，可謂卓矣。當時既不用，而後人亦徒以詞客目之，史氏并軼其行事，用可喟也。故特爲之傳，以補其缺。毋使孤詣絶學，終于漂没云。（此文亦見詁經精舍文集。）

遺像跋

嘉慶丙子冬十月既望，余於郡城觀風巷口購得古人像，殘縑尺許，題詞剥蝕，僅存「風賦情芳草」五字，歸以硯北雜志校之，始知是白石道人也。時嚴丈修能、倪丈米樓，歎爲希世珍。藏弆經年，吾友姜君玉溪見而愛之，云道人乃其二十三世祖，此像世藏弁山之寥天一碧樓，乾隆辛卯，樓遭鬱攸之災，遂遺失人間，今幸落余手。因再三乞贈。余思道人一代詞宗，超前軼後；像垂六百年，而面目無損，謂非天之呵護有不爽耶；輒允其請，而割愛歸之。頃玉溪屬仁和許君玉年臨摹一本，壽諸樂石，將供奉於孤山林處士祠，索跋於余，爲述其緣起如此。它日浪迹西湖，當約同調六七人，敬薰瓣香以志嚮往；惜嚴、倪二丈先後歸道山，俱不得一見耳。道光紀元、歲次重光大荒落、夏六月十有八日，烏程管以金品湘甫書於梅邊竹外填詞屋。

此像石刻往年尚在西湖放鶴亭，實是范成大像，後人誤以爲白石。已辨于雜考。

藏一話腴一則

宋 陳 郁

白石道人姜堯章，氣貌若不勝衣，而筆力足以扛百斛之鼎。家無立錐，而一飯未嘗無食客。圖書翰墨之藏汗牛充棟，襟期灑落如晉宋間人。意到語工，不期於高遠而自高遠。

此條有删節。亦見于陶宗儀説郛卷五。

慶元會要一則

慶元三年丁巳四月□日，饒州布衣姜夔上書論雅樂事，并進大樂議一卷、琴瑟考古圖一卷。詔付奉常。有司以其用工頗精，留書以備採擇。

白獺髓

宋 張仲文

慶元間，有士人姜夔上書乞正奉常雅樂。京仲遠丞相主此議，送斯人赴太常，同寺官校正。

斯人詣寺，與寺官列坐，召樂師賫出大樂，首見錦瑟，姜君問曰：「此是何樂？」衆官已有謾文之歎：「正樂不識樂器！」斯人又令樂師（「彈之」。師）曰：「語云『鼓瑟希』，未聞彈之。」衆官咸笑而散去。其議遂寢。至今其書流行於世，但據文而言耳。

「彈之師」三字，據説郛卷二十五補。

直齋書録解題

宋　陳振孫

白石道人集三卷，鄱陽姜夔堯章撰。千巖蕭東夫識之於年少客遊，以其兄之子妻之。石湖范至能尤愛其詩。楊誠齋亦愛之，賞其歲除舟行十絶，以爲有裁雲縫月之妙思，敲金戛玉之奇聲。夔頗解音律，進樂書，免解，不第而卒。詞亦工。

齊東野語一則

宋　周　密

鄱陽布衣姜夔堯章，出處備見張輯宗瑞所著白石小傳矣。近得其一書，自述頗詳，可與前傳相表裏。云：「某早孤不振，幸不墜先人之緒業；少日奔走，凡世之所謂名公鉅儒，皆嘗受其知矣：　內翰梁公、於某爲鄉曲，愛其詩似唐人，謂長短句妙天下。樞使鄭公，愛其文，使坐上爲之，因擊節稱賞。參政范公，以爲翰墨人品皆似晉宋之雅士。待制楊公，以爲：『于文無所不工，甚似陸天隨。』於是爲忘年友。復州蕭公，世所謂千巖先生者也，以爲：『四十年作詩始得此友。』待制朱公，既愛其文，又愛其深於禮樂。丞相京公，不獨稱其禮樂之書，又愛其駢儷之文。丞相謝公，愛其樂書，使次子來謁焉。稼軒辛公深服其長短句。如二卿孫公從之、胡氏應期、江陵楊公、南州張公、金陵吳公及吳德夫、項平甫、徐子淵、曾幼度、商鞏仲、王晦叔、易彦章之徒，皆當世俊士，不可悉數，或愛其人，或愛其詩，或愛其文，或愛其字，或折節交之。若東州之士，則樓公大防、葉公正則，則尤所賞激者。嗟乎，四海之内知己者不爲少矣，而未有能振之於窶困無聊之地者。舊所依倚，惟有張兄平甫，其人甚賢，十年相處，情甚骨肉；而某亦竭誠盡力，憂樂關念。平甫念某困躓場屋，至欲輸資以拜爵，某辭謝不願；又欲割錫山之膏腴，以養其山林無用之身。惜乎，平甫下世，今惘惘然若有所失。人生百年有幾，賓主如某與平甫復有幾。撫事感慨，不能爲懷。平甫既没，稚子甚幼，入其門則必爲之悽然，終日獨坐，逡巡而歸；思欲捨去，則念平甫垂絶之言，何忍言去；留而不去，則既無主人矣，其能久乎。云云。」同時黄白石景説之言曰：「造物者不欲以富貴浼堯章，使之聲名焜耀於無窮也，此意甚厚。」又楊伯子長孺之言曰：「先君在朝列時，薄海英才，雲次鱗集，亦不少矣；而布衣中得一人焉，曰姜堯章。」嗚呼，堯章亦布衣耳，乃得盛名於天壤間若此，則軒冕鐘鼎，真可敝屣矣。是時又有單煒炳文者，沅陵人，博學能文，得二王筆法，字畫遒勁，合古法度，于考訂法書尤精；武舉得官，仕至路分，著聲江湖間，名士大夫多與之交，自號定齋居士，與堯章投分最稔，亦韵士也。堯章詩詞已板行，獨雜文末之見；余嘗於親舊間得其手稿數篇，尚思所以廣其傳焉。

雲烟過眼録一則

宋　周　密

姜白石有「鷹揚周郊」、「鳳儀虞廷」印，蓋寓姓名二字，甚奇。「鷹揚」四字寓姜姓，「鳳儀」四字寓名夔。此條見雲烟過眼録卷上，王子慶所藏五字不損本蘭亭條。

浩然齋雅談一則

宋　周　密

姜堯章雪中訪范至能于石湖，詩云「雪矸如玉城（節）」，至能酬之云：「鶯鶯聲喑雪臆豪，直前不憚夜行勞。更能櫜鞬尊裴度，千古人知李愬高。」前輩稱獎後進，不以名位自高，交相尊讓，亦可見一時士大夫風俗之美也。

白石鐃歌鼓吹曲，乃步驟尹師魯皇雅，越九歌乃規模鮮于子駿九誦，然言辭峻潔，意度高遠，似或過之。

此條又見元陸友研北雜志卷下，末句作「頗有超越驊騮之意」。

鶴林玉露二則

宋 羅大經

姜堯章學詩于蕭千巖，琢句精工；有姑蘇懷古詩，楊誠齋喜誦之。嘗以詩送江東集歸誠齋（二詩俱見集中）……誠齋大稱賞，謂其冢嗣伯子曰：「吾與汝勿如姜堯章也。」報之以詩云：「尤蕭范陸四詩翁，此後誰當第一功？新拜南湖爲上將，更推白石作先鋒。可憐公等俱癡絶，不見詞人到老窮。謝遣管城儂已晚，酒泉端欲乞疏（當作「移」）封。」南湖謂張功甫也。

嚴州烏石寺，在高山之上，有岳忠武飛、張循王俊、劉太尉光世題名。劉不能書，令侍兒意真代書。姜堯章題詩云：「諸老凋零極可哀，尚留名姓壓崔嵬。劉郎可是疏文墨？幾點臙脂涴緑苔。」

耆舊續聞一則

宋 陳 鵠

姜堯章嘗寓吴興張仲遠家，仲遠屢出外，其室人知書，賓客通問必先窺來札，性頗妬。堯章戲作百宜嬌以遺仲遠（詞見集中）；仲遠歸，竟莫能辨，則受其指爪損面，不能出外云。

此則不見于今本耆舊續聞。案詞云「明日聞津鼓，湘江上催人還解春纜」，當是客湘時作；此云「寓吴興」，殆不可信。

硯北雜志二則

元　陸友

海昌人家有古琴，音韵清越，相傳是單炳文遺姜堯章。背有銘曰：「深山長谷，雲入我屋。單伯解衣作葛天氏之曲。懷我白石，東望黄鵠。」

小紅，順陽公（即范石湖）青衣也，有色藝。順陽公之請老，姜堯章詣之，一日，授簡徵新聲，堯章製暗香疏影兩曲，公使二妓肄習之，音節清婉。姜堯章歸吴興，公尋以小紅贈之。其夕，大雪過垂虹，賦詩曰：「自琢新詞韵最嬌，小紅低唱我吹簫，曲終過盡松陵路，回首烟波十四橋。」堯章每喜自度曲，小紅輒歌而和之。堯章後以疾没，故蘇石（當作「洞」）挽之云：「幸是小紅方嫁了，不然啼損馬塍花。」宋時花藥皆出東西馬塍，西馬塍皆名人葬處，白石没後葬此。

吴興掌故一則

明　徐獻忠

姜堯章長於音律，嘗著大樂議，欲正廟樂。慶元之年，詔付奉常有司收掌，令太常寺與議大樂。時嫉其能，是以不獲盡其所議，人大惜之。

附録二

酬贈

進退格寄張功甫姜堯章

宋 楊萬里

尤蕭范陸四詩翁，此後誰當第一功？新拜南湖爲上將，更推白石作先鋒。可憐公等俱癡絶，不見詞人到老窮。謝遣管城儂已晚，酒泉端欲乞移封。

送姜堯章謁石湖先生

又

釣璜英氣横白蜺，咳唾珠玉皆新詩。江山愁訴鶯爲泣，鬼神露索天洩機。彭蠡波心弄明月，詩星入腸肺肝裂。吐作春風百種花，吹散瀕湖數峰雪。青鞵布襪軟紅塵，千詩只博一字貧。吾友彝陵蕭太守，逢人説項不離口。袖詩東來謁老夫，慚無高價索璠璵。翻然欲買松江艇，逕去蘇州參石湖。

次韻堯章雪中見贈　宋　范成大

玉龍陣長空，皋比忽先犯，鱗甲塞天飛，戰退三百萬。當時訪戴舟，却訪一寒范。新詩如美人，蓬篳愧三粲。

書昔遊詩後　宋　潘　檉

我行半天下，未能到瀟湘。君詩如畫圖，歷歷記所嘗。起我遠遊興，其如鬢毛霜。何以舒此懷，轉軫彈清商。

又　宋　韓　淲

平生未踏洞庭野，亦不曾登南嶽峰；因君談舊遊，恍如常相從。江淮歷歷轉湘浦，裘馬意氣傳邊烽。吾嘗泛大江，只見康廬松。乘風醉卧帆影底，高浪直濺嵐光濃；日暮泊船時，是夜方嚴冬，雪花壓船船背重，纜摇柂鼓聲如鐘。當年意淺語不到。無句可寫波濤舂。君詩乃如許，景物不易供；盡歸一毫端，狀□□飛龍。人間勝處貴著眼，雖有此興無由逢。錢唐山水亦自好，奈何薄宦難從容。南高北高一千丈，潮頭日夜鳴靈蹤。應有隱者爲識賞，青鞵布韈扶杖笻。君無詫彼我愧此，急還詩卷心徒忪。

題姜堯章白石洞

又

詩眼玩塵世，漫作威鳳鳴。經行苕溪水，乃見白石清。拂衣鑑鬢眉，喚起仙骨驚。胡爲隨人間，歎息百慮縈。洞中應笑我，何不高舉輕。明時樂未正，尚欲追英莖。他年淳氣合，肯有爵服情。癡人莫説夢，俗士徒徇名。轉庵偶饒舌，已足壓旦評。古來曠達者，談笑得此生。臨流賦招隱，一奏朱弦聲。

題堯章新成草堂

宋　周文璞

早將心事付漁樵，若被幽人苦見招。多種竹將挑筍喫；旋栽松待斫柴燒。壁間古畫身都碎，架上枯琴尾半焦。猶有住山窮活計，仙經盈卷一村瓢。

姜堯章金塗佛塔歌

又

白石招我入書齋，使我速禮金塗塔。我疑此塔非世有，白石云是錢王禁中物。上作如來捨身相，飢鷹餓虎紛相向。拈起靈山受記時，龍天帝德應惆悵。形模遠自流沙至，鑄出今回更精緻。錢王納土歸京師，流落多在西湖寺。錢王本是英雄人，白蓮花現國主身。蛇鄉虎落狗脚朕，何如紅袍玉帶稱功臣。天封拆開即退聽，兩浙不聞笳鼓競。歸來佛子作護持，太師尚父尚書令。一枚傳到白石生，生今但有能詩聲。同袍秦外銛師兄，哦詩禮塔作佛事，同喫地爐山芋羹。何曾薰陸綺牀供，但見相輪銅緑明。哦詩禮塔猶未畢，蘆葉低飛山雨濕。

吊堯章　又

相逢蕭寺已纍然，自詠離騷講太玄。極目舊遊惟白石，傷心孤塚只蒼烟。兒從外舍收殘稿，客向空山泣斷弦。帝所修文與張樂，魂兮應是到鈞天。

和堯章九日送菊二首　宋　王　炎

對花懶舉玉東西，孤負金錢滿緑枝。短鬢不堪重落帽，枯腸何可强搜詩。

花品若將人品較，此花風味似吾儒。秋英餐罷含清思，曾有離騷續筆無。

題堯章舊遊詩卷　又

出郭栽花涉小園，歸調琴譜輯詩編。少年豪健今揫斂，休羡騎鯨李謫仙。

臘中得雪快晴成古風呈堯章𠯗老

又

蒼頭熟睡唤不應，光射紙窗疑月明。更籌可數夜方半，杙上一雞先誤鳴。曉起飛花堆户外，幻出人間無色界。九街車馬不知寒，蹴蹋銀杯翻縞帶。杲杲日昇東海東，須臾光彩蒸霞紅。不憂桂玉頓增價，人在冲融和氣中。貝闕珠宫五雲際，遥知天上龍顔喜。麥畦白白覆青青，農事年來定豐美。

清明日訪白石不值

宋　葛天民

花薺懸燈柳拂簷，老懷那得似餳甜。畫船已載先生去，燕子無人自入簾。

重訪白石

又

長安惟白石，與我最相關。每到難逢面，翻思懶下山。欲歸愁路永，小住待君還。盡日看幽桂，無人似我閒。

六月一日與堯章泛湖

又

六月西湖帶雨山，小舟終日傍鷗閒。風烟如許關情甚，賓主相推下語難。幾點送君歸大雅，一涼今夜滿長安。江湖遠思知多少，歸去風前各倚闌。

荷葉浦中　又

急雨捎荷分外奇，珠璣浪藉錦紛披。下塘六月關心處，西塞扁舟入手時。却傍青蘆深處宿，還思白石去年詩。平生浩蕩烟波趣，月淡風微祇自知。

雨寒寄姜堯章　宋劉過

一冬無此寒，十日不得出。閉門坐如釣，老去萬感入。冶游亦餘事，況乃燈火畢。獨憐鏡湖春，一一各□□。枝條綴芳蕤，慘悴變倉卒。凡草何足云，誰吊梅柳屈。東城有佳士，詞筆最華逸。持此往問之，雨濺袍袴濕。蠻箋定送似，來時詩思澀。醉字作龍蛇，行草倩蘇十。

次姜堯章贈詩卷中韻　宋陳造

徐郎巢已焚，庭竹亦無在。太倉五升米，舉室枵腹待。云何鮭菜供，日與長翁對。世有作金術，閭里頗猜怪。丘嫂剪髻餘，舊質疊新債。

詩傳侯王家，翰墨到省寺。姜郎粲然文，翬飛見孔翠。論交辱見予，盧馬果同異。念君聚百指，一飽仰臺餽。我亦多病過，忍口嚴酒戒。終勝柳柳州，吐水賦解祟。

壯年志在行，皇皇困無君。老矣此念灰，去住如閒雲。詩壇二三子，一見勝百聞。徐郎吳下蒙，絢麗工語言。滔天自濫觴，昔人求其源。隱几有妙領，未覺市聲喧。

自甘謝祖風，屑屑掃一室。準擬高史來，函丈置三席。聲名絶輩行，文字追古昔。黄白馬上郎，覿面不相挹。

眼青節食事，日耐饑雷吼。兹幸陪衆後，酒卮甫到口。不離寂寞濱，徑造無何有。問津歸有期，尚許尋盟否。

次堯章餞南卿韻二首

又

姜郎未仕不求田，倚賴生涯九萬箋。稇載珠璣肯分我？北關當有合肥船。

風調心期契鑰同，誰教社燕辟秋鴻。莫年孤陋仍漂泊，可得斯人慰眼中。

張平父逝後寄堯章

宋　蘇　泂

入門回首事如麻，豈意銘旌落主家。有夢合尋苕水路，何心更種馬塍花。十年知遇分生死，八口飢寒足嘆嗟。我亦此公門下客，只今垂淚過京華。

金陵雜興二百首之一

白石鄱姜病更貧，幾年白下往來頻。歌詞剪就能哀怨，未必劉郎是後身。

寄堯章

聞似磻溪隱姓名，阿鬟仍是許飛瓊。涼風昨夜驚新鴈，想見吹簫又月明。

寄白石姜堯章

稽山却棹酒船回，冷水灣頭雨意開。一路有詩吟不穩，當時悔不共君來。

寄堯章并簡銛老

山繞樓臺水接天，袈裟同上閶門船。相思一夜梅花落，儻有人來寄短篇。

憶堯章

數月書窗懶出門，眼前世事但紛紛。長安豈是無相識，除却西湖但憶君。

夢堯章桂花下

撲鼻清香兩絶詩，分明參到小山辭。如今獨自秋風下，不似當初並馬時。

到馬塍哭堯章

初聞訃告一場悲，寫盡心肝在挽詞。今日親來見靈柩，對君妻子但如癡。南宫垂上鬢星星，畢竟襴衫不肯青。除却樂書誰殉葬，一琴一硯一蘭亭。花按空空但满塵，樂章起草遍窗身。孺人侍妾相持泣，安得君歸更肅賓。兒年十七未更事，曷日文章能世家。賴是小紅渠已嫁，不然啼碎馬塍花。

暗香疏影

宋　吴　潛

猶記己卯庚辰之間，初識堯章于維揚，己丑、嘉興再會，自此契闊，聞堯章死西湖，嘗助諸丈爲殯之，今又不知幾年矣。自昭忽録示堯章暗香疏影二詞，因信手酬酢，并賡潘德久之詩云。

雪來比色，對淡然一笑，休喧笙笛。莫怪廣平，鐵石心腸爲伊折。偏是三花兩蕊，消萬古才人騷筆。尚記得，醉卧東園，天幕地爲席。　回首往事寂，正雨暗霧昏，萬種愁積。錦江路悄，媒聘音沈兩空憶。終是茅檐竹户，難指望凌烟金碧。憔悴了，羌管裏，怨誰始得。（右暗香。）

佳人步玉，待月來弄影，天掛參宿。冷透屏幃，清入肌膚，風敲又聽檐竹。前村不管深雪閉，猶自繞枝南枝北。算平生此段幽奇，占壓百花曾獨。閑想羅浮舊恨，有人正醉裏，珠翠娥緑。夢斷魂驚，幾許凄涼，却是千秋梅屋。雞聲野渡溪橋滑，又角引戍樓悲曲。怎得知清足亭邊，自在杖藜巾幅。（自注云：梅聖俞詩云：「十分清意足，」余別墅有梅亭，扁曰「清足」。）（右疏影。）

題暗香疏影詞後用潘德久贈姜白石韻　又

人生浮脆若菰蒲，四十年前此丈夫。擬向西湖酹孤魄，想應風月易招呼。

見開慶四明續志。

予二十年來治姜詞之雜稿，都凡八種：關於樂律者有歌曲校律、十七譜譯文、旁譜説、旁譜辨；關於作品者有歌曲編年箋校、論姜白石的詞風、白石叢稿輯本；關於事迹者有行實考。兹寫定行實考附歌曲箋校之後。集事、酬贈較前人所輯亦稍有增益，并綴其末。一九六一年一月夏承燾記于杭州道古橋。

承教録

讀夏承燾君白石詞樂説箋正書後

羅蔗園

霓裳中序第一

蔗按霓裳羽衣爲明皇就隋唐以來法曲中之婆羅門曲改製而成，婆羅門樂當初亦有五調之分，與龜兹樂之五旦同。舊唐書樂志云：舊傳樂章五卷，孫玄成整比爲七卷。又云：孫玄成所集者工人多不能通。蓋婆羅門曲爲印度傳入中國之佛教樂曲，既云五卷七卷，必非一宮一調可知。而霓裳羽衣之曲亦非僅取婆羅門樂之一宮一調以製曲，亦可知也。唐天寶中所傳爲黄鐘商之越調，王灼碧雞漫志亦謂屬越調。此蓋唐宋之所同也。夢溪筆談乃謂今燕都有獻仙音曲乃其遺聲。然霓裳本謂之道調法曲，今獻仙音乃小石調耳。予按沈氏樂書補筆談一，所舉十二律配二十八調煞聲諸字一段，頗多錯誤。如黄鐘宫今爲正宫用六字一語，所指當爲正黄鐘宮。而其下一句則云黃鐘商今爲越調用六字一語，所云又爲黃鐘宮商之越調，乃屬之無射宮。至黃鐘角今爲林鐘角用尺字一句，乃指正黃鐘宮中之大石角而言，其煞聲非尺字乃凡字。其他如太蔟商今爲大石調，則誤爲太蔟調今爲大石調用四字。林鐘羽今爲黃鐘調用尺字，又誤爲大呂調。據此諸誤，知沈氏之於七宮二十八調，實尚有一間未達。故其對於獻仙音之與霓裳，道調法曲之與小石，乃未知其孰是也。

姜夔後於沈氏，故沈氏之未知孰是者，夔亦無法辨別。因姜氏所見之樂工故書爲夷則商調，故姜氏所作亦係屬於商調者也。

又按王灼碧雞漫志與葛立方韵語陽秋均引白樂天詩：開元道曲自淒涼，況近秋天調自商，認爲黃鐘商之越調。葛書又引徐鉉徐文公集卷五，又聽霓裳羽衣曲：清商一曲遠人行，以證霓裳本商調而非道調，沈括誤記云云。亦有一間未達。蓋沈氏所記，明云然霓裳本謂之道調法曲，今獻仙音乃小石調耳，未知孰是？足見沈氏所見所聞，必有所本，並非誤記。惟沈於宮調尚有一間未達，故未知其孰是而已。根據以上論證，予謂霓裳羽衣曲在開元中初爲黃鐘商之越調，屬七商中之第一運之無射宮，其對宮則爲道調宮。用商韵則爲小石調，屬七商中之第五運。越調、小石子母調，一正一反，故可相犯。霓裳本之法曲，小石原屬道調，故謂之道調法曲者，略其調名而舉其本宮耳。沈括之未知孰是者，坐在誤以道調法曲一語爲中呂爲宮之道調宮耳。白樂天詩：況近秋天調自商，明指無射爲商之商調，當屬之第七運之夷則宮，亦即清商調也（詳拙著燕樂宮調命名考中）。蓋黃鐘商之越調爲正調，道調宮之小石爲平調，而夷則宮之商調屬第七運，音最高而清，故謂之清商。古今所記，均爲樂工常用之轉調方法，然記録之者皆屬之士大夫，故不能證之於樂器樂理，而不能辨别其孰是也。

湘月

考念奴嬌一曲，王灼謂今大石調念奴嬌，有入道調宮，再次轉入高宮大石調（而盛行的是大石調）。予按念奴嬌本詞爲入聲韵，當用七商均填製。故王灼所稱入道宮者，當爲道調宮之小石調，再次轉入高宮者，當爲高宮中之高大石調。又考大石以太蔟爲均，高大石以夾鐘爲均，小石則以林鐘爲均，三均之中僅鬲夾鐘宮之雙調未入調耳。但大石屬七商中之第二運，高大石屬第三運，雙調屬第四運，小石屬第五運。今既二三五均可入調，則第四運之雙調自屬自然可用。故湘月一曲爲别於念奴嬌之故，乃用其工尺而變其宮調以别之耳。其實儘可稱雙調念奴嬌也。又白石詞除湘月外，尚有念奴嬌二首，其鬧紅一舸一首與湘月均同用其聲韵，楚山修竹一首則用上聲均而未用入聲，蓋亦古人商角同用之理。然湘月與鬧紅一舸兩詞，照理則當改用宮韵也。

又詞律載陳允平一首用平均，蓋平入互用之理，在宮調中自可用商聲七運也。

至論鬲指過腔一語，當以方成培香研居詞麈爲最佳，然亦有未盡處。如云簫管四上字中間只隔一孔，笛四上字兩孔相聯，只在隔指之間。其實古今簫管與笛，四上之間均隔一孔。豈方氏所見之笛，獨有不同耶？又稱此兩調畢曲當用一字尺字，亦在隔指之間，故曰隔指聲也。夫念奴嬌之用大石，方氏既言之矣，大石之爲太蔟商，雙調之爲仲吕商，方氏既知之矣，而又云此兩調畢曲當用一字尺字，則又何所據而云然耶。此蓋迷於蔡元定起調畢曲之説，而又不知段安節七運之用所致也。

予於凌廷堪之燕樂考原，發見凌氏知四弦而不識琵琶，今又發見方氏乃能説隔指過腔而不識簫笛。文人案頭之作，不能與物理結合，亦可笑也。又方氏書卷四，近世度曲七調之圖，亦係俗工之作，其工尺亦有錯誤，與燕樂旋宫之法亦有未合者也。

據上所舉念奴嬌，既有正宫之大石、高宫之高大石、道宫之小石三種，則由念奴嬌過腔而轉入雙調，其過腔之法當然不止一法。如高大石過腔，則由大吕轉入夾鐘，所差僅一音，只須推上一孔即得。若由大石入雙調，則須推上二孔，即中隔一孔矣。又若由小石轉入雙調，則又須退下一孔也。凡此皆可謂之隔指過腔之法，不必囿於大石一調也。又古人吹樂多用啞觱篥，亦稱頭管，有倍四倍六之分。倍六者疑爲黄鐘，倍四者疑爲大吕。若由大吕之高大石轉入夾鐘之雙調，自以倍四頭管爲宜，而倍六頭管則不適用。至於崑曲所用之笛色，則須開闔半孔以吹之，其聲多不正確，頗不適於燕樂宫調及詞曲之用也。

滿江紅

蕙按滿江紅調，柳永、周邦彦詞均入夷則羽，蓋用平聲入聲落韵，自可用羽七運之調也。吴文英詞入夷則宫，蓋用去聲落韵，自可用宫七運之調也。凡此移宫换羽之法，皆見於段安節樂府雜録。姜氏謂將心字融入去聲方諧音律，予欲以平韵爲之，末句云聞珮環則協律矣。此旋宫法也。而方氏詞麈不明白石换韵協律之法，而乃大談其融入去聲之法，而引筆談聲中無字、字中有聲之説，蓋與白石原意相去遠矣。

醉吟商小品

蕙按詞譜(二)胡渭州，唐教坊曲名，醉吟商其宫調也。姜夔自度乃夾鐘商曲，蓋借舊曲另傳新聲耳。又考胡渭州曲，王灼云：今小石調，宋志：教坊所奏，入本調(小石)，又入夷則商。蓋夾夷爲子母宫調，商雙爲子母商調。至仲吕商之小石，則由雙調緊一音而來，即由七商中之第四運轉入第五運而已。唐宋人作曲，不惟詞牌改名，即宫調亦頗改易新名，如民間之獨指泛清商、醉吟商、鳳鳴羽、聖應羽之類，燕樂中之鳳鸞商、金石角、龍仙羽、聖德商，皆宫調之别名也。其實皆不出廿八調範圍。至用中管之調，則偶然耳。

淒涼犯

蕙按古琴有淒涼調弦用無射轉弦訣云，清商側羽轉淒涼。則似用無射爲商之商調。而葛見堯泰律外篇云，羲和一名碧玉，夾鐘清商也，一名淒涼，一名楚商，一名離憂。則又似用夾鐘爲商之商調。予按無射爲商，實清商調，轉弦訣云，清商側羽轉淒涼，又似由夷則之商之商調，對轉夾鐘，而用雙調爲淒涼也。白石謂十二宮僅可犯商角羽，故淒涼一曲乃注云仙呂調犯商調，其中僅澹薄之薄、繫著之著，兩均用凡字落均，餘均六上相間，實應認爲仙呂調犯商調，然非琴曲中之淒涼調也。惟吴文英詞則注仙呂犯雙調，則頗與琴調相符耳。又吴文英詞之仙呂犯雙調，即仙呂入雙調，仙呂爲夷則之羽，上字住，雙調爲夾鐘之商，亦上字住，此即羽犯商之實例。九宮大成譜不明相犯之理，改曰仙呂入雙角，謬矣。又考四犯之例，見於張炎詞源，然其羽犯角、角歸本宮一欄，實乃大謬。予已另著改正律呂四犯表、角歸本宮説以明之。姜夔謂唐人樂書云，犯有正旁偏側，宮犯宮爲正，宮犯商爲旁，宮犯角爲偏，宮犯羽爲側，此説非也。十二宮所住字不同，不容相犯；十二宮特可犯商角羽耳。關於此點，余别有四犯新説，備論正旁偏側各犯轉弦換調諸法，姜張皆未談及。唐人樂書所記，正未可厚非也。

角招

角招、徵招皆古代聚衆人之樂，舜舉招樂，又糾合諸酋之義，故曰九招。然漢人所注箾韶、箾磬、鼗韶、大韶、大磬、九韶、九招、九磬諸義，均詳於箾韶及九成而不及招。白虎通謂舜曰簫韶者，繼堯之道也。周禮鄭注，大磬，舜樂也，言其德能紹堯之道也。似以招爲紹，頗覺不類。又按樂叶圖徵，舜曰大招，注亦以繼訓招。與鄭注同。惟太平御覽樂部九，引書大傳，招爲賓客，雍爲主人，注曰，招、雍皆樂章名也。似有勞徠之義。與古之樂會及今之少數民族舞會相似。孟子曰，爲我作君臣相悦之樂，蓋徵招、角招是也。

夏敬觀詞調溯源云，姜夔自度曲，按本調當用凡字煞，考旁譜係用乙字煞，則所用是姑洗律之黄鐘角。故夔集題曰黄鐘角。其自序則曰依晉史名曰黄鐘清角調。實則譜字與黄鐘宫同。本調譜字亦與黄鐘宫同。

蕉按，八十四調中，雖列十二正角、十二閏角，其實皆以閏角爲體。如黄鐘宫則用大石角，夾鐘宫則用雙角，仲吕宫則用小石角，皆因七商得名，故曰商角同用也。然閏宫爲角，仍歸本宫，故姜夔之角招，實爲仲吕之閏。歸之本宫，乃爲黄鐘之正角也。倘用計正不計正之理，則黄之閏角，即林之正角，仲之閏角，即黄之正角，名爲廿四調，實僅十二調耳。又據夏書所舉七角之目，其中閏角之調，凡無射閏廿一調，黄鐘閏十一調。大吕閏十調，夾鐘閏十調，中吕閏十一調，林鐘閏十調，夷則閏十三調。是宋志所載，凡可名角招之調者，總八十七調。或即白石所謂政和間大晟府嘗製之數十曲耶。然姜之所補，其異於大晟府所製者將何所在，則吾人實不得而論别之矣。

徵招

蔗按，徵招、角招爲君臣相悦之樂，其以黄鐘爲宫，則用林鐘之徵爲均，用林鐘之下徵爲君，則以太蔟之徵爲均，而黄鐘之律乃入之二變之中，此十二律旋宫之法。旋相爲宫，即旋爲君弦，依宫徵相生之例，則一句是黄鐘，一句是林鐘，亦甚自然合理。且子母相生之外，如黄鐘徵可兼黄林，林鐘徵可兼林太，凡生我我生，皆可兼用，子母應合，爲樂音之正。姜氏謂之駁雜，丁仙現謂之落韵，均非篤論也。往日曾有徵調考一篇，即詳論此旨。今姜氏乃謂推尋唐譜並琴弦法而得其意，多用變徵變宫兩聲，以爲雖避黄鐘不用，仍爲黄鐘之本宫，而不致入於林鐘。然用黄鐘本宫而多用二變，不幾成二變之韵耶。尚何徵調之足云。用黄鐘本宫而避去黄鐘不用，不幾於君聲往而不返耶。是姜氏徵爲去母調之説，與萬寶常宫離而不附者何異。

至謂無清聲，只可施之琴瑟，難入燕樂云云，蓋不知下徵之調，應由倍林鐘起君聲，而以正林爲清聲，此即古人五降之理。夔實未之知也。餘詳拙著徵調考及古今琵琶宮調弦柱考中。

跋

繆大年

讀羅君「書後」之文，更欲獻疑者蓋有數事。「霓裳中序第一」，宮商各異，竊以爲論者必當以唐還唐，以宋還宋，以姜還姜。所以相混者，坐白詩「況近秋天調自商」一句耳。既云「道曲」，又云「調商」，宜若矛盾。然「調商」承「秋天」爲言，此「商」字固不必指斥曲調爲名，但以形其淒涼之音耳。沈氏「未解孰是」者，以唐宋異律，不得其解。然唐人七商起于太蔟，本不用夷則，南宋燕樂乃有夷則商，朱子「儀禮經傳通解」嘗言之矣。白石用夷則商，則南宋之法，非唐人道調之律，亦沈氏之所未知，執道調、越調、商調之異，以之互證互駁，宜若未易貫通矣。「湘月」羅氏辨其別於念奴嬌者，論至精到。惟「鬲指」之名，似宜專指大石過雙調一法，乃於「鬲」字爲合，惜「湘月」譜已不存，不能於其用字驗之耳。若用韵之上聲入聲，乃是別一事，不必涉商角之律。姜氏於平調滿江紅，亦但云融字之法，未見曲調之異。吴夢窗平調滿江紅用夷則宮，入調末句作「看新月」，亦必融字乃協，不別注宮調，蓋亦夷則宮歟？則似無涉於「旋宮」。大抵聲字爲一事，曲律又爲一事，聲字必合曲律，而曲律非可局限聲字。兩者固不並而論之矣。蓋姜氏詞樂自有與前人異者，南宋律數自有與先代異者。然姜氏製詞，必合於其所自爲説。用姜氏之製，明姜氏之說，而因以益通姜氏之詞，此吾師之旨，所謂成一家之言者也。故其本緒言而爲之贅語，更書於羅君文後。

跋白石琴曲側商調說

繆大年

白石引王建詩「側商調里唱伊州」，因謂伊州乃大石調，大石調於南宋爲黃鍾商，姜氏越九歌越相側商調亦注黃鍾商，而王灼碧雞漫志乃云林鍾商。夏瞿禪師姜詞箋校引知不足齋漫志鮑氏校，林鍾商當爲黃鍾商。謹案，漫志作林鍾不爲誤字。漫志之黃鍾商，乃越調而非大石，與宋史律曆志合，而與白石相去一運。其以側商爲林鍾商，是小石調，故云借尺字殺。北宋林鍾商殺聲用尺字也。若白石黃鍾商則用四字殺。不能據白石以改碧雞。鮑氏校字爲非。

姜氏此說，以側弄對正弄爲言，此於琴聲正閏則然，然非所論於側名之原也。側當與平對言，蓋本諸清商三調。謝靈運會吟行云，三調佇繁音，李善注，沈約宋書曰，第一平調，第二清調，第三瑟調，第四楚調，第五側調。今三調蓋清平側也。夢溪筆談亦謂古樂有三調聲，謂清調平調側調。唐志以爲側調生於楚調（見樂府詩集（二十六）引），即姜氏所謂側楚。凌氏燕樂考原謂側調即宋書之瑟調，非也。然清商雖古調，而清平側之名則後起。宋書樂志以三調荀勗爲之，荀勗笛律三調，曰正聲、下徵、清角。以平側爲名者，實借自梵唄。按慧皎高僧傳（十三）云釋法璘平調牒句，智欣善能側調。敦煌所出維摩詰講經文偈句有云平側斷者。此見平調側調諸名所出。（通典樂典列清樂中七調有聲無辭，有上林鳳曲平調清調瑟調平折命嘯等。按高僧傳説轉讀有平折放殺諸法，則平折之名亦出梵音矣。）詞調之中，有清平樂（清平並舉，蓋謂清商之平也），宋史樂志，張子野詞皆在大石調，樂章集、碧雞漫志皆在越調。此平調也。側商，白石云大石調；伊州爲側商，宋史樂志在越調、歇指調；清真詞有側犯，白石夢窗皆爲之，在大石調，乃側商之犯調。此側調也。是商聲諸調中平側相對爲名者。白石越九歌曹娥蜀側調，即所謂側蜀也，在夷則羽；宋史律曆志以太蔟羽爲平調，於南宋爲仲吕羽。是羽聲中平側相對爲名者。詞調之名涉樂事者，如徵招、角招以五音爲名，水調歌頭、尾犯以曲遍爲名，清平樂、側犯以三調爲名。曲調之側，與平對言，亦唐宋人之常語矣。

文鏡秘府論（一）述聲病之説，以平與上去入或去上入對言，未立側稱。其見於沈約、陸厥、劉勰諸家書者，則有云浮聲切響，有云聲有飛沈（飛沈亦本梵唱。高僧傳十三），慧元喜騁飛聲。按梵唱飛聲與平調爲二，而劉勰以飛爲平，則借用之名，不復初誼耳，有云宫商，宫徵，宫羽，商徵，角徵，皆各爲譬況，不稱平側。始以平側命聲者，今所見惟殷璠河岳英靈集爲先。殷氏序曰，曹劉詩多直語，少切對，或五字並側，或十字俱平，而逸駕終存。殷氏世代未詳，據所鈔録，殆不在天寶以降。寒山詩云，平側不解壓。蓋唐世近體既盛，平側之稱乃習。爰溯厥源，則亦借梵唱平調側調之名也。自來詩人音學，皆以平側常語，不屑論究，亦爲闕事。因説側商，乃並及之。至四聲判而爲二，上去入共爲一類，其於音理，亦有可言者，詳在別篇。（按唐人有以平上去入謂琵琶四弦者，見樂府雜録；宋人有以平側稱渾天儀二天輪者，見玉海，皆借通行之名以取便。然亦足亂名義，不可不辨耳。）

汪世清先生四函

第一函

讀大著姜白石詞編年箋校，獲益很多。在版本方面，對姜詞自宋以來的刻本和抄本縷述其條流源委，至爲清晰，也給我以很大的幫助。玆就接觸到的有關姜詞的版本提出幾點，以供參考。

一、乾隆間水雲漁屋刊本即陸本。在北京圖書館普通閲覽室有陸刊兩種藏板，一爲隨月讀書樓藏板，一爲水雲漁屋藏板。另善本室有李越縵藏姜詞陸本，亦爲水雲漁屋藏板。

二、張奕樞本除沈曾植景印本一種外，有張應時重刻本，除有張奕樞序外，還有張應時序，序末註明係嘉慶二十五年歲次庚辰七月既望的作序時日。此本與沈本字形很近，每頁十一行，每行十九字。但有幾處與張本、沈本皆不同。如好事近「金絡一團」不作「圍」，夜行船「流澌」不作「嘶」，石湖仙「綸巾欹羽」不作「雨」，等等。此本現北京圖書館藏有一本。

三、北京圖書館善本室還藏有清抄本姜詞一種，目録悉依陶抄分六卷，而内容則僅有令、慢、自度曲三部分，排列次序亦有變動。如令的排列次序如下：

小重山令　浣溪沙（著酒行行）　踏莎行　杏花天影　點絳唇（燕雁無心）　夜行船　浣溪沙（春點疏梅）　鷓鴣天（京洛風流）　浣溪沙（釵燕籠雲）　醉吟商小品　玉梅令　鶯聲繞紅樓　鷓鴣天（曾共君侯）　少年遊　憶王孫　鷓鴣天（柏綠椒紅）　鷓鴣天（巷陌風光）　鷓鴣天（憶昨天街）　鷓鴣天（肥水東流）

鷓鴣天（輦路珠簾）　阮郎歸（紅雲低壓）　阮郎歸（旌陽宫殿）　江梅引　鬲溪梅令　浣溪沙（雁怯重雲）

浣溪沙（花裏春風）　浣溪沙（翦翦寒花）　訴衷情　點絳唇（金谷人歸）　巫山十二峰（摩挲紫蓋）　蓦山溪

好事近　巫山十二峰（西園曾爲）

看來有些近于按創作年代作了以上的排列。此本在目録最後一頁的左下角有「項孔彰」、「易庵」兩章，曾爲蔣鳳藻收藏，據蔣跋斷爲項易庵手抄。果爾則此便是明末清初抄本，當係樓敬思所藏之外另一陶抄姜詞。（中節）此抄本可能的確早于陸本與張本。但是否項易庵手抄尚有可疑之處，如在石湖仙末句下加一小註「詞綜『雨』作『羽』」，考易庵殁于一六五八年，當年朱彝尊僅十八歲，當未及見詞綜問世，則從此小註可知不是出于易庵手抄。又此抄本卷一第一頁的右下角有劉石庵的圖章，則此雖非項易庵手抄，其抄寫年代可能在乾隆以前。另外，此抄本還有與其他刻本不同的一處，即在陶跋後還抄有慶元會要一則。因此抄本在大著中未見提及，故以相告。

四、我藏有一本白石道人歌曲分六卷而無别集，趙與訔跋在前而無陶跋，仿宋刻，其内容幾與沈遜齋本相同，如念奴嬌「争忍淩波去」，「争」字也脱而在末句下補一字。但我另有沈本則係袖珍本(去年在杭州浙江圖書館見一本也是袖珍本),是否沈本有兩種,一爲大型本,一爲袖珍本,若然則此當爲沈本。又從紙墨上看,此本似較宣統(沈本刻于宣統庚戌)爲早,不知是否即係沈本直接據以影印之本,識見淺陋,未敢肯定。尚希賜教。

我在工作之餘,對姜詞亦甚愛好,而對先生在姜詞的研究方面所取得的成績和實事求是的治學精神都非常敬佩,故不揣冒昧寫此以告。

一九五八年九月十八日

第二函

(前略)近北京圖書館新藏王曾祥手抄本白石詩集一卷詞集一卷,確係據樊抄手録。詞後有跋:

此同里王茨檐先生(曾祥)手鈔本,舊藏高丈蘭陔香艸齋中,後歸松窗家兄珍弆有年。兄每謂先生楷法乃以率更勁骨參以香光風韵者,況録成數萬字無一弱筆,尤可寶貴。至白石詩詞則厲山民『清妙秀遠』四字盡之。道光六年丙戌春人日。成憲翰畢,還之姪孫大綸、大綱,時年七十有一。

另有一跋叙述此本與陸本、張本同源,後有數語:「傳此書舊爲高蘭陔所藏,後歸魏松窗家守之三世。余則在長沙得之何蝯叟後人者。……己未十月晦。叜年。」末蓋朱章「曼青」二字。

此抄本未知先生曾見過否？因匆匆寓目，未及詳校，如先生欲知其詳，當細加審閱，舉以奉告。王茨檐杭縣人，杭縣志文苑有傳。

一九五八年十二月十四日

第三函

近在北大圖書館看到清抄本白石道人詩集詞集、大樂議、續書譜、禊帖偏傍考、詩説一册（見北京大學圖書館藏李氏書目下册第九十一頁），前有柯崇樸序文，對白石詞集版本的考證頗有參考價值。不知先生曾見過否，兹抄上以供參考：

右白石道人詩集一卷，係宋刻舊本，朱檢討竹垞向總憲徐立齋先生借抄得之，其長短句則竹垞自虞山毛氏所刻宋詞樂章集，更旁采諸書合得五十八首爲一卷，復以其所爲大樂議、續書譜、蘭亭跋、禊帖偏傍考、詩説並附其後。於是白石先生所著，裒然成集。嗚呼，書缺有間矣，況自李獻吉論詩謂唐以後書可勿讀，唐以後事可勿使，學者耳食其説，將宋人詩集屏置不覽而湮没，可勝道哉！近者天子右文，諸博雅好古之士爭置宋元諸書，遺文始往往間出，然散逸既久，蒐輯爲難，今竹垞不獨廣爲繕録，且彙萃成編，其有功于白石也大已！余既轉寫之，因述其始末如此。所惜擬宋鐃歌曲十四篇未睹其辭。復聞虞山錢子遵王藏有補漢兵志一卷、絳帖評二十卷，又從來言姜白石所未及者，乃知古今文字其不經見者多也。異日者冀得併購而合編之，則余之幸也夫！康熙乙丑孟秋下澣，題于東魯道中。」下有「柯印崇樸」與「敬一」二章。

此本詞集共收詞五十八首，各詞及其排列次序均與陳撰本完全相同。據柯序，此五十八首原爲朱彝尊所輯，而柯序寫于康熙二十四年，早于陳刻三十多年，則陳刻可能即據朱本或其傳抄本。最近見丘瓊蓀先生所著白石道人歌曲通考，其版本考中列有白石詞明鈔本一種，並疑陳本或即據此明鈔本而刻，看來對于陳刻來源一向還是不大明白的。今據柯序，這一問題似乎可以解決了。因未暇與陳本細校，其間異同，無從詳告，殊以爲歉。

一九五九年八月五日

第四函

（前略）北京圖書館善本室所藏幾種白石詞，均有名家批校，極爲可貴。兹遵囑將下列三種刻本的批校語抄上，以供參考。

（甲）鮑倚雲批校姜白石詩詞合集，是洪正治刻本，並非曾時燦原刻本。書末有鮑氏識語數則如下：

一、詞集最後一闋慶春宮的闕文，下有小記：「乾隆丁巳夏，客邗江，從冷紅江君所借得全闋補註于下。」在補註後又云：「鏡裏春寒誤作逢春。庚申十一月朔日燈下改正。」蓋前次補註中「春寒」誤作「逢春」，已改正了。按冷紅爲江炳炎號，丁巳爲乾隆二年，恰爲江炳炎從符藥林借鈔陶南村所書舊本白石詞之後。則鮑氏所據以批校洪本者即爲江炳炎鈔本。

二、「旅夕無聊，一編自遣，借冷紅點定白石集，丹黃一過。冷紅于詞學頗極研搜，近得白石詞足本，此板訛處悉正脱失，小序補列其上，餘闋當別録之爲藏本也。詩校勘稍略，姑存其概，他日仍擬自加點定。乾隆庚申冬十月廿六日夜分，識于揚州桐香閣。」

三、「冷紅所抄詞集足本，圈點略別；此本校對，余亦間出己意。前跋書冷紅點定者，不忍没其來由。頃復自贅，恐魚目混珠光也。評語附綴，艸艸無當，則自列名以別之。」

四、「足本開雕矣，爲友人所誤，因復中輟。余勸冷紅何不自書付刻，卒苦牽率不克辦。古籍之不易流傳也如是！次日晨起，倚雲又誌。」

（乙）余集校跋姜白石詩詞合刻，是曾時燦原刻本。有厲鶚跋四則：

一、「明瞿宗吉歸田詩話云：「姜堯章詩『小山不能雲，大山半爲天』，造語奇特，此二句集中所無，蓋逸其全矣。白石詩詞爲吾友陳君楞山刻于揚州，詩中奉天台祠禄、閒詠、負暄等，俱是麗水姜梅山特立之作，詞中更竄入他作居多，余嘗于北墅吴三丈志上家見宋臨安府睦親坊書肆陳起所刻原本，次第與此不同，後又有詩説一卷。使有好事者照宋槧本重鏤版以存白石老仙之真面，殊勝事也。樊榭山民厲鶚書。」

二、「余從咸淳臨安志補入五絶二首、七絶一首，硯北雜志補入七絶一首，澄懷録補入詞序二篇，白石作者甚少，無不高妙，此零珠斷璧，宜亟收拾之。雍正七年歲次己酉，正月九日雪中，樊榭又書。」

三、「此本訛脱頗多，今照宋本一一刊定。己酉落燈夜雪中書。」

四、「詞集校花庵絶妙詞選所收，獨多數首。己酉正月廿六日書。」

以上各跋，均爲余集手抄，末署「己卯清和月松里余集校正」，下有「余集」、「蓉裳」二章。

（丙）周南跋之白石道人歌曲，確是張奕樞刻本。封面有吴梅題識云：

「張刻白石詞，全一册。此書先後爲鮑以文、盧文弨、周南、張鳴珂所藏，心淵表叔得之冷攤，乙亥季冬，舉以見贈云。是歲除夕，霜厓記。」

其前有周南跋：

「辛酉冬十月二十一日，玉珊詞兄來鐵沙實重室，談詞論詩，相視莫逆，因以此詞奉贈，憶己未冬仲獲讀尊著秋風紅豆樓詞，積慕已二載矣，獲此快晤，何幸如之。荔軒周南記。」

跋後有吴梅按語：

「按玉珊爲張鳴珂，嘉興孝廉，寓居吴中，身後遺書星散，心淵遂以賤值得之，今既歸余，爲點朱細讀一過。霜厓吴梅。」

書尾有小字一行：「戊寅正月晦，霜厓讀一過，時客潭州。」

書中有吴梅朱批評語及史事等多條，兹不詳録。

又該館所藏有蔣鳳藻跋之清抄本白石道人歌曲，據蔣跋爲項易安之手鈔本。在「白石道人歌曲目録終」下有一行小字「此原本目録也，别集一卷不載」，其下有「項孔彰」、「項易菴」二章。

書後有蔣氏跋三則：

一、「書之顯晦不時，有前人所未見而今轉易得之者，此白石詞亦其一也。國初竹垞朱先生竟未及見，當日此本項氏鈔之，宜如何珍重矣。聞汪閬原曾得舊刊本，照目録全，今藏吴平齋處，我甥曾見之，詞傍有圈仄，想爲音節起見云。」

二、「此檇李項易安舊鈔也，項氏手藏甲于江浙，不少秘本，此蓋易安手録，尤足珍重云。小除夕，香生蔣鳳藻誌。」

三、「宋詞最著者姜夔、周密、張炎。汲古閣毛氏曾編刻宋六十名家詞，白石詞已刻入，此係名鈔，據善本校勘者，卷目後有『項易安』圖記，故疑爲手鈔，以其字迹甚似耳。至卷後有俾他人抄録，故多誤字云云。蓋後十一年之跋，即至正十年之後十一年也，當據陶氏舊本附録，非易安自謂云。香生又誌于滬上寓齋。」

此抄本别集後有趙與訔跋、慶元會要一則與陶宗儀二跋。其中念奴嬌（鬧紅一舸）末句下有「『來時』詞綜作『年時』」，石湖仙末句下有「『歛雨』詞綜作『歛羽』」，翠樓吟末句下有「『詞仙』詞綜作『神仙』」。按項易安爲項聖謨號，聖謨卒于清順治十五年（一六五八），當不及見詞綜問世，此是否項氏手鈔，還屬可疑。

最近曾以王茨檐抄本校張奕樞本（即有周南跋者），校記俟整理後，即可抄奉。

一九五九年八月十七晚

周汝昌先生三函

第一函

瞿老惠鑒：

復辱書，殷殷下問，感與媿并。頃來忙病相兼，奉覆稽遲；此紙草草摘録管見，細碎尤甚，無關弘旨者，所以敢塵清覽，聊報不棄末學之高誼，並幸進而教之也。詞翰苟簡，統望寬諒。不盡所懷。俟有微閒，尚當續啓。

「輯傳」有云：「爲詩初學黄庭堅，而不從江西派出，並不求與楊、范、蕭、陸諸家合。」竊疑末語毋乃稍過。玩其詩集自序，大旨端在「奚以江西爲」一點，凡先援尤梁谿之論，復證以千巖、誠齋、石湖三家之言，皆所以明己見不謬，諸老僉同，差足自信。此爲主意。至下文繼有云云，似無過藉表虛懷，不敢即此沾沾自喜，疑諸老謂同，或有獎掖後起，故爲徇借之言耳。是以「合」爲主，「不合」爲賓，爲襯。不應纔引以證己見，又即所以證之者而斥之，并以爲不屑與之合；斯二者，理無兩存，義難並立。爲文有爲文之道，自有義法，有理路；使白石原意欲明所以不合，其序次措語，故當另有所出。梁谿與白石之交誼姑不論，至蕭、楊、范三家，或懿親，或先輩，皆於白石爲特賞、爲義交，所以助白石者殆不止文字齒牙遠甚，皆白石所以深感激者，縱於其詩有所不然，其當於論江西之際而并加微詞耶？殆不爾也。其末云：「余又自唶曰：余之詩，余之詩耳。窮居而野處，用是陶寫寂寞則可；必欲其步武作者，以釣能詩聲，不惟不可，亦不敢。」則恐世人譏其遍引名賢，標榜自圖，故設語以解；「窮居野處」、「陶寫寂寞」，以是爲文，名不易立，謗則每來，舊時之恆情；語涉牢騷，故不難窺，而辭鋒所向，在恆情而不在諸老，亦易見者。准是而言，竊疑尊論末語稍過。質之高明，以爲是否？尊輯下文緊接以「一以精思獨造，自拔於宋人之外」，引四庫提要語以實之。然提要「故序中又述千巖、誠齋、石湖，咸以爲與己合，而己不欲與合，其自命亦不凡矣」、「傲視諸家，有以也」諸語，疑失穿鑿，恐非確論。先生精思灼見，當不苟同。提要殆欲以此而高白石，自今視之，此又實非所以高之之道矣。（又，序中雖嘗因尤梁谿語一及放翁，主意實於此翁無涉。尊云「楊、范、蕭、陸」，不如以尤易陸爲得。）

一、尊校頗備，特重宋刻元鈔一支，是也。旁涉它本，采及詞譜詩話。獨厚詬病洪正治本，除間一之及，藉發其誤外（如論暗香「翠尊易泣」句洪本「泣」作「竭」之類），略不稍顧，殆同可棄。竊意莫少過否？嘗試論之：錢刻陶鈔雖可信，然流布未早，姜集既久稀覯，清初始賴此本稍還舊觀，網羅放失之功，未可輕没。一也。其本何出，雖不可知，殆非陳氏洪氏所得而妄纂者，亦非甚謬陋者所能辨；先生「版本考」列之於（乙）項「花庵詞選本」之下；或不免疑此出陳洪等人摭拾宋明人選本總集如花庵、花草之類以湊泊而成，復「意爲刪竄」提要「同一羼亂」鄭校，故無足取。實則不然。兹舉一力證，如淡黄柳過片「正岑寂」三字，尊校云：「花庵詞選、花草粹編及明鈔絶妙好詞，此三字皆屬上片，誤。」而洪本此三字屬下不屬上。是其非襲宋明諸選編可知。夫淡黄柳是白石自度曲，非有舊譜可按，衆作可稽者比；然則洪本何以訂其誤耶？使洪氏而有此詞學、具此特識，則豈當復以謬陋妄人視之。使洪氏而無此學此識，則必有所據，而其刻之非出摭拾湊泊也益明。二者必居其一，有一即足以爲洪本重。二也。檢尊校，凡宋明編選及清人欽定詞譜之不足從而爲先生抉出者，洪本往往不同其不足從而與佳本合，不止一處。三也。其獨具之異文，有不得概斥爲訛謬者，如鷓鴣天（京洛風流絶代人）下片云：「紅乍笑，緑長嚬。與誰同度可憐春。」洪本作「紅半笑」。按詞意，緑長嚬謂眉長蹙也，則紅當指唇頰，故云笑。然則半笑與長嚬爲仗，非不可通也。如滿江紅：「旌旗共亂雲俱下，依約前山。」尊校云：「後村詩話『共』作『與』」，欽定詞譜同。」而洪本獨與後村引文合。復次，「却笑英雄無好手，一篙春水走曹瞞」，洪本作「應笑英雄無好手」，以詞意論，「却」、「應」各有神情，難定優劣，遑論是非。此亦斷非音似形近之訛，而洪氏果故意改竄，意何居乎？洪縱妄陋，恐不至是，轉難辨此。復次，原注「廟中列坐如夫人者十三人」，洪本作「十五人」。何者爲是，似亦不妨並存待定。類是者時有之。四也。洪本頗有誤字，然諸本所不免，大抵無過如張本厲鈔之「篷」誤「蓬」、「歌」誤「哥」、「咸」誤「成」、「贏」誤「嬴」以及「流嘶」、「侯館」、「青燉」之類，不應獨爲洪本病。五也。至如小序往往竄剪，他作時時羼亂，固是疵累，然定底本與校衆文其義有分。選取底本，約其大齊，唯善是擇，固當摒洪本於不齒之列；若視爲別本而取校衆文，則不妨廣存歧異，一以辨魯魚，一以采片善。如尊校中凡清人避諱之妄改與夫筆記逞臆之庸言（如改「胡」爲「吴」，疑「移」作「搊」之類，不無騰笑之資。）尚且不惜品衡，予以地位，洪本顧並此地位而不得有，豈得謂平。此本久不爲人知，幾就湮滅。故願先生量宜存舊，以備文獻而資來脩。

如先生所云：「江、陸、張三本，同出於樓藏陶鈔，江、陸二本且同傳鈔於符藥林，三本寫刻年代相去又皆止數年，而字句往往不同。」（版本考）「宋人詞選若陽春白雪、花庵、草窗皆録姜詞，當時應據嘉泰原刻，而與陸、張、江三家又互有異同，所注宫調，亦往往爲三家所無，疑莫能明。」（自跋校本）最足以説明問題。僅賴宋刊元鈔以及同時選録，尚不能事如劃一；犂然於懷，猶有所竢；而當時手稿流傳，或後先不一，或纂輯不同，亦固其所；嘉泰一本之外，未必不有別録；時世既遠，片羽足珍。如洪本者，倘亦不無可貴。惟先生更審論之。（此本詩集部分似尤有異文，不審先生於校詩集時嘗一采擷否？玆以題外，不復覼縷。）

一、八歸「問水面琵琶誰撥」，尊校云：「厲鈔『撥』作『摘』，誤。」按摘，有搊彈一義，字書雖不載，然往往見於實用，如山谷有聽宋宗儒摘阮歌是也。琵琶既可曰搊（通考），疑亦可曰摘，（辭源引「熊朋來賦」：「立搊卧摘」，亦可參證。）此字有義可尋，韵亦略可通借。莫不得即謂誤否？

第二函

一、慶宮春（雙槳蓴波）　詳其詞意：上來即點出「暮愁漸滿」，愁字是眼，一篇皆寫此也。所愁者何指？即下所云「明璫素韈如今安在」與夫「傷心重見，依約眉山黛痕」甚明。詞中所凝想悵念之人，已若「盟鷗」，「背人」飛去。此不煩解說。然此所念究又何人耶？嘗謂「那回歸去，蕩雲雪，孤舟夜發」與序中明言是辛亥除夕之事，正研北雜志所記「大雪載歸過垂虹」，作「小紅低唱我吹簫」時也。而此際重來，則「老子婆娑，自歌誰答」矣，明係鍼對。故「垂虹西望，飄然引去，此興平生難遏」，所謂「愁」耳。竊意此白石追念小紅之作。詞序云云，皆誠如先生所云「故亂以他辭也」（長亭怨慢箋）。此例尤顯。如所揣有合，則小紅此時即已他適矣。蘇洞吊詩，乃詞家之言，不妨云云，亦無拘必係白石卒前方嫁耳。又，石湖所贈青衣，是否即真名小紅，疑尚難定。小紅乃唐人吹笙伎，見劉禹錫集。意白石或用之借稱，不必拘看。陸友仁之説，每有可商之處，以其時略後，故常涇渭相混，不盡得實。（如先生所舉誤以白石題石湖像詩爲自題像即是。）

一、同詞「垂虹」箋第引吴郡圖經續志一條。按東坡志林卷一「記遊松江」：「置酒垂虹亭上……此樂未嘗忘也。今七年耳，子野、孝叔、令舉皆爲異物，而松江橋亭今歲七月九日海風架潮平地丈餘，蕩盡無復孑遺矣！追思曩時，真一夢耳。元豐四年十二月十二日黄州臨皋亭夜坐書。」然則垂虹建於公元一〇四八年，至一〇八一年爲水蕩毁。此不可不稍説明之，不爾則令讀者謂至白石時所遊橋亭猶是慶曆八年故物也。

一、同詞「采香徑」箋，引柳詞「香徑没」及吴詞「箭徑酸風射眼」二句以證字當作仄。按玉谿杏花詩：「吴王采香徑，失路入烟村。」早於耆卿夢窗甚遠，亦作仄。又馮注引「吴地志」：「香山吴王遣美人採香於山，因以爲名，故有采香徑。」惜其語欠明晰，不悉引文起訖及何者爲馮自説。如所引無誤，解説可靠，則似自有采香徑，與范志之采香徑並存，一山路，一小溪，名同而實異復相亂耶？總之，詞章中似作徑者多，恐非盡屬訛誤。

一、白石好用小杜事，詞中或逕以自况。至漢宫春（次韻稼軒）「揚州十年一夢，俛仰差殊」而益著。此固詞家常語，然亦有可得而析論者。考「十年一覺揚州夢，贏得青樓薄倖名」一詩，殆牧之於開成二年（八三七）作。牧之大和二年（八二八）及第、登科、釋褐弘文館校書郎、試左武衛兵曹參軍，是爲仕宦之始。至開成二年，因弟顗居揚州禪智寺患眼疾，遂迎同州眼醫石生，請假百日，東赴揚以視弟疾。唐制：職事官假滿百日即合停解，故牧之居揚假滿百日，即棄官焉（以上本諸繆鉞先生年譜）。自釋褐之年至此棄官之日，正滿十年，情事券合。故拙見以爲詩實作於既棄官、仍居揚州時。其云十年夢覺，實謂宦途至是已告段落，回視利名，不過如夢，而所得者何哉？青樓已著薄倖之名矣。此蓋借言而深斥名場，自傷耿介，嘅嘆實長，用意甚苦。而自昔以來，不明此旨，凡詩話引爲談助，詞家用爲故事，莫不以此爲口實，幾成爲冶遊子、輕薄兒儇佻放蕩之代表，毋亦少負詩人否。向日嘗與繆鉞先生論之，不知先生以爲如何？稼軒原唱，雖纔經起廢，歸興已濃，同時諸作，舉可覆按。今白石此詞首曰「雲曰歸歟，縱垂天曳曳，終返衡廬」，並非自指而係謂辛。然則接以「揚州十年一夢，俛仰差殊」，無論自指指辛，豈謂二人「冶遊老手」耶？必別有深意矣。白石詩人，其於樊川詩當有會心而非隨俗濫用。先生幸一討論之。

一、同詞「年年雁飛波上，愁亦關予。」此虚詞，似無可箋。然竊意箋者除分疏具體事迹之外，亦有發明微隱之義。南宋詩人凡言雁，此物自北來，故每涉故國之悲，抗敵之志，其例殆不勝舉，稼軒「生怕見花開花落，朝來塞雁先還」，龍川「寂寞憑高念遠，向南樓，一聲歸雁」，特其一二耳。白石此處則表其愛國憂時之夙志，與點絳脣「燕雁無心，太湖西畔隨雲去」，同一寓意。尊代序中亦只舉「中原生聚，神京耆老，南望長淮金鼓」較淺露者，似可并論之也。（以平時留意所及，知人每不曉「燕雁」之義，更無論「燕」字之讀平聲與夫南宋人對「燕」地之感情何似。尤可駭怪者，近人宋詞三百首箋注本竟作「雁燕」，幾不令讀者疑爲「詩人老去鶯鶯在，公子歸來燕燕忙」哉，初疑爲「手民」之誤（神州國光社版），及又見其新出中華書局版，「雁燕」依然，亦別無注語，知非偶然之事矣。茲義有關白石作品之思想性，故附及。）

一、浣溪沙序「己酉歲客吳興，收鐙夜闔户無聊……」依尊箋體例，「收燈夜」應入箋，蓋此乃一代之習俗所關，非泛語也。向嘗與友人細論宋人所謂收鐙究指何日，乃知北宋殆指十八日（或指十九日）。蓋三日元宵益以兩日，而南宋每指十六日，然此或渡江之初，軍馬倥偬，諸事苟簡，後雖略定，亦不能盡復北宋之舊。及至宴安既久，荒樂滋深，即又不止十六日，仍有延賞之迹。諸書所載不一，職是之故。先生必能詳之也。

一、齊天樂「先自」校：「陽春白雪『先』字下注『去聲』二字。」案洪本亦爾。

一、鬲溪梅令箋引陳疏「案寓意即前江梅引夢思者。」然玩諸詞，與合肥人殆無「木蘭雙槳夢中雲」之迹，其「漫向孤山山下覓盈盈」等語亦不甚合。竊疑此詞不如與前慶宮春合看爲更切也。

一、漢宮春二闋，箋後闋之秦山而不及前闋之秦碑。按十道志「秦始皇登秦望山，使李斯刻石，其碑尚存。」似可并入箋。

一、版本考：「洪正治獲白石集於真州，亦詩詞合編，刻于乾隆辛卯。」按洪序題「雍正丁未」（一七二七），不應遲至一七七一始刊之，相距至五十餘年之久。莫有誤否？（燾案：「辛卯」或「辛酉」之誤，乾隆六年也。）

第三函

「霓裳中序第一」，箋（作中序一闋），説明霓裳全曲共分三大段落：一、散序，六遍；二、中序，遍數不詳；三、破，十二遍。又説：「白石詞名『中序第一』，知中序不止一遍，是全曲至少有二十遍。」這裏推算並無錯誤，但似乎有些小混亂。首先，如前文各條箋語所指出，姜白石所見樂工故書中霓裳虚譜十八闋，並非唐時原曲，其出于馮定改本抑李後主詳定本，亦不可考。如此，則實不應逕據白石所見者牽入以證唐時霓裳原曲情況，或者反過來逕以霓裳原曲情況來推證白石所見虚譜。因爲，假如可以互證，那麽，白石已説明所見譜散序是兩闋，則十八闋中減去散序二遍，破十二遍，當然剩下是中序四遍（包括「歌頭」一遍），然則我們豈不可以逕稱「霓裳全曲至少有二十二遍」了嗎？

其實，中序就是排遍（也稱叠遍），開始有拍（故又稱拍序），這是散序以後的正式曲腔了，顧名思義，以排叠爲稱，當然不會是「止于一遍」，如現存宋大曲，董穎「道宫薄媚」排遍尾數（即攧遍）是「第十」，曾布「水調歌頭」排遍尾數是「第七」（都不計「歌頭」一遍）；現存宋法曲曹勛「道情」連「歌頭」帶「攧遍」也共有五遍。照道理講，正曲排遍實不應反少于引子散序。姜見譜散序兩闋之外，排遍與破如何分配，並不可知，上文假設排遍三、破十二的比例，實際是不合乎情理的。至于唐霓裳原曲散序和破既已有六遍與十二遍之多，這顯然是個規模很大的法曲，其排遍也絶不會形成蜂腰只有三四遍，最少亦不能少過散序六遍；但到底多少，無法確考了。（如姑以「六遍」計，那全曲也就至少有二十四遍了。）

箋語又引王國維舊説「中序即歌頭」、「宋之排遍亦稱歌頭」，别無附語訂正。其實歌頭只是散序完畢以後，排遍開始時的最前一闋，單稱「歌頭」，並不和排遍共計遍數。王氏逕以「歌頭」

代稱整個排遍，其説似不可從。

因此，箋「霓裳中序第一」時，似可説明這就是姜見譜霓裳全曲中的排遍的第一支曲，「中序第一」並非「歌頭」，這樣就清楚多了。

劉永濟先生一函

大著白石詞箋謹拜領。此書弟早經讀過。前致恭三先生函曾提及，謂對詞的樂律的研究，作者致力最勤。弟於詞律爲門外漢，對作者最精采處苦無領會，自嘆負此好書。暗香疏影兩詞，説者紛紜，莫衷一是。尊箋對此詞似仍主北庭後宮之説，而又疑亦與合肥别情有關，見仁見智，原不相妨。但謂於追悼后妃同時，念想愛侶，恐非昔人所敢承。不如繫年所附暗香疏影説，認后妃北行於時相隔已久而專主思念合肥人爲能自圓也。（下略）

甌北集	[清]趙翼著　李學穎、曹光甫校點
惜抱軒詩文集	[清]姚鼐著　劉季高標校
兩當軒集	[清]黄景仁著　李國章校點
惲敬集	[清]惲敬著　萬陸、謝珊珊、林振岳標校　林振岳集評
茗柯文編	[清]張惠言著　黄立新校點
瓶水齋詩集	[清]舒位著　曹光甫點校
龔自珍全集	[清]龔自珍著　王佩諍校點
龔自珍詩集編年校注	[清]龔自珍著　劉逸生、周錫䪖校注
水雲樓詩詞箋注	[清]蔣春霖著　劉勇剛箋注
人境廬詩草箋注	[清]黄遵憲著　錢仲聯箋注
嶺雲海日樓詩鈔	[清]丘逢甲著　丘鑄昌標點

牧齋初學集詩注彙校	[清]錢謙益著　[清]錢曾箋注 卿朝暉輯校
李玉戲曲集	[清]李玉著 陳古虞、陳多、馬聖貴點校
吴梅村全集	[清]吴偉業著　李學穎集評標校
歸莊集	[清]歸莊著
顧亭林詩集彙注	[清]顧炎武著　王蘧常輯注 吴丕績標校
安雅堂全集	[清]宋琬著　馬祖熙標校
吴嘉紀詩箋校	[清]吴嘉紀著　楊積慶箋校
陳維崧集	[清]陳維崧著　陳振鵬標點 李學穎校補
屈大均詩詞編年校箋	[清]屈大均著　陳永正等校箋
秋笳集	[清]吴兆騫撰　麻守中校點
漁洋精華録集釋	[清]王士禛著 李毓芙、牟通、李茂肅整理
聊齋志異會校會注會評本	[清]蒲松齡著　張友鶴輯校
敬業堂詩集	[清]查慎行著　周劭標點
納蘭詞箋注	[清]納蘭性德著　張草紉箋注
方苞集	[清]方苞著　劉季高校點
樊榭山房集	[清]厲鶚著　[清]董兆熊注 陳九思標校
劉大櫆集	[清]劉大櫆著　吴孟復標點
儒林外史彙校彙評	[清]吴敬梓著　李漢秋輯校
小倉山房詩文集	[清]袁枚著　周本淳標校
忠雅堂集校箋	[清]蔣士銓著　邵海清校 李夢生箋

高青丘集　[明]高啓著　[清]金檀注　徐澄宇、沈北宗校點

唐寅集　[明]唐寅著　周道振、張月尊輯校

文徵明集（增訂本）　[明]文徵明著　周道振輯校

震川先生集　[明]歸有光著　周本淳校點

海浮山堂詞稿　[明]馮惟敏著　凌景埏、謝伯陽標校

滄溟先生集　[明]李攀龍著　包敬第標校

梁辰魚集　[明]梁辰魚著　吴書蔭編集校點

沈璟集　[明]沈璟著　徐朔方輯校

湯顯祖詩文集　[明]湯顯祖著　徐朔方箋校

湯顯祖戲曲集　[明]湯顯祖著　錢南揚校點

白蘇齋類集　[明]袁宗道著　錢伯城校點

袁宏道集箋校　[明]袁宏道著　錢伯城箋校

珂雪齋集　[明]袁中道著　錢伯城點校

隱秀軒集　[明]鍾惺著　李先耕、崔重慶標校

譚元春集　[明]譚元春著　陳杏珍標校

張岱詩文集（增訂本）　[明]張岱著　夏咸淳輯校

陳子龍詩集　[明]陳子龍著　施蟄存、馬祖熙標校

夏完淳集箋校（修訂本）　[明]夏完淳著　白堅箋校

牧齋初學集　[清]錢謙益著　[清]錢曾箋注　錢仲聯標校

牧齋有學集　[清]錢謙益著　[清]錢曾箋注　錢仲聯標校

牧齋雜著　[清]錢謙益著　[清]錢曾箋注　錢仲聯標校

東坡詞傅幹注校證	[宋]蘇軾著　[宋]傅幹注 劉尚榮校證
欒城集	[宋]蘇轍著　曾棗莊、馬德富校點
山谷詩集注	[宋]黄庭堅著　[宋]任淵、史容、史季温注　黄寶華點校
山谷詩注續補	[宋]黄庭堅著　陳永正、何澤棠注
山谷詞校注	[宋]黄庭堅著　馬興榮、祝振玉校注
淮海集箋注	[宋]秦觀撰　徐培均箋注
淮海居士長短句箋注	[宋]秦觀著　徐培均箋注
清真集箋注	[宋]周邦彦著　羅忼烈箋注
石林詞箋注	[宋]葉夢得著　蔣哲倫箋注
樵歌校注	[宋]朱敦儒著　鄧子勉校注
李清照集箋注(修訂本)	[宋]李清照著　徐培均箋注
陳與義集校箋	[宋]陳與義著　白敦仁校箋
蘆川詞箋注	[宋]張元幹著　曹濟平箋注
劍南詩稿校注	[宋]陸游著　錢仲聯校注
放翁詞編年箋注(增訂本)	[宋]陸游著　夏承燾、吴熊和箋注 陶然訂補
范石湖集	[宋]范成大撰　富壽蓀標校
于湖居士文集	[宋]張孝祥著　徐鵬校點
稼軒詞編年箋注(定本)	[宋]辛棄疾撰　鄧廣銘箋注
辛棄疾詞校箋	[宋]辛棄疾著　吴企明校箋
姜白石詞編年箋校	[宋]姜夔著　夏承燾箋校
後村詞箋注	[宋]劉克莊著　錢仲聯箋注
雁門集	[元]薩都拉著 殷孟倫、朱廣祁校點
揭傒斯全集	[元]揭傒斯著　李夢生標校

三家評注李長吉歌詩	[唐]李賀著　[清]王琦等評注
樊川文集	[唐]杜牧著　陳允吉校點
樊川詩集注	[唐]杜牧著　[清]馮集梧注
温飛卿詩集箋注	[唐]温庭筠著　[清]曾益等箋注
玉谿生詩集箋注	[唐]李商隱著　[清]馮浩箋注 蔣凡校點
樊南文集	[唐]李商隱著　[清]馮浩詳注 錢振倫、錢振常箋注
皮子文藪	[唐]皮日休著　蕭滌非、鄭慶篤整理
鄭谷詩集箋注	[唐]鄭谷著 嚴壽澂、黄明、趙昌平箋注
韋莊集箋注	[五代]韋莊著　聶安福箋注
李璟李煜詞校注	[南唐]李璟、李煜著　詹安泰校注
張先集編年校注	[宋]張先著　吴熊和、沈松勤校注
二晏詞箋注	[宋]晏殊、晏幾道著　張草紉箋注
乐章集校箋	[宋]柳永著　陶然、姚逸超校箋
梅堯臣集編年校注	[宋]梅堯臣著　朱東潤編年校注
歐陽修詩文集校箋	[宋]歐陽修著　洪本健校箋
歐陽修詞校注	[宋]歐陽修著　胡可先、徐邁校注
蘇舜欽集	[宋]蘇舜欽著　沈文倬校點
嘉祐集箋注	[宋]蘇洵著　曾棗莊、金成禮箋注
王荆文公詩箋注	[宋]王安石著　[宋]李壁箋注 高克勤點校
王令集	[宋]王令著　沈文倬校點
蘇軾詩集合注	[宋]蘇軾著　[清]馮應榴注 黄任軻、朱懷春校點
東坡樂府箋	[宋]蘇軾著　[清]朱孝臧編年 龍榆生校箋

玉臺新咏彙校	吴冠文、談蓓芳、章培恒彙校
王梵志詩集校注(增訂本)	[唐]王梵志著　項楚校注
盧照鄰集箋注	[唐]盧照鄰著　祝尚書箋注
駱臨海集箋注	[唐]駱賓王著　[清]陳熙晉箋注
王子安集注	[唐]王勃著　[清]蔣清翊注
陳子昂集(修訂本)	[唐]陳子昂撰　徐鵬校點
孟浩然詩集箋注(增訂本)	[唐]孟浩然著　佟培基箋注
王右丞集箋注	[唐]王維著　[清]趙殿成箋注
李白集校注	[唐]李白著　瞿蜕園、朱金城校注
高適集校注(修訂本)	[唐]高適著　孫欽善校注
杜詩趙次公先後解輯校	[唐]杜甫著　[宋]趙次公注 林繼中輯校
杜詩鏡銓	[唐]杜甫著　[清]楊倫箋注
錢注杜詩	[唐]杜甫著　[清]錢謙益箋注
杜甫集校注	[唐]杜甫著　謝思煒校注
岑参集校注	[唐]岑參著　陳鐵民、侯忠義校注
戴叔倫詩集校注	[唐]戴叔倫著　蔣寅校注
韋應物集校注(增訂本)	[唐]韋應物著　陶敏、王友勝校注
權德輿詩文集	[唐]權德輿撰　郭廣偉校點
韓昌黎詩繫年集釋	[唐]韓愈著　錢仲聯集釋
韓昌黎文集校注	[唐]韓愈著　馬其昶校注 馬茂元整理
劉禹錫集箋證	[唐]劉禹錫著　瞿蜕園箋證
白居易集箋校	[唐]白居易著　朱金城箋校
柳宗元詩箋釋	[唐]柳宗元著　王國安箋釋
柳河東集	[唐]柳宗元著　[宋]廖瑩中輯注
元稹集校注	[唐]元稹著　周相録校注
長江集新校	[唐]賈島著　李嘉言新校

《中國古典文學叢書》已出書目

詩經今注	高亨注
楚辭今注	湯炳正、李大明、李誠、熊良智注
司馬相如集校注	[漢]司馬相如著　金國永校注
揚雄集校注	[漢]揚雄著　張震澤校注
張衡詩文集校注	[漢]張衡著　張震澤校注
阮籍集	[魏]阮籍著　李志鈞等校點
陸機集校箋	[晉]陸機著　楊明校箋
陶淵明集校箋(修訂本)	[晉]陶潛著　龔斌校箋
世説新語箋疏(修訂本)	[南朝宋]劉義慶撰　余嘉錫箋疏　周祖謨等整理
世説新語校釋	[南朝宋]劉義慶撰　[南朝梁]劉孝標注　龔斌校釋
鮑參軍集注	[南朝宋]鮑照著　錢仲聯增補集説校
謝宣城集校注	[南朝齊]謝朓著　曹融南校注集説
江文通集校注	[南朝梁]江淹著　丁福林、楊勝朋校注
文心雕龍義證	[南朝梁]劉勰著　詹鍈義證
詩品集注(增訂本)	[梁]鍾嶸著　曹旭集注
文選	[梁]蕭統編　[唐]李善注
蕭繹集校注	[南朝梁]蕭繹著　陳志平、熊清元校注